吕碧城

三姊妹文学研究

曩淮南三吕 天下知名

徐新韵 著

暨南大學出版社
JINAN UNIVERSITY PRESS

中国·广州

图书在版编目（CIP）数据

吕碧城三姊妹文学研究/徐新韵著. —广州：暨南大学出版社，2015. 5
ISBN 978-7-5668-1533-0

Ⅰ. ①吕…　Ⅱ. ①徐…　Ⅲ. ①吕碧城（1883—1943）—文学研究②吕美荪（1881—？）—文学研究③吕惠如（1875—1925）—文学研究　Ⅳ. ①I206.6

中国版本图书馆CIP数据核字（2015）第153467号

出版发行：暨南大学出版社

地　址：中国广州暨南大学
电　话：总编室（8620）85221601
　　　　营销部（8620）85225284　85228291　85228292（邮购）
传　真：（8620）85221583（办公室）　85223774（营销部）
邮　编：510630
网　址：http://www.jnupress.com　http://press.jnu.edu.cn

排　版：广州市科普电脑印务部
印　刷：深圳市新联美术印刷有限公司

开　本：787mm × 1092mm　1/16
印　张：19
字　数：321千
版　次：2015年5月第1版
印　次：2015年5月第1次

定　价：38.00元

序
PREFACE

介于清王朝与共和国之间的民国，是中国历史上一个极为特殊的时期，旧的色彩不断地剥蚀褪去，新的思想因子也在持续地积聚化合。在这样一个敏感甚至锐感的时代，新旧相摹相荡，稍有风云激变，便可吹皱一池春水。“吕家三女一世奇，各树坫坛称女师。”一个才女闯荡世界，已足称奇，何况一门三女？何况三女各擅其长，介入文学、教育、商业、政治、佛学各界，且并有声誉？从这一意义来说，章行严的“淮南三吕，天下知名”之叹，应该不只是他一人之叹，也是当时一世之叹。

所谓“淮南三吕”，即吕惠如、吕美荪、吕碧城三姊妹。这三姊妹既各怀异禀，又承清芬之后。其父为光绪丁丑年进士吕凤岐。吕凤岐为官的一面且略过，难得他秉性淡泊，无意仕进，五十之年便辞官隐退，在六安兴建了长恩精舍，坐拥数万卷藏书，读书吟诗，以书画游览自娱，女儿们也因此早早得到诗文天赋的启蒙。其母为清代著名女诗人沈善宝之外孙女，沈善宝著有《鸿雪楼诗文集》，她“以诗文考婿，应者甚众”正是清代一桩广为流传的雅事，吕母能诗也就不意外了，《安徽名媛诗词征略》即收录其两首诗歌。三姊妹得此学缘，再加上民国这一容易引发兴奋、堆积梦想、驰骋想象的特殊时代，遂姊妹三人各自演绎了一场或绮丽或飘逸或悲情的人生传奇。

然而，花开花落总无语，旧事前尘两飘絮。当历史的脚步渐行渐远之后，似乎只有吕碧城一人，至今仍时常出没于文人学者的笔下。但在我而言，对三姊妹最初关注并引发我兴趣的却是老二吕美荪。其《林畏庐》一文有云：“审阅福建林纾畏庐所译各种小说，慕其译述驯雅，语敛之曰：‘窈窕其笔，必风雅其人。’”吕美荪直觉文笔如此窈窕的林纾，颜值一定也高，可惜囊中羞涩，无法赴京亲睹偶像的风采，后得英敛之赞助，才一遂其愿。至于见后的感觉，吕美荪没有写在文章中，但这其实已经不重要了。吕美荪趁着年轻任性了一回，便已是人生一段精彩的记忆了。我一直觉得，过于任性的人，会令人生畏；但从不任性的人生，似乎也未免板滞过甚。因这一风雅其事的任性，我记住了“吕美荪”这个名字。

但平心而论，若论三姊妹个性之异和天赋之高，仍不得不首推吕碧城。“任人嘲笑是清狂，痛惜群生忧患长。无量河沙无量劫，阿谁捷足上慈航。”这样的诗最见吕碧城的性格与气度。这虽是吕碧城晚年参佛之诗，但文气之锐利与其早期文风仍是一脉相承。当然，这样的文风与其为人之特立独行是分不开的。因为禀赋卓异，加上一生跌宕多变，吕碧城的性格也与一般温雅柔和的女子不同，骨子里带着一股自负甚至放诞之气。她的老师严复在给何纫兰的信中即说：“碧城心高气傲，举所见男女，无一当其意者。”她一生未婚，她意想中的夫婿应是梁任公一类的人物，但如梁任公这样男神级的才子，举世能有几人？故吕碧城的内心其实是万分寂寞的，而她排遣寂寞的方式便是行为、装束上的放诞不端。对吕碧城一时之毁誉也多因此而起。据说吕碧城居沪时，蓄养一犬，出入以汽车代步，她自己也说“余尚奢华，挥金甚巨”。偶尔穿着晚礼服出席聚会，在当时，那种袒胸露背的奇异装束，肯定吸引着周边惊诧的眼神，再加上她在舞池里翩翩旋转的身姿，绝对时尚得令人睁不开眼睛。吕碧城这种另类的生活方式，不用说，必定会引起种种议论，但我行我素正是吕碧城的个性所在。

吕氏姐妹的出名，在当时更多的是仰仗女学方面的声望。吕碧城是幸运的，她在短暂出任天津《大公报》主笔之后，即得英敛之、傅增湘等相助而创办北洋女子公学，吕惠如、吕美荪随后也任教于女学。三姊妹联手，从事的又是新潮的女学，其受到广泛的关注，几乎是必然的。吕碧城也因此被誉为“北洋女学界之哥伦布”。吕碧城创办女学，其宗旨当然是为了开启民智。她在《女界近况杂谈》一文中说：“夫中国之大患在全体民智之不开，实业之不振，不患发号施令、玩弄政权之乏人。譬如钟表然，内部机轮全属窳朽而外面之指示针则多而乱动，终自败坏而已。世之大政治家，其成名集事，皆由内部多种机轮托运以行，故得无为而治。中国则反是，舍本齐末，时髦学子之目的，皆欲为钟表之指示针，此所以政局扰攘，迄无宁岁。女界且从而参加之，愈极光怪陆离之致。近年女子参政运动屡以相协，予不敢附和者，职是故也。”由此可见吕碧城对教育特别是女子教育的使命感。

吕碧城特别强调:“女学之兴，有协力合群之效，有强国强种之益，有助于国家，无损于男子。”这种理性的声音，显然也是针对当时女学所面临的困境而言的。能够无惧困难，勇敢直行的人，总能引发我的敬重之心。现在专门的女学已是寥寥，那是因为女学已经不用通过“争”而早就获得了应有的地位。而回到吕碧城的时代，当然是另外一番情形了。科学的女学思路与对男权社会的抗争，其实是需要同时面对的。

但回过头来说，当时女学即便办得再兴盛，也不免消失在苍茫的历史之中。吕氏三姊妹能在当世知名、身后不朽的更重要的原因，我认为仍在文学一端。吕碧城以词驰名，吕美荪致力作诗，吕惠如则诗、词、文兼能。英敛之对三姊妹的看重也缘自她们出众的文学才华。他说:“吕氏三姊妹承渊源家学，值过渡时代，擅旧词华，具新理想，为吾国女学之先导，树吾国女界之标的。”并特别赞赏吕碧城:“人莫不诧为祥麟威凤，在闺阁中固今世之仅见者。”这种评价不免带着个人情感的因素，但三姊妹确实以其行动和文字证明了她们的不同流俗。

近年晚清民国诗词研究渐成热门，吕氏三姊妹也开始受到关注，但这种关注总体仍是相当薄弱的，而且在三姊妹之间，受关注的程度也是不平衡的。实际上三姊妹既同渊源家学，又曾联手合办女学，彼此之间诗词唱和亦多。所以，无论是从诗词本身，还是从女性文学的角度，将三姊妹作为一个整体来研究都是必要的。徐新韵的硕士论文即研究吕碧城的词，本书则由吕碧城一人扩大到姊妹三人，从文学扩大到教育、宗教等方面，从词之一体扩展到诗、词、文诸体，在考察她们的生平、交游、思想的基础上，结合时代背景，对她们的文学和文学观进行了深入而全面的研究，其收获自然也是多方面的。

吕碧城晚年在《晓珠词自跋》中特别提到“移情夺境，以词为最”。显然，词是最见其心志的地方。“算词人，生带愁来”“人间天上，一样韶华催晚。恨相逢、愁中病中，骞槎不恨星河远。怪吴郎、词笔凄馨，早识飘零怨。”“节到重阳已渐寒，愧无新句送秋残。西风人比黄花瘦，绝代消魂李易安”。时隔数十年后重温吕碧城这样的词句，依然可以触摸到她深隐低沉的脉搏和不绝如缕的愁怨。吕碧城虽然用“绝代消魂”来形容李清照，但实际上其词与纯为闺阁之词的易安词不同，“其艳冶凄馨之处，虽为易安所可颉颃，然碧城则生于海通之世，游屐及于瀛寰，以视易安，广狭不可同年而语”。就寻常语度入音律而言，吕碧城或许比不上李清照；但就词境之大小而言，吕碧城就非一闺阁可限了。

我注意到，新韵花了不少笔墨分析吕碧城晚年的信佛及渗透着佛学意趣的诗词，这是颇为敏锐而且重要的学术维度，因为民国佛学的辐射性和影响力确实堪称巨大。吕碧城于1930年在英国伦敦皈依佛门，自此便“守定心期，总持尘劫，万缘抛下”“拼叫郢苑阳春，换于梵音潮汐”“护手探花亦可哀，平身功绩忍重埋。匆匆说法谈经后，我到人间只此回”。这种重埋功绩的心愿，并不是她借着诗歌发牢骚，而是真的从此贯穿到生命的终点。这种从繁华中体会出来的哀情，从哀情中升华而至的通透，不仅需要信仰，更需要智慧。我总觉得，泛泛地说放下并没有多少意义，但作为一名曾经傲视同侪、所得丰厚的女性却能优雅转身、从容放下，也许会显示出更丰盈、更别样的神采。

我近年将主要学术兴趣放在晚清民国词学方面，也是因为这一时期的词学虽然是传统词学的最后一抹光辉，却也是孕育现代词学的丰厚土壤。类似吕碧城这样兼具新旧词学特点的词人，需要格外关注。新韵此书开疆拓宇，实启我良多。在这个蓬勃的学术领域，我愿与新韵等一起努力耕耘。

彭玉平

2015年4月18日

目　录
CONTENTS

绪 论

民国十六年（1927）章士钊在《甲寅》上评吕美荪《巽言》一文曰："曩淮南三吕，天下知名。[①]。"淮南三吕"为光绪丁丑年（1877）进士吕凤岐之三女，即长女吕惠如、次女吕美荪、季女吕碧城。吕氏三姊妹之母为来安严琴堂孝廉之女，又是武寅斋太守（武凌云）夫人沈善宝之外孙女。吕氏三姊妹以清芬之后，各怀奇才，并卓绝奇。她们又承家学，值过渡时代，积极参与社会活动，广泛交游，积极兴办女学，倡导女权，著文立说，擅旧词华，在当时远近闻名。

吕凤岐生有两男四女，两男早夭；四女吕贤满（1888—1914）一生投身教育事业，病逝于厦门女子师范女学，年仅二十七岁，留有9首诗，被收录于《季妹遗稿》。虽华年即逝，但她的诗有一种天然的灵性与天生的忧愁，显示出一位具有诗人素质的女诗人的那种轻灵与敏感的气质。因其词作境界未成气候，本书不将其作为研究范围。

吕碧城（1883—1943），原名贤锡，字遁天、明因，后改字圣因，法号宝莲；别署兰清、信芳词侣、晓珠等，安徽旌德人。她才华横溢，名噪一时，深得樊增祥、易顺鼎、龙榆生等人赞赏。吕碧城著作甚丰，有《吕碧城集》《信芳集》《晓珠词》《雪绘词》《香光小录》等。吕碧城心比天高，一生涉足政界、商界、文坛、佛界。但她命运多舛，饱经忧患，独身终老。1904年后她曾相继担任《大公报》编辑、天津女学堂总教习兼国文教习，1911年8月辞去北洋女子公学总教习和监督之职。随后被袁世凯聘为总统府秘书。她也曾在上海与西洋人做生意，获利颇丰。1920年后她三出国门，游历欧美，

① 章士钊：《〈巽言〉跋》，章清吾主编：《甲寅》第1卷第43号，甲寅周刊社，1927年。

长达十三载，期间也间歇返国，并于1930年在英国伦敦皈依佛法。1943年1月病逝于香港东莲觉苑。

吕美荪（1881—？），初名贤钖，字仲素，后改为清扬，又改为美荪。15岁失怙，居家事母；20岁后，至天津任北洋女子公学教习兼北洋高等女学堂总教习。之后任奉天女子学堂教务长，女子美术学校教员、名誉校长；30岁后吕美荪曾在闽沪女学、江苏师范女学任教。1930年，吕美荪在青岛小鱼山畔建起一座依山面海的别墅，斋名“寒碧山庄”，自称寒碧山庄主人，因青岛是齐国故地，又自号“齐州女布衣”。吕美荪定居青岛后，创作甚丰，写了不少诗文，和全国诗词家们常有信函交流。她和梁启超、赵尔巽、吴郁生、于元芳、黄公渚等人皆有交往，并互有诗词唱答。1935年吕美荪将想出国考察的夙愿告知当时的青岛市市长沈鸿烈，得到支持后，沈鸿烈为其办理护照。1935年9月25日，吕美荪由青岛乘船起航前往日本。在日本期间，她以民间学者的身份拜访了中国驻日大使、日本外务省文化事业部部长等社会名流，亦拜访了日本“艺文社”等诗词社团，与日本的文化界进行了广泛的接触与交流，影响颇大。吕美荪回国后著《瀛州访诗记》，书中记述了其访日过程，并收录了当时所作诗作。吕美荪是清末民初一位颇有名气的诗人，于元芳评曰：“惊为海内巨擘”（《葂丽园诗再续》序）。

吕惠如（1875—1925），原名贤钟。20世纪初，曾任教于北洋女子公学，她多次在《大公报》上发表诗词。清宣统年间，吕惠如任南京女子师范学校校长，民国十四年（1925）秋，殁于金陵。吕惠如诗词多半散佚，吕美荪仅于友人处访得四诗，名为《清映轩遗稿》，将其附录于《静然斋杂著》。吕惠如去世后，吕碧城得其词一卷，将其命名为《惠如长短句》，附于《晓珠词》之后，一同出版。

吕氏三姊妹的经历因其特殊的历史背景而具有了丰富的文化意蕴，从她们的心灵世界可以折射出清末民初的知识分子阶层，尤其是民国知识女性的真实处境。她们以一种敏感的心灵审视社会和生命的意义，同时以坚韧的毅力追寻着自己的理想。吕氏三姊妹早期拥有着共同的追求——投身女学。在某种意义上说，吕氏三姊妹亦是中国近代女性教育先驱者。当时闻名一时的北洋女子公学曾是三姊妹共同耕耘的园地，大公报馆也曾是她们经常出入的场所，她们通过当时的媒体报纸来抒发自己的想法。她们虽然来自同一个家庭，早期曾有着共同的事业、共同的朋友；但在后半生，她们的人生道路迥然有别，加之性格的不同，故而形成了光彩各异的文学创作风貌。

吕氏三姊妹是清末民初一个重要的家庭文学团体，她们当时的思想及文学创作反映了清末民初文风的转变，折射出清末民初女性文学的斑斓色彩。她们的文学观别有特色，并通过教育园地对当时女界产生了很大影响，因此在清末民初文论中占有一定的位置。吕氏三姊妹的文学创作在当时影响很大，再加上她们交游广泛、以文会友，与当时文坛名人如樊增祥、易顺鼎、陈三立、梁启超、康有为、严复、袁寒云、费树蔚、龙榆生等多有唱和，对清末民初文坛产生了重要的影响。因此，对吕氏三姊妹进行较为全面、细致的研究，系统阐释她们的文学理论及创作，确定她们对清末民初文学的影响及其在文学史上的地位，对于了解清末民初文风之嬗递以及当时整个文学的发展脉络具有重要的意义；同时选择吕氏三姊妹作为研究对象，也希望能对清末民初女性文学研究和家族文学研究略献微薄之力。

吕氏三姊妹著述甚丰。然而，对于这三个家学渊源深厚的女性作家，学界的关注力度仍显不足。21世纪以来，虽然学界对于吕碧城其人、其作的研究呈现出“渐热”的趋向，并取得了一定的成果，但研究者大都把眼光投向吕碧城生平及其词作的研究，对吕碧城诗和文的研究还是少有问津，相关论文寥寥无几。事实上，只有将吕碧城的诗、词、文结合起来进行全面研究，才能准确地评价其文学贡献。而对吕氏家庭其他女性作家作品的研究更为罕见。

具体而言，有关吕碧城其人其作的研究情况如下：20世纪80年代以前，吕碧城研究寥若晨星；之后，研究不断升温。21世纪，已发表的吕碧城研究论文有80余篇（包括序、跋和8篇硕士论文）；专著5部（按：主要是吕碧城作品的整理）。其中，有的简述吕碧城办学、办报经历，或是简要地介绍其生平事迹；有的讨论她学佛的经历及在佛学方面的努力和成就；有的考察其交游情况或教育思想。20世纪90年代之前对吕碧城词做研究的较少，大多是词集序、跋或只言片语的评价。20世纪90年代之后，吕碧城词研究逐渐升温，取得了一定的成就。21世纪以来吕碧城作品的文献整理工作取得了丰硕的成果。李保民《吕碧城词笺注》和《吕碧城诗文笺注》为吕碧城诗文研究打开了新的局面。

由此可见，吕碧城的家世生平、思想、社会实践，以及词作研究已取得了较丰硕的成果。但纵观全局，对于吕碧城其人其作的研究还可以从以下几方面深入：第一，关于吕碧城到底如何经商致富、姊妹之间为何产生矛盾等疑问，目前还没有一个令人信服的答案。这有待学界进一步挖掘新的材料，做详细的考证。第二，吕碧城的佛学思想值得关注。吕碧城编有中英文对照版《法华经普门品》，著有《观无量寿佛经释论》《观音菩萨灵签》和《劝发菩提心文》等多种佛学著作。从其著作可以看出吕碧城的佛学思想是很丰富的，但学界对此仅关注其戒杀和护生方面。笔者认为在吕碧城佛学思想及其对创作的影响方面应该还有很大的研究空间。第三，吕碧城的诗、文研究相对于其丰厚的创作而言更显不足，无论从广度和深度上都还有待加强。第四，吕氏姊妹的作品尚待补遗。正如李保民在《吕碧城诗文笺注》之"前言"中所言："尚待钩沉的散失在各种报纸杂志中的吕碧城文章一定还有不少。"关注近代史料，补遗吕碧城作品，对未来吕碧城的研究来说是非常有意义的。

总之，笔者力求在对吕碧城已有研究的基础上，进一步对吕氏三姐妹的生存状况、思想状况，以及她们的诗、词、文创作进行全面细致的考察。比如，本书将从特殊时代的社会因素、"本是同根生"的家庭因素以及清末民初知识分子，尤其是女性知识分子的生存状况及其心态的角度考察她们的思想渊源，揭示她们创作的文化动因；又从诗、词、文本身的发展趋势来考察三姊妹的文学创作与清末民初文风的关系。所有这一切皆立足于原始文献和具体文本。通过文献梳理和文本细读，一方面希望能客观地把握三姊妹诗、词、文创作的实绩，一方面也希望兼用比较的方法来揭示她们创作中的同与异，努力做到知人论世，进而准确地评价她们在中国近代文学史上的地位。

第一章

吕氏姊妹家庭文学兴盛的原因及三姊妹创作概述

第一节　吕氏家庭文学兴盛的社会原因

吕氏三姊妹及其母亲与四妹吕贤满均能诗，在文学上均有很深的造诣。她们的家庭是一个女性文学之家，这是一种文学现象，又是一种社会现象。这种现象的出现，与当时的社会状况有密切的关系。

19世纪末20世纪初，近代中国女子解放运动不断高涨，这场运动开始是由男子做主导的。以梁启超为代表的维新派发起了两个运动：天足运动和兴女学运动，这两个运动给女性生活带来了前所未有的冲击。20世纪初，诸多女性陆续加入女子解放运动，她们努力地追求女性和男性平等的社会地位。她们走出闺门，创办女学，鼓吹女权。她们利用报纸杂志来发表思想和见解，唤起女性们意识的觉醒，为女性文学新品种的出现，以及女性文学的繁荣提供了肥沃的土壤。

进步的女性们意识到，如果想要获得女性的社会地位，必须要获得独立的经济地位。很多女性走出闺门，有的从医，有的在女学里任教，有的创办刊物，她们试图摆脱被父或夫所供养的传统，通过从事一种职业，来获得经济上的独立。经济上的独立，保证了女性创作的基础；同时，女子走出闺门，扩展了她们的视野，她们和男子平起平坐，诗词唱和，有的还走出国门，一览异国风土人情。这样，在文学的内容上和体裁上都给女性文学注入了新鲜的血液。这样的社会背景对吕氏姊妹文学创作的影响是非常大的。

另外，明清以来的女性文化有了进一步的繁荣。在父权社会中，女性（主要指官宦、书香之家的女性）素质亦得到一定发展。这种繁荣主要表现在文学、艺术方面。清代女性文学作品集“超轶前代，数逾三千”[①]。就词的创作而言，可谓成绩卓然，据许乃昌《小檀栾汇刻闺秀词》及《闺秀词钞》两书记载，单词家就有六百余家。徐灿、顾贞立、吴藻、顾太清等词人，成绩非常突出。家族文学兴盛，家族女性文学亦蔚然成风，女性文学作品以及她们的轶事被刊载出来[②]，又反过来促进了女性文学的创作。女性闺中唱和，以及闺秀从师现象已不足为奇。19世纪末，不管人们将女性文化的存在价值界定为什么，在女性文化空前繁荣时期，很多家庭尤其是官宦或书香之家，已经不把“女子无才便是德”看成真理，女性接触诗、文、画方面的私塾教育已非罕见之事。在这种文化氛围中，吕氏家庭文学的兴盛便成为当时女性文化繁荣的一个典型例子。

第二节 家族的精神文化传统

一、家学渊源

深厚的家学渊源以及勤读传家的传统是吕氏姊妹文学繁荣的根源。不管是三姊妹的母方还是父方，都有读书而仕的传统。从其母方来看，吕氏三姊妹受到了良好的启蒙教育。吕母即严士瑜，字韵娥，为来安严琴堂孝廉之次女，严琴堂为光绪丙子北闱举人，吕母“幼怜于学，得其诗学”[③]。严氏家庭皆为读书入仕之人，吕氏三姊妹的大舅严士琦，官知府；二舅严士管，曾任知县；三舅严昭和，官为巡检。严氏家庭有相当的文化底蕴。吕母又是武寅斋太守夫人沈湘佩之外孙女。沈湘佩即才女沈善宝，“能诗，善文章，年逾三十，以诗文考婿，应者甚众”[④]，著有《鸿雪楼诗文集》。吕母继父方之诗学，“又上承其外大母沈湘佩夫人之绪余”[⑤]，故亦能诗。吕母虽有创作，但诗多不传，《安徽名媛诗词征略》收有其诗歌两首：

---

① 胡文楷：《历代妇女著作考》，上海古籍出版社，1985年，第5页。

② 陈维寂所撰《妇人集》九十七条记的都是明末清初妇女能诗词者的轶事，还有嘉庆初，许夔臣选辑《香咳集》录各家妇女诗，1844年又有蔡殿齐编《国朝闺阁诗钞》十卷等。

③ 光铁夫：《安徽名媛诗词征略》，黄山书社，1986年，第205页。

④ 吕美荪：《来安武寅斋太守》，《葂丽园随笔》，青岛华昌大，1941年，第51页。

⑤ 光铁夫：《安徽名媛诗词征略》，第205页。

江水何滚滚，欲随千万丝。万里果何阻？泪落裭中儿。(《江水断句》)

自我为妇来，不获侍慈姑。昨梦高堂上，色喜泪盈裾。敛衽前跽问，窃闻处贫庐。子贵亲不侍，母乃戚无愉。为妇奉苹蘩，敢不中厨趋！慈颜亦莞尔，梦魂渺已无。(《纪梦》)

短短两首诗，已略见吕母之文化素养。严士瑜嫁给吕凤岐后“生女贤钟、贤钤、贤锡、贤满，亲为课读”[①]。吕母是吕氏三姊妹第一任老师，给了吕氏三姊妹良好的文学启蒙教育。此外，吕母很重视对吕氏姊妹文化素养的培养，在吕美荪四岁和吕惠如十岁时，她们依吕母由山右还京师，居外家，随外兄入塾，师万人杰孝廉。

而从其父一方来说，吕氏自古便是读书之家。吕美荪说：“吾宗文节公，名贤基，字鹤田，入翰林。”[②]吕凤岐更是苦读贤书，曾充景山宫教习，甲戌考授内阁中书，光绪丁丑年(1877)进士，任翰林院编修，历充本衙门撰文、国史馆协修、玉牒馆纂修。光绪八年(1882)任提督山西学政，吕凤岐“文华瞻洽，校核精详，考试秉公，官房严密，取拔之士，悉属真才”[③]。他用平生学识亲笔抄录了《馆律三百首》，收录古体诗三百首，不乏当时状元、榜眼、探花的诗作。[④]光绪十二年(1886)，吕凤岐乞病归侨六安，构长恩精舍，藏书数万卷。吕凤岐喜读书，善藏书，“秉性淡泊，故五十而致仕，惟以书画游览自娱”[⑤]，著有《静然斋杂著》。吕凤岐尤其注重子女的教育，即使告病还乡后，也没有间断对吕氏姊妹的教育。吕凤岐为她们请来家塾，督之甚严，还“日亲督诸女读”[⑥]，并教吕氏三姊妹作画。

吕凤岐拥有丰厚的学识，往来无白丁，他与当时的文士互相唱和，诗书相赠，这给吕氏三姊妹提供了良好的学习范本，也扩大了她们的眼界。吕美荪自言“清光绪中叶，表戚来安孙君子与，名点任，出使日本钦差大臣随员，与东邻人士唱酬，刻有《嘤鸣集》，乃日人招集上巳修禊，用十三覃韵

① 光铁夫：《安徽名媛诗词征略》，第205页。

② 吕美荪：《吕文节公》，《葂丽园随笔》，第65页。

③ 奎斌：《奏折》(光绪八年十二月)，转引自刘向东：《吕凤岐编撰稿本〈馆律三百首〉》，《藏书报》，2010年9月20日。

④ 详见刘向东：《吕凤岐编撰稿本〈馆律三百首〉》，《藏书报》，2010年9月20日。

⑤ 吕凤岐：《石柱山农行年录》，吕碧城著，李保民笺注：《吕碧城诗文笺注》，上海古籍出版社，2007年，第549页。

⑥ 吕凤岐：《石柱山农行年录》，吕碧城著，李保民笺注：《吕碧城诗文笺注》，第548页。

赋七律诗一首，子与依韵和之，凡百押三南等字，余髫龄读之，始知扶桑山川之美，人文之盛。每掩卷自憾曰生在闺阁，顾得越沧海，一往游耶。”①

可见，吕氏三姊妹在幼年时期生长在良好的学习环境之中，得到了良好的家庭启蒙教育。吕惠如九岁能诗，精绘事，工书法；吕美荪五岁已读毕《三字经》《千字文》，十二岁作五言八韵试帖诗；吕碧城五岁能对诗，这都得益于良好的家学熏陶。

“明清时期的贵族官宦、文人士子家庭的女子，在幼年时受到良好的启蒙文学教育之后，许多人并没有因为成年或婚姻而中断学习，往往能够持之以恒，终身学习，孜孜不倦，这成为明清时期女子文学教育的一种重要的文化景观。”② 吕氏三姊妹就是其中的典型，她们受到了良好的启蒙教育，吕美荪自言“十岁后，渐喜读书”③。另外，“明清成年女子的家庭文学教育表现为两种活动形式：一种是自觉的个人学习，即成年女子出自于内心的需求和个人的兴趣，耽于文史，自学自修，从而主动地掌握、不断地提高文学知识和技能；还有一种是成年女子家庭成员之间的互教互学，吟咏唱和，互相切磋。”④前者依赖书籍——一种虚拟的教育者，得以晤对古人，吕氏三姊妹可谓得天独厚，她们承家学渊源，即使在家庭变故后的岁月里，吕氏三姊妹之间仍互教互学，吟咏唱和，互相切磋，从而进一步增强了她们的文学素养。

二、儒佛道兼修

从吕氏三姊妹母方和父方家庭来看，所有的成员长期接受传统儒家思想教育，儒家思想凝聚为她们家族的精神文化传统。但是，在理想最终难以实现或现实生活遭受重大挫折时，她们便转而在佛道的世界中寻求心灵的寄托。

出仕是严、吕两个家族男性的主要人生理想。然而，清末政局多变，社会动荡，两家族的成员中有些受到巨大的打击，他们或看穿科举，或被弹劾，或辞官归乡，蓄乐自娱，在佛道思想中寻求精神的安慰和解脱。吕母之曾祖父来安严太公“年三十登乡榜，而不会试，终岁茹素，晨夕诵观音

① 吕美荪：《访文相松田源治先生于官邸》，《瀛洲访诗记》，青岛华昌大，1936年，第71页。

② 郭英德：《学而不厌：明清成年女子的家庭文学教育》，《社会科学研究》，2009年第2期，第165页。

③ 吕美荪：《美荪自记三生因果》，《葂丽园随笔》，第85页。

④ 郭英德：《学而不厌：明清成年女子的家庭文学教育》，《社会科学研究》，2009年第2期，第165页。

高王经，家饶于财，恒周济贫乏”。严太公临终前对家人的遗言曰：“汝辈读圣贤书，须奉孔子如家长；信佛行善，视释迦如尊师。”[①]严太公何以不参加会试，除了“家饶于财”的原因外，想必还因为科举之难、科举之黑。三姊妹之父吕凤岐，虽早年经历洪杨之乱，但仍醉心于科举，五十而仕。年轻时的吕凤岐“素讲程朱之学，不语怪异”[②]。为官几年，因秉性直傲，耻于苟同，便辞官返乡。退居六安后，吕凤岐以诗画、藏书为乐，修筑长恩精舍，藏书数万卷。吕美荪在回忆其父当时的生活状态时说：“昔我先君倦仕，退居林下，仍守儒素风，而堂上案头尤必置梁敬叔先生所著《劝戒近录》一书，时为家人子女讲说。”[③]《劝戒近录》一书为清福州梁恭辰所著，书中记载清代数十年显赫知名之人的善恶果报之事，是一本佛家书籍。吕凤岐儒佛兼修，亦给吕氏姊妹幼小的心灵上留下了深刻的印象。

严氏家族的女性多信佛道。吕美荪说“先母太夫人笃信佛法，朝夕诵经，年七十余，体甚康强”，去世时结趺盘膝，左手握念珠，右手执蒲葵扇，摇扇一笑而逝，吕美荪感叹其为“来去自如者”。[④]吕母也是佛道的信奉者，她在历经夫亡、失家之痛后，更是忠信不疑。吕凤岐去世之后，吕母带着四女，痛不欲生。吕碧城遭受退婚，所有的一切都让吕母感到无助。吕母“夙媚灶”[⑤]，她相信神道，到庐山仙人洞为吕碧城询问婚姻，而这次问卜的结果在后来的生活中得到了证实，“有所征”使吕碧城“而后信”。吕碧城甚至虔诚地认为“卜者诚虔则亦感应，此即神道无往不在之征也”[⑥]。吕母亦倡戒杀，常训诫女儿：“猪羊非为我一人而杀，其肉食且不可，况专杀鸡鸭鱼虾乎？”[⑦]

吕氏姊妹的家族有深厚的儒佛道文化根基，这对吕氏三姊妹影响很大。中年的吕氏三姊妹心中都有着属于各自的孤独和伤痛，她们儒佛兼取，亦曾问津道学。吕惠如因相信因果报应，最终因痴癫而亡。吕美荪对佛法亦是深信不疑，她曾作诗称赞古印度华士比邱尼的坚强和勇敢：“不拜婆罗门，愿修清净禅。猛忆释迦佛，悲悯傥见怜。”[⑧]吕美荪隐居青岛湛山脚下，山上名刹

① 吕美荪：《严太公》，《葂丽园随笔》，第48页。

② 吕美荪：《美荪自记三生因果》，《葂丽园随笔》，第84页。

③ 吕美荪：《劝戒录节本弁言》，《劝戒录节本》，青岛华昌大，1933年，第1页。

④ 吕美荪：《河东夫人生西记》，《葂丽园随笔》，第76页。

⑤ 吕碧城：《予之宗教观》，吕碧城著，李保民笺注：《吕碧城诗文笺注》，第480页。

⑥ 吕碧城：《予之宗教观》，吕碧城著，李保民笺注：《吕碧城诗文笺注》，第480页。

⑦ 吕美荪：《庖厨戒杀》，《葂丽园随笔》，第88页。

⑧ 吕美荪：《听倓虚大师讲古印度华士比邱尼故事作六百七十字诗纪之》，《葂丽园诗续》，原著未注明出版社，1933年，第61页。

有倓虚大师，她经常上山拜访，听佛家故事及要义。何以拜佛，吕美荪自言“即此朝释迦，祈免三涂苦”[①]。吕美荪相信因果报应和佛家之神明。她说：“世间善恶之果报，忏悔尚早，事事颇蒙天地佛神之垂佑，屡次得免，濒于生命之危险。”[②] 她将自己多次在危险中幸免于难归结为神的垂佑。吕美荪还主张戒杀，她劝诫人们“杀业至重，戒贪口腹，永不杀生，尤劝人戒杀”，她也“劝人孝悌忠信”“随缘守命”。但吕美荪强调“惜字、惜食、惜衣、惜物，以报天地佛神父母恩德”，就算赈灾，也是基于“节啬衣食”[③]，徘徊于儒佛之间。1933年，吕美荪节录梁恭辰《劝戒近录》，成《劝戒录节本》一书，记录冤孽厚德，并证明冥间实有；而吕碧城则编中英文对照版《法华经普门品》，在上海由佛学书局印刷发行。吕碧城中年希求解脱，问学于道学家陈撄宁；她相信因果报应，认为人有灵魂存在，故特作《因果》和《与The Chronicle报谈灵魂之函》；她主张戒杀，作《欧美之光》和《保护动物会缘起》；她最终皈依佛门。

吕氏三姊妹继承了其家族的精神文化传统，是20世纪前半叶努力追求实现自我的勇敢女性的代表。她们不懈地追寻自己精神上的乐园，残酷的社会生活并没有让她们如愿以偿，生不逢时的吕氏三姊妹最终只能在佛光禅影中休憩自己的心灵。

第三节　三姊妹创作概况

吕氏三姊妹才华横溢，著作颇丰，虽然身处动荡不安的时代，但吕氏三姊妹都注重“立言”，故有诗文集和其他专题著作传于今世。

吕碧城诗文集版本较多。1905年，安蹇斋（英敛之）选辑《吕氏三姊妹集》，收吕碧城词十五首，此为吕碧城词最早印本。1918年，南社友人王钝根校印《信芳集》，分诗、词两部分。1925年聚珍仿宋版《信芳集》刊于上海，分诗、词、文三类。诗、文部分与前者大致相等。1929年，吕碧城门人黄盛颐于北京刊印《信芳集》，不分卷，有诗、词（同聚珍仿宋版《信芳集》）、增刊词（1928—1929年在欧洲之作）、文、游记（《鸿雪因缘》）若干类。同年，费树蔚编辑五卷本《吕碧城集》，卷一文，卷二诗，卷三词，卷四为《海外新词》，卷五为《欧美漫游录》。1930年，《信芳词》（附增刊）问世，所收作

① 吕美荪：《湛山精舍礼佛》，《葂丽园四续》，原著未注明出版社，1935年，第2页。

② 吕美荪：《自记免于火难》，《葂丽园随笔》，第55页。

③ 吕美荪：《自记免于火难》，《葂丽园随笔》，第56页。

品截至1929年。1932年《晓珠词》二卷本印行；1937年，《晓珠词》三卷手写本出版，同年《晓珠词》四卷本问世，四卷本除极个别的篇目外，均包含了前两种《晓珠词》的内容。其后，吕碧城所作之词结集为《雪绘词》(又名《山中白雪词》)，与《观音菩萨灵签》《劝发菩提心文》合刊，成为梦雨天华室丛书的一部分。此外，吕碧城还编译并出版了《欧美之光》(完本，1932年6月重印)、《香光小录》(Peter Roberts著)、《美利坚建国史纲》(出版者不详，民国十四年十二月)、《观无量寿佛经》(梦雨天华室丛书，民国三十一年)、《法华经普门品》(佛学书局，民国二十二年九月印行)等。

吕美荪最早的诗词被收录于《吕氏三姊妹集》中，其后相继出版了诗集《辽东小草》(宣统元年)、《葂丽园诗》(民国二十年)、《葂丽园诗续》(民国二十二年)、《葂丽园诗再续》(民国二十三年)、《阳春白雪词》(唱和诗集)(民国二十三年)、《葂丽园诗四续》(民国二十四年)。其诗文集有《瀛洲访诗记》(民国二十五年)、《葂丽园随笔》(民国三十年十月)。吕美荪与吕碧城校刊了《静然斋杂著》(吕凤岐著)、《季妹遗稿》(吕贤满著)、《蒋观云先生遗诗》(蒋智由著，民国二十二年)。此外，吕美荪还编辑了一种古文选本《汉文典古文读本》(宣统二年)和一本宣扬佛理的《劝戒录节本》(梁恭辰著，民国二十二年十二月)。吕美荪所作政论文多刊载于报纸杂志，未被结集出版。

吕惠如早期诗、词、文被收入《吕氏三姊妹集》中。其后所作诗词多半亡佚，仅吕碧城《晓珠词》四卷本后附有《惠如长短句》，龙榆生《词学季刊》第三卷第二号亦刊载了与前者相同的篇目。后《同声月刊》第1卷第9号又刊载了《吕惠如长短句》十三首。

三姊妹之创作，诗、词、文，各体俱备。吕碧城最擅词，亦长于诗，惜诗为词掩，文又次之。而吕美荪以诗为最，文次之，少有词作。吕惠如诗词兼擅，著作多散佚。《历代名媛文苑简编》[1]序文“观乎历代妇学，以现存著述论之，则诗文词为多，而文又远逊于诗词。闺文总集，明以前者，虽有选刻，传本已鲜，而有清三百年间，竟无成书，别集亦甚难得，宁非憾事”。相对而言，吕氏三姊妹的确是幸运者，她们各有别集传世，这也是女性文学的一大幸事。

① 顾廷龙：《历代名媛文苑简编序》，王秀琴编，胡文楷选订：《历代名媛文苑简编》，商务印书馆，1947年。

第四节　创作异同

吕氏姊妹三人并工文藻，她们来自同一个家庭，早年有着诸多共同的足迹，姊妹之间的唱和、彼此间的影响，使得她们在作品的主题取向上有诸多相似之处，进而形成了一部分创作风格相近的作品。就诗词而言，思亲怀乡、孤独飘零之感成为吕氏三姊妹创作的共同主题。

家变给吕氏三姊妹的打击很大，1895年，其父吕凤岐去世，当时吕惠如21岁，吕美荪15岁，吕碧城13岁，从此，吕氏三姊妹如失巢的孤雁，无家可归，四处流落，而亲人无奈的分离更增加了她们丧父的悲恸。她们的诗词时常流露出思亲怀乡之情，如：

忽忽三冬过，光阴下水船。风云无壮志，哀乐逼中年。此去如群雁，分飞各一天。离怀托明月，齐向故乡悬。（吕惠如:《分手感赋》,《吕氏三姊妹集·惠如诗稿》第5页）

怕上层楼望，孤愁夕照中。乡心逐流水，病发落秋风。骨肉云山隔，相思魂梦通。音书如可寄，天际托飞鸿。（吕美荪:《秋目》,《吕氏三姊妹集·眉生诗稿》第2页）

岛静海能寂，仙源图画开。四山丽云日，万户晒楼台。不共吾亲住，终怜独客来。南天有慈墓，瞻望一衔哀。（吕美荪:《岛上闲眺》,《葂丽园诗续》第25页）

未到斜阳已断魂，重来愁绝旧朱门。杜鹃啼尽斑斑血，洒入桃花不见痕。（吕碧城:《杂感》,《吕碧城诗文笺注》第65页）

吕氏三姊妹触景生情，诸多诗词表达了父亲去世后，骨肉分离、飘零他乡的悲苦，寄托了对亲人的思念和对故土的怀想。虽然吕氏三姊妹后半生有不同的经历，吕惠如表兄妹联婚，吕美荪结婚生子，两人都躬耕于教育园地。但生活并没有善待她们，三姊妹目睹亲人相继逝去，同时，社会的动荡不安让她们多次弃居逃亡，四处迁移；而吕碧城漫游国外，虽说亦仙亦禅，但亦是茕茕孑立，形影相慰。所以孤独飘零之感陪伴着吕氏三姊妹的一生，其诗词中透出她们难以言表的孤独和忧伤，如：

欲梦关山何处是，多少路，问飞鸿。（吕惠如:《唐多令》,《吕氏三姊妹集·惠如词稿》第1页）

泪尽旗亭，送君独向天涯去。酒醒何处，帆远扁舟渡。（吕美

苏:《点绛唇》,《吕氏三姊妹集·眉生词稿》第1页)

休道年年漂泊惯,随风去住,随波舒卷,人也如鸥倦。(吕碧城:《青玉案》,《吕碧城词笺注》第119页)

凄迷谁见,鸿爪西洲,马首蓝关。(吕碧城:《庆春宫》,《吕碧城词笺注》第211页)

吕氏三姊妹常常选择故土难归的鸥鹭、孤雁等意象,或借助游子远去的场景来抒发悲苦的孤独飘零之感、思亲怀乡之情。诗词情景交融,让人读后为之感伤。

“吕家三女一世奇,各树坫坛称女师”[①],由于个性特征、中后期生平遭际的不同,吕氏三姊妹的创作也存在很大的差异,各具千秋,呈现出多样化的特征。

一、吕氏三姊妹创作在文体上的不同偏好

吕碧城与吕惠如善填词,兼能诗文;吕美荪则专注于诗歌创作,稍有文章。从其著作所选录的作品可以看出,吕碧城重词,而吕美荪重诗。1937年春夏之交,吕碧城出版了《晓珠词四卷合刊》,该集选录吕惠如词24首。而在1933年,由吕美荪主校的《静然斋杂著》则特意收录了《清映轩遗稿》和《季妹遗稿》,分别选录吕惠如诗4首,吕贤满诗9首。两人各有所取,创作上亦体现出各自对诗、词两体不同的偏好。无论是从数量上,还是从质量上来看,吕碧城以词为最,吕美荪以诗闻名。而吕惠如著作多散佚,从现存作品来看,其诗词造诣都很高。

二、吕氏三姊妹诗歌创作的不同

(一)诗体各有所长

吕氏三姊妹的诗歌古今体兼备,但《缩春楼诗话》云:“惠如工近体律诗,眉生则擅长古风。各有所长,两不相掩。”[②]吕氏三姊妹在诗体上各有所好,吕碧城、吕惠如多作近体诗,吕美荪擅长古体诗。吕碧城诗以七绝最多,

① 诗庐来稿:《为吕眉生女士题〈榆关揽胜图〉》,《民立报》,1911年4月8日。

② 毕扬全、荫芬若辑:《缩春楼诗话》,《中国近现代女性期刊汇编》(一),线装书局,2006年,第971页。

其次为七律；而在其古体诗中，七古所占比例最大。吕惠如擅长近体七律。吕美荪则以古体诗著称，尤以五古闻名。

（二）中后期诗作题材各有不同

吕碧城1920年出国游学后，写了诸多描写欧美风景的诗作，如《两渡太平洋皆逢中秋》《丁卯暮春春游瑞士》《游义京罗马》《蔻山赏雪歌》等，这些诗作给人耳目一新的感觉。另外，吕碧城中后期笃信佛学，善于借用佛境来描绘眼前的事物，如《绝句一首》：

> 玉井开莲别有山，无穷劫火照尘寰。年来万念都灰烬，待与乾坤大涅槃。（《吕碧城诗文笺注》第105页）

该诗作于1927年吕碧城游拿坡里维苏威火山时，她将火山山顶描绘成莲花，将火山喷吐岩浆看似佛家脱离一切烦恼。这些描写西方风景的诗作是吕美荪和吕惠如诗作中所没有的。

相对而言，吕美荪诗作既能写景，又能写人记事。与吕碧城和吕惠如相比，吕美荪诗歌独特的题材表现在以下几方面：

第一是田园风光、农家风情的描写，这些诗作流露出诗人闲居之乐，如：

> 三日飞喧雨，湿烟锁林木。一霁迎朝曦，海水媚晴绿。窈窕净山容，丹碧明岛屋。陵晨步山庭，万景新若沐。饱此蕨薇餐，无怀老岩麓。再拜谢苍穹，鸡犬亦蒙福。（《新霁》，《葹丽园诗再续》第9页）

从上述诗作可以看出，虽同样厌世，可是比起居士吕碧城，吕美荪更像真正的隐士。离开女学，异国游学期间的吕碧城心境很差，她表面看似逃离现实，事实上心中充满痛苦，尤其是到了1921年，在纽约生病期间，她“心灰意懒，仿佛是参禅的人，大彻大悟，对待朋友，也就是随便的敷衍”，她时常觉得自已“如一粟飘在沧海，也不知道生存的目的何在”，似乎“要和这可恶的世界告别”。[①]而闲居之后的吕美荪却能享受闲居生活的美妙瞬间，去捕捉田园风景的美丽，去体验农家生活的乐趣。

第二是日本风景民俗的再现。吕美荪游日期间，写了91首诗，一部分诗作是写日本风景和民俗的，如《日光华岩泷瀑布》描写了华岩泷瀑布的壮观，《游箱根观大涌谷火山》描写了凄然的火山光景、《东京道中》再现了东

① 吕碧城：《纽约病中七日记》，吕碧城著，李保民笺注：《吕碧城诗文笺注》，第213～214页。

京道中的自然景观，以及东京的民风民俗。这些诗作成为吕美荪诗作中异于其姊其妹诗作的亮丽的风景线。

第三是写家庭生活。吕美荪为人谦和，情深意长，性情纯厚，退居之后她以与友人和亲人往来为乐。她常因朋友或亲戚的到来而欢喜，她认为“人世几相逢，欢言易陈迹”[①]，甚至对于自己的侍童也充满感情，侍童的离去总让她依依不舍，如：

> 宛有家人意，相依越岁时。一言因小忤，长谢乃轻辞。自愧主情薄，还怜童性痴。明年庭果熟，待尔摘高枝。(《送别侍童阿根》,《葂丽园诗续》第59页)

吕美荪晚年闲居青岛，与儿子相依为命，她享受着仅有的一份亲情，视其为天伦之乐，以此作为主题的诗作真实地体现了吕美荪恬淡和愉悦的心境。如吕美荪远游返家时，她面对的不是孤苦一人，而是得到了儿子的迎接，这种快慰是难以比拟的，其赋诗曰：

> 抵家欢慰极，儿为拂尘裾。薄物酬僮仆，因劳护室庐。名都非所悦，灵境独来居。始信辉山海，人间尽不如。(《还青岛》,《葂丽园诗续》第75页)

吕美荪上述题材的诗作在吕碧城和吕惠如的诗作中是找不到的。

(三) 风格各异

初我在《女子世界·文苑谈片》中评吕碧城诗曰：“女士之诗，无二姊之温和蕴藉，而笔端锋锐，足以驱策其穷愁，亦女士之性情然也。”[②]英敛之亦云：“得读两君诗暨词。惠如则典赡风华，匠心独运；碧城则清新俊逸，生面别开。”[③]这些评论都道出了吕氏三姊妹诗歌风格的不同之处。总览吕氏三姊妹的诗作，可以很清晰地看出三者在创作风格上的区别：吕惠如诗典赡风华、蕴藉含蓄；吕美荪诗温和朴实、恬淡超然；而吕碧城诗笔端锋锐、清新俊逸。

吕惠如的诗歌继承了婉约一派的风格，文辞工雅，丰神秀韵，表情达意含蓄蕴藉，如：

> 廿载京江路，重来印爪鸿。云栖高士宅，草绿寄奴宫。北固

① 吕美荪:《喜族弟伯威至》,《葂丽园诗续》，第58页。

② 初我(丁初我):《女子世界·文苑谈片》,《中国近现代女性期刊汇编》(一)，第1529页。

③ 英敛之:《吕氏三姊妹集序》，吕惠如、吕碧城、吕美荪:《吕氏三姊妹集》，原著未标明出版社，1905年。

青山在，南朝铁骑空。幼安词笔健，感慨古今同。(《长江舟中杂咏》选一,《吕氏三姊妹集·惠如诗稿》第5页)

木叶萧萧脱，西风冷素波。我怀殊不尽，秋意近如何。露下丛兰湿，天空一雁过。桂堂明月好，诗思夜来多。(《秋夜》,《吕氏三姊妹集·惠如诗稿》第4页)

诗歌情感寄托于典故和景色之中，丝毫不张扬外露，犹如诗人其人之典雅端庄，诗作亦显得委婉含蓄，典赡风华。

而吕美荪善于用平实的语言写日常的所见所闻所感，她用质朴的词句抒发了质朴的情感，如：

有弟来远方，入门不为客。锡裘旧公子，金貂承世泽。今也比齐民，犹恋帝京国。文史与山林，翛然勉游息。为慕劳山至，兼与女婴觌。近招二三子，杯盘聚朋戚。家人疏礼数，山庭就敷席。蜂月苦未来，清辉黯已夕。拂林暑气消，微凉透絺绤，人世几相逢，欢言易陈迹。但愿年如此，君当劳远屐。(《喜族弟伯威至》,《葂丽园诗续》第58页)

诗作中没有惊天动地的事情，没有低回曲折的感情，只写寻常事，抒发日常生活的乐趣，以及那似淡却浓的情谊。又如：

吾庐在上坡，还家望坡上。修路交高林，林气微迷荡。西口我登陟，东口月升盎。高辉倾林路，疑是天河降。林下少人行，飘衣独挟杖。是何境与界，吾笔难摹状。(《月出还家》,《葂丽园诗续》第62页)

日伞笼扉树，垂垂复护关。孤踪迷雪涧，六月梦寒山。静欲邀天语，思澄视海闲。幽情更缥缈，云白起凉湾。(《夏日》,《葂丽园诗》第58页)

吕美荪的诗歌语言自然平实，情感温和质朴，意境恬淡超然。

写法的不同致使吕氏三姊妹诗作风格迥异。如同样写舞蹈，吕美荪长于实写，显得温和朴实，而吕碧城善于虚写，让人觉得光怪陆离，别开生面。吕美荪诗云：

良夜多乐娱，华灯光不徂。曾闻谢庭女，来作邯郸趋。秃袖羞藏臂，轻罗漫隐肤。微矜瓠犀粲，不合樱唇朱。鸳鸯两相戏，鹣鲽一双扶。花光自零乱，观者亦踌躇。宵凉众欢散，白露生衣裾。(《观舞》,《葂丽园诗》第46页)

含辉宜妒月，展态宛舒云。不惜扬褕睇，微芳欲逗君。(《咏舞》,《葹丽园诗续》第19页)

吕美荪用白描的手法，描写了女子的美貌和优美的舞姿。而吕碧城某年游春时，参加了一个跳舞大会，大会后她梦见雪花如掌，片片化为蝴蝶，集庭墀墙壁间，雪落愈急，蝶翅不胜其重，乃群起而振掉之，一回旋间，悉化为天女，黑衣银缕，皓质辉映，起舞于空际。吕碧城驰骋想象，吟诗以记之，诗云：

……西来艳蕊皆曼陀，铢衣闪铄非绮罗，织烟缫雾飞天梭。履舄交错相捉搦，回风流雪成婆娑。燕尾双分乌衣窄，凤翎斜展华裙拖。微闻碎佩鸣玉珂，更见浅笑生梨涡。宜嗔宜喜朱颜酡，一钗一弁同媚婀……(《吕碧城诗文笺注》第31页)

吕碧城没有直接写女子，而是用不同的比喻，惟妙惟肖地展现出女子美妙的舞姿和惊艳的容颜。由此可见吕碧城之才涩、美荪之平实，文风迥然不同。

此外，吕碧城诗立意高、材料新，其诗作笔端锋锐，或透出清新俊逸的一面，如：

任人嘲笑是清狂，痛惜群生忧患长。无量河沙无量劫，阿谁捷足上慈航。(《写怀三首》之二,《吕碧城诗文笺注》第6页)

夕照镕金灿古垣，罗京写影入黄昏。海波净似胡儿眼，石像靓传娀女魂。万国珠槃存息壤，千秋文献尚同源。无端小住成惆怅，多事回车市酒门。(《游义京罗马》,《吕碧城诗文笺注》第101页)

前一首为女子鸣不平，为女子解放呐喊助威，笔端锋锐。后一首选取了新材料——罗马之景入诗，在旧风格里融入了新意境，令诗作焕然一新。

三、吕碧城词与吕惠如词的不同

(一) 广与狭

吕碧城词有艳冶凄馨之处，吕惠如词虽有相同之处，然而，广狭不可同日而语。吕惠如词承易安词风，词的主题不外乎传统女子的忧愁和伤感，即便是忧国忧民之作，也写得婉约之至，不管是主题、题材，还是词境都略显狭窄。而吕碧城在海通之便，游历多国之后，其词作中的奇丽之观更是吕惠如词中所不能见，吕碧城的外邦纪游之作，惊才绝艳，处处以国文风味出之，其词境之新为吕惠如词所未有。

（二）刚和柔

吕惠如词继婉约一派词风，具易安之阴柔；而吕碧城个性强于吕惠如，其词不单有婉约清丽之作，大多词作则兼有刚气，苍凉雄迈，凝聚着一种豪纵感激之气，如《破阵子》（混沌乍起）、《齐天乐》（曜灵初破鸿蒙色）、《念奴娇》（灵娲游戏）、《好事近》（寒锁玉嵯）、《江城梅花引》（寒霞扶梦下苍穹）、《新雁过妆楼》（万笏瑶峰迎仙客）等，这些词作气体骞举，句势峥嵘，直与奇横开阖、气势飞舞的李白歌行相抗，即便是写景之作，亦以奇纵之气贯之振之，又以太白长篇之妙纳之于倚声之体，此为词中至难至奇之境。刚柔兼济成为区别吕碧城词作和吕惠如词作的重要标志。

第二章

三姊妹之交游

在吕氏三姊妹的交游圈里，有诸多共同朋友，他们对三姊妹都有着或多或少的影响。吕美荪师从蒋智由，交游广泛，与樊樊山、陈三立、严复、梁启超、英敛之、叶恭绰、朱孝臧、杨云史、费树蔚、梁鼎芬、王揖唐、吴郁生、陆丹林、潘飞声、范紫田、赵尔巽、孙雄、陈诗（鹤才）、龚筱楠、曹缫蘅（经沅）、王季和、孙师郑（同康）、沈鸿烈、青岛海滨诗社诸子等均有诗词酬唱。而吕碧城师从严复，与樊樊山、易顺鼎、英敛之、叶恭绰、龙榆生、费树蔚、袁寒云、杨云史等人有较密切的交往。上述名流中，诸多亦为吕惠如的友人。

考察吕氏三姊妹的交游，我们不难发现一个事实：吕氏三姊妹广泛结交各界名流，相互唱和交流，近现代有很多高官名臣、文史哲精英都与她们发生过种种联系，他们大多对吕氏三姊妹怀有推崇赞赏之情。吕氏三姊妹早年积极从事社会活动，涉及教育界、文艺界，吕碧城还涉足政界、商界、佛学界，从而结识了当时许多名流，吕氏三姊妹也因此声名鹊起。

第一节　吕氏姊妹之亲疏

一、艰难度日

吕氏姊妹出身名门，其父吕凤岐1882年任山西学政，1886年自称赋性直傲，耻于苟同于世，亦不相宜，遂决计乞病退休。吕凤岐45岁生吕美荪、

47岁生吕碧城、51岁生吕贤满，算是老来得女，对四姊妹甚是疼爱，吕氏四姊妹幼年过着无忧的小姐生活。不幸的是，1895年，吕凤岐五十九岁诞辰之际，其六安城南新宅落成，州官和绅学就新宅为寿，吕凤岐劳顿疾作，不过一月，撒手人寰。四姊妹的命运从此改变。因族人霸占财产，庭帏未能宁居，吕母茹痛弃产，带着四姊妹去来安投靠外婆家。次年，吕惠如嫁于严朗轩之子严象贤，时严朗轩司榷塘沽，吕惠如随严象贤至塘沽，吕碧城为求较好之教育，一同前往。这样，吕惠如和吕碧城在塘沽，而吕美荪和吕贤满在来安，这也为日后四姊妹之间的亲疏埋下了伏笔。她们相依为命，共渡难关。当时，吕母严氏和吕贤满在外家受恶戚所厄，惨无生路，饮鸩自尽。吕碧城和吕惠如一起努力，求江宁布政使樊增祥星夜飞檄邻省，吕母和吕贤满方得救。这个时期，吕氏四姊妹虽然糊口于四方，但她们之间的情感还是很深厚的，血浓于水的亲情使得她们心系彼此，相互勉励，共渡难关。

吕惠如作《分手感赋》，诗曰："此去如群雁，分飞各一天。离怀托明月，齐向故乡悬。""胜友初相识，临歧恨莫排，至情惟我辈，分手况天涯。芳草怜佳节，春云滞别怀，他时有归梦，先遣到秦淮。"[①]诗句道出了姊妹分离的悲伤和不舍之情。在极度困苦的情况下，她以"自来坚本性，不信入淮迁"[②]诗句与姊妹们共勉。其《白海棠和两妹》更显姊妹之情浓厚：

> 一寸相思竟未灰，化为瑶草傍阶隈。蝶衣粉薄凉侵骨，蟾魄香笼月满腮。湘女正宜同素泪，玉环原合住琼台。断肠谁唱朱家集，连理枝头寂寞开。(《吕氏三姊妹集·惠如诗稿》第3页)

吕美荪亦有同样的情怀，报以诗句"不羡春芳富贵家，幽人庭户自清华"[③]。其《寄诸姊妹》二首表达了对姊妹的依恋之情：

> 朝朝双泪湿征衫，别绪离愁此日谙。恨煞西风吹雁序，催飞孤影到江南。(《吕氏三姊妹集·眉生诗稿》第4页)
>
> 天际家山入望微，行行回首泪重挥。西风不解伤离别，偏送长亭落叶飞。(同上)

诗作悲凉苍绝，令人起秋风禾黍之思。

---

① 吕惠如:《分手感赋》，吕惠如、吕碧城、吕美荪:《吕氏三姊妹集》，第5页。
② 吕惠如:《橘》，吕惠如、吕碧城、吕美荪:《吕氏三姊妹集》，第3页。
③ 吕美荪:《豆花和长姊》，吕惠如、吕碧城、吕美荪:《吕氏三姊妹集》，第4页。

二、共办女学

1904年吕碧城从塘沽前往天津，先任《大公报》主编，后在英敛之、傅增湘、方药雨等人的帮助下，创办北洋女子公学。同年，吕惠如、吕美荪相继赴津，任教于女学，至此，吕碧城姊妹进入一个共同创业的时期。三姊妹相互扶持，姐妹之情亦见深厚，这种其乐融融的日子一直维持到1909年。

在共同创业的时期，吕氏三姊妹各自的性格彰显无疑，虽偶有摩擦，但很快和解。在天津共同办学期间，吕碧城性格较为执拗，与很多人，甚至与最亲近的朋友英敛之都产生了矛盾。期间，吕美荪经常以调和者的身份，去帮助吕碧城协调关系。

吕氏三姊妹相处融洽，耕耘于女学，亦共同考察访学。1907年正月，吕美荪与吕碧城曾值新年散学之际，相携进京，寓在琉璃厂某园，悉心考察京师女界，并于2月18日在外域传习所演说，受到了有志者的同声欢迎，她们的演讲激情昂扬，闻者均为感动。[①]可见，吕氏姊妹为实现共同追求，相互协助，携手共进。

吕氏三姊妹还以诗词唱和，相互鼓励和安慰。如吕美荪《寄伯姊惠如》云：

> 笑共辞家别，何须醉浊醪。生涯原扰扰，江汉逝滔滔。久客翻怜惯，分飞亦自豪。相期莫相忆，鸿渐正秋高。（《辽东小草》第42页）

吕美荪为姊妹们的执着追求和伟大事业感到“自豪”，所以即便是分离，亦不应被儿女之情所困扰，而应化悲恸为力量。吕美荪前往奉天，仍任教女学，她和吕碧城两地相望，总是以诗互慰，如：

> 已看苍狗悠悠尽，何事人间伈苦辛。好向天风听涛去，自由自在两吟身。（《寄和碧城》四首之一，《辽东小草》第48页）

吕氏三姊妹之间的关系，正如吕美荪诗所云“人生恩爱情，首惟在同气”[②]，何为“同气”，想必就是性情相投。1909年之前，吕氏三姊妹同声同气，相互协助，在女学园地走过了一段共同之路。

---

①《女士演说女学》，《顺天时报》，光绪三十三年正月初七日（1907年2月19日）。

② 吕美荪：《女弟坤秀》，《葂丽园诗》，原著未标明出版社，1931年，第83页。

三、姊妹反目

说起吕氏姊妹的矛盾，主要是指吕美荪与吕碧城之间的不合，而两人与吕惠如及吕贤满均能和睦相处。《南社丛谈·南社社友事略·吕碧城》记载："美荪，诗才不在碧城下，两人以细故失和，碧城倦游归来，诸戚友劝之毋乖骨肉，碧城不加可否。固劝之，她返身向观音礼拜，诵佛号南无观世音菩萨，戚友知无效，遂罢。"[①]左舜生亦云："美荪与碧城以家事失和，致三十年不通音问，故碧城晚年孑然一身。"[②]可见吕美荪和吕碧城之间的不和，已是民国时期众所周知的一件事。但不和因何而起？1937年春夏间，《晓珠词》卷三手写本出版，其中《浣溪沙》一词及其篇末自注似乎道出了其中之原因。词曰：

> 莪蓼终天痛不胜，秋风萁豆死荒塍。孤零身世净于僧。　老去兰成非落寞，重来苏李被趋承，浮名徒惹附羶蝇。

吕碧城又附注曰："予孑然一身，亲属皆亡，仅存一'情死义绝'不通音讯已将卅载者。其人一切行为，予概不预闻；予之诸事亦永不许彼干涉。词集附以此语，似属不伦，然读者安知予不得已之苦衷乎？"[③]词作最后一句在随后出版的《晓珠词》四卷本中改为"不闻媭詈更相凌"。[④]"莪蓼"即哀悼亡亲之词，"萁豆"喻手足骨肉，"苏李"借用苏秦之典故，比喻姊妹间的无情；古代楚人谓姊为媭，此处"媭"当指吕美荪。解读词作，可以看出吕碧城和吕美荪之间的感情破裂，至少吕碧城视吕美荪水火不容。从"不通音讯已将卅载"可以推测，吕碧城和吕美荪之间的矛盾产生于1907年后。根据严复日记记载，1909年12月吕美荪曾至严复公寓，求严复为吕碧城谋出洋。[⑤]可见，1909年她们的矛盾尚未激化；但至1937年，两人之间的关系仍然没有得到缓和。

姊妹为何反目？有学者说吕碧城20岁以后，其一姊一妹先后去世，她又同二姊吕美荪因为家产一事打官司，一直到死，她与吕美荪始终"情死义

---

① 郑逸梅：《南社丛谈》，上海人民出版社，1981年，第141页。

② 左舜生：《吕碧城及其〈晓珠词〉》，《中国近代史话集》，传记文学出版社，1986年，第387页。

③ 吕碧城：《晓珠词》（卷三手写石印本），原著未标明出版社，1937年。

④ 吕碧城：《晓珠词》（四卷本），广文书局，1970年，第43页。

⑤ 严复：《与夫人朱明丽书》，王栻主编：《严复集》，中华书局，1986年，第755页。

绝”，互不交往。[①]也有学者认为，两人因侍母之事而导致不和；[②]但笔者认为上述说法都有待商榷。吕氏家族的财产在吕碧城幼年时已为恶族所占，因而没有可打官司的家产，吕美荪《记先大夫葬亲事》一文云：“先大夫昆季六人，子嗣尽绝，六房仅留七女，虽薄有遗产，俱不得承受锱铢。余女兄弟四人既长，各糊口于四方，自食其力。”[③]况1907年三姊妹分手后，吕美荪和吕惠如皆已出嫁，吕美荪曾为吕碧城谋出洋，而自言“时清光绪末叶也，彼时可求官费负笈欧西，卒以母老须养，势难远游”[④]，吕美荪为了妹妹和母亲自愿牺牲游学的机会。事实上，吕美荪和吕碧城都很孝顺。吕美荪常感慨“有母在堂不自惜，胡为南北久飘零”[⑤]，1910年，身在奉天的吕美荪写信给四妹吕贤满，信中提及侍母一事，其诗云：“灯前昨夜接家书，为道高堂白发新。函商往复遣予季，归侍庭闱老病身。”[⑥]而后，两人均赴沪与吕母同住。吕美荪于1911年南下，根据《吕碧城年谱》记载，吕碧城亦于1912年奉母居沪，直至1913年其母去世。因而，吕美荪和吕碧城不大可能因为家产或侍亲之故而反目。

阅读她们的作品，关于她们的矛盾，吕碧城似有论及，从“予之诸事亦永不许彼干涉”“不闻謑詈更相凌”两句似乎可以看出，吕美荪曾经干涉过吕碧城的事情，也自恃姐姐的身份劝说过吕碧城，但吕碧城对此表示不满和愤慨，矛盾因此而起。其中的一件事情就是劝婚。1909年日本钦差胡惟德断弦，严复曾为吕碧城议婚，但严复1909年12月9日（农历十月二十七日）给其夫人朱明丽信中说：“此事早作罢论，据胡老二言，乃其兄已与一美国女学生定亲，不知信否？吕碧城虽经母姊相劝，然亦无意，但闻近在天津害病颇重。”[⑦]吕美荪作为姐姐劝婚不成，无奈去拜访严复，不仅将吕碧城拒绝后的境况告诉严复，还主动拜托严复帮助吕碧城出洋留学。她的劝婚想必遭到了吕碧城的强烈反对，分歧自此产生。

另外，由于性格不同，吕美荪和吕碧城在生活方式和接人待物方面都大相径庭。吕美荪更多地继承了传统女性的特点，生活简朴、温厚、孝顺、

① 王广西：《佛学与中国近代诗坛》，河南大学出版社，1995年，第208页。

② 祖保泉：《读〈吕碧城词笺注〉拾零（一）》，《巢湖学院学报》，2006年第8卷第5期，第1页。

③ 吕美荪：《记先大夫葬亲事》，《葂丽园随笔》，第9页。

④ 吕美荪：《东游缘起》，《瀛洲访诗记》，第1页。

⑤ 吕美荪：《重过渤海》，《葂丽园诗》，第8页。

⑥ 吕美荪：《送昆秀四妹由天津南归》，《辽东小草》，原著未标明出版社，1909年，第29页。

⑦ 王栻主编：《严复集》，第755页。

重情，其“性疏放，颇不拘于细节”[①]，她“逢人劝善”“遇事尽力行方便”，日省其身，“过恶亟思痛改”[②]，故其朋友众多，并少有矛盾。吕美荪《余性疏慵，一裘五载，絮毵毵见客，有过而笑曰“曷易之？”爰答以诗》曰“交新期岁晏，物旧感情笃。况此敝褐温，餐坐谢拘束。”[③]连旧的衣衫都不舍得丢弃，更何况亲人和友人呢？从而可略见吕美荪的性情及生活作风。吕美荪喜欢四妹吕贤满，是因为吕贤满“能知孝母而友爱恭让”“食贫耐苦，独愉愉于亲旁”。[④]相比之下，吕碧城却似乎不具备“友爱恭让”“食贫耐苦”的优点。吕碧城一生多姿多彩，但性格怪异，自视过高，生活奢华，放诞风流，不免有才女的刚愎和浮躁之气。纸帐铜瓶室主记载：吕碧城“居海上同孚路，夷楼一角，位置井然，蓄犬一，女士琴书潜兴，犬即偎伏其旁，出入汽车代步，生活殊富赡焉”[⑤]。吕碧城亦自言“余尚奢华，挥金甚巨”[⑥]，吕碧城还常常御晚礼服，袒其背部，翩翩作交际之舞。[⑦]吕碧城执拗固执，个性极强，敏感尖刻。民国十四年（1925），襟霞阁主撰一文，披露人蓄养动物一事，吕碧城认为影射彼名，诬辱其人格，乃诉之于法，襟霞阁主惧其扰，匿居吴中调丰巷，易名为沈亚公。吕碧城更登报究探，谓如获其人，当以所藏慈禧太后亲笔花卉立幅一以为酬。[⑧]吕碧城旅欧期间，对待路人亦是不相谦让。其《中途回巴黎车中琐事》记载了她在回巴黎车中和法国两个女子之间发生的事情：

> 午时予往餐车进膳，膳毕回厢，见二女子出榖于纸袋，以手劈食，油污狼籍。一叟复饷予纸烟，乃接受之，二女知予返自餐车，饱而吸烟，观彼饔飧，乃恼羞成怒，谓予不应在车厢吸烟，予即停止。须臾，一叟复从衣袋中取雪茄烟作欲吸状，予急取火柴进之，叟乃燃吸。予即向二女抗言曰：“彼亦吸烟，汝何不禁止之？”二女曰：“汝吸烟时我等方餐而恶烟味，现将餐毕，故不禁止。”予曰：“车厢本非进餐之所，肉类油污使同座憎恶。此车本有餐室，汝何不往该处（二女因餐室价昂，故不往耳）？”惜予不能用法语说明，仅

---

① 吕美荪：《林畏庐》，《葂丽园随笔》，第82页。

② 吕美荪：《自记免于火难》，《葂丽园随笔》，第56页。

③ 吕美荪：《葂丽园诗》，第9页。

④ 吕美荪：《母妹阴灵》，《葂丽园随笔》，第89页。

⑤ 纸帐铜瓶室主：《说林凋谢录二》，吕碧城著，李保民笺注：《吕碧城词笺注》，第515页。

⑥ 郑逸梅：《南社丛谈》，第141页。

⑦ 郑逸梅：《吕碧城放诞风流》，《人物品藻录》，日新出版社，1946年，第81页。

⑧ 纸帐铜瓶室主：《说林凋谢录二》，吕碧城著，李保民笺注：《吕碧城词笺注》，第516页。

用英语，彼此略语大意。一叟笑曰："只许吸大枝雪茄，不许吸小枝纸烟。"予曰："孰不许者?"乃故意取烟吸之，喷吐其气于厢内，二女亦无如何。盖彼等有意向予寻衅，故予亦不让也。(《吕碧城诗文集》第391～392页)

对于车中遇到的法国两女，吕碧城不管自己对错，针锋相对，毫不谦让，还将此事记录下来，将其收录于《欧美漫游录》之中。其性格刚烈执拗，可见一斑。1942年冬，吕碧城胃疾复发，其友王学仁、陈靖涛等前去反复开导，劝其延医治疗，然吕碧城仍固执己见，不听劝说。吕碧城的生活作风以及执拗的个性必然遭到吕美荪的反对和批评。吕碧城刚愎成性，是不会听劝的，反而会对吕美荪产生强烈的厌恶之情。

其实，所谓的矛盾，只是吕碧城一方之见。在吕美荪心中则不然。吕美荪虽然对吕碧城有诸多劝说或批评，却一直视吕碧城为亲人。其诗曰：

负米走四方，奉母无甘旨。负土成高坟，哀悔自兹始。戴罪覆载中，愧彼婴儿子。同气共六人，二存四已死。有妹在远瀛，东西睽万里。孤走自谋活，辛苦未能已。海阔莫往视，何以对考妣。维我历崄巇，一世蚕丛里。倦投东海居，犹复虑盐米。岛客多重楼，我屋鹪巢比。……(《诗将付印自题稿后》,《葂丽园诗续》第77页)

本诗作于1933年冬，此时吕贤满早逝，老母去世，吕惠如病亡，诗中"有妹"便是指吕碧城。吕美荪因不能探视远在欧美的吕碧城而感到内疚，可见，吕美荪一直心系三妹吕碧城。而吕碧城对吕美荪的不满在内心中沉淀，一直到1941年，方才释怀。

四、生死之别

在吕碧城心中，吕惠如是姊妹中最亲者，在出版《晓珠词》时，特将惠如长短句附后。而吕美荪的词作中则反复表示对吕贤满的悼念。姊妹之亲疏远近可见一斑，这也许是早年的生活注定了她们之间的微妙关系。吕美荪是个重情义的人，吕惠如及吕贤满的后事均由吕美荪料理。

1914年，吕美荪应厦门女子师范女学之聘，与其四妹吕贤满同行。学校在鼓浪屿孤岛中，四围海气氤氲、瘴氛至重，没过五个月，吕贤满忽得疾，民国三年冬旧十月二十七日(1914年12月14日)含泪而瞑，年二十有七。吕美荪伤心欲绝。按照吕贤满遗愿，吕美荪将其遗体运回上海，拟葬在万国公墓里其母墓侧。可当时租界已有定章，华人不得入万国公墓。尽管如此，吕美荪还是亲自赴工部局恳求总办西洋人，为妹求葬地，最终吕贤满方得葬在其母墓旁。若干年后，吕美荪重至鼓浪屿，仍旧怀着刻骨的悲痛写道：

相携临瘴海，乞食尚披缞。百难身犹在，孤途意莫哀。无违天地命，终荷吉祥来。与尔鸰飞比，何伤泪满腮。(《再到鼓浪屿示季妹》,《葂丽园诗》第14页)

吕贤满死后十四年，吕美荪仍伤痛不已，作11首诗追哭其季妹坤秀(即吕贤满)，诗作《追哭季妹坤秀》写道：

吾笄汝尚幼，送汝学沪滨。自劬多志气，为疾此种因。及我走辽沈，送汝到双城。双城鸡林地，女学正须人。东车蜿蜒去，荒景使我惊。是时当八月，晴雪已飘庭。寒多体愈弱，念汝苦不胜。执别抚肩嘱，芦坑热须增。(《葂丽园诗》第54页)

双城始匝岁，母命旋歇浦。而我先月归，舶至岸迎汝。塞风变旧颜，惊见瘦如许。国沸不复出，相依守蓬户。逾年母弃儿，擗踊摧肺腑。汝痛不欲生，愿往追泉路。携汝南游闽，欲杀汝悲苦。五月远扬舲，双飞投瘴雨。(同上)

正如吕美荪诗作所写“我亦为君故，沉吟遂至今”①，每到吕贤满生辰之日，吕美荪总是悲痛作诗，以示悼念。“再仰瞻遗像，一拜敛悲襟。凝睇垆烟直，灵兮或来歆。含泫还我室，开卷遣哀心。”②吕贤满去世十九年重阳，吕美荪痛念亡妹作诗六首，觉得“繄余同怀亲，生未尽恩意。恩意无由补，徒酬以枯涕”③。拿出珍藏十九年的吕贤满的鞋子，睹物思人，悲痛更深，她悲呼“愿作飘风叶，盖汝孤坟黄。愿作惊霜蝶，飞汝长眠旁”④。哀痛之情难以言语。吕美荪曾为其先母严淑人及亡妹吕贤满营二发冢于青岛，濒海之山，衔哀作诗以记之。直至1935年，吕美荪在前往日本的船上，仍悲痛“母妹伤南天，垄草何萋萋。悲我同怀者，生在长相携。如何今日出，不得同笑嬉。回头避众客，涕下成涟漪”⑤。吕美荪情深义重，1925年吕惠如病逝于南京，其螟蛉女九岁，托吕美荪为之监护。吕惠如立遗嘱之律师意欲吞没其遗产，也

① 吕美荪:《正月初六日女弟坤秀生辰悲涕有作》,《葂丽园诗续》，第24页。

② 吕美荪:《正月初六日女弟坤秀生辰悲涕有作》,《葂丽园诗续》，第24页。

③ 吕美荪:《重九既近痛念亡妹坤秀》,《葂丽园诗续》，第68页。

④ 吕美荪:《重九既近痛念亡妹坤秀》,《葂丽园诗续》，第69页。

⑤ 吕美荪:《乙亥九月二十五日十一时乘舟东渡，舟中人为日人，美荪不习日语，感觉甚苦，作诗以消永昼》,《瀛洲访诗记》，第3页。

是吕美荪为之诉讼。

时至20世纪40年代初，亲人相继离世，吕氏姊妹仅剩下吕美荪和吕碧城，她们亦年迈六十。在吕碧城去世的两年前，在澄切居士的调解下，两人方得不计前嫌，书信往来。澄切居士《吕碧城女士传略》一文记载："前年（按：1941年）冬为其骨肉参商，驰书调解，始缔文字因缘。"[①]又记曰：碧城"庚辰（1940年）东旋，止香港东莲觉苑，成《观无量寿佛经释论》，远道邮贶，诠法宗唯识，颇精审。且复书劝其姊美荪茹素，书词激切，余有诗颂之"[②]。《观无量寿佛经释论》于1942年夏方得在上海和香港出版，因而"复书"也应该在1942年夏秋间。1942年11月28日，在吕碧城去世的两个月前，她函寄张次溪，信中有言："惟来函所谓于蔚（按：徐蔚如）公宅，内检得鄙人手札五十余通，可备刊用云云，此则为鄙人所不愿，请先寄还鄙处为要。所有芜函虽多讨论佛学，然大抵因一人一事请益之作，与公众无关。其中谈家务者，及涉及月溪法师者，尤不愿宣布也。"[③]"家务"想必涉及与吕美荪的矛盾，她不愿公布，意为已经释怀，是是非非已不再重要。

在清末民初时期，吕氏姊妹因命运多舛、才华横溢闻名于当时，她们之间扑朔迷离的关系亦成为时人议论的话题。事实上，吕父去世后，吕惠如和吕碧城一起生活了十多年，故她们在文学创作体裁的爱好和性格上都有相同之处，她们同样喜爱词的创作，具有才女的执傲；而吕美荪和吕贤满相依为命多年，同样喜欢诗歌创作，性情温和，感情较为深厚。很明显，吕氏姊妹具有两种不同的性格特征，这也是吕美荪与吕碧城关系不和的主要原因。

第二节　吕氏三姊妹与英敛之

天津《大公报》的创办人、民国时期著名的天主教教徒、学者英敛之对清末民初的教育、学术、文学贡献很大，对女权运动所起的推动作用也是不可忽视的。追溯英敛之对女学的贡献，就要谈及吕氏三姊妹。英敛之与吕氏三姊妹是如何相识，又是如何共同创办北洋女子公学的呢？

① 澄切居士：《吕碧城女士传略》，吕碧城著，李保民笺注：《吕碧城词笺注》，第515页。

② 澄切居士：《吕碧城女士传略》，吕碧城著，李保民笺注：《吕碧城词笺注》，第514页。

③ 张次溪：《呜呼吕碧城女士》，吕碧城著，李保民笺注：《吕碧城诗文笺注》，第517页。

一、相识

吕碧城三姊妹于1904年陆续与英敛之相识，而最先结识英敛之的是吕碧城。在她的介绍下，其大姐吕惠如和二姐吕美荪方得相聚于天津大公报馆。

久居闺阁的吕碧城怀叛逆心理，逃离塘沽舅舅家，只身前往天津。经方小洲夫人介绍，方得认识英敛之。英敛之1904年5月7日的日记记载："方小洲偕夫人来，自同戢，方同春楼饭。"[①]第二天也就是5月8日，吕碧城便移居大公报馆，当日英敛之日记记载："内人偕小洲夫人去聚与园，并邀沈绶清之夫人。晡，接得吕兰清女史一柬，予随至同升栈邀其去戏园，候有时，同赴园，予遂回馆，少秋来。晚，请吕女史移住馆中，与方夫人同住。"[②]方夫人即方小洲之夫人，当时方小洲在塘沽任吕碧城之舅舅严朗轩的秘书。吕碧城《予之宗教观》一文也证实了吕碧城与英敛之初次见面的经过。吕碧城到天津后，英敛之委以大公报编辑之职，并为之介绍诸多名流，如方药雨、张少秋、傅润沅、严范孙等。吕碧城亦向英敛之介绍其姊吕惠如，1904年5月18日英敛之日记有云："接得碧城来函，内附其姊一函，四六文极工妥，颇为出色。"[③]可见英敛之在见到吕惠如之前，就已经十分欣赏她的文采了。

刚到天津十多天，吕碧城得知其舅严朗轩被撤任记过，需随其舅南归。但叛逆倔强的吕碧城不愿回乡，便写信给英敛之，托他代觅学堂。[④]而为了吕碧城的事情，吕惠如于5月24日只身由塘沽抵天津，晚上吕惠如被英敛之请回馆中同其夫人英淑仲同住。想必吕惠如的到来，是为了带吕碧城回塘沽，然后一起南返，可是见到吕碧城不愿回乡，吕惠如不得不于5月27日返回塘沽，和严朗轩商量吕碧城留天津的事。可能在吕惠如的劝说之下，严朗轩同意吕碧城留津，所以次日吕惠如再次赶回天津。5月31日，严朗轩亦至英敛之处谈吕碧城事，委托英敛之夫妇代为尽心。吕碧城读书一事虽经多人商量，但最终没有结果，原因在于吕碧城国学根底深厚，津京一带无适合吕碧城的学校。正当英敛之为之发愁之时，傅润沅来到大公报馆，说张印之愿与周缉之同办女学。英敛之"久蓄兴女学之志，惟苦于师范无人，

① 方豪:《英敛之先生日记遗稿》，沈云龙主编:《近代中国史料丛刊续编》(第三辑)，文海出版社，1974年，第145页。

② 方豪:《英敛之先生日记遗稿》，沈云龙主编:《近代中国史料丛刊续编》(第三辑)，第818页。

③ 方豪:《英敛之先生日记遗稿》，沈云龙主编:《近代中国史料丛刊续编》(第三辑)，第825页。

④ 方豪:《英敛之先生日记遗稿》，沈云龙主编:《近代中国史料丛刊续编》(第三辑)，第825页。

不克开办，今得此天假之便，乃奔走组织，获诸君子之力，为天津公立女学堂”[①]。次日，英敛之就托傅润沅夫人偕吕碧城去张印之处，很明显，英敛之希望吕碧城能参与创办女学。同时，“灯下教碧城法字”[②]，英敛之将吕碧城当才女培养，将自己的法文知识传授于她。

随后，由于多种原因，严朗轩及其子严象贤、吕惠如移居天津袜子胡同，也一同参与女学堂开办筹备之事。通过英敛之1904年5月到9月的日记可以看出，英敛之力促女学之开办，大小事无不过问，亲自为校舍、资金奔走。与此同时，吕惠如一家亦在为女学创办而忙碌。吕惠如参加了天津女学堂章程的制定工作。此外，英敛之、吕碧城、姚石泉等合订女学章程，而商量女学章程的汇聚点就在大公报馆英敛之住处。

1904年秋，正当女学堂接受报名注册，准备开学之时，英敛之夫妇赶至上海为其三弟筹办婚事。吕美荪得知消息后，前往上海，得与英敛之夫妇初次相见。英敛之11月25日（农历十月十九日）的日记记载：“午饭后，(朱)致尧处，车送碧城二姐梅生至，予与内人皆喜出望外。言昨由南京至上海，遍寻予等，未得，今日寻于中外日报馆，指向致尧处，始得之。”[③]致尧即朱志尧。可见，英敛之夫妇与吕美荪初次相见于上海朱志尧处。随后英敛之夫妇偕其三弟妇及吕美荪至上海大南门，步至幼稚园，再访务本女学。吕美荪与英敛之夫妇一见如故，在接下来的三天中，他们形影相随。英敛之视吕美荪为亲人，关心无微不至，连近视镜都为其购买，并于11月30日偕吕美荪由上海北上天津。吕美荪初到天津，和吕碧城一样都受到了英敛之的照顾，在任职于女学堂之前她一直住在大公报馆，衣食住行皆由英敛之为其准备。当时，吕美荪对于林纾有较高的评价，慕其译述驯雅，曾推想林纾窈窕其笔，必也风雅其人，故很想拜访。英敛之资助其路费，吕美荪方得赴北京晤林纾。可见，在经济上英敛之给予了吕氏三姊妹很大的帮助。

同时，英敛之为吕美荪介绍名流，还领其至日本领事馆，结识日本友人高尾夫妇及总领事夫妇等。1905年1月3日，英敛之送吕美荪至北洋女子公学，因吕碧城和吕惠如皆病，次日吕美荪正式代课。至此，吕氏三姊妹在英敛之的帮助下，齐聚天津北洋女子公学。而在相处过程中，吕氏三姊妹与英敛之夫妇诗词唱和、写字论画，其乐融融；英敛之对吕氏三姊妹无微

① 英敛之：《吕氏三姊妹集序》，吕惠如、吕碧城、吕美荪：《吕氏三姊妹集》，1905年。

② 方豪：《英敛之先生日记遗稿》，沈云龙主编：《近代中国史料丛刊续编》（第三辑），第850页。

③ 方豪：《英敛之先生日记遗稿》，沈云龙主编：《近代中国史料丛刊续编》（第三辑），第924页。

不至，来回送往，宛如亲人，吕美荪诗作《析津寒夜出大公报馆，馆主英敛之伉俪步送返河北旅次》记曰“言笑倏起座，促去柝已示。摄冠裘送我，秦徐笃嘉意。联步出崇馆，超趯谢车辔。霜华涂何厚，静踏藉藉地”。[①]

二、矛盾

吕碧城是个性极强的人，较难与人相处。在1904年年底，吕碧城便与诸人不和，如傅润沅妻子。据英敛之日记记载：“傅润沅来，谈女学堂事，大致因其妻与碧城意见不和，故生出无数波折。”[②]随后，英敛之对吕碧城亦有诸多不快。在1905年1月8日日记中，英敛之首次记载了对吕碧城的不满情绪：“与碧城、梅生略谈学堂情形及办法。碧毫无定见，未尝出一决断语。予默念日后艰难，及众人退缩状，自顾绵力，虽任怨任劳，奈反对者群为抵隙蹈瑕之计，而共事者又未必与我心心相印、息息相通也。为不快者久之！”[③]1905年1月25日日记亦云：“送碧城回学堂，路中略话，甚不合。”[④]而此时的吕氏三姊妹仍将大公报馆视为己家，将英敛之看成最亲近的朋友。1905年2月，吕美荪南归，吕美荪刚走没几日，吕碧城便与吕惠如发生口角，吕惠如不欲在学堂，因而当天留宿大公报馆。这次口角，想必是吕碧城的不对，故第二天，吕碧城向吕惠如谢罪，请其回学堂。[⑤]英敛之对吕碧城虽有不满，但仍然为三姊妹出版《吕氏三姊妹集》，其序言中不乏溢美之词。

英敛之与吕美荪友情日渐笃厚，与吕碧城却日渐疏离，1906年3月13日至5月5日，英敛之日记中仅有两次提及吕碧城。至1906年7月，英敛之对吕碧城的印象更加恶劣，这是在吕美荪被电车所撞期间，英敛之到医院看望吕美荪时，遇到吕碧城，“觉其虚骄浅薄之状，甚可恶，遂即辞归”[⑥]。次日，英敛之很早又到医院，与吕美荪闲话极久，吕美荪不愿英敛之与吕碧城之间龃龉冷淡，故和婉劝勉英敛之。尽管吕美荪在中间努力调和，但难以化解英敛之和吕碧城之间的矛盾。英敛之日记10月26日又云：“至医院，碧城在，

---

① 吕美荪：《葂丽园诗》，第9页。
② 方豪：《英敛之先生日记遗稿》，沈云龙主编：《近代中国史料丛刊续编》（第三辑），第939页。
③ 方豪：《英敛之先生日记遗稿》，沈云龙主编：《近代中国史料丛刊续编》（第三辑），第946～947页。
④ 方豪：《英敛之先生日记遗稿》，沈云龙主编：《近代中国史料丛刊续编》（第三辑），第953～954页。
⑤ 方豪：《英敛之先生日记遗稿》，沈云龙主编：《近代中国史料丛刊续编》（第三辑），第937页。
⑥ 方豪：《英敛之先生日记遗稿》，沈云龙主编：《近代中国史料丛刊续编》（第三辑），第1070页。

觉其虚骄刻薄之态极可鄙，大不快，漠漠良久，遂出。”[1]英敛之看不惯吕碧城，而吕碧城亦过于孤高，不放一人在眼里，对英敛之“不甚佩服”[2]。这样，两人矛盾自然而生。1907年元宵节后，吕美荪再次从中劝解，还是未能挽回，吕碧城与英敛之矛盾激化。1908年10月1日《大公报》载署名耐久的《师表有亏》一文，曰：“女学虽要紧，那充当女学教习的人尤其要紧。不但学问要渊博，而且她品性尤其要端正。”“我近来看着有几位当教习的，怎么打扮的那么妖艳呢，招摇过市，不东不西，那一种妖艳的样子，叫人看着不耐看。”篇末还劝说女教习：“快快改良吧，别给新学堵嘴啦。”吕碧城疑为隐射讽刺，遂与英敛之决裂。英敛之1908年10月7日的日记亦记载：“碧城因《大公报》白话登有“劝女教习不当妖艳招摇”一段，疑为讥彼，旋于《津报》登有驳文，强词夺理，极为可笑。数日后，彼来信，洋洋千言分辩。予乃答书，亦千余言。此后遂永不来馆。”

事实上，吕碧城和英敛之并未真正地决裂。辛亥革命后，两人仍有多次联系。1916年夏《万松野人言善录》出版后，英敛之曾送吕碧城一部，劝其信教，三个月未收到回复，所以写信去问。1917年《安蹇斋丛残稿》出版，其中有丁巳年写的《复某女士书》。方豪仍推测是写给吕碧城的，信中称民国五年吕碧城曾去香山访英敛之。当时吕碧城对佛学已颇有心得，英敛之希望其能信奉天主教，所以信中对佛教辩论较多。从信中得知，吕碧城曾写信给英敛之，自称“百忧铄骨，万念灰心”[3]，且“漏纸凄苦之词，一把辛酸之泪”，不禁让英敛之“怅惋悼惜，失欢短气”[4]，故复书一封，希望吕碧城能自振奋，力自超拔，可见英、吕二人道义交情不同一般。《复某女士书》阐述了人生之理，对佛教辩论较多，彼此的矛盾基本上化解。旅美之后的吕碧城对于英敛之当年对她的帮助和照料依然感动。她说：“予初抵津，诸友侦知窘况，纷赠旧衣服及脂粉、胰皂等，日用所需，供应无缺，其事甚趣，谊尤足感。”[5]

英敛之与吕惠如及吕美荪难免也有磕磕碰碰的地方，但矛盾是短暂的。英敛之与吕美荪的误会缘于吕美荪之婚事。从英敛之1907年4月到7月的日

---

① 方豪：《英敛之先生日记遗稿》，沈云龙主编：《近代中国史料丛刊续编》（第三辑），第1079页。

② 严复：《与甥女何纫兰书》，王栻主编：《严复集》，第839页。

③ 英敛之：《复某女士书》，《安蹇斋丛残稿》，原著未标明出版社，1917年，第17页。

④ 英敛之：《复某女士书》，《安蹇斋丛残稿》，第14页。

⑤ 吕碧城：《予之宗教观》，吕碧城著，李保民笺注：《吕碧城诗文笺注》，第481页。

记可以看出，吕美荪未能及时告知英敛之结婚一事，英敛之为之不悦，但很快，吕美荪从奉天归来，与英敛之夫妇又一往热忱。1908年9月，英敛之与吕碧城绝交，但与吕美荪友情尚存。10月15日，英敛之于奉天女子师范学校访吕美荪，作《关外旅行小记》。17日，吕美荪回访英敛之，谈近代诗章。1911年英敛之曾给吕美荪写信，惜未寄出，信中邀吕美荪同游花园。事实上，吕惠如对英敛之的不满，亦多因吕碧城而起。1906年底，吕惠如由奉天致信英敛之，曾大怒，颇有绝交神情，但短暂的误会很快化解。1917年，英敛之隐居香山静宜园，吕惠如曾致英敛之夫人英淑仲信函，有北上拜访英敛之夫妇之意。①

可见，与深厚的友谊相比，吕氏三姊妹与英敛之之间的矛盾显得微不足道。在短暂的不快之后，他们仍有书函往来，情感仍旧深笃，友谊一直保持终生。

三、英敛之眼中的吕氏三姊妹

> 此世最亲惟我辈，得天独厚是君家。苔芩契合神无间，水乳交融谊有加。邱氏一门饶蕴藉，刘家三妹并清华。沉沉女界数千载，一线光明丽早霞。②

上述诗句表达了英敛之夫人对吕氏三姊妹才学的赞赏之情，亦可见英敛之夫妇与三姊妹友情之浓厚。正因为如同亲人般的相处，英敛之方能看出吕氏三姊妹的异同，在他的眼里，三姊妹具有才女的共同特征，又有着诸多的不同之处。

（一）擅旧词华，具新理想

吕碧城刚到天津，英敛之委以大公报编辑之职；初次见面，吕惠如便与英敛之夫人“一见即针芥相投，苔芩契合，遂盟为姊妹，矢以永好”③；英敛之与吕美荪一见如故，并鼎力支持三姊妹创办女学。英敛之夫妇为何如此？唯一的解释便是英敛之被吕氏三姊妹的学问才华所吸引。在《吕氏三姊妹集

① 方豪：《英敛之笔下的吕碧城四姊妹》，李又宁、张玉法主编：《近代中国女权运动史料（1842—1911）》，龙文出版社股份有限公司，1995年，第1426页。

② 英淑仲：《题吕氏三姊妹集》，吕惠如、吕碧城、吕美荪：《吕氏三姊妹集》，第1页。

③ 英敛之：《吕氏三姊妹集序》，吕惠如、吕碧城、吕美荪：《吕氏三姊妹集》。

序》中，英敛之将吕碧城三姊妹看成“祥麟威凤”：

得读两君诗暨词。惠如则典赡风华，匠心独运；碧城则清新俊逸，生面别开。乃摘其尤佳者，登之《大公报》中。一时，中外名流投诗辞、鸣钦佩者，纷纷不绝。诚以我中国女学废绝已久，间有能披阅书史、从事吟哦者，即目为硕果晨星，群相惊讶。况碧城能开新理想，思破旧锢蔽，欲拯二万万女同胞出之幽闭羁绊黑暗地狱，复其完全独立自由人格，与男子相竞争于天演界中。尝谓自立即所以平权之基，平权即所以强种之本，强种即所以保国，而不至见侵于外人，作永世之奴隶。嗟呼！世之峨高冠、拖长绅者尚多未解此，而出之弱龄女子，岂非祥麟威凤不世见者乎。[①]

英敛之惊叹于吕氏三姊妹的卓越才华，他评吕美荪“素不屑弄事词翰，然落笔清灵，极挥洒之致，亦颇与乃姊乃妹并驾齐驱，各树一帜”[②]。对于吕碧城的学问更是赞叹，“人莫不诧为祥麟威凤，在闺阁中固今世之仅见者”[③]。英敛之称赞吕氏三姊妹能披阅书史、从事吟哦，各有千秋。不管是吕惠如的“典赡风华”，吕碧城的“清新俊逸”，还是吕美荪的“落笔清灵”，都让英敛之为之赞赏。

英敛之欣赏三姊妹的文学才华，更钦佩三姊妹能破旧锢蔽的新思想和独立自由之人格。他赋予吕氏三姊妹很高的评价：“吕氏三姊妹承渊源家学，值过渡时代，擅旧词华，具新理想，为吾国女学之先导，树吾国女界之标的。”[④]而吕氏姊妹的“新理想”与英敛之不期而同，这促使求才若渴的英敛之更加重视三姊妹。因而英敛之夫妇“以获交三姊妹为荣幸”，乃各录其稿若干，刊以行世，其目的为“俾我国女界中，得所观感兴起，并以识予夫妇交游之幸，钦佩之诚”[⑤]。英敛之不仅刊载其诗词，还广泛介绍三姊妹结识中外名流。三姊妹之所以能在教育界、文学界声名鹊起，实得力于英敛之的揄扬。

---

① 英敛之：《吕氏三姊妹集序》，吕惠如、吕碧城、吕美荪：《吕氏三姊妹集》。

② 英敛之：《吕氏三姊妹集序》，吕惠如、吕碧城、吕美荪：《吕氏三姊妹集》。

③ 英敛之：《复某女士书》，《安蹇斋丛残稿》，第18页。

④ 英敛之：《吕氏三姊妹集序》，吕惠如、吕碧城、吕美荪：《吕氏三姊妹集》。

⑤ 英敛之：《吕氏三姊妹集序》，吕惠如、吕碧城、吕美荪：《吕氏三姊妹集》。

（二）性情各异

英敛之自始至终都肯定吕氏三姊妹的才学。在不断深入的相处中，英敛之对三姊妹的性情有不同的评价。在吕氏三姊妹中，英敛之最赞赏吕美荪。而吕碧城性格极强，不易与人相处。相对而言，英敛之夫妇对吕美荪和吕惠如之性情较为认可。

1. 虚骄刻薄、放纵自恣——评吕碧城

吕碧城初见英敛之，作《满江红》，词作豪情万丈，因此让英敛之刮目相看。初次见面，吕碧城给英敛之的印象便是才女、奇女。英敛之以"极佳"两字来评价吕碧城的词作，常与吕碧城谈话至深夜。随着交往的深入，英敛之对吕碧城有另外一番看法：有才气，但虚骄刻薄。英敛之1906年9月28日的日记记载："与碧城数语，觉其虚骄浅薄之状，甚可恶，遂即辞归。"[①] 10月23日的日记又云："觉其虚骄刻薄之态极可鄙，大不快，漠漠良久，遂出。"[②] 吕碧城"性情高傲，目无余子"[③]，有时甚至不把英敛之、傅增湘等放在眼里。吕碧城这个缺点令英敛之难以容忍，故英敛之在日记里多次说吕碧城"可鄙""可恶"。

英敛之对放纵自恣者大为不满，在他看来，吕碧城亦是一个放纵自恣、生活奢侈的人，这正是英敛之看不惯吕碧城的地方。英敛之在给吕碧城的信《复某女士书》中强调："凡夫乐于放纵自恣者，无不以造物主为虚诞、以神魂不灭为狂妄，然凡抱此等观念者，其效果或近而显、或远而晦，皆无美善可言者也。"[④] 英敛之日常喜欢俭朴之人，时常叮嘱吕氏三姊妹以此为要。1907年8月6日，英敛之送吕美荪由天津返奉天，嘱咐其此后生活上应以检点、朴素为要。[⑤] 在这一点上，吕惠如、吕美荪尚好，而吕碧城则"手散万金而不措意"[⑥]，连吕碧城自己都承认自己"习奢华，挥金甚巨"[⑦]，这当然让英敛之大不满意。

---

① 方豪：《英敛之先生日记遗稿》，沈云龙主编：《近代中国史料丛刊续编》（第三辑），第1070页。

② 方豪：《英敛之先生日记遗稿》，沈云龙主编：《近代中国史料丛刊续编》（第三辑），第1079页。

③ 苏雪林：《女词人吕碧城与我》，（新加坡）《恒光月刊》，1964年。

④ 英敛之：《复某女士书》，《安蹇斋丛残稿》，第15页。

⑤ 方豪：《英敛之先生日记遗稿》，沈云龙主编：《近代中国史料丛刊续编》（第三辑），第1121页。

⑥ 樊增祥：《手书二则》，吕碧城著，费树蔚编：《吕碧城集》，中华书局，1929年，第2页。

⑦ 吕碧城：《〈手书二则〉按语》，吕碧城著，费树蔚编：《吕碧城集》，第3页。

对于吕碧城的种种缺点，英敛之虽有不满，但从内心里是理解的，将之解释为“遭家庭变故，感身世之飘零，百忧丛集，激而成此，衡以常情，无怪其然”[①]。他认为吕碧城性格怪异是因为她遭遇特殊，这种认识是合乎常理的。

2. 神情豪爽、气度光昌——评吕美荪

初次见到吕美荪，英敛之对其第一印象极佳，英敛之用性情相投、俨如骨肉来比喻，1905年二月初五日英敛之日记记曰：“梅生（按：即美荪，英敛之笔误）自与予夫妇相遇，性情投契。俨如骨肉，相处百余日，不惟无厌意，而甚恨时日之短促。”[②]英敛之对吕美荪第一印象好，相处也日久情浓，他常与吕美荪“话良久”，且“畅谈极快”“相谈甚欢”。对于英敛之和吕碧城的矛盾，吕美荪常在中间作调解，英敛之自言“受其（按：美荪）和婉之劝勉，心为之大快”。[③]

英敛之对吕美荪的评价最高，1905年正月十一日英敛之日记记曰：“予偕梅生照相，只得一张，神情颇豪爽，绝似欧洲贵族妇女状。”[④]《吕氏三姊妹集序》也称：“眉生性豪爽，有古侠士风，言吐慷慨，气度光昌。”[⑤]可见，英敛之赞赏吕美荪，不仅在于她的才气，更在于她豪爽的性格。与吕碧城的刻薄相比，吕美荪的和婉之情、慷慨之气更让英敛之觉得亲切。

3. 端庄浑厚、有清贵之气——评吕惠如

英敛之之妻英淑仲与吕惠如“一见即针芥相投，苔芩契合，遂盟为姊妹，矢以永好”[⑥]，英敛之亦视其为妹，彼此情谊深厚。1904年四月初十英敛之日记记载与吕惠如初次见面的情景：“九点，碧城之姊蕙如女史（即吕惠如）只身由塘沽来，极端庄、浑厚，可敬之至。午前移至佛照楼住。晚蕙如姊仍请回馆中同内人等宿。”[⑦]初次见面，英敛之便用“端庄、浑厚”“可敬之至”来形容吕惠如，这个评价符合身为长姊、已为人妇的吕惠如。在密切的交往中，英敛之越发察觉吕惠如具有很好的气质，觉其“颇显一种清贵气象”[⑧]。

---

① 英敛之：《复某女士书》，《安蹇斋丛残稿》，第18页。

② 方豪：《英敛之先生日记遗稿》，沈云龙主编：《近代中国史料丛刊续编》（第三辑），第970页。

③ 方豪：《英敛之先生日记遗稿》，沈云龙主编：《近代中国史料丛刊续编》（第三辑），第1070页。

④ 方豪：《英敛之先生日记遗稿》，沈云龙主编：《近代中国史料丛刊续编》（第三辑），第960页。

⑤ 英敛之：《吕氏三姊妹集序》，吕惠如、吕碧城、吕美荪：《吕氏三姊妹集》。

⑥ 英敛之：《吕氏三姊妹集序》，吕惠如、吕碧城、吕美荪：《吕氏三姊妹集》。

⑦ 方豪：《英敛之先生日记遗稿》，沈云龙主编：《近代中国史料丛刊续编》（第三辑），第828～829页。

⑧ 方豪：《英敛之先生日记遗稿》，沈云龙主编：《近代中国史料丛刊续编》（第三辑），第968页。

四、英敛之对吕氏三姊妹的影响

在吕氏三姊妹走上社会最关键的时候，英敛之夫妇给予了她们最重要的帮助。这份友情，三姊妹都记在心里，不管是在亲密无间之时还是因误会而疏离之时，英敛之夫妇在吕氏三姊妹心中都占有一席之地。

吕惠如用“双情交映，两意相融”来比喻他们之间的友情，用“感君厚意”来表达对英敛之夫妇的感谢。[①] 她称赞英淑仲“丰神散朗，大有林下之风。吐属英豪，岂仅闺中之秀。虽为巾帼，实胜须眉”“独明淡泊，天怀乃承”，对英敛之更是佩服。而吕美荪钦佩英敛之的才学、为人及爱国热情，也给予英敛之很高的评价，其《也是集序》曰“当世学识超迈、通贯中西者，新学界中固不乏其人，而都下英君敛之。尤负希世俊才，膨爱国热血，其兀兀矻矻，泪笔婆心，穷年尽日，以报纸扩民智，以危言警当权。”“敛之之为人不特富，于国家、思想，而于友朋尤挚。”[②]英敛之夫妇去世后，吕美荪忆怀旧事，悲痛不已，作《哭英敛之并夫人淑仲》：

> 昔我越洪涛，帆向津沽指。津沽远何至，谋食向兹里。登岸北风凉，衣敝不掩体。弱非逋亡客，望门思投止。赖有贤主人，为我卸行李。裁袍愧分绨，缩食感添七。伯鸾固我兄，德耀亦我姊。辉辉薄霄汉，于以见情伟。奋发激中肠，独立自兹始。志士重酬恩，应尔非德美。何期恩未酬，寄庑人双死。衔哀远莫赴，愿逐悲风起。飘我天朔方，摧膺荐馨芷。黄垆欲起扶，一恸二君子。惭无延陵义，挂剑报知己。（《葂丽园诗》第45页）

诗中称英敛之夫妇为知己、为兄姊，坦言正是有了英敛之夫妇的帮助和激励，三姊妹方能“奋发激中肠，独立自兹始”。的确，英敛之在经济上、生活上、事业上都给予吕氏三姊妹极大的帮助。同时，英敛之与吕氏三姊妹在思想上有诸多相似之处，这种相似并非偶然，英敛之对吕氏三姊妹应有或多或少的影响。

英敛之提倡民主，反对专制。其《说官》“自嬴秦以来，一统天下，专制之政兴，人主之权日渐尊崇，遂至高无纪极，而官之一途，亦不得不水涨船高，与民隔绝矣。故‘君门万里’之外，复有‘侯门如海’之谣。嗟呼！

① 吕惠如:《与淑仲二姊订盟书》，吕惠如、吕碧城、吕美荪:《吕氏三姊妹集》，第2页。

② 吕美荪:《也是集序》，英敛之:《也是集》，大公报馆，1907年。

天泽之分别既严，人事之乖违日甚，降至今日，而官遂得蠹国殃民，擅威作福之专利商标矣！”认为“官尊民卑”之恶俗能贻误通国，“使吾民一蹶而无望复振，一亡而永不能复兴”[①]。吕美荪亦在大公报上发表言论：“夫我国丛弊之端，首在君民之分太悬，上下之情不达而窒。其间为蠹、为奸，病民误国者，惟官而已。”[②]

英敛之主张变法，对革命人士充满同情。吕氏三姊妹在英敛之的介绍下结识了秋瑾，虽未参与革命，但对革命者有着同情之心。1907年秋瑾遇难，吕碧城哀痛。六月，英敛之应吕美荪之邀，撰文抨击当局，题名为《党祸株连实为促国之命脉》，收入《也是集续编》。

英敛之努力地追求言论独立、自由，为此创办了《大公报》，顶着官绅的干涉，敢于发表言论，其《说报》认为报纸为“一国之代表”“国民程度之高下、智识之闭塞，风俗之美恶，要以报馆之多寡、消路之畅滞、记载议论之明通猥鄙征之。”[③] 吕氏三姊妹受其影响，发现了报纸在宣扬民主、鼓吹女权方面的作用，纷纷作文在各大报刊上慷慨陈词。吕碧城更兼任大公报馆编辑之职。吕美荪亦支持办报，甚至为大连《泰东日报》的刊行，特写了《祝大连泰东日报》这首诗。诗曰：

> 晓钟声动东方白，濬智砭愚仰巨文。此是生公真说法，半天花雨落纷纷。(《辽东小草》第7页)

英敛之反对排满之论。1907年有排满者言“排满所以保我汉族，将其秕政漏习，一扫而空之，再兴中国，正所以不为异族奴隶也”，对此，英敛之批评这些排满保汉之论者不明利害，他们“目的既乖，识见尤谬”[④]。受此影响，吕碧城自言“无满汉之见”，吕氏三姊妹亦交异族朋友，如赵尔巽、袁寒云等。

英敛之早年注重教育，提倡为国家储备人才，尤其重视人格教育。其《今世人之人材果足今世之用乎》曰“造育人材固为立国之根本，而变化气质，最为世间之难事。中国刻当初变科举为学堂，其教育不普遍，课程不完备，自不待说；历观各报所记，学界风潮，各省学堂，无不闹事者；而闹事之原

① 英敛之：《也是集》，第29页。

② 吕美荪：《书端中丞奏兴女学事》，《大公报》，1905年11月30日。

③ 英敛之：《也是集》，第13页。

④ 英敛之：《党祸株连实为促国之命脉》，《也是集续编》，大公报馆，1910年，第6页。

因，起于饭食者，十之八九”“所可断言者，足见吾国人格之卑矣！”[①] 吕氏三姊妹能走上教育之路，要得力于英敛之的大力支持和帮助。吕碧城在《大公报》上相继发表《兴女权贵有坚忍之志》和《教育为立国之本》，吕美荪也发表《书端中丞奏兴女学事》一文，都阐述了教育的重要性，也强调了兴女学的重要性。

吕氏三姊妹虽受英敛之的影响，但同时也保持着独立的见解，尤其在宗教思想上，吕碧城三姊妹并未踪其所仰。英敛之是民国时期著名的天主教教徒学者，他于1895年二十九岁时便正式信奉天主教。从英敛之日记遗稿可以看出，在与吕氏三姊妹相处期间，英敛之日必弥撒，但民国后吕氏三姊妹的宗教信仰却与其相悖，这便引起了一场英敛之与吕碧城之间关于佛教的辩论。1917年，英敛之作《复某女士书》，根据方豪推测，这封信是写给吕碧城的，信中英敛之批判佛经禅集“因衡以科学名理途术，其间矛盾龃龉、相违相伐处，几于触目皆是”[②]，又认为佛学“于大本大源处既极背谬，且因其不能辅世泽民，而徒为社会人群害耳！”[③]当时，吕碧城已问学于道学家陈撄宁，同时对佛学已有心得，故英敛之劝导她“苦海回头，悬崖撒手”[④]。但无论怎么劝说，吕碧城对天主教始终未有所悟，最终还是皈依佛学。吕惠如和吕美荪亦未涉足天主教，她们虽未皈依佛门，却也是佛家虔诚的信徒。

第三节 吕氏三姊妹与秋瑾

一、结识与交往

秋瑾与吕氏三姊妹属于同一时代的女性，玉树琼枝，相映并美。她们都是致力于妇女解放运动的先驱者。秋瑾与吕氏三姊妹的相识源于秋瑾与吕碧城“同时而同字”，秋瑾因此欲拜访吕碧城，经李道恒传递信息，英敛之夫妇做桥梁，吕碧城、吕惠如与秋瑾方能于天津见面。

1904年5月18日（农历四月初四）英敛之日记记曰：“道恒由京来，谈及

① 英敛之：《也是集》，第2页。
② 英敛之：《复某女士书》，《安蹇斋丛残稿》，第18页。
③ 英敛之：《复某女士书》，《安蹇斋丛残稿》，第18页。
④ 英敛之：《复某女士书》，《安蹇斋丛残稿》，第14页。

北京亦有一碧城女史，乃姓秋，适王氏者也。”[①]道恒，英敛之日记中有时写成道衡，即李道恒。由于他的介绍，英敛之才得知有秋瑾此人。5月19日英淑仲“发碧城一函”，应该是告诉了吕碧城关于秋瑾的事。吕碧城接到信后，当天由塘沽回英淑仲信，回函云“所云秋碧城女史，同时而同字，事亦甚奇。惟伊生于名地，阅历必深，自是新学中之佼佼者。若妹则幼无父兄指授，僻处乡隅，见闻狭隘，安敢望其肩背。然既属同志，亦愿仰瞻风范，但未识其性情能与我辈相合否？伊到津时，望即函示。”[②]未见面，吕碧城已将秋瑾看作同志，对其风范的钦佩之情溢于言表，也表达了希望一见的愿望。5月21日，吕碧城由塘沽返天津，并于6月10日与吕惠如同时见到了秋瑾，当日英敛之日记记载：“早，蕙如姊来。十点，秋闺瑾女由京来，其夫王子芳及秦□□偕来，留午饭。予同王、秦单间房内。饭后，秋留馆，王、秦等去。晚，傅润沅来，谈极久去。秋与碧同屋宿。”[③]吕碧城旅居欧美期间，对与秋瑾见面时的情景还记忆犹新：“犹忆其名刺为红笺‘秋闺瑾’三字，馆役某高举而报曰：‘来了一位梳头的爷们！’盖其时秋作男装而仍拥髻，长身玉立，双眸炯然，风度已异庸流。主人款留之，与予同榻寝。次晨，予睡眼朦胧，睹之大惊，因先瞥见其官式皂靴之双足，认为男子也。”[④]接下来的两天里，英淑仲、吕碧城及秋瑾同出同进。6月13日（农历四月三十日）早秋瑾欲返京城，欲与吕碧城赴京同行，而吕碧城决意不去。[⑤]回京后，秋瑾仍惦记天津一行，一周后，“秋闺瑾由京遣人至，取其诗稿，并与寄照相一张”[⑥]。据郭延礼考证“不久吕碧城又至北京回访，地点是在绳匠胡同的杜若洲家”[⑦]。秋瑾赴日本之前意欲与吕碧城“同赴扶桑”，故函告吕碧城，6月21日英敛之与吕碧城还特意到车站与秋瑾相见，可惜未能相遇。[⑧]事实上，秋瑾于1904年6月22日（农历五月初九）自北京启程赴日[⑨]，可能是因为秋瑾有事延迟一天，并未能及时告知英敛之及吕碧城，因而错过了最后一次见面的机会。

① 方豪:《英敛之先生日记遗稿》，沈云龙主编:《近代中国史料丛刊续编》(第三辑)，第825页。

② 吕碧城:《致英淑仲书》，吕碧城著，李保民笺注:《吕碧城诗文笺注》，第123页。

③ 方豪:《英敛之先生日记遗稿》，沈云龙主编:《近代中国史料丛刊续编》(第三辑)，第838页。

④ 吕碧城:《予之宗教观》，吕碧城著，李保民笺注:《吕碧城诗文笺注》，第481页。

⑤ 方豪:《英敛之先生日记遗稿》，沈云龙主编:《近代中国史料丛刊续编》(第三辑)，第839页。

⑥ 方豪:《英敛之先生日记遗稿》，沈云龙主编:《近代中国史料丛刊续编》(第三辑)，第842页。

⑦ 郭延礼、郭蓁:《吕碧城》，柳无忌、殷安如编:《南社人物传》，社会科学文献出版社，2002年，第96页。

⑧ 方豪:《英敛之先生日记遗稿》，沈云龙主编:《近代中国史料丛刊续编》(第三辑)，第843页。

⑨《大公报》，1904年7月22日。

吕碧城和秋瑾有书信往来。据郭延礼考证，1904年7月22日、8月26日《大公报》刊载秋瑾的两封残信，这是写给《大公报》编者吕碧城的；而吕碧城也有写给秋瑾的书信和诗词，这大约毁于"六·六"(按：1907年7月15日)之难了。[①]秋瑾创办《女报》，吕碧城为之作发刊词。清末丁未，徐锡麟陷于皖城之狱，秋瑾殉义，吕碧城悲恸万分。1916年秋，吕碧城与费树蔚等同游杭州时，感伤而作《西泠过秋女侠祠次寒云韵》，诗句有云"尘劫未销惭后死，俊游愁过墓门前"[②]，表达了吕碧城对秋瑾的悼念和敬佩之情。据林启鸿回忆，吕碧城曾作《秋瑾传》一篇，凌楫民为之介绍到纽约、芝加哥各著名报纸，各报莫不争为刊载。[③]

在秋瑾初次东渡之前，吕美荪尚未北上，故与秋瑾素未谋面，但其与秋瑾结文字交亦在1904年。据吕美荪回忆，秋瑾负笈日本时，频致书于她，吕美荪"皆勉以求学为覆，语不及他"[④]。秋瑾牺牲后，吕美荪愤愤不平，特请英敛之撰文抨击当局，题名《党祸株连实为促国之命脉》，后收入英敛之的《也是集续编》。

二、文人与革命家——女权观念及政治思想上的合与离

吕氏三姊妹和秋瑾都是新旧交替过程中挣扎忧郁的个体，亦是个性独立的新女性。吕氏三姊妹和秋瑾一样从婚姻、经济、社会地位等方面争取女性的自由。在同一年，她们在人生的旅途上都迈出了惊人的一步。1904年秋瑾与家庭决裂，东渡留学；吕碧城逃离闺阁，只身前往天津；吕惠如离开家庭，搬进北洋女子公学；吕美荪北上天津，投身女学。在婚姻观念上，秋瑾告诫女同胞的择偶标准是有学问、性情好的人，她藐视纨绔子弟，毅然与其夫王子芳决裂。吕碧城选择配偶的标准也并非"资产"和"门弟"，而"在于文学上之地位"[⑤]，无合意者，便选择终生独身。吕美荪更是选择了自由恋爱。她们何其相似，在实现自身从"女人"到"人"的转变的同时，也在推动着女性解放事业的进步。

---

① 郭延礼、郭蓁：《吕碧城》，柳无忌、殷安如编：《南社人物传》，第100页。

② 吕碧城著，李保民笺注：《吕碧城诗文笺注》，第57页。

③ 林启鸿：《跋信芳集》，吕碧城：《信芳集》，1929年排印本。

④ 吕美荪：《严几道》，《葂丽园随笔》，第81页。

⑤ 郑逸梅：《艺林散叶续编》，《郑逸梅选集》(第三卷)，黑龙江人民出版社，1991年，第179页。

在女权思想上，秋瑾与吕氏姊妹心有戚戚。秋瑾慨叹当时社会之黑暗，尤其是女子仍旧处在黑暗沉沦之中。她在演讲中，以一句“世界上最不平的事，就是我们二万万女同胞了”[①]，警醒了多少女子，她为男女不平等鸣不平。为了实现男女平等，秋瑾提倡办报、兴女学，其《实践女学校附属清国女子师范工艺速成科略章启事》中称创办女子学校为无量之事业，而创办《中国女报》也是“以开通风气、提倡女学、联感情、结团体，并为他日创设中国妇人协会之基础为宗旨”[②]。吕碧城三姊妹亦感同身受，她们对当时女子的处境有着强烈的不满。她们倡女权，主张男女平等，“夫君之于民，男之于女，有如辅车唇齿之相依”[③]。而倡女权，必须兴女学。吕碧城认为：“女权之兴，归宿爱国，非释放于礼法之范围，实欲释放其幽囚束缚之虐权。”[④]“盖欲强国者，必以教育人材为首务。岂知生材之权，实握乎女子之手乎？缘儿童教育之入手，必以母教为基。若女学不兴，虽通国遍立学堂，如无根之木，卒鲜实效。”[⑤]吕美荪亦认为：“国之本在家，家之本在女，本之本谓何？女学是已。”[⑥]吕氏三姊妹还身体力行，多年躬耕于女学园地。

在如何寻求自立方面，吕氏三姊妹和秋瑾所见略同，她们都认为只有女界“合群”，方能达到成功。秋瑾曰：“欲脱男子之范围，非自立不可；欲自立，非求学艺不可，非合群不可。”[⑦]吕碧城亦云：“自欧美自由之风潮，掠太平洋而东也，于是我女同胞如梦方觉，知前此之种种压制束缚，无以副个人之原理，乃群起而竞言自立，竞言合群，或腾诸笔墨，或宣之演说，或远出游历，无不以自立、合群为宗旨。……若于男女间论之，则不结团体。女权必不能兴，终必复受家庭压制”“吾深望同胞，急结成一完备坚固之大团体。一人倡而千百人附；如栽花然，一粒种发为千丈树果，其根柢深厚，生机活泼，则同根之树，必无此枝荣彼枝悴之理。吾女同胞，特患狃于故态，不能结大团结体耳，何患不收花簇文明之效果哉！”[⑧]其《论提倡女学之宗旨》再

① 秋瑾：《敬告中国二万万女同胞》，《秋瑾集》，上海古籍出版社，1979年，第4页。

② 秋瑾：《创办〈中国女报〉之章章及意旨广告》，《秋瑾集》，第10页。

③ 吕碧城：《论提倡女学之宗旨》，吕碧城著，李保民笺注：《吕碧城诗文笺注》，第126页。

④ 吕碧城：《论提倡女学之宗旨》，吕碧城著，李保民笺注：《吕碧城诗文笺注》，第125页。

⑤ 吕碧城：《论提倡女学之宗旨》，吕碧城著，李保民笺注：《吕碧城诗文笺注》，第127页。

⑥ 吕美荪：《书端中丞奏兴女学事》，《大公报》，1905年11月30日。

⑦ 秋瑾：《创办〈中国女报〉之章章及意旨广告》，《秋瑾集》，第10页。

⑧ 吕碧城：《女子宜急结团体论》，李又宁、张玉法主编：《近代中国女权运动史料（1842—1911）》，第681～683页。

次强调："女学之倡，其宗旨总不外普助国家之公益，激发个人之权利二端。国家之公益者，合群也；个人之权利者，独立也。然非具独立之气，无以收合群之效；非藉合群之力，无以保独立之权。"①吕碧城又指出："有世界必有竞争，而智慧之机发焉，优劣之种判焉，强弱之国别焉。竞争之道，惟合群乃能取胜，盖万事莫不成于合群，而败于解体也。"②吕美荪也主张"妙腕同携""联合同志"来实现平权之目的。③

虽同样忧国忧民、深沉爱国，但毕竟吕氏姊妹是文人，秋瑾是革命者。她们在如何救国的问题上有着不同的主张。正如李又宁在《近代中华妇女自序诗文选》中所言：

> 秋瑾和吕碧城代表近代黎明期，先进妇女走的两条不同的道路，两人共同的大目标都是救中国于危亡，虽然她们主张采取的手段和程序有所不同。秋瑾代表的是革命救国的道路，是激进妇女的领袖；吕碧城所代表的是教育兴民的道路，是稳健妇女的翘楚。后者以为，要救亡图强，必须从教育和宣传着手，也就是以启发民智、转移风气，作为拯民救世的基本准备。④

吕氏三姊妹是文人，她们都在走着一条教育兴民的道路。秋瑾作为一名革命活动家，她把反封建的任务缩小为排满、推翻清朝统治，而实现这个目的就要寄托于革命。吕氏姊妹则无政治热，无满汉之见，主张教育兴国。吕美荪曰："余以负米之故，乞食于四方，而对于国家政事从无干预与言论。秋瑾负笈日本时，频致书于余，余皆勉以求学为覆，语不及他。及其为徐锡麟牵连而死，余恐因书札被累，心恒惴惴。"⑤吕碧城更道出了她与秋瑾的不同："彼密劝同渡扶桑，为革命运动。予持世界主义，同情于政体改革，而无满汉之见。交谈结果，彼独进行，予任文字之役。彼在东所办《女报》，其发刊词即予署名之作。后因此几同遇难，竟获幸免者，殆成仁入史亦有天数存焉。"⑥吕氏三姊妹对革命者秋瑾心存敬意，但吕美荪在和秋瑾通信时，只勉励其求学为要，不言政事；吕碧城拒绝秋瑾的同为革命的邀请。究其原因，在于秋瑾与吕氏三姊妹政治思想上的不同，吕氏三姊妹主张教育改良，

① 吕碧城：《论提倡女学之宗旨》，吕碧城著，李保民笺注：《吕碧城诗文笺注》，第125页。

② 吕碧城：《论提倡女学之宗旨》，吕碧城著，李保民笺注：《吕碧城诗文笺注》，第125页。

③ 吕美荪：《吕清扬女士敬告女学界文》，(清)官报总局编：《北洋学报》(丙午年第十一册)，1906年，第2页。

④ 李又宁：《近代中华妇女自序诗文选》，联经事业有限公司，1980年，第192页。

⑤ 吕美荪：《严几道》，《葂丽园随笔》，第81页。

⑥ 吕碧城：《予之宗教观》，吕碧城著，李保民笺注：《吕碧城诗文笺注》，第481页。

对于参政革命不太感兴趣。基于此，她们走了两条不同的道路，从此秋瑾开始参加革命之实际行动，而吕氏三姊妹将满腔热忱和感受发诸于文章之中，推动女学运动成为她们主要的努力目标。

三、文学创作上的异同

作为20世纪初女性文学的杰出代表，吕氏三姊妹和秋瑾吸吮着时代风潮的气息，均一改传统女性狭窄的思想格局，在较为广阔的社会空间驰骋，高起步地选择自己人生的旅程。她们都有较深广的学养，在某个特定时期，又共具浓烈的爱国情怀，因而她们的文学总是同拯救、振兴祖国和妇女解放联结在一起。

吕氏三姊妹与秋瑾的文学作品在思想内容上曾有相同之处。一是倡导女权，主张男女平等。秋瑾《敬告中国二万万女同胞》、吕碧城《敬告中国女同胞》和吕美荪《敬告女学界文》等文章异曲同工，强烈为女权呐喊；而吕惠如作品虽多散佚，但其《疏影》(莺啼空谷)和《踏莎行》(蕙径烟消)等词作亦有悔作女儿身之意。但是相对而言，秋瑾现存的13篇文章以及诸多诗词基本上都是适应革命斗争的需要而作，具有强烈的政治色彩；而吕氏三姊妹的文学作品内容较为丰富，文学性较强。二是作为20世纪初的女性精英，秋瑾和吕氏三姊妹共具同一种情怀，她们将这份共同的感情投诸于诗词，使诗词中洋溢着浓郁的爱国热情，如：

竟有危巢燕，应怜故国驼！东侵忧未已，西望计如何？儒士思投笔，闺人欲负戈。谁为济时彦？相与挽颓波。(秋瑾:《感事》,《秋瑾集》第77页)

乘舆迁播向西驰，想见秋风动黍离。秦地山河迎辇跸，京畿烽火遍潢池。危时谁下袁安涕，和议仍劳魏绛辞。剩有蟠根仙李在，北门锁钥要能持。(吕惠如:《庚子书愤》,《吕氏三姊妹集·惠如诗稿》第4页)

仲宣吾乡豪，山岳气峥嵘。仰吞日月光，吐作世界明。壮游走辽沈，岂为宦情撄。亦欲览山川，一抒豪宕情。何期客中遇，投诗谊自殷。捧诵谬矜许，使我颜为赪。愿君挥戈手，怒浪斩长鲸。风云一叱咤，天下看澄清。元勋垂竹帛，芳馨千载名。(吕美荪:《奉酬王揖唐先生》,《辽东小草》第22页)

新诗如戛玉丁东，颁到鸿篇足启蒙。帷幄运筹劳硕画，木天摛藻见清聪。光风霁月情何旷，流水高山曲未终。霖雨苍生期早起，会看造世有英雄。（吕碧城：《和铁花馆主见赠韵二首》之二，《吕碧城诗文笺注》第10页）

国家动荡，民不聊生，秋瑾和吕氏三姊妹看在眼里，痛在心里，发诸于诗词，有一种磊落不平之气。

但吕氏三姊妹和秋瑾奉献于社会的行为方式不同，她们诗文创作的风格路数也是不尽相同的。庚子事变后，秋瑾的诗词多为革命所作，豪气冲天，气势磅礴，如：

不惜千金买宝刀，貂裘换酒也堪豪。一腔热血勤珍重，洒去犹能化碧涛。（《对酒诗》，《秋瑾集》第86页）

拼将十万头颅血，须把乾坤力挽回。（《黄海舟中日人索句并见日俄战争地图》，《秋瑾集》第79页）

身不得，男儿列，心却比，男儿烈。算平生肝胆，因人常热。俗子胸襟谁识我？英雄末路当磨折。（《满江红》，《秋瑾集》第101页）

休言女子非英物，夜夜龙泉壁上鸣！（《鹧鸪天》，《秋瑾集》第112页）

秋瑾生性豪侠仗义，其诗作之气势如江河喷薄而出，壮吞山河。上述诗作运用浪漫主义的表现形式和夸张的表现手法，将诗人火一般的炙热感情与救国救民的革命壮志相结合，使得诗歌更为高亢，具有震撼人心的力量，表现了一代女杰甘为祖国捐躯的豪迈胸襟。秋瑾诗歌以刚劲、雄健的艺术风格著称。吕碧城诗词虽有似“愿君手挽银河水，好把兵戈涤一回”[①]一般的抱负磊落之气、雄健豪爽之音，但此类语句少之又少。像秋瑾这种充满豪侠之气的作品，在吕美荪诗词中寥若晨星，在吕惠如诗词中更是没有的。此外，迥然相异的生命历程，使她们中后期的创作题材、风貌都发生了较为明显的区别。秋瑾就义时仅32岁，其作品始终贯穿着雄浑、高亢的侠气。而吕氏三姊妹的诗词由外向转为内向，重于抒写内心波澜，人情味浓厚；由悲愤转为感伤，增添了不少哀慧情味。然而，她们营造的意象依然邈远，独辟或凄美、或优美的诗词新境界。

此外，秋瑾是革命者，为便于宣传和演说，她主张用白话文。1904年

① 吕碧城：《和铁花馆主见赠韵》，吕碧城著，李保民笺注：《吕碧城诗文笺注》，第10页。

9月22日，秋瑾在东京创刊的《白话》杂志第一期问世，该杂志仿欧美新闻纸之例，以俚语、俗语为文，故秋瑾有诸多白话之作。而吕碧城反对白话，主张用雅洁的文言文，除了《纽约病中七日记》之外，其创作皆用文言文；现存吕美荪和吕惠如之作品亦均用古典文言文，无一篇白话之作。

吕氏三姊妹与秋瑾同样拥有才女之不落世俗的理想和不凡的才华，同样喜欢用文字表情达意，但她们并未因为相遇或相知就有了共同的人生坐标，她们之间更多的是相互欣赏、勉励人生。如果将20世纪初的女界比喻成黎明前幽暗的苍穹，那么吕氏三姊妹和秋瑾便是分布在苍穹中不同方位的明星，她们遥遥相望，互映成辉，成为女界先进女性的不同典型代表。

第四节 吕碧城与严复

中国近代著名的启蒙思想家严复和近代颇有名望的女教育者、文学家吕碧城相差30岁，在《大公报》馆主英敛之的介绍下，严复与吕碧城得以相识，并成为忘年之交。而就在吕碧城与英敛之决裂之时，严复和吕碧城频繁来往，亦师亦友，情谊不同一般。如果说吕碧城走上社会后英敛之是她的伯乐，那么，严复便算是吕碧城真正的知己、敬仰的师长。

一、天津初识及此后的交往

严复和吕碧城相识的中介人物是英敛之。严复“识英君敛之于辛丑(按：1901年)”[①]，1904年吕碧城得识英敛之时，严复与英敛之已是多年的挚友。

1904年严复和吕碧城相继到过天津，两人本可以相遇并相识，但因几天之差，而错过了一次相见之机缘。1904年5月，吕碧城从塘沽前往天津探访女学，得识《大公报》馆主英敛之，并深得其欣赏，5月8日，英敛之亲邀吕碧城迁居大公报馆。严复亦在辞去京师大学堂译书局总办职后，于4月18日居津。但在吕碧城到达之前，严复已于1904年4月28日离开天津，南下上海。此后，严复游走于国内外，严、吕两人无缘相遇，但严复对吕碧城姊妹还是很关注的。1906年8月30日英敛之日记记载：“严又陵来电探问梅

---

① 严复:《也是集序》，王栻主编:《严复集》，第246页。

生伤事。”[①]梅生即吕碧城二姐吕美荪，当时和吕碧城、吕惠如供职于北洋女子公学，并与英敛之交情深厚。严复在《女子教育会章程序》中又记述曰：“倾者碧城吕女史，以清芬之后，倜然远览，知闺门教育之不足，不惮孤力之寡助，起而为社会教育之事。求有以斐变通国之女子。自草女子教育会章程数十章，托吾友英君敛之邮求吾序。”[②]当时，吕碧城姊妹深受英敛之的赏识，英敛之介绍她们广识当时的名流。通过上述记载可以看出，英敛之在严复与吕碧城见面之前，已向严复介绍吕碧城姊妹，严复和吕碧城虽未见面，但早已互知彼此。

1906年严复和吕碧城终于在天津见面。10月严复入都，任留学毕业生考试的考官，经过天津，方得与吕碧城相见。英敛之1906年10月9日的日记云：严复于此日由上海到达天津，英敛之到其客栈谈论颇久，然后偕严复至大公报馆，“乃电话招碧城及蔡志赓来”[③]，严复为吕碧城、蔡志赓各写一条幅。这是在英敛之介绍之下，五十四岁的严复与二十四岁的吕碧城第一次见面。

严复和吕碧城见面之后，书信往来不断。严复于1906年12月给朱明丽的信中曾提到其收到吕碧城信函。此年严复为吕碧城的《创办女子教育会章程》作序。书函往来使严、吕两人的情谊日趋深厚。1907年夏严复代其甥女何纫兰复吕碧城书，在信中严复对吕碧城的赞赏之情溢于言表。1907年严复赴京入学部参加考试留学生，道经天津，再次访吕碧城。而此次首先获得严复到来之消息的不是英敛之，而是吕碧城。英敛之9月30日日记曰：“碧城来，言严又陵至津，本日晚车进津。”[④]后吕碧城与英敛之及其夫人英淑仲乘车至客栈，晤严复及其甥女何纫兰。

1908年严复与吕碧城见面频繁，并授学于吕碧城。9月4日至20日严复在天津与碧城见面不下七八次，严复于9月13日至北洋女子公学，以名学讲授吕碧城；于是，严复书“明因读本”四字于课卷，吕碧城遂以“明因”为字；[⑤]1908年10月至1909年严、吕二人多次互访，赠送诗词，探访病情；两

---

① 方豪：《英敛之先生日记遗稿》，沈云龙主编：《近代中国史料丛刊续编》（第三辑），第1060页。
② 严复：《女子教育会章程序》，（清）官报总局编：《北洋学报》（丙午年第三十七册），第1页。
③ 方豪：《英敛之先生日记遗稿》，沈云龙主编：《近代中国史料丛刊续编》（第三辑），第1074页。
④ 方豪：《英敛之先生日记遗稿》，沈云龙主编：《近代中国史料丛刊续编》（第三辑），第1133页。
⑤ 方豪：《英敛之笔下的吕碧城四姊妹》，李又宁、张玉法主编：《近代中国女权运动史料（1842—1911）》，第1389页。

人之间的书信往来更是不断，情谊日趋深厚。尤其是1909年下半年，严复以师长的身份与吕碧城谈及婚姻问题，严复为吕碧城独身不嫁深感忧虑，感叹“此儿不嫁，恐不寿”①。正值日本钦差胡惟德断弦，并有意与吕碧城结婚，因而严复亲自为胡、吕二人议婚；吕碧城则托严复“向端午桥要求前往美国游学”②。而议婚一事最终由于吕碧城无意，便作罢论；出洋之事也因为严复有感于吕碧城未精英文，又当北洋换人之际，爱莫能助。

1912年北洋女学停办，吕碧城离职，旋被袁世凯聘为总统府秘书；此年，严复亦任袁世凯总统府顾问，两人共同服务于袁世凯总统府。此后，便无史料记载他们之间的交往了。

二、严复眼中的吕碧城

严复《秋花次吕女士韵》诗有云：“秋花趁暖开红紫，海棠著雨骄难起。负将尤物未吟诗，长笑成都浣花里。绿章乞荫通高旻，剑南先生情最真。金盘华屋荐仙骨，疏篱棐几皆前因。故山丛兰应好在，抽叶悬崖俯寒濑。山阿有人从文狸，云旗昼卷声猝缭。”③ 诗作紧扣吕碧城当时所处之境，借用陆游“绿章夜奏通明殿，乞借春阴护海棠”的典故，透露出严复对吕碧城的理解、祝福和爱护，也刻画出两人之间的深厚情谊。

严、吕之间淳厚的友谊、浓厚的师生情的建立绝非偶然。这份情谊的建立不单是因为吕碧城敬佩学贯中西的严复，更重要的是来自于严复对吕碧城的欣赏、同情和理解。严复在1906年1月所作的《论教育与国家之关系》中慨叹道：“盖自学堂议兴，朝廷屡下诏书，大抵训勖吏民，穷力兴学。然而行之数年，无虑尚无成效，问其所以，则曰无经费也，又曰无教员也。”④ 他认为女界亦然，“近日直隶女学颇多，然常患无教员”⑤。随后，严复就见

①《严复日记》第1479～1493页记载：1908年10月4日，严复到吕碧城处；10月10日，严复见碧城；10月13日，吕碧城拜访严复；10月16日严复与吕碧城一词；10月26日，严复病，不能吃饭，信与吕碧城；12月1日晚严复送吕碧城由北京往天津。1909年4月8日，严复得吕碧城信；6月11日严复到天津；6月13日，吕碧城拜访严复，谈极久；9月23日，严复寄吕碧城信；11月8日，严复寄吕碧城信。1909年7月29日吕碧城访严复，谈极久，严复为吕碧城独身不嫁深感忧虑。

② 严复：《与夫人朱明丽书》，王栻主编：《严复集》，第750页。

③ 严复：《秋花次吕女士韵》，王栻主编：《严复集》，第372页。

④ 严复：《论教育与国家之关系》，王栻主编：《严复集》，第169页。

⑤ 严复：《与甥女何纫兰书》，王栻主编：《严复集》，第829页。

到了身为北洋女子公学的倡导者、总教习兼国文教习，主持全校事务的吕碧城，对于这个奇女子，严复当然会刮目相看。

严复赞赏吕碧城神采、品格、学识三方面，尤看重后两者。严复用“神驰左右”来形容吕碧城的神采，用“品谊之卓”来评价吕碧城的品格。[①]1908年9月吕碧城与英敛之、傅增湘关系破裂，对此，严复自有其见解，“英敛之、傅润沅所以毁谤之者，亦是因渠（吕碧城）不甚佩服此二人也。据我看来，甚是柔婉服善，说话间，除自己剖析之外，亦不肯言人短处。”[②]对于吕碧城与英敛之、傅增湘之间的矛盾，严复认为其中原因之一当是吕碧城不佩服英、傅二人。虽然吕碧城过于孤高，不放一人在眼里，但是严复还是看到了吕碧城的独特品格，依然赞赏她“高雅率真、明达可爱”。最让严复频频称赞的是吕碧城的学识，严复称其“学识之优”[③]。1908年10月24日严复在给何纫兰的信中指出：“碧城心高气傲，举所见男女，无一当其意者。极喜学问，尤爱笔墨，若以现时所就而论，自是难得。但以素乏师承，年纪尚小（二十五岁）。故所学皆未成熟。然以比平常士夫，虽四、五十亦多不及之者。”[④]这是颇有名望的严复对吕碧城公允的评价，也是对其学识的肯定。

严复给予吕碧城理解与同情。吕碧城刚刚走上社会，她有着“初生牛犊不怕虎”般的精神和处世之道，也因此得罪了很多人，在处世方面曾四面楚歌。对此，严复分析道：“此人年纪虽小，见解却高，一切尘（陈）腐之论不屑唾之，又多裂纲毁常之说，因而受谤不少。初出山，阅历甚浅，时露头角，以此为时论所推，然礼法之士疾之如仇。自秋瑾被害之后，亦为惊弓之鸟矣。现在极有怀馋畏讥之心，而英敛之又往往加以评骘，此其交之所以不终也。即于女界，每初为好友，后为仇敌，此缘其得名大盛、占人面子之故。往往起先议论，听着大以为然，后来反目，则云碧城常作如此不经议论以诟病之。其处世之苦如此。”[⑤]知吕碧城者莫过严复，对于吕碧城当时处世之艰辛、所处之境遇，严复总能给予理解和同情，并给予吕碧城师长般的关心和爱护。严复认为吕碧城“身体亦弱，不任用功”[⑥]，故常劝其不必用功，早觅佳对，而吕碧城不以为然，大有立志不嫁以终其身之意。严复深为其个

① 严复:《与甥女何纫兰书》，王栻主编:《严复集》，第839页。
② 严复:《与甥女何纫兰书》，王栻主编:《严复集》，第839页。
③ 严复:《与甥女何纫兰书》，王栻主编:《严复集》，第839页。
④ 严复:《与甥女何纫兰书》，王栻主编:《严复集》，第840页。
⑤ 严复:《与甥女何纫兰书》，王栻主编:《严复集》，第840页。
⑥ 严复:《与甥女何纫兰书》，王栻主编:《严复集》，第840页。

人问题而担忧，因而曾亲自为之议婚。

对于心高气傲的吕碧城，严复为何给予欣赏、理解和同情？这与严复对“新女性”的看法是离不开的。严复认为：“吾国禁女子干外事者，四千余年。干外事者，微论恶也，即善有不可。世变大异，至今思想议论，乃略殊前。顾女子行事，稍稍露锋颖，循常之徒，辄相视大诧，甚者以为宜诛。嗟夫！使吾国礼俗，长此终古，则亦已耳。必以进步为期，凡此皆所必至应有者也，又何讶乎？”[①]因而他能够理解和认可特立独行、显露锋颖的吕碧城，这是非常难能可贵的。

三、教育思想上的离与合

严复于1904年4月南下上海，而移居上海的本意，据他自己说，一是为了逃避北京的那种政治环境，一是有心在教育上做点工作。他在一封未曾发表过的私人信件中说：“复之私心，则欲东南择地，自立私学，与百十同志为入学得子计。”[②]与此同时，吕碧城也意识到“凡国家欲求存立，必以兴学校、隆教育为根本”[③]，因而她竭力协助英敛之、傅增湘办学。严、吕相识之时，吕碧城也正供职于《大公报》和北洋女子公学，投身于办报和教育当中。

严、吕二人都关注教育。不同的是，严复强调教育对挽救国家的意义，关注社会普及型、大众化的教育。他甚至强调实业教育。相对而言，吕碧城更为关注女子教育及其对女子解放的作用。此外，在认识吕碧城之前，严复虽已意识到中国妇女所面临的境况，在谈到男女平等时说：“泰西妇女皆能远涉重洋，自去自来，故能与男子平权。我国则苦于政教之不明，虽有天资，无能为役。盖妇人之不见天日者久矣。今日既兴女学，效法泰西，然犹不使之增广见闻，则有学堂与无学堂等。”[④]严复将中西妇女作比较，指出中国男女不平等，并提到了男女平权之说。但此时的严复对于女界解放之现状并不乐观，且未曾提出任何女学之理论，他只是在慨叹：“嗟呼！雌雄牝牡之不齐，人及非人，莫不若此，其由来远矣，岂一朝一夕之力所能

① 严复：《廉夫人吴芝瑛传》，王栻主编：《严复集》，第268页。

② 严复：《与熊季贞函》(未刊稿)，马勇：《严复学术思想评传》，北京图书馆出版社，2001年，第222页。

③ 吕碧城：《教育为立国之本》，吕碧城著，李保民笺注：《吕碧城诗文笺注》，第144页。

④ 严复：《论沪上创兴女学堂事》，王栻主编：《严复集》，第469页。

改哉!”[①] 和严复不同，吕碧城以亲眼所见、亲身经历，感同身受地来谈男女不平等，且身体力行，投身于兴办女学之实践，并发表文章，参订女学章程，提出了诸多女子教育思想。教育思想上的“离”使得严、吕二人相互更具吸引力，更易互相影响。

吕碧城大力提倡女学，鼓吹女性独立自主，她的女学思想及其创办女学的实践对严复的教育思想冲击很大。严复在为吕碧城的《创办女子教育会章程》作序时，肯定了吕碧城创办女学的意义，他认为“国与国而竞为强，民与民而争为盛也，非以力欤？虽然，徒力不足以为强且盛也，则以智。徒力与智，犹未足以为强且盛也，则以德。是三者备，而后可以为真国民”“谨庠序，使民备其孝弟忠信，毗乎德之事也。”[②]在与吕碧城的交往过程中，严复欣赏像吕碧城这样有思想、有抱负的新女性，他似乎看到了女界的希望，他一改以往仅仅从理论上提出男女不平等，而从思想上意识到兴办女学的重要性，并用实际行动来支持女学。1906年11月下旬，何纫兰托严复在上海创办女学，严复大力支持，为之四处奔走。1906年11月29日严复在给何纫兰的信中云：“星期归来，极承甥以图立完全女学见勖，舅老矣，岂堪汝曹如此责往望？虽然一息尚存，不容稍懈，当为吾儿勉成盛业。月望前后，拟赴秣陵，掉此蹇舌，以完全女学一说南洋端午帅。事若果成，皆吾甥之功矣。”[③]1906年12月严复力劝端午桥兴办上海女学，“成就有完全国粹教育者。”当时端午桥任两江总督，严复力劝其出资。可见，严复希望上海女学能够像吕碧城倡办的北洋女子公学一样，成为公立女子学校。此时严复看到了当时绅办女学的目的，大多借此为交接官场之具，女学程度及成效不佳，严复对何纫兰感叹道：“风潮尚少，而谣诼则随地而兴；故舅虽发此宏愿，为女界出一臂之力，然而每念人言，未尝不畏，他日事成，吾但愿充一国文教员，每日两小时足矣。”尽管如此，严复仍力促何纫兰创办女学，并为之拟定了七条女学宗旨，如“此校管理员用女”“重汉文、科学、卫生、美术，而西文则兼习”等。[④]而这些条例在比其早两年的吕碧城等人制订的《天津女学堂创办简章》中都可以找到影子。《天津女学堂创办简章》其中有云：“聘请练达老成女士一位为舍监，常川住堂监，视学生起居、饮食，并照料堂

① 严复:《论沪上创兴女学堂事》，王栻主编:《严复集》，第471页。

② 严复:《女子教育会章程序》，王栻主编:《严复集》，第252～253页。

③ 严复:《与甥女何纫兰书》，王栻主编:《严复集》，第830页。

④ 严复:《与甥女何纫兰书》，王栻主编:《严复集》，第832页。

内各事”“创办之始有国文女教习二位，分授各教科及外国文”。[①] 相比之下，严复所拟章程在《天津女学堂创办简章》的基础上有所改进，显示出更为开放的特点。除了给何纫兰筹款、拟定女学章程，严复还为其介绍了一位学习的榜样、一位同盟者——吕碧城。这也正是吕碧城所期望的，因为她一直认为创办女子教育会的目的就是“以联络同研究女子教育，期于女学之发达为宗旨”[②]。严复阅读吕碧城所作的《创办女子教育会章程》后，深受启发，并为之作序，同时将此章程拿给何纫兰看。何纫兰复吕碧城信曰“近于舅氏处得睹大著《创办女子教育会章程》，不觉以手加额曰：‘意在斯乎，意在斯乎！’”知音难觅，相识恨晚，何纫兰对吕碧城的仰慕之情溢于言表，从中亦可看出吕碧城对严、何二人的影响。

1907年6月上旬，应两江总督端方之召，严复在南京参加出洋赴美留学生的考试阅卷事宜。临考时，男子仅70余人，女子不过10余人而已。女子程度尤浅，接到题纸，相互对觑，不能下笔；英文勉强写一点，而文法亦多支离。结果女子10余名考生竟无一人及格。[③]这种现实状况更让严复感到兴女学的必要性，他也因此更加体会到吕碧城的工作意义之所在。同年9月，严复赴京入学部参加考试留学生，道经天津，访碧城，他借此机会约吕碧城与何纫兰见面。严复希望吕、何二人相互劝勉、共图女学，振兴女子教育。此外，严复还身体力行，于1907年4月7日为谋创女学于京师，与善耆、端方、严修等联名发表《内外城女学传习所募捐启》。

此外，在交往过程中，严、吕二人所阐述的教育内容也逐渐趋“合”，严复在探讨如何对学生进行教育时认为“讲教育者，其事常分三宗：曰体育，曰智育，曰德育。三者并重，顾主教育者，则必审所当之时势而为之重轻。是故居今而言，不佞以为智育重于体育，而德育尤重于智育。”[④]吕碧城汲取此种教育理念，并将其运用到女子教育之中。她在《兴女学议》一文中先论德育，再论智育和体育，提出“德育者是学界中可进不可退之要点”。

辛亥革命前，严、吕二人在教育思想上由“离”趋“合”；辛亥革命后，各地女校的数量日益增多，遗憾的是，吕碧城和严复都从女学园地退出。1912年北洋女学停办，吕碧城辞职。此时的政治激流汹涌澎湃、变化不定，

---

①《天津女学堂创办简章》，《大公报》，1904年10月3日。

② 吕碧城：《创办女子教育会章程》，《中国近现代女性期刊汇编》（二），第243页。

③ 马勇：《严复学术思想评传》，第236页。

④ 严复：《论教育与国家之关系》，王栻主编：《严复集》，第167页。

严复和吕碧城同时卷入政治的漩涡，眼光也从女学园地转移到政治领域，只不过吕碧城毕竟是一个文人，本无太大政治热情，曾经沧海之后，她更希望能够独善其身，因而她很快从漩涡中解脱；而严复拥有着足够的政治热情，这份热情足以支撑其随政治激流漂流得很远。

四、吕碧城留学与严复西学思想之关系

吕碧城于1920年初走出国门，旅美游学。随后她相继旅居欧美十多年。通过严复的日记可以看出，早在1909年，吕碧城已有出国求学之念，且最先向严复提起。在当时女界之中有此想法的人并不多见，吕碧城算是容易接纳新事物、新思想的前卫者。但观察严复和吕碧城的交往，我们不难发现，吕碧城有出国之念，与严复的西学思想的影响是分不开的。

严复与吕碧城相识于严复仍旧倾心与渴慕西方文化之时。严复的西学思想对吕碧城影响很大，甚至波及了吕碧城后半生的生活。在《救亡绝论》一文中，严复曾强调要通西学、废科举，就算是“吾圣人之精意微言，亦必既通西学之后，以归求反观，而后有以窥其精微，而服其为不可易也”[①]；《国闻报缘起》也明确指出民要“通外情”。严复在谈到男女平等时，认为女学要效仿西方，妇女可以远涉重洋，自去自来，增广见闻。[②]严复的上述思想在近代知识分子中反响很大，吕碧城也不例外。吕碧城始终认为其业师之所以伟大，在于学贯中西。对于严复的西学思想，吕碧城是崇拜至极的。值得注意的是，严复还亲自为吕碧城翻译《名学浅说》，并逐日讲解。《名学浅说》序云：“戊申孟秋，浪迹津沽，有女学生旌德吕氏，谆求授以此学，因取耶芳斯《浅说》，排日译示讲解，经两月成书。”[③]《名学浅说》为英国逻辑学家耶芳斯的著作，严复亲自传授西方学说，增加了吕碧城对西学的兴趣，也激起了她了解西方文化的愿望。

另外，严复曾多次考试留学生，又在学部任职，再加上当时与吕碧城交往的朋友中，唯独严复有出洋之经历。基于此，吕碧城出洋之念油然而生，故托严复为她谋出国求学。尽管吕碧城及其二姊一再相求，但是严复有感于吕碧城“一字英文不识”，最终吕碧城出洋一事未能如愿。虽出国未

① 严复：《救亡绝论》，王栻主编：《严复集》，第49页。
② 严复：《论沪上创兴女学堂事》，王栻主编：《严复集》，第469页。
③ 耶芳斯著，严复译：《名学浅说》，商务印书馆，1981年。

成，但此事坚定了吕碧城学习外语的决心，后几经波折，吕碧城于1921年游学哥伦比亚大学，研习美术，进修英语。在接下来的二十多年中，吕碧城几出国门，旅居海外长达十三年之久。

出国后，吕碧城秉承师志，认为“自清季，与世界各国交通以来，吾人所需之学除本国所有外，尚须加以世界之智识”[①]，因此也尝试翻译西方著作，将西方译著介绍到国内，相继翻译《美利坚建国史纲》、编译《欧美之光》和《法华经普门品》。在翻译国外著作方面，严复强调“信、达、雅”，以文言文翻译。他说：“求其信已大难矣，顾信矣不达，虽译犹不译也，则达尚焉。”[②]严复翻译的《名学浅说》自序亦云：该书“中间义旨，则承用原书；而所引喻设譬，则多用己意更易”[③]。受其影响，吕碧城所译《美利坚建国史纲》之凡例指出，有些法制名词在“有关重要处，仍附以英文”[④]，以确保翻译之“信”。另外，吕碧城亦反对白话文，她所译著作皆用文言文，所有这一切，都可以看出吕碧城对其业师严复的承传。

五、严复与吕碧城之晚年：学术思想上的传统回归

晚年的吕碧城和严复在学术思想上遥相呼应，承接默契。严复早年提倡西学，甚至是全盘西化，而晚年则趋于回归传统。吕碧城同样经历了出洋求学—旅居欧美—看重传统文化的过程，最后提倡“东学西渐”。

1898年严复翻译的《天演论》正式出版，《天演论》用达尔文进化论的“物竞天择，适者生存”来解释社会发展的规律和人们的相互关系。严复认为中国在外患日迫的历史条件下，其希望、前途也只有从这里寻求。他有感于“中国不治之疾尚是在学问上，民智既下，所以不足自立于物竞之际”[⑤]，故介绍达尔文及其进化论，其目的在于实现中国的富强和繁荣、唤醒沉睡的中国人。时过境迁，严复晚年在政治上趋向保守，他反对卢梭式的革命精神和激进手段，不赞成辛亥革命，甚至后悔自己翻译《天演论》而加剧革命风潮，他由早年的倾心西学转变为大力提倡中国文化经典。

---

① 吕碧城：《美利坚建国史纲序》，帕特饶伯子（Peter Roberts）著，吕碧城译：《美利坚建国史纲》，出版者不详，1925年。

② 严复：《〈天演论〉译例言》，周振甫：《严复诗文选》，人民文学出版社，1959年，第101页。

③ 耶芳斯著，严复译：《名学浅说》。

④ 帕特饶伯子（Peter Roberts）著，吕碧城译：《美利坚建国史纲》，第1页。

⑤ 严复：《给五弟严观衍信》，王栻主编：《严复集》，第733页。

吕碧城认为“吾国中有较善耶稣之教”[1]，即佛教，并于1930年皈依佛法。晚年在谈《天演论》时，吕碧城与严复的看法一致，只是她更多地从佛家戒杀的角度来评判《天演论》，认为《天演论》所介绍的思想是非常有害的。1942年吕碧城于香港所作《感逝》诗之题注云：“业师严几道先生，学贯中西，译述甚富，尤以首译《天演论》著名，然物竞天择之说已祸欧人，若当时专以佛典译饷世界，则功不在大禹下，惜乎！未之为此，而先生晚年有诗云‘辛苦著书成底用，竖儒空白五分头’，亦自怨深矣。”诗又云：“祸水洪荒破太空，伊谁移译徂西东。争知饮鸩传天演，犹自伤麟怨道穷。门仰高风曾立雪，墓埋奇气欲成虹。惟怜燕许如椽笔，未作仁言溥大同。”[2]吕碧城认为严复与其以燕许之笔译《天演论》，促使杀戮，“不如以佛典译饷世界”，以“仁言”期“大同”。

严复晚年思想变化很大，他于1913年领衔发起成立了孔教会。1914年至1915年又先后做过“约法会议”议员、参政院参政、中华民国宪法起草委员及筹安会发起人。严复政治如何，姑且不论，单就学术思想而言，其晚年还是钟情于中国文化，特别是给予了儒家思想较高的评价。严复认为“耐久无弊”的是“孔子之书”，四书五经是“最富矿藏”，[3]并预言孔子之道将成为“天下潮流之所趋”[4]，还认为“盖不独教化道德，中国之所为中国者，以经为之本原”[5]。严复大力提倡尊孔、读经，他对中国文化的价值进行了重新认识和评价。

虽然吕碧城辞去总统府秘书之职后，所走的道路与严复不尽相同，但他们都在饱览西方文明之后，对中国传统文化产生了浓厚的兴趣。中年以后的吕碧城佛、儒兼通，她宣扬传统文化，提倡国学、东化西渐，其《女界近况杂谈》曰：“予草此文时，适得友人程君白葭来函，谓曾向当局建议在奉天办一大学，招考中外大学文科毕业而有国学根柢之人，优给膏火，教授有系统之国学，并预备低级之学科，待东西洋人来学。毕业后，介绍至各国大学为汉学讲师，俾发扬东方文明，导全世界人类入于礼让之域云云。韪哉！此议实获我心。”吕碧城认为“礼教有随时世变迁以求完善之必要，而

① 吕碧城：《女界近况杂谈》，吕碧城著，李保民笺注：《吕碧城诗文笺注》，第476页。

② 吕碧城：《感逝》，吕碧城著，李保民笺注：《吕碧城诗文笺注》，第116页。

③ 严复：《与熊纯如书》，王栻主编：《严复集》，第668页。

④ 严复：《与熊纯如书》，王栻主编：《严复集》，第690页。

⑤ 严复：《读经当积极提倡》，王栻主编：《严复集》，第331页。

无废弃之理由”“迨世变愈剧，乃慨然叹欧美功利主义锐进至极，受大创挫时方返而旁求救济之道，孔教、佛教均有弥漫全世界之时。”[①]凡此言论，与严复之观点如出一辙。吕碧城倡言发扬中国文化，因而她深深忧虑国内之情景，“故国青年有发誓不看线装书之说，而纽约学士会(The American Council of Learned Societies)方取吾国周秦诸子学说，移译而公布之。他国之所尊崇我者，即吾国所自鄙弃者，转拾他国余唾，乞邻酰以骄侪辈。循是以往，则将来国人欲考查其自有之文献者，须往异国求之，真有就胡僧而话劫灰之感。”[②]为了传承国学，提倡中国文化，直至1942年，吕碧城还在香港东莲觉苑为苑众讲《文史纲要》。

20世纪初是急剧动荡的时期，思想的碰撞常常会迸射出耀眼的火花。女性解放运动日益猛烈，女学蓬勃发展，凡此种种需要新思想的支撑。对新女性来说，严复的西学思想无疑是一股新鲜的空气，吕碧城就是新女性中一个呼吸新鲜空气、重新塑造自我的典型。而轰轰烈烈的女界革命给当时社会各界人士一个强烈的震撼，以吕碧城为代表的女学思想让学贯中西的严复重新调整和补充自己的教育思想。因而考证与分析严、吕二人不足十年的交往，不仅可以一览严、吕二人在交往过程中思想上的变化，似乎还可以展现那个年代启蒙思想家对新女性的影响。

第五节　吕美荪与梁启超

一、相识

关于梁启超和吕美荪的相识，吕美荪回忆曰：“壬戌年，(梁启超)讲学金陵，以诗唱和，结为友。”[③]可见，吕美荪和梁启超相识于南京。1922年8月，梁启超在南京讲学期间，梁、吕二人一见如故，诗词唱和，结文字之交。及梁启超北旋，吕美荪为之送行，并作诗四首：

陵晨万迹江干雪，元戎小队送君别。笳声轩轩鼓声烈，书生翻谢壮行色。

贫庐走别忧采薪，愧我不出江干门。挥君送君自兹去，时望

① 吕碧城:《女界近况杂谈》，吕碧城著，李保民笺注:《吕碧城诗文笺注》，第475～476页。

② 吕碧城:《赴维也纳琐记》，吕碧城著，李保民笺注:《吕碧城诗文笺注》，第484～485页。

③ 吕美荪:《访蒋观云、梁任公二先生避地东京旧居》,《瀛洲访诗记》，第90页。

令问来远闻。

三月讲学一朝别，瑶华篇赠多群英。过江珠玉照行李，愧有珐琙随之行。

知君惜别江南柳，良友嘉朋尽回首。金台芍药能作花，多折将离寄钟阜。(《送任公北旋》,《葹丽园诗》第34页)

诗作道出了二人南京交往的细节，以及送别依依不舍之情。此后，吕美荪与梁启超仍有诗词唱和，书信往来。吕美荪过生日，梁启超写心经为其祝贺，吕美荪赋诗答谢曰：

四海穷归后，空山蕙不馨。卅年惊发白，双鬓看人青。示以波罗谛，何如耒耜经。吾将治瓜圃，遣此息劳形。(《生日任公写心经为寿赋谢》,《葹丽园诗》第34页)

梁、吕二人交情非同一般。吕美荪自言"厥后对先生之出处，余颇有献言"[①]，亦言"任公在世鼎革后，当局屡促之出山，不得已也。余终劝止之。"[②]在"出山"与否的重大事情上，吕美荪都能给梁启超建议，由此可见梁、吕二人交谊之深厚。在吕美荪看来，正因为与梁启超交情深厚，而失去了与康有为相见的机会。吕美荪对康有为同样敬佩。民国某年，康有为寓居沪西，吕美荪往访之，康拒而不见。当时，梁启超与康有为已在某些方面决裂，所以吕美荪推测曰：康有为"盖知余与梁任公为文字友，恶其徒而兼及余，是亦贤者偶有所偏耳"[③]。不管吕美荪的推测是对是错，至少从另外一个角度说明了梁、吕之间的友谊在当时已为众人所公认。

吕美荪与梁启超一见如故，并成为至交，并非偶然。这首先要追溯到吕美荪的老师蒋智由。根据吕美荪的《蒋观云遗诗跋》可推测，民国初始，1913年前后，吕美荪居上海，求学于蒋智由。蒋智由(1866—1929)，字观云，浙江诸暨人。蒋智由与梁启超有过一段不寻常的交往。1898年梁启超逃亡日本，在日本创办《清议报》。1901年，身在国内的蒋智由，投稿致《清议报》，并发表在其"文苑"一栏中，梁启超一见，"大心醉之"，并赞其心"益横亘胸中"[④]，遂于1902年与蒋智由结为文字交。自此，两人讨论国家大事，诗词唱和，书信不断。1903年末，蒋智由东游日本，与梁启超见面，

① 吕美荪:《访蒋观云、梁任公二先生避地东京旧居》,《瀛洲访诗记》，第90页。

② 吕美荪:《康有为梁启超》,《葹丽园随笔》，第12页。

③ 吕美荪:《康有为梁启超》,《葹丽园随笔》，第11页。

④ 梁启超:《饮冰室合集·文集》之四十五(上)，中华书局，1989年，第28页。

并协助梁启超《新民丛报》的编撰工作。1907年梁启超、蒋智由及留日学界共创政闻社于日本。蒋智由和梁启超之间有着不同寻常的交情，这为梁、吕二人相识，并很快成为挚友奠定了基础。故1935年吕美荪东游瀛洲之时，还特意去访问蒋智由和梁启超在东京的旧居，怅然作五律一首："风物吾来认，望门投止过。故人皆不在，羁客怆如何。大命倾残运，百年亦逝波。嘉游转惆怅，消尽兴嵯峨。"[①] 其次，梁、吕二人志趣相投，同样有开办女学的经历。梁启超提倡母教，反对"女子无才便是德"的传统说法，鼓吹兴办女学以救国，并于1898年5月31日与康有为、郑观应等人筹办女子学堂——经正女学堂，这是历史上中国人自己创办的第一所女子学堂。这种"家塾"式的私立女学对后来者影响很大。至吕碧城创立的北洋女子公学，才可以说是第一所官立的女子学堂，而吕美荪姊妹便是此所公立女学的中坚管理者和执教者。志趣和经历上的交集，使梁启超和吕美荪相见如故，视为至交。

吕美荪将梁启超视为兄弟，梁启超去世后，吕美荪回忆他们之间的交往，哀痛之至，不禁作诗挽之：

昔临江介游，频过我草堂。钟阜倾高盖，石城累嘉觞。谬许称薄才，视宛兄弟行。如何海上琴，轸绝成连亡。空藏箧笥书，珠尘犹夜光。素车远莫赴，川路迥且长。挂剑悲靡由，哀襟郁难忘。齐物理忽达，收泪亲(观)彭殇。(《吊梁新会启超》,《葂丽园诗》第69页)

吕美荪再次回忆了与梁启超南京交往之情景，赞颂了梁氏的博学和才华，表达了哀伤之情。

二、吕美荪评梁启超

梁启超在晚清民国时期，可谓家喻户晓。他在吕氏三姊妹心中也是一位了不起的人物。吕碧城论及梁启超曰："生平可陈许之男子不多，梁任公早有妻室，汪季新年纪较轻，汪荣宝尚不错，亦已有偶。"[②] 而吕美荪则将梁启超视为朋友、兄弟，如：

有友托西山，来展申交义。生结文字知，殁洒岩阿涕。(《西山展梁任公墓》,《葂丽园诗续》第17页)

① 吕美荪:《访蒋观云、梁任公二先生避地东京旧居》,《瀛洲访诗记》, 第90页。

② 郑逸梅:《艺林散叶续编》,《郑逸梅选集》(第三卷), 第524页。

谬许称薄才，视宛兄弟行。（《吊梁新会启超》，《蕙丽园诗》第69页）

吕美荪比较了解梁启超，私下将其视为哲人。其诗《吊梁新会启超》云“皇灵凋哲人，河洛泻哀涕”[①]。同时又认为 梁启超“实为书生，能坐言而不能起行也”[②]。

吕美荪给予梁启超很高的评价。在吊唁梁启超时，吕美荪赞扬梁启超一世修名，认为以其一生的作为，最终能流芳百世：

斥鹖惭下林，曾语在山泉。能闷流终清，临俯谢潺湲。泉本无心出，良悦啁啾言。大壑有长松，贞厉晚以坚。佳人遗世立，斯为一代妍。　幽涂倏冥漠，体孰同黄玄。寿夭理岂齐，非关天所全。修名一以立，万古终华年。（《吊梁新会启超》，《蕙丽园诗》第70页）

诗作用“泉”“松”“佳人”等意象来称赞梁启超一生不凡的作为和坚贞的品格。吕美荪对梁启超的为政、为文、为人亦给予了全面的肯定，如：

慷慨望落日，片云来万里。夕过华山阴，朝发潇湘沚。阴霾欲相合，缥缈从此始。纠缦自光华，肯作太清滓。自昔舍成霖，从今卷为绮。纡舒得自性，岂傍东岩起。搴旻组文藻，尔辉何炜炜。窈窕垂鸿章，长为天地美。（《赠答梁任公》，《蕙丽园诗》第27页）

吕美荪赞叹梁启超的才思，自言“所惭才思绌，无以比君丽”，评梁启超“为文浩瀚溟涨，若川海至”[③]，认为其“文雄不可见，万古蜕冠佩”[④]。在文章日渐式微的情况下，梁启超以他雄姿的文风，主导文坛许多年，故吕美荪评论梁启超为文“天意宁可窥，斯文日衰敝。三十轼坛坫，梁子崛新会。握瑜复怀馨，舌笔徒雄姿”[⑤]。

梁启超晚年的生活正如吕美荪所写：“展骥嗟太行，中道乃摧毂。寂寞守空山，著论成丹箓。”[⑥]犹如梁启超，吕美荪中年就走上了归隐著述的道路，两人的道路不期而同，吕美荪作诗描述梁启超的晚年生活，诗云：

---

① 吕美荪：《吊梁新会启超》，《蕙丽园诗》，第69页。

② 吕美荪：《康有为梁启超》，《蕙丽园随笔》，第12页。

③ 吕美荪：《康有为梁启超》，《蕙丽园随笔》，第11页。

④ 吕美荪：《西山展梁任公墓》，《蕙丽园诗续》，第17页。

⑤ 吕美荪：《吊梁新会启超》，《蕙丽园诗》，第69页。

⑥ 吕美荪：《吊梁新会启超》，《蕙丽园诗》，第70页。

一鹤翛然去，江湖满地初。慨慷睨今古，辛苦到虫鱼。世浊元须酒，镫青耐著书。祕魔崖下月，应过饮冰庐。(《寄任公祕魔崖》,《葂丽园诗》第34页)

梁启超归隐之后，青灯黄卷，吕美荪对其生活方式极为赞赏。诗歌结尾一句更道出了对梁启超的钦佩之情。

在吕美荪与梁启超交往的过程中，吕美荪以“无政治热”之思想感染着梁启超，在某种程度上影响着梁启超晚年的生活方式。吕美荪视梁启超为兄弟、诗友，在与梁启超诗词唱和、书信往来之时，梁启超以其渊博的学识影响着吕美荪，进一步扩大了她的创作视野，丰富了其诗歌的题材。

第六节　吕碧城与南社

一、加入南社

南社是我国旧民主主义时代的第一个革命文学团体，1907年由柳亚子、陈去病、高天梅三人在上海发起组织，于1909年在苏州虎丘举行首次雅集，从而正式成立。加入这个团体的绝大多数成员是倾向于革命的资产阶级和小资产阶级知识分子。他们提倡民族气节，反抗清朝，鼓吹革命，所创作的诗歌文章，用旧形式来表现新内容。吕碧城于1914年6月1日填写入社书，加入南社，介绍人为朱少屏，吕碧城加入南社的次序登记号为第418名。同年8月参加在上海徐园举行的临时雅集，当时与会者有16人，张默君亦在座。

1913年6月南社成员14人修禊于崇效寺，赏花赋诗，对袁世凯有所讥讽，南社社员还纷纷作诗文鼓吹国民党发动反袁的“二次革命”，苏曼殊发表宣言，谴责袁世凯的种种罪恶。“二次革命”失败后，社员又作文抒发悲愤之情。1914年春，高旭编辑《变雅楼三十年诗征》，广泛征求近人作品，南社社员纷纷赠诗作序，提出编选意见，多数人主张排斥依附清政府和袁世凯的作家和作品。奇怪的是，正当南社强烈反对袁世凯之时，身为袁世凯总统府秘书的吕碧城怎么愿意加入南社，又如何能够加入南社的呢？

一是因为思想和兴趣上的契合。这与南社的性质有关，“虽衡政好言革命，而文学依然笃古”[①]。南社是一个革命的文学团体，“革命”二字，契合了吕碧城此阶段关心社会的心境；而文学团体，并且写古典文学，正是吕碧城的兴趣所在。虽然吕碧城于1912年被聘为总统府秘书，但也正是这个原因，让她看清了政治的无情和可怕，她根本就没有政治雄心，相反，与其一生相伴的是多彩的文学。吕碧城与袁世凯及其儿子袁寒云，交情不同一般。早在1904年，吕碧城姊妹能够办学，便是得到了袁世凯的帮助。到了辛亥革命后，袁世凯的行为遭到了有识之士的反对。通过吕碧城的诗词，亦可看出虽为总统府秘书，吕碧城也不尽赞同袁世凯，就是这种不尽赞同，使吕碧城加入南社成为可能。

二是因为南社社员的思想开放。南社社员多有游历国外的经历。高旭游学日本，陈去病赴日考察。他们思想开放，广交有识之士。吕碧城的介绍人朱少屏亦然，他幼年就读于南洋中学，后留学日本。南社社员，数以千计，朱少屏接触最多，几乎普遍认识，他大量介绍有识之士加入南社。

三是因为南社是一个兼容性很强的团体。1914年，吕碧城加入南社之时，正是南社极度辉煌之际，众多人士纷纷入社，有精英人物，也有官僚政客和浮薄文人，南社成为一个鱼龙混杂、良莠不齐的团体。但从另外一个角度来看，它也是一个兼容性很强的团体。另外，吕碧城的身份虽为袁世凯总统府秘书，但吕碧城符合《南社条例十八条》之头条规定“品行、文学两优者许其入社”[②]。此外，当时的吕碧城具有相当的威望，当属南社所需要的精英人物。

值得一提的是，在吕碧城参加南社之后的两年里，南社举行了四次雅集，分别是第12、13、14、15次雅集，吕碧城均未出席。期间，袁世凯接受日本政府提出的《二十一条》，并恢复帝制，南社社员纷纷作诗文讨伐，反袁情绪高涨。吕碧城可能碍于自己的身份以及与袁氏父子之间的交情，不便参加南社的多次雅集。虽于1915年8月辞去了总统府秘书之职，但吕碧城并没有涌入倒袁之洪流，亦未强烈抨击袁世凯，只是在其诗歌中流露出对袁世凯荒谬行为的遗憾。

1917年4月15日，吕碧城再一次赴上海徐园，应邀出席在这里举行的第16次雅集，与会者还有吕碧城文友余十眉和张默君。这是吕碧城第二次，也是最后一次参加南社的雅集。

---

① 钱基博：《现代中国文学史》，上海书店出版社，2007年，第264页。

② 杨天石、王学庄编著：《南社史长编》，中国人民大学出版社，1995年，第131页。

二、创作与南社

南社有61位女性作家，成就最高的是吕碧城、徐自华姊妹和张默君。柳亚子在《介绍一位现代女诗人》中云："从晚清末年到现在，四五十年间的旧诗坛，是比较保守的同光体诗人和比较进步的南社派诗人争霸的时代。但有一种怪现象，在同光体诗人中间，没有一个出名的女诗人。大概他们主张中国固有文化，认为内言不出于阁，是女子的本色，奉章学诚的迂腐议论为天经地义吧。在南社派中间，举得出名字的，却有旌德吕碧城，湘乡张默君和崇德徐自华、蕴华姊妹，足以担当女诗人之名而无愧。"[①]在南社元老的眼中，吕碧城当属南社女诗人中的佼佼者。

(一) 加入南社，促进了吕碧城的诗词创作

除了介绍人朱少屏之外，吕碧城交往较多的是张默君、余十眉、陆丹林、刘豁公和陈无我。吕碧城和南社社友一直保持着联系。1929年吕碧城应陆丹林之邀，为其题作《红树室时贤画集》；1926年1月31日的《申报》载有刘豁公的《碧城女士以新译美利坚建国史纲暨所著信芳集见赠赋此谢之》；1939年，吕碧城数次致函沪上陈无我居士，讨论蔬食、轮回诸问题。与吕碧城相联系的南社社员大多是其文学上的挚友，他们之间诗词唱和，间有题赠，如吕碧城词《念奴娇·为刘豁公题〈戏剧大观〉》(文章何用)、《祝英台近·为余十眉题〈神伤集〉》等。吕碧城还与他们相携郊游，寄兴而作，如1917年二月，吕碧城偕女界名流张默君、陈鸿璧、唐佩兰共游苏州邓尉，作《邓尉探梅十首》。此外，南社刊物《南社》亦为吕碧城提供了展现诗词才华的场所，吕碧城诸多诗词如《游钟山和省庵》《浣溪沙》(残雪皑皑晓日红)和《绮罗香》(磺热珠霏)等都相继发表于《南社》。

(二) 吕碧城受南社文学主张的影响，在创作上曾试图向南社靠拢

作为南社成员的吕碧城，在参加南社雅集的同时，也在某种程度上接受了南社的文学主张，创作上也试图向南社靠拢。

南社主张作诗为现实所用，提倡写怨、怒、哀、思的作品。高旭认为

① 柳亚子:《介绍一位现代女诗人》,《怀旧集》，耕耘出版社，1947年，第238页。

作诗应“鼓吹人权，排斥专制，唤起人民独立思想，增进人民种族观念”①；吴梅发表词作，对陆游其人及其爱国作品表示钦敬，引为同调。南社成员的作品，多关心时事。1914年吕碧城加入南社后，积极向《南社丛刻》投稿。从发表的诗词可以看出，吕碧城在试图用文学反映现实方面的努力，南社的文学主张影响着吕碧城诗词的内容。如：

琼楼秋思入高寒，看尽苍云意已阑。棋罢忘言凭胜负，梦余无迹任悲欢。　金轮转劫知难尽，碧海量愁未觉宽。欲拟骚词赋天问，万灵凄恻绕吟坛。(《琼楼》,《吕碧城诗文笺注》第14页)

排云深处，写婵娟一幅，挥衣耀羽。禁得兴亡千古恨，剑样英英眉妩。屏蔽边疆，京垓金币，纤手轻输去。游魂地下，羞逢汉雉唐鹉。　为问此地湖山，珠庭启处，犹是尘寰否？玉树歌残萤火黯，天子无愁有女。避暑庄荒，采香径冷，芳艳空尘土。西风残照，游人还赋禾黍。[《百字令》(排云殿清慈禧后画像),《吕碧城词笺注》第32页]

闻道长安上巳辰，五陵风月属骚人。风丝花片催诗急，好鸟游鱼狎客频。一曲清流传胜禊，几多桑海酿奇春。新亭挥泪真痴绝，莫负芳樽向水滨。(《和抱存流水音修禊十一真韵》,《吕碧城诗文笺注》第54页)

第一首写于第一次世界大战爆发之际，吕碧城满怀愤懑和愁思，她自言欲学屈原赋诗，心中充满亿万百姓的苦难。第二首最后两句悲悯国破家亡，城池荒废。第三首抒“新亭挥泪”之悲，忧国忧民之痛。此外，发表在南社刊物上的诗词，如《烛影摇红》(有感时事，以闲情写之，次芷生韵)、《和白葭韵》《瑞龙吟》(和清真)和《绮罗香》(汤山温泉)等，无不抒发了吕碧城心中的苦闷和忧虑。

南社主张重内容的诗歌改革。在吕碧城之前，王蕴章、叶玉森、陈世宜、潘飞声等已有表现异域风物的词作。南社词人以异域风光、西方故实、科学知识以及新事物入词，别开生面，有赶超“近世诗界三杰”之态。王蕴章的《台城路·缅甸金塔》《湘月·星洲秋感寄示沪上诸友》《水调歌头·步月》等词抒写东南亚风景。陈世宜的《水龙吟·蛇莓山公园》《惜红衣·出游霹雳》

---

① 杨天石、王学庄编著:《南社史长编》, 第153页。

等也以词笔写海天风景。叶玉森的《甘州·夜渡太平洋》《春风袅娜·东京市上》《江南好·游日本博物馆》则记旅日之行，不少日本物名、地名充斥其间，抒发了国耻之恨。南社诗具有丰富的时代特色，大多成员仍写旧体诗，在形式方面未能革新。柳亚子说："文学革命，所革当在理想，不在形式。形式宜旧，理想宜新。"[①]南社词人固守传统，高旭曾言"然新意境、新理想、新感情的诗词，终不若守国粹、用陈旧语句为愈有味也"[②]。吕碧城中后期的诗词在内容上完成了诗词的革新，她以新事物、新风景入诗词，令人耳目一新；在形式上继承传统，显示了旧风格融新意境的魅力。吕碧城在五四运动后，游历亚洲、美洲、欧洲，遍览各国名水秀川、古城丽故，有《欧美漫游录》，又有《海外新词》一卷，举凡火山、冰峦、湖水、花木，以及近代新生事物，无不成为其取材的对象。其《降都春·禅天妙谛》咏拿坡里火山、《破阵子·浑沌后启》咏阿尔卑斯雪山、《解连环·万红深坞》写巴黎塔、《玲珑四犯·虹影牵斜》咏日内瓦之铁网桥、《金缕曲·值得黄金范》写纽约自由女神像等，这些词作均风姿各异，气象万千，新人耳目。

南社"诗唱唐音，不尚西江"[③]的倾向对吕碧城诗风词风的转变有一定的影响。吕碧城诗词早年多以婉约清丽见长，她虽然也写过反映现实的诗作，但那毕竟是少之又少的创作，况且较少涉及时政，多关注女权。其加入南社之后所作的诗词，更具有现实意义，诗词风格显得较为沉郁。

南社推崇龚自珍，崇尚浪漫主义写作手法。陈去病《病倩词话》有云："近代词人惟定庵龚氏足以名家，此外虽作者林立，然终属规行矩步，依人作计，以为能事略尽此矣，从无有越出恒轨，而拔戟自成一队者。"[④]吕碧城在后期诗词创作上，凸显了南社这一崇尚，其诗词纵横捭阖，洋溢着仙风道骨、佛家灵气，充满浪漫主义特色。

（三）吕碧城虽受南社影响，但并未为之所囿

在以何人为师的问题上，吕碧城心中自有一个标尺。当时在南社内部产生了两派之争。一派是以柳亚子和陈去病为代表的诗人，提倡"唐音"，

① 柳亚子：《与杨杏佛论文学书》，郭延礼：《中国近代文学发展史》（第三卷），山东教育出版社，1993年，第1774页。

② 高旭：《愿无尽斋诗话》，《南社》（第一集），见杨天石、王学庄编著：《南社史长编》。

③ 钱基博：《现代中国文学史》，第264页。

④ 杨天石、王学庄编著：《南社史长编》，第151页。

批判“同光体”诗人，反对宋诗派。而另一派以胡先骕、朱玺（鸳雏）等为代表，公开吹捧“同光体”诗人。因在崇唐、尊宋的问题上意见不一，两派论战激烈，故产生内讧。这正发生在吕碧城参加南社第16次雅集的前后。对此，吕碧城没有发表任何意见，没有参加此类论争，也没有将自己划归为两派中的任何一派。在创作上，吕碧城转益多师，词作呈现出多种风格，兼采唐宋之风。陈完读了吕碧城的《信芳集》后，赞曰“此苍雄冷慧之才，北宋南唐未容傲视，今代词家斯当第一矣”[①]。可见，吕碧城不为南社文学思想所囿，博采众家之长，自成一家。

第七节　吕碧城与龙榆生

一、结交

吕碧城与龙榆生于1933年至1934年间结为文字之交。龙榆生比吕碧城小19岁，两者之交游，可谓忘年之交。步入而立之年的龙榆生已声名远扬，而他创办《词学季刊》时，吕碧城已五十余岁，身居海外多年，正身处德国柏林。相距遥远，两人如何相识？叶恭绰在吕、龙两人中间起到了桥梁的作用。

在与龙榆生结交之前，吕碧城就已经与叶恭绰有来往。他们有共同的志趣，诗词题赠，相互赞赏，两人交情深厚。《叶遐庵先生年谱》载：1937年叶恭绰建立上海法宝馆，专储佛教文物，并以家藏之物捐存馆中，“及是建筑竣工，工坚费省，众皆赞许”[②]。吕碧城为赞许者之一，其《莺啼序》（祯光夜腾蜃市）序言曰：“海上法宝图书馆落成，赋此为颂，柬遐庵馆长。”[③]此外，吕碧城称颂叶恭绰“弘扬词学，恒持通变之说以应时代”[④]；叶恭绰亦欣赏吕碧城的词作，故将吕碧城3首词收录于《全清词钞》。

1933年叶恭绰与龙榆生合办《词学季刊》，广收名家词，叶恭绰很自然地将擅长作词的吕碧城介绍给龙榆生。吕碧城去世后，龙榆生作《悼吕碧城女士》一文，其中云：“予于民国二十二、三年间，旅居上海，与诸友好之

① 陈完：《沁园春》，吕碧城著，费树蔚编：《吕碧城集》，第5页。

② 遐庵年谱汇稿编印会：《叶遐庵先生年谱》，原著未标明出版社，1946年。

③ 吕碧城著，李保民笺注：《吕碧城词笺注》，第442页。

④ 吕碧城著，李保民笺注：《吕碧城词笺注》，第382页。

喜谈词者，创办《词学季刊》，海内声家，咸以篇什相投寄。时因叶遐庵先生之介，获与碧城女士书问往还。”[①]

经友人叶恭绰介绍后，吕碧城与旅居沪上之词学名家龙榆生开始书函往来。随后，《词学季刊》创刊号刊载了吕碧城“信芳词”八阕；其中《洞仙歌》后附编辑龙榆生之附识，云：“圣因女士久居瑞士，曾于十八年冬，刊行所为《信芳词》。顷自柏林来书，有‘岂惟去国，且求避世’之语，并录示夏间养疴医舍时所作词十余阕，亟先载八阕于此。”[②]《词学季刊》第一卷第二号又发表吕碧城词七阕；龙榆生的《近三百年名家词选》以吕碧城词作五首殿后，亦可见龙榆生是非常欣赏和看重吕碧城词作的。但是，龙榆生与吕碧城在词论上所见未必尽然相同。1939年，冒鹤亭作《与吕碧城论词札》，此信述其曾取周邦彦、吴文英词一一对勘，乃知句读可破，平仄可易，此论欲为倚声家破出作词桎梏。吕碧城赞填清真、梦窗慢词不必尽守四声之论，并希望能够将此论公之于世，特将词札转寄于龙榆生，期以发表。而龙榆生当时可能认为此论尚待商榷，故始终未予发表。

吕碧城与龙榆生互相唱和，谈艺论道，交往甚密，可惜未曾谋面。龙榆生回忆与吕碧城的交往，曰：“女士方旅居欧洲，以弘扬佛化为己任，然于念佛翻经之暇不废倚声，每有新词，恒飞函寄示。中间一度返国，值予有岭表之游，迄未相见。其后复往瑞士，居雪山中，有手写《雪绘词》一卷见寄，又续刊所著《晓珠词》，托南洋某友寄予数十册，属为分赠知音。女士曾为题《上强邨授砚图》，又和予岭南咏木棉及《归国谣》之作，虽相去万里，音讯常通。谈艺之余，辄谆谆劝予学佛，并寄瑞莲花瓣及精印佛像等，冀以起其信心。”[③] 吕碧城于1936年以后致龙榆生之书信现存六函。每一封信都会论及佛经佛法，后五封还直言劝说龙榆生皈依佛门。1938年4月在给龙榆生的信中，吕碧城提及佛学著作，并托龙榆生代寄女词家丁宁以佛经小册，劝告丁宁弃词学佛，信中曰“闻女词家丁宁身世艰虞，亦乞代寄一小册，劝其弃词学佛。城久居海外，于故国词流大抵皆未识面，然读丁词，知其造诣可期，但不宜以此自误耳。”[④]吕碧城所言至情至切，但龙榆生最终未能走上佛途，自言曰：“予以俗缘缠缚，又根钝，二十年来，每读梵典，迄未

---

① 龙榆生：《悼吕碧城女士》，吕碧城著，李保民笺注：《吕碧城词笺注》，第564页。

② 吕碧城著，李保民笺注：《吕碧城词笺注》，第301页。

③ 龙榆生：《悼吕碧城女士》，吕碧城著，李保民笺注：《吕碧城词笺注》，第564页。

④ 吕碧城：《致龙榆生书》，吕碧城著，李保民笺注：《吕碧城诗文笺注》，第324页。

能有所悟入，然于女士自度度人之殷殷雅意，未曾须臾忘也。”[①]

龙、吕两人一直保持着联系，直至1942年12月21日，也就是吕碧城去世的前一个月，吕碧城致函龙榆生，寄赠旧日与樊增祥、严复两先生酬唱诗迹，以及瑞士旅居附近风景片四帧和新著《观无量寿佛经释论》，仍深以学佛相劝。吕碧城知道自己时间不多，书写此信，不忘对龙榆生拳拳相勉。吕碧城在香港去世后，龙榆生倚声寄悼，作《声声慢》：

荒波断梗，绣岭残霞。迢遥梦杳音书。蜡尽春迟，花香冉冉愁予。（女士最后寄余书以十二月二十一日发，一月二十四日到，正女士往生时也。）浮生渐空诸幻，奈灵山有愿成虚。人去远，胜迦陵凄韵。肯更相呼。（来书谆劝学佛，有言尽于此之句。） 慧业早滋兰畹，共灵均哀怨，泽畔醒余，揽涕高丘。（女士有宅在瑞士雪山中，往年曾贻影片）。而今踯躅焉如，慈航有情同度，瞰清流，拼饱江鱼。（女士遗命将遗体火化，骨灰和面为丸，投诸海中，结缘水族。）真觉了。任天风，吹冷翠裾。[②]

词作凄婉之致，字里行间充满悲哀之情。

二、吕碧城与龙榆生互评

吕碧城称龙榆生为“榆生词家”[③]，她欣赏龙榆生诗词，认为龙榆生“匠门遗绪，不落凡响”[④]。吕碧城在为龙榆生题《上强邨授砚图》时作《侧犯》，词作写道：

广陵散绝，雅音坠绪凭谁撷？依约，赠一角琳腴写蕢篴。磷淄石不转，峭剪端溪碧。追忆，似梦雨飘来伴吟席。筝琶耳洗，金粉都无迹。早料理，揽仙潢，珍重浣词笔。秀发樵歌，韵酬蓑笠。十斛，隃麋翠翻潮汐。（《吕碧城词笺注》第396页）

词中“蓑笠”当指晚清词坛四大家之一朱祖谋。朱祖谋集清代词学之大成，1928年龙榆生从朱祖谋专治词学，朱祖谋以平生校词朱墨两砚并为一匣，

① 龙榆生：《悼吕碧城女士》，吕碧城著，李保民笺注：《吕碧城词笺注》，第564页。

② 龙榆生：《声声慢》，龙沐勋著，钱仁康、戴天吉校印：《忍寒词》（铅印本），原著未标明出版社，1948年，第8页。

③ 吕碧城：《法驾导引》（凤因重省）和《临江仙》（薄命词皇初度日）词注，参见吕碧城著，李保民笺注：《吕碧城词笺注》，第494、496页。

④ 吕碧城：《致龙榆生书》（其二），吕碧城著，李保民笺注：《吕碧城诗文笺注》，第324页。

授予龙榆生，期以传衣钵。故吕碧城称赞龙榆生能撷“雅音坠绪”，作词能存正始，其词秀美勃发，得朱祖谋词作之神韵。

吕碧城将龙榆生视为词友，时常与龙榆生诗词唱和，写下了诸如《陌上花》(丹砂抛处)、《归国谣》(红簌)等唱和词。1930年吕碧城皈依佛门，有绝笔文艺之念，但是对于龙榆生的来信，吕碧城是见词必和的，其《临江仙》(薄命词皇初度日)便是一例，词序云“本应搁笔，重违雅命，姑于百忙中奉和呈教”[①]。吕碧城还称龙榆生为“榆生教授”“榆生君”，可见吕碧城对龙榆生的钦佩之情。[②]

同样，龙榆生对吕碧城的评价也很高。其《近三百年名家词选》以吕碧城五首词殿后，并誉其为“一代词媛”；吕碧城去世后，龙榆生希望能将吕碧城词结集，刊载专册，故曰：“女士于佛法上之贡献，自有高僧信士为之宣扬，予以文字之末，辱相知之雅，又承女士以遗稿遗像及诸珍迹见遗，使丧乱余生，得邀佛佑，他日当别刊专册，以纪因缘。”[③]除了欣赏吕碧城诗词，龙榆生还称赞吕碧城字迹“真力弥满，潇洒出尘，一与旧时无异”[④]。

作词这一共同爱好是吕碧城和龙榆生能够相识的最根本原因。两人的交往促进了吕碧城词的创作，如果没有此段交往，在吕碧城皈依佛门之后，有意绝笔之际，其词的创作可能会付之阙如。而吕碧城词作亦让龙榆生感受到了词界中的一股新鲜清新的空气，促使其对词学理论有了更多的思考。吕、龙两人之间的相互影响仅仅体现在文学上。至于宗教信仰方面，吕碧城曾多次致函龙榆生，劝其入佛，但龙榆生未能如吕碧城所愿，始终游离于佛门之外。

---

① 吕碧城：《致龙榆生书》(其一)，吕碧城著，李保民笺注：《吕碧城诗文笺注》，第322页。

② 吕碧城：《陌上花》(丹砂抛处)、《归国谣》(红簌)，吕碧城著，李保民笺注：《吕碧城词笺注》，第402、469页。

③ 龙榆生：《悼吕碧城女士》，吕碧城著，李保民笺注：《吕碧城词笺注》，第565页。

④ 龙榆生：《悼吕碧城女士》，吕碧城著，李保民笺注：《吕碧城词笺注》，第564页。

第三章

吕碧城思想概述

吕碧城生于名门，“七岁能绘巨幅山水，十二岁诗文成篇”[①]，13岁父亲去世，并于此年投奔其长舅严朗轩。她“性倜傥，不拘拘于小节。早岁驰马试剑，射獐逐兔，咸优为之”[②]。1904年，吕碧城不满闺中生活之平淡，只身前往天津，遇英敛之，得到英敛之赏识和重用。辛亥革命后，她曾任袁世凯总统府秘书。吕碧城聪明过人，并曾尝试从商，从中获利颇丰，中年后生活豪奢，据郑逸梅回忆曰：“吕（碧城）寓陈设俱为欧式，钢琴、油画，点缀其间，备极富丽，并雇大小印捕各一，以司门禁。”[③]即便是旅居欧美，吕碧城亦过着上层生活，“抵美后，居纽约大旅舍。舍宏壮甲一都，房金最巨，西人寓者多不逾七日，居士竟淹留至六阅月。名媛命妇争与之订交，值盛宴，必柬约，居士御锦衣，虽日赴数宴，衣必更，未尝一式，鲜艳错绣，目者拟为天人。”[④] 1930年吕碧城皈依三宝，断肉食，1943年病逝于香港东莲觉苑，享年60岁。吕碧城经历丰富，正如其绚丽多彩的一生，她的思想亦色彩斑斓。

第一节　吕碧城思想

就在硝烟滚滚的1943年，吕碧城病逝于香港。对于这样一名一生颠簸

① 旌德县地方志编纂委员会办公室编：《旌德县志》，黄山书社，1992年，第569页。

②《觉有情》第4卷第13、14号合刊编者：《纪念吕碧城女士》，吕碧城著，李保民笺注：《吕碧城诗文笺注》，第510页。

③ 郑逸梅：《到过吕碧城寓所》，《郑逸梅选集》（第三卷），第720页。

④ 本际：《吕碧城女居士》，吕碧城：《晓珠词》（四卷本）。

流离、才华横溢的杰出女性的悄然逝去，时人除了同情，更多的是遗憾和惋惜。不少名人雅士以文挽悼，尊称其为居士，这多因吕碧城晚年专研内典、弘扬佛法之故。时光流逝，历史渐趋模糊，时至今日还有许多学者称其为居士。然而人一生的思想并不是单一的，往往是复杂矛盾的，吕碧城正是如此，不同的时期变化很大。

深入研究其作品，我们就会发现吕碧城的思想受到了儒、道、佛三重影响。儒家乐观入世、道家超然出世、佛家悲苦厌世在吕碧城身上有着因时而异、此起彼落、此显彼隐的特点。

一、儒家思想——影响与背叛、固守与叛逆

儒家文化是中国文化最主要的组成部分，离开儒家文化，中国文化就无从谈起。以孔子为代表的儒家思想在封建社会长兴不衰，上至朝廷、下至民间，无不受其影响，它融入了古代诸多文人的“骨髓”之中。“上熟六朝文”“根柢中华旧典坟”的吕碧城生在晚清，长在官吏之家，她受到的教育当然不排除儒家经典。不管是从大环境，还是小环境来看，吕碧城都会自然而然地受到儒家思想的影响，她对儒家思想既有叛逆又有无法逃脱的接受。

在吕碧城所处的年代，人们还保持着传统的婚姻观念和习惯，父母之命、媒妁之言仍被众人所接受。即便是具有叛逆精神的吕碧城也是认可这种传统观念的。她接受了儒家的婚姻观，据她看来，婚姻当有父母兄长主婚为佳，因为父母兄长主婚少有错时，即使是错配，女子尚可推诿。她认为当时主张自由婚姻之人，往往是少年无识之男女。他们相亲相爱之时，不听他人劝阻，于是苟合，谓之自由结婚；时过境迁之后，矛盾即起，其悔恨烦恼，比之父兄主婚者尤深。[①]吕碧城认为自由婚姻常会造成意想不到的不良后果；婚姻应该由父母之命、媒妁之言来决定。很明显，吕碧城继承了儒家传统的婚姻观念，早年就吸收了儒家的诸多思想，连同封建社会要求男性“入世”的精神也一并吸收了。她“原有志干一番事业，并不是甘心做词人的”[②]。她走出闺门，以图实现抱负。也许是天不负人，吕碧城在刚刚迈出闺门时，被《大公报》接纳，并依靠自己的才华成为此报的编辑，随后她以

① 严复:《与甥女何纫兰书》，王栻主编:《严复集》，第840页。

② 茅于美:《现代女词人吕碧城》,《词学》编辑委员会:《词学》(第十一辑)，华东师范大学出版社，1993年，第234页。

《大公报》为阵地，不断发表文章慷慨陈词，提倡女权。她欲创女学，有幸得到袁世凯的拨款，天津女学落成，吕碧城出任总教习，兼国文教习，她似乎找到了自己的社会坐标点，也找到了暂时的精神寄托。那段时间她的词作多表现“入世”豪情，欲做一番事业的雄心。澄澈居士评早年的吕碧城：“志高迈，矢以北宫之女自居。愤清廷政稗，阴联浙江秋瑾女士谋革命，事败，项城欲逮捕，幸得解乃免。未几奉母舍而之沪，涉足商场，与西商角交易，西商多折阅。而居士独操奇赢，虽数载致富，而怨府深矣。”[①]但是，吕碧城在继承儒家思想的同时也在背叛它，正如严复评吕碧城：“渠看书甚多，然极不佩服孔子。”[②]吕碧城离开舅舅家去追求自我，实现自我价值，这在父权制的封建文化社会里，作为女儿身的吕碧城无疑是对“女正位乎内，男正位乎外”(《易经·家人》)“女子者顺男子之教”(孔子家语)“子妇无私货，无私蓄，无私器，不敢私借，不敢私与”(《礼记》)等封建礼教的反叛。可是，吕碧城一生的思想是极度复杂的，她一生无法完全逃离儒家思想对其的影响。在背叛儒家礼教的同时，吕碧城又在为之辩护，捍卫某些礼教道义。“每于报纸中，见下流浪漫子倡言打倒礼教，此辈号称国民，而下笔不能作通用之国文，复弄笔诋毁文化，此真无礼无教之尤也。夫礼教有随时世变迁以求完善之必要，而无废弃之理由。”[③]直到1921年吕碧城在美期间，还不忘儒家思想之精华：“何谓真文明？即吾儒仁恕之道，推己及人、仁民爱物之心，及佛教人我众生平等之旨，使世界人类物类皆得保护，不遭伤害。”[④]出国以后，吕碧城面对的是欧美的花花世界、金钱利益充斥其间的社会，她大发感慨：“迨世变愈剧，乃慨然叹欧美功利主义锐进至极，受大创挫时方返而旁求救济之道，孔教、佛教均有弥漫全世界之时。”[⑤]很明显，吕碧城把儒教和佛教并提，她甚至相信两者最终能够拯救整个混乱的世界。

我们从吕碧城早期词作中也可以发现佛道用语，但那只是即兴借用，偶一提及罢了，而且此类语言极为浅显易懂，还不足以说明她拥有了主动接触宗教信仰的意识。好景不长，在享受了成功喜悦的同时，她也品尝了人间的人情冷暖和无奈。由于性情孤高，她和曾经欣赏并提携过她的英敛之及诸多前辈关系不佳，逐渐疏远，并于1908年离开了《大公报》；吕碧城又

---

① 澄澈居士:《吕碧城居士传略》，吕碧城著，李保民笺注:《吕碧城词笺注》，第514页。

② 严复:《与甥女何纫兰书》，王栻主编:《严复集》，第839页。

③ 吕碧城:《女界近况杂谈》，吕碧城著，李保民笺注:《吕碧城诗文笺注》，第475页。

④ 吕碧城:《与西女士谈话感想》，吕碧城著，李保民笺注:《吕碧城诗文笺注》，第461页。

⑤ 吕碧城:《女界近况杂谈》，吕碧城著，李保民笺注:《吕碧城诗文笺注》，第475～476页。

常发“裂纲毁常之说”，也遭到了诸多时人的嫉恶。接着就是政治上的失望，使她丢下世俗虚名，于1916年开始问道道学。

二、道教——宗教的信仰

在中国文化中，儒、道、佛之间本就有着不解之缘。到了近代，民间一些祭祀仪式更显儒、道、佛三家杂糅的特征。吕碧城身处这样的文化环境中，难免受佛、道思想之影响，其词作正表明了这一点。笔者通过统计，得如下一表：

	1904年前	1905—1920年出国前	出国后海外新词中	1936—1937年	1937年春夏间	1937年秋至1943年	总计
含有道教词语及道义词的篇数	1首	6首	20首	6首	6首	1首	40首
含有佛家词语及佛理词的篇数	2首	12首	38首	7首	14首	10首	83首

其中，吕碧城在1904年以前的词作《谒金门·桂》中就同时用到了佛道用语。可见，吕碧城从早年开始就受到了佛道思想的影响，并将其体现在其丰富的词作之中。

受多重思想影响的原因首先归于吕碧城之母。吕碧城母亲本身是儒家思想观念中标准的贤妻良母，又是个深信天命、卜筮之术的人。在吕碧城髫龄之时，母亲就在她心灵深处埋下了相信神道的种子。吕碧城回忆说：“母夙媚灶，为予问卜，得签示曰：‘君才一等本加人，况又存心克体仁。倘是遭逢得意后，莫将伪气失天真。’恰是勉勖游子之词。厥后虽未得意，而自此独立，为前程发轫之始。又游庐山之仙人洞，龛祀纯阳，吾宗也。道士怂试蓍蔡，乃以婚事为询，得示曰：‘两地家居共一山，如何似隔鬼门关？日月如梭人易老，许多劳碌不如闲。’此即吾母卜婚之谶，而毕生引以为悔者。当时予虽微诧，亦未措意，后且忘之，而年光荏苒，所遇迄无惬意者，独立之志遂以坚决焉。夫山林井灶何有神祇？卜者诚虔则亦感应，此即神道无往不在之征也。”[1]万物有神，是道教神学的主要内容之一。对此，吕碧城是有所征而后深信的。她回忆道：“想起我幼小时候，文理尚不甚通，偶读《老子》‘人之大患，为吾有身。及吾无身，何患之有？’我虽不甚解他的意思，便叹为至理。我每次病时，却有希望，希望能脱离肉体，游神太虚”，可见道家思想对其深刻的影响。

家庭的变故和走向社会所面临的无奈没有摧垮吕碧城，她有更大的愿望——参政。1912年她任袁世凯总统府秘书，同时在上海与西洋人角逐交易并收获甚丰。当时社会风云变幻，随着筹安会的创办，《二十一条》的认可，吕碧城辞去了总统府秘书的职务。终于在1916年，她师从道学家陈撄宁问学。庄子说：“所乐者，身安厚味美服好色音声也。”（《庄子外篇·至乐第十八》）庄子发现世俗之人有好逸恶劳、趋乐避苦的生存欲求与审美需求，他们所喜悦的是享有身体的安逸、醇浓的美味、华艳的衣裳、绚丽的色彩、动听的音乐。吕碧城在入佛之前就过着近似豪阔的生活：住豪宅、衣华衣、品美味，频频出入歌舞场所，她的这种生活方式在道家那里可以找到合理的解释。三十四岁前后的吕碧城觉得生活难耐，文界、商界、政界她皆有涉足。是非经过，冷暖尝尽，她对尘世失望至极，慨叹：“尘世，原如此。但愁里光阴，朱颜偷逝。”（《琐窗寒》）当人失望无助时，常常会选择宗教信仰来超脱现实，满足变更环境的心理需要，获得精神上的安慰。此刻，吕碧城就把道教思想提升出来，以实现自己逃避现实的愿望。她说：“人间无地可埋忧。好逐仙源天外去，切莫回头。”（《浪淘沙》）对身边社会的失望导致了她对仙源境界的向往。仙源，神仙所居地。她在心中不断地勾画着这样绝美的境界，并警告自己：心向仙境，永不回头。其实，这恰恰道出了她有可能“回头”的心理，毕竟此刻的她还没有对社会绝望，只是对早期理想的生活失望而已。这正是为什么吕碧城早年同时受到佛道的影响，却又首先接受道教思想而没有皈依佛学的原因。从吕碧城一生的宗教信仰来看，道教仅仅是她从儒到佛的过渡信仰。道教思想成了她“穷则独善其身”时期的解脱之道。

吕碧城对道家思想的接受并非源于兴趣，也不是为了移情悦性，而是源于向往充斥自然灵气、逃匿现实的境地。她憧憬着仙源，在词中她无数次地描写仙源、壶天（仙境），如：

---

① 吕碧城：《予之宗教观》，吕碧城著，李保民笺注：《吕碧城诗文笺注》，第480页。

色相凭谁悟大千，瑶峰无尽浸壶天，此中真个断尘缘。 淡掠烟波描梦影，净调冰雪铼仙颜，一生常枕水精眠。(《浣溪沙》)

十洲澒洞，吾道依依何往。对满眼蜃楼花雨，那处仙源。浪迹遐荒，万方多难此凭栏。孤吟去国，杜陵烽火，庾信江关。 梦影渐稀，宣南韵事，江左清谈。正谁向、天山探雪，渤海观澜。来日奇忧，东风吹送到云鬟。梅枝难寄，乡心悽黯，笛语哀顽。(《丑奴儿慢》)

描写仙源和壶天是为了逃匿，寻找一个"逃名地"(隐居地)。吕碧城在自己营造的仙境里做了个"避秦人"。然而，仙源、壶天何在？吕碧城自己也很模糊，她只能认为虔诚则可感应，此即神道无往而不在，她说"可征信之处，即在吾人日常接触之事物，不必求诸高渺。圣经灵迹，……"①于是她把道家圣地世俗化，把她认为可以逃避现实、暂时忘忧的人间胜地看成了"仙源"。因而，她在营造世俗化的"仙境"的同时也把道教思想世俗化了。走出国门后她每游览一处，就用词章描摹这样的境地:《菩萨蛮》中认为日内瓦湖畔是"仙乡即水乡",《祝英台近》(绕湘自夸皋)、《六幺令》(碧空凝丽)和《尾犯》(夜悄易惊秋)等词作又把日内瓦湖畔比作仙源;《卜算子》中把瑞士雪山看成是"栖真处",《洞仙歌》(雪山长住)中也把瑞士雪山当作仙源。她认为即便是世俗化的仙境，也能充当短暂的"玉楼仙眷"，也能蓄养真性。然而，在一段漂泊寻求归隐的日子之后，吕碧城清楚地意识到:"只有断肠花，那有长生药。徐市同舟去海东，谁见重还客。"(《卜算子》)在逃避、归隐中，她好像没有实现"破愁""除烦恼"的初衷，所以她说:"遗恨满仙源"。她意识到了道家之"道"并不能让她在归隐中获得解脱，这也许就是吕碧城后来信仰佛学的原因。事实上，吕碧城并未学得道家之精髓，正如陈撄宁所说:"当日吕女士对于道学，实无所得。若果有得者，后来必不至改而学佛。"②后来，吕碧城把佛教看成自己主要的解脱之道，同时也找到了她真正信仰的宗教。早期用以"解我忧"的某些道教思想，虽然在吕碧城后半生的岁月中一直伴随着她，甚至在1937年她还感慨:"花间当受箓，繁祉群伦祝"(《菩萨蛮》)，但那也只是偶尔提及罢了。

其实，吕碧城继承了道家崇尚自然的精神。她期望依靠寂静的自然环境得以隐退，去寻找外在力量来使内心平静，这在她所处的时代里是不可

① 吕碧城:《予之宗教观》，吕碧城著，李保民笺注:《吕碧城诗文笺注》，第478页。

② 陈撄宁:《道教与养生》，华文出版社，1989年，第326页。

能的。当时世界一片混乱，无一片安全宁静之处。1929年至1933年世界经济危机，1938年欧战爆发，此时吕碧城正游历欧美；国内也是战争频繁，她欲归不能，处境尴尬。在那个动荡的社会中道家的生活方式是不现实的，吕碧城所追求的“仙境”也是不可能达到的。而佛家注重向内修心，不寻求外在仙境，而是在内心深处建立起不可摧毁的精神家园。这似乎更适合吕碧城当时的处境和心境。

三、佛教——信仰的宗教

佛学是吕碧城晚年立身处世的精神支柱。吕碧城生长在儒、道、佛三家融合的文化环境中，道家以及佛家的某些思想从早年开始就影响着她。1905年以前她在词作《清平乐》写道：“大千尘世，总是消魂地。粉怨乡愁无限意，吹得满空红泪。临风犹弄娉婷，回看能不关情。愿诵楞严一卷，忏渠簛溷飘零。”但是，结合她的其他词作可以看出那时她只是“愿诵”而已，并非把佛教作为自己信仰的宗教，词中引用的佛家语常常用来表达少女对年华易逝的感慨。这些简单的佛家语为中年的吕碧城皈依佛门奠定了基础。1920年，吕碧城在北平与谛闲法师谈论禅理，推动了她与佛的接近。1930年吕碧城皈依佛法，她回忆曰：“约十载前，予寓英京伦敦，常往使署，与其秘书孙君夫妇等作樗蒲之戏。某日，孙夫人检得印光法师之传单，及聂云台君之佛小册，作鄙夷之色曰：‘当这时代，谁还要这东西！’予立应声曰：‘我要。’遂取而藏之。遵印光法师之教，每晨持诵弥尊圣号十声，即所谓十念法。此为予学佛之始。”[1]

吕碧城皈依佛门不仅有内在的原因，也有外在的原因。走出国门，“红爪西洲，马首蓝关”，她感慨更多，吕碧城1928年左右的大量词作记载了她心中的多种苦痛，这部分词作占其海外词的绝大部分。吕碧城认为人间有多种“苦”，感叹“人间最苦”。她只身一人远涉重洋，朋友远离，亲人逝去，孤苦是侵蚀这个青春不再、形单影孤的中年女人心灵的第一蛀虫。“锁羁愁，十里清湘。著个诗人孤似雁，云黯淡，水微茫”(《南楼令》)、“醒无聊，睡无聊，闲倚江楼擫玉箫，红灯影自摇”等词句都道出了她当时漂泊孤苦的心境和难耐的寂寞；蓦然回首，时光荏苒，往事如梦，又使吕碧城感到“旧欢

① 吕碧城：《莲邦之路》,《香光小录》，大法轮书局，出版时间不详，第3～4页。

如梦休重说，秾华忏尽今非昨”(《忆秦娥》)、“前尘回首匆匆”(《高阳台》)。吕碧城1938年在给龙榆生的信中多次谈到自己的心境，“人生皆苦，佛国为乐”“世界太苦，实不堪郁郁久居”，而“吾人今日皆系忍辱偷生，解脱之法，惟往生佛国”①，生不逢时，家破国危，这就注定她不仅伤己，而且伤时。愁苦无济于事，只能让吕碧城本就敏感的心更加细腻敏感，更能参透人生。情感越是细腻，个体潜入内心越深，就越容易感受到那种无法言说的孤独，也就容易接近“治心为主”的宗教精神。她说自己“已谙世态浮云味”“心事已灰炷”“已羞叔世浮名”，在此种心境下，又感到道家思想无法解忧之时，佛家思想迎合了吕碧城当时要从“精神痛苦”中摆脱出来、冷眼人间的需要。佛教有“四谛”，即苦、集、灭、道，其中以“苦”为首。佛教认为现实充满苦，人生本苦。佛家因感叹人生之苦而悟万物皆空，具有不甘沦溺俗界生死海的精神。于是，佛家反观人生在于慨叹和解脱人世的苦难。

龙榆生在《悼吕碧城女士》中回忆吕碧城临终前劝其学佛之语：“世间事皆如梦如幻，本无真实，最要者为看破世界，早求脱离，即学佛是也。请试行之，必觉怡然别有天地”“佛教之平等观，即是无国家种族、恩怨亲仇之分别，处于超然之地，不得以世情绳之。”②可见，吕碧城把“白莲乡里，缟衣参佛”视为破愁解苦的良方。正如陈季所云：“自居欧，民十七至民二十间尝寓居瑞士雪山中。碧城初以心境不豫，徘徊欧陆，无东归意，继因聂云台等函劝，姑遄返故国，乃移情契经，旦夕从事佛典撰译，不与世事。自昔夙具慧根者，不满于现实，此妙解无为之地，本为古今才士最后同趣之途径，况以一女子碧城者，虽非风云人物，而环姿绮思，散芳飞英，其有不虞之誉，乃有求全之毁，进退周旋间，荆棘载途矣！”③从这一点来说，吕碧城从佛亦是为了寻求解脱之道，这和她当初问道于道学的初衷是一致的。

然而，我们从吕碧城皈依佛学的过程来看，除了解脱之外，还另有原因。1928年12月25日她赴美国友人年宴，自是日起茹素断荤。1929年5月应国际保护动物会邀请，吕碧城赴奥地利首都维也纳参加万国保护动物大会，她成为唯一应邀出席大会的中国人。她以所携中国戒杀、学佛等书说明大旨，并将书当场奉赠。吕碧城有着仁慈之心，本性善良的她看到人类的残忍，动物被大量地残杀，人与人之间血腥地争斗，除恶扬善的意念成为她入佛

① 吕碧城:《致龙榆生书》，吕碧城著，李保民笺注:《吕碧城诗文笺注》，第325～326页。

② 吕碧城著，李保民笺注:《吕碧城词笺注》，第564页。

③ 陈季:《吕碧城传》，吕碧城:《晓珠词》(四卷本)。

的又一理由。1928年12月，吕碧城曾作《致伦敦禁止虐待牲畜会函》，其中提出了“应劝导人类完全停止杀害物类”[①]的主张。终于，在1930年旅欧美期间，她皈依佛教。“旋由美适英，寓伦敦。一日，应吾国驻英公使某夫人约，适邮使送书至，乃印光法师嘉言录，居士览竟，起信心，遂渐谢酬酢，日从事内典。年余，皈依三宝，无何，断肉食。又念欧美人之嗜肥甘，由耶教博爱之旨不究竟，且罔识因果轮回也，始以英文先后译成《普贤行愿品》《阿弥陀经》《善门品》《十善业道经》等诸书，及戒杀因果诸论。”[②]吕碧城皈依佛门后，对佛学不像对道教那样在“皮”不在“骨”，而是非常虔诚，深得佛学精髓，真正达到了“守定心期，总持尘劫，万缘抛下”（《水龙吟》）的境界。佛教成为吕碧城一生真正信仰的宗教。

佛家讲因果轮回，有“十戒”，其中以“杀戒”为首。吕碧城与之心有戚戚，她不仅素食，还大力宣扬戒杀论，主张废屠。她为美国柯省保护羽族之法律欢呼：“仙舞新传罢羽衣，南华齐物到西夷。更无鹃血浣花枝。”（《浣溪沙》）她希望能“手挽天河，圆与净涤，终古雪斯耻。”（《摸鱼儿》）她说“人事苦烽霾”（《菩萨蛮》），因而反对战争。凡此种种都表现了吕碧城普度众生的情怀。吕碧城满怀仁慈之心，与诸多国家的保护动物社都有往来，并与多名素食护生者交往，为他们的逝去惋惜。她作《减字木兰花》（沧波万里）挽素食者福华德氏（C.W.Forward）；她因美国《蔬食月刊》主笔奥尔伯特（Jean Albert）的逝世而伤悲，遂赋《齐天乐》（绿笺长断西洲讯）。怀着对护生事业的热忱，她意志坚决，充满信心，“石烂南山心不死，世变无穷，终待蛮腥洗。”（《鹊踏枝》（梦想诸天联席会）她意犹未尽，又在此词篇末自注道：“千年后当有大同之法律，生命神圣，民物平等，永革野蛮血食之恶习。”正如窦存我所评：“女士一生事业，以护生为最大，其一生思想，亦以护生为中心，普扇仁风于世界，迹其行事，可说是今日女界中之墨子。”[③]是的，吕碧城皈依佛教与护生大有关系，在《与西女士谈话感想》一文中，吕碧城说：“惟戒杀宗旨与吾本性契合，则不妨皈依之”“惟佛教可以弭兵于人心，立和平之根本。”[④]废屠、素食至今不能实行，也许终不会实现。但我们并不为吕碧城惋惜，相反会给予更多的理解和同情，并为她这份执着和虔诚的信仰

① 吕碧城：《致伦敦禁止虐待牲畜会函》，吕碧城著，李保民笺注：《吕碧城诗文笺注》，第242页。
② 本际：《吕碧城女居士》，吕碧城：《晓珠词》（四卷本）。
③ 窦存我：《赞吾国女杰吕碧城居士》，吕碧城著，李保民笺注：《吕碧城词笺注》，第562页。
④ 吕碧城：《与西女士谈话感想》，吕碧城著，李保民笺注：《吕碧城诗文笺注》，第460～461页。

而投以深深的敬意。对于吕碧城来说，护生是“无为”中的有为、“空”中的实、“苦”中的安慰。在谈到护生的滥觞时，《吕碧城在维也纳之演说》中有言：吾国保护动物之道“滥觞最早，而成于三种源流：(一)佛教；(二)孔教；(三)古代法制。佛教之旨，严禁一切屠杀。孔教则示节制，不得残忍滥杀，有‘见其生不忍见其死，闻其声不忍食其肉’之说”①。吕碧城认为我国护生思想的源头有三个，她首推佛教，次推儒家。从中我们可以看出吕碧城对佛教思想的看重和熟谙。其实，晚年的吕碧城在著译佛典之余，立足佛学，又吸取了儒、道两家中与佛学一致之处的精要，建立起自己立身处世的精神支柱。

吕碧城是一个虔诚的佛教信徒。这不仅体现在她对佛教因果轮回的笃信，更体现在她对佛家精髓“空”的领悟。佛教强调无我、虚空，摒除三欲(爱欲、有欲、繁华欲)，达到常乐我净的理想境界。晚年的吕碧城可谓禁欲。吕碧城在词中常使用“孤”字，她孑然一人，四处飘零。她的生活方式就算无奈，也可以说是她勇敢的自我选择：早年的一次订婚因家道败落而遭到对方退婚，接下来的几年里无中意者，后来吕碧城渐渐越发目无下尘，再后来她经历了世态炎凉，而渐绝情缘，视色界皆空、“万缘空”，故选择了孤踽一人、来去自由的生活。而佛教中“自未度而先度他”的使命意识和献身精神熔铸了她“悲天悯人”的悲剧意识和“普度众生”的博爱精神。深信“禅天不滓”的吕碧城抛去私爱，受佛教“自未度而先度他”思想的影响，她悲动物被屠杀，大倡废屠，她晚年苦于战争，麦秀黍离之悲使她叹惜人类的血腥战争，呼吁和平。她说：“世界之和平，断非国际条约及办法所能维持，必赖人心维持之。而和平之心，须由公道正义仁爱之精神养成之。”②“虽一滴之血，亦必认为刑事上之罪恶、羞耻及不祥，第一当先摒除自私之见，无论是‘我之血’‘他之血’‘人类之血’‘次等人类(即动物)之血’，良心不承认此等区别。盖此等自私之区别，按逻辑(logic)之程序，导入‘不同情’之感，介于国际、种族及家族之间。”③此刻吕碧城的爱已经上升为佛家“度众生”之爱。看惯世态浮云味，吕碧城非常厌世，她冷眼人间，大彻大悟，视万物皆空，“参贝叶，守禅经”。身外之物皆可抛，她说“赢得浮名何用？

---

① 吕碧城：《吕碧城在维也纳之演说》，《欧美之光》(节本)，上海佛学书局、苏州弘化社、上海开明书店、广州开明书店、美成印刷公司，1932年，第148～149页。

② 吕碧城：《吕碧城在维也纳之演说》，《欧美之光》(节本)，第150页。

③ 吕碧城：《呼吁于已死之良心》，《欧美之光》(节本)，第155页。

未抵浮生苦”(《六幺令》)，名利对她来说都不重要，重要的是拯救众生之“苦”。她曾经捐助红十字会十万金，捐给北京5 000元以拟建僧伽医院，去世之前把所有的存款捐出用以弘扬佛法护生之事。奔走于物欲横流的欧美国家，能保持一份寂静的心境真是难能可贵。可是，吕碧城早年所钟情的生活并非如此，她“放诞风流，有比诸《红楼梦》的史湘云，沾溉西方习俗，擅舞蹈，于乐声铮纵中，翩翩作交际舞，开海上摩登风气之先。”[①]她住豪宅穿华衣，手撒千金而不措意，与海内名士淑女频繁出入歌舞场所。而这一切在她皈依佛学前后几年里有了很大的变化。1928年她重返建尼瓦时，心境已经与往昔不同了:“由芒特如往建尼瓦，舍车而舟，稳渡四小时，得赏沿湖风景，且为价较廉，计殊得也。仍寓旧时旅舍，然昔之寓此，因邻为剧场，深夜顾曲，便于往返。今抵此经旬，尚未涉足。某夜梦回，方笙歌如沸，卧聆乐奏，知某也为狐步舞，某也为旋转舞。往日芳朋俊侣沉酣于春潮灯影之情景，一一涌现，然今倦厌矣。故此等幻影亦旋起旋灭。而别有所感者，在乐声之凄咽，如诉人事，如惜年华，无限隐抑及变迁，胥寄此宛转顿挫之节拍中。”[②]她经历了太多的磨难，体验了“容易欢场成寂寞，道是消愁，试取金尊酌。泪迸尊前无计遏，回肠得酒哀愈烈”(《蝶恋花》)的滋味，她厌倦繁华、俗世，偏爱寂静。她的词句“舞衣叶叶余香在，欢场了却繁华债。往事梦均天，梦回情惘然”(《菩萨蛮》)，“旧欢如梦休重说，秾华忏尽今非昨。今非昨，白莲乡里，缟衣参佛”(《忆秦娥》)，“占韶景、春驹才化，泫凉露，秋蝉先退，把金粉、从头净洗。此身将驻琉璃地。待手爇旃檀，闲翻贝叶参心契”(《八犯玉交枝》)都流露了这样的心境。吕碧城在1937年作的《潇湘清籁图》中就说:“六根齐净初禅地，便一蕚，嫣红都贬。”她远离繁华，谢绝见客，潜心佛典，正是为了使自己六根齐净。

值得一提的是，吕碧城从1920年后旅居海外长达十三年，在以基督教为主要信仰的国度里，她耳濡目染，对基督教也有相当的了解。然而，碧城还是在1930年于英国伦敦皈依佛学。为何如此？碧城在其《与西女士谈话感想》[③]一文中表示:西女士问其是否是佛信徒，吕碧城坦言，“惟戒杀宗旨与吾本性契合，则不妨皈依之”。“惟信仰各有主义，焉可苟同”“耶教主

① 郑逸梅:《南社社友事略·吕碧城》,《南社丛谈》，第140页。

② 吕碧城:《重往建尼瓦》，吕碧城著，李保民笺注:《吕碧城诗文笺注》，第464页。

③ 吕碧城著，李保民笺注:《吕碧城诗文笺注》，第460页。

博爱而不戒杀，殊为缺憾，甚至变本加厉，因护教而有十字军（1096—1292）二百年之惨杀，数百万生命之死亡，且被帝国主义者利用为侵略之具。假使当时行于欧洲者为佛教而非耶教，则此奇祸可免。一言丧邦，况宗教挟洪水滔天之势力。立言可不慎乎？”[①]可见，吕碧城对基督教并不满意，与佛教相比，她更相信“世变亟矣，惟佛教可以弭兵于人心，立和平之根本”[②]。她认为中国有“较善耶稣之教”——孔教和佛教[③]，“人事繁剧，理论纷呶，然千端万绪皆以文明为目标，惟真文明而后有真安乐。何谓真文明？即吾儒仁恕之道，推己及人、仁民爱物之心，及佛教人我众生平等之旨，使世界人类物类皆有保护，不遭伤害。苟臻此境，则人世无异天堂，脱苦恼而享安乐，地球之空气为之一变，讵不快哉！”[④]

晚年的吕碧城倾心佛学，佛、儒兼通，宣扬传统文化，这是根入其骨髓的东西。“佛儒二教，将来并辔联镳，非但重光于中国，或且洋溢于世界。”[⑤]但是二者之间广狭不同，义谛亦有究竟与因循之别。吕碧城对儒教的认可已经不同于早期的想法。她对儒家某些方面给予肯定，如她在《佛儒不能平等说》一文中指出“予则以为孔子仅伦理学之专家而非至圣，以其体量未充，故圣而不至，惟佛菩萨堪称至圣。”[⑥]她对于儒家的伦理学给予了肯定，但对儒家的另一些方面她又给予了否定，如她说：“儒家谈群治，范围本广，惜其出之于狭；说仁义本为可贵，惜其犹带偏私。仅限于人类，不赅物类。”她又认为《中庸》虽有尽人性，参天地之化，万物并育而不相害等辞，但孔子却不素食。由此观之，吕碧城认为佛学较儒家理论要广，是建立在保护动物、素食的基础上的。

吕碧城之所以使人景仰，成为女界杰出的人物，不仅在于她的才华，更在于她义侠的心肠、仁厚的性情、笃实的行履，借此她才能走上净土之路。如果说儒道思想对其影响很大的话，佛学便是她晚年执着的信仰。她临终时说：“护手探花亦可哀，平身功绩忍重埋。匆匆说法谈经后，我到人间只此回。”她悟彻生死之理，面对死亡，她了无牵挂，心带佛意而去。

---

① 吕碧城：《与西女士谈话感想》，吕碧城著，李保民笺注：《吕碧城诗文笺注》，第460～461页。

② 吕碧城：《与西女士谈话感想》，吕碧城著，李保民笺注：《吕碧城诗文笺注》，第461页。

③ 参见吕碧城：《女界近况杂谈》，吕碧城著，李保民笺注：《吕碧城诗文笺注》，第476页。

④ 吕碧城：《与西女士谈话感想》，吕碧城著，李保民笺注：《吕碧城诗文笺注》，第461页。

⑤ 吕碧城：《佛儒不能平等说》，吕碧城著，李保民笺注：《吕碧城诗文笺注》，第341页。

⑥ 吕碧城：《佛儒不能平等说》，吕碧城著，李保民笺注：《吕碧城诗文笺注》，第342页。

第二节 政治、女权、女学思想

一、政治思想

身处动乱的时代，初出闺门的吕碧城对社会、国家有着深刻的思考，她对内主张改良，对外强调尚武。吕碧城“富道义感，而无政治热”①，但她无时无刻不在关注国家、关心民生。她出国游学后，目睹20世纪20年代的中国现状，感叹道：

十稔以往，留学者多治教育、医药、美术等科，洵裨实用，且属女性所近而优为之者。顾栉风沐雨，离乡劬学，归国后政府不为奖励，任其各自谋生。迨大局几经剧变，习法政者得附潮流而跻要位，极轩冕煊赫之致，而都会黉校则沦于颓废，不值当局之一盼。其基础较深者，又为少数所把持，成暴民专制，一校犹一国之缩影焉。远道归来无援助之教育家贸然就职，率被驱逐侮辱，至医药、美术等家，则任其自生自灭，利禄不与焉。于是学者知择业之途在彼不在此，群趋而治法政矣。夫中国之大患在全体民智之不开，实业之不振，不患发号施令、玩弄政权之乏人。譬如钟表然，内部机轮全属窳朽而外面之指示针则多而乱动，终自败坏而已。世之大政治家，其成名集事，皆由内部多种机轮托运以行，故得无为而治。中国则反是，舍本齐末，时髦学子之目的，皆欲为钟表之指示针，此所以政局扰攘，迄无宁岁。女界且从而参加之，愈极光怪陆离之致。近年女子参政运动屡以相协，予不敢附和者，职是故也。②

吕碧城无政治热，在民智不开、实业不作的情况下，她反对留学生趋于学习法政，也不主张附和政治。吕碧城和秋瑾同样爱国，却走了两条不同的路。秋瑾走革命之路，推翻封建社会制度；吕碧城则主张通过改良去改变整个社会的落后状况。她说“择其善者而从之，不善则改之耳。如此然后可言进化，可与言变通，可与言改革”③，她将改革和变通看成促进社会发展的关键方法，只有变通不已，真理乃见。如何改革？吕碧城倾向于兴医药、美术

① 陈季：《吕碧城传》，吕碧城：《晓珠词》（四卷本）。

② 吕碧城：《女界近况杂谈》，吕碧城著，李保民笺注：《吕碧城诗文笺注》，第474页。

③ 吕碧城：《敬告中国女同胞》，吕碧城著，李保民笺注：《吕碧城诗文笺注》，第134页。

等科，用教育、实业改良社会。在所有救国之道中，吕碧城将教育放在首位，“欲立国者，必以兴学校、隆教育为当今之急务”，她将教育看成“国家之基础”“先明教育，然后内政外交、文修武备、工艺商业诸端，始能运转自由，操纵如意”。①

吕碧城针对当时列雄竞争、弱肉强食的情形，大呼“尚武精神，尤为立国之要素”②，一个国家欲能安内攘外，必先拥有武备。她说秦人好勇，方能兼并天下，而当时的中国，则因贵儒贱兵，导致军务因之不振。她以一个女子的身份，振臂一呼，警醒当局，让人明了“兵可百年不用，不可一日不备”③的道理。

二、女权思想

男尊女卑是中国封建社会的传统观念。而男女平等社会思潮的形成首先得益于近代西方文化，或者说是西学东渐的结果。在西学东渐的影响下，中国知识界也开始对流行数千年的男尊女卑的传统观念进行反思。吕碧城在天津任职期间，正值我国女权运动兴起的时期，作为女性解放的首批女性提倡者，吕碧城在《大公报》上发表了诸多政论文，表达了她以争取男女平等为核心的妇女解放思想。

吕碧城系统地分析了导致男女不平等的原因，以及兴女权的必要性和迫切性。中国女性千百年来，遭受歧视和压迫，而“中国以好古尊圣为癖，以因循守旧为法”，这使当时二万万女性永远沉沦，万劫不复。④时值20世纪初，女子仍然面临“乃竟奴隶乞丐之不若”⑤“为士不能，为农不能，为工不能，为商不能”⑥的尴尬境况，对此，吕碧城深感忧虑。她说：“在昔日以半强半弱之国众，闭关自守，尚不至骤形其颓坏。今则门户洞辟，万国往来，以半强半弱之国，与彼男女均强之国敌，其败也不待智者而知。”⑦吕碧城认为，在这种状况下，只有大兴女权，改变女子受奴役的社会现状才是当务

① 吕碧城:《教育为立国之本》，吕碧城著，李保民笺注:《吕碧城诗文笺注》，第144页。

② 吕碧城:《远征赋》，吕碧城著，李保民笺注:《吕碧城诗文笺注》，第135页。

③ 吕碧城:《远征赋》，吕碧城著，李保民笺注:《吕碧城诗文笺注》，第135页。

④ 吕碧城:《敬告中国女同胞》，吕碧城著，李保民笺注:《吕碧城诗文笺注》，第133页。

⑤ 吕碧城:《论提倡女学之宗旨》，吕碧城著，李保民笺注:《吕碧城诗文笺注》，第128页。

⑥ 吕碧城:《论提倡女学之宗旨》，吕碧城著，李保民笺注:《吕碧城诗文笺注》，第129页。

⑦ 吕碧城:《论提倡女学之宗旨》，吕碧城著，李保民笺注:《吕碧城诗文笺注》，第126页。

之急；只有使女子实现与男子平等的地位，才能从根本上改变国家的落后面貌。

吕碧城谈到自己提倡兴女权的目的时说："女权之兴，归宿爱国，非释放于礼法之范围，实欲释放其幽囚束缚之虐权。且非欲其势力胜过男子，实欲使平等自由，得与男子同趋于文明教化之途，同习有用之学，同具强毅之气。"[①]在吕碧城看来提倡男女平等，为的是"合力以争于列强，合力以保全我四百兆之种族，合力以保全我二万里之疆土"[②]"合完全之家，以成完全之国"[③]。可见，兴女权出于爱国，归于强国。

吕碧城对于实现女性的解放满怀信心，她在《兴女权贵有坚忍之志》一文中指出：虽然兴女权是个长期的过程，但只要二万万女性有"坚忍之志"，百折不挠，竭力为之，女性终能与男子同趋文明教化之途，成为平等自由之人。[④]

如何达到兴女权的目的？吕碧城有一套方法：一是变古法、破旧例、倡变通。二是女性要团结和联合，即合群。三是兴办女学。针对当时中国男女不平等的原因，吕碧城一针见血地指出："时势变迁，人情移易，古法虽精，恐不合于今世，况未必能垂之久远而无弊也。缘世事莫不贵乎变通……变通不已，真理乃见。"[⑤]通过变通来改变古法和旧例对女性的迫害。此外，吕碧城特别强调女性要想实现真正的解放，就需要团结一致，她说："若于男女间论之，则不结团体，女权必不能兴""吾深望同胞急结成一完备坚固之大团体，一人倡而千百人附"，女结大团体，便能实现良好的结果。[⑥]在女学与女权的关系上，吕碧城认为兴女权，首先要兴女学。如何兴女学？吕碧城有着系统的兴女学理论。

三、女子教育思想

"欲强国者，必以教育人材为首务"[⑦]，吕碧城对于教育的言论震惊当时，

---

① 吕碧城：《论提倡女学之宗旨》，吕碧城著，李保民笺注：《吕碧城诗文笺注》，第125页。

② 吕碧城：《论提倡女学之宗旨》，吕碧城著，李保民笺注：《吕碧城诗文笺注》，第125页。

③ 吕碧城：《论提倡女学之宗旨》，吕碧城著，李保民笺注：《吕碧城诗文笺注》，第125页。

④ 吕碧城：《兴女权贵有坚忍之志》，吕碧城著，李保民笺注：《吕碧城诗文笺注》，第142页。

⑤ 吕碧城：《敬告中国女同胞》，吕碧城著，李保民笺注：《吕碧城诗文笺注》，第133～134页。

⑥ 吕碧城：《女子宜急结团体论》，李又宁、张玉法主编：《近代中国女权运动史料（1842—1911）》，第681～683页。

⑦ 吕碧城：《论提倡女学之宗旨》，吕碧城著，李保民笺注：《吕碧城诗文笺注》，第127页。

因而被誉为“北洋女学界之哥伦布”。她重视教育，更注重女子教育。她高屋建瓴，认为在新旧交替时代，倡女学者需以权衡审慎之心，取他国之长，去己之短，随时代而进化，将“教育必于个人、家族、社会、国际各方面上着想”，方能使其圆满无缺，打造出“一国之教育”。[①]吕碧城早年在《大公报》上发表了许多关于女学的文章，在女子教育的宗旨、教学方针，以及女子学校之管理等方面都有论述。

（一）教育宗旨

在那个重男轻女、男尊女卑的时代，吕碧城早就意识到兴办女学已经与打破封建束缚、争取女性解放，以及强国强种联系在一起。吕碧城敏锐地指出：“女学之倡，其宗旨总不外普助国家之公益，激发个人之权利二端。”[②]她认为，女子教育的宗旨是使女性一方面“对于国不失为完全之国民”；另一方面“对于家不失为完全之个人”。[③]她一再强调兴办女学对于国家、社会的益处：“女学之兴，有协力合群之效，有强国强种之益，有助于国家，无损于男子。”[④]此外，吕碧城用开放的眼光说明了，在当时兴办女学，必需授女子以“世界普通知识”，[⑤]方能实现女子教育之宗旨。

（二）“德”“智”“体”全面发展的方针

吕碧城认为女子教育需使学生在“德”“智”“体”三方面均能得到发展，而在“德”“智”“体”三者中，吕碧城将德育放在首位。她认为德育“为学界中可进不可退之要点”，对于一个人来说，养成道德之心，方能“定其立身之基础”；如果不重视德育，各种学业虽很发达，但学者自身“如无舵之舟，漂流靡定”，所有的智慧只能用来“济其恶，败其德”。[⑥]吕碧城还强调“道德者，人类所公共而有者”，人要讲道德，必须“自修养其私德”开始；培养女子私德，“必授以实业，使得自养”始，并且“能在实行而不徒取其理论”。[⑦]另外，教育者给学生开设修身、文学、哲学、历史传记、音乐、诗歌等课程，

---

① 吕碧城：《兴女学议》，吕碧城著，李保民笺注：《吕碧城诗文笺注》，第146页。
② 吕碧城：《论提倡女学之宗旨》，吕碧城著，李保民笺注：《吕碧城诗文笺注》，第125页。
③ 吕碧城：《兴女学议》，吕碧城著，李保民笺注：《吕碧城诗文笺注》，第147页。
④ 吕碧城：《论提倡女学之宗旨》，吕碧城著，李保民笺注：《吕碧城诗文笺注》，第127页。
⑤ 吕碧城：《兴女学议》，吕碧城著，李保民笺注：《吕碧城诗文笺注》，第147页。
⑥ 吕碧城：《兴女学议》，吕碧城著，李保民笺注：《吕碧城诗文笺注》，第151页。
⑦ 吕碧城：《兴女学议》，吕碧城著，李保民笺注：《吕碧城诗文笺注》，第152～153页。

使其受到完全意义上的道德教育。

在智育方面，吕碧城认为“知识为万事之原”，这是人类区别于动物的根本所在。她强烈地抨击了几千年来封建社会中“女子无才便是德”的谬论，一针见血地指出“知识者，所以辅道德之进化者”[①]。她将德育和智育看成辅车相依，在她看来，不学知识，事理不明，道德亦成为无稽之谈。吕碧城主张学习各种知识，融会贯通，互相为用。除了德育开设的课程外，还要修智育中之必修者：算术、理科、美术、地理、方言等。此外，女子教育还要授以工艺实业，使其自养，这是女子自立之道。当然，实业之学，要“以普通教育为始”。

吕碧城从国家和个人两方面来阐述体育的重要性，她说：“国家者，个人之集合体也，若体育不讲，其害于国家，害于种族”[②]“欲求强种者，必讲求体育”[③]，尤其是身为国民之母的女子，对国家有“传种改良之义务”，更应重视体育；就个人而言，“精神与体质固互相关系”，体质健壮，精神方能焕发，而身体弱者，心灵亦弱。[④]吕碧城分析了几千年来中国女性所受的压迫和折磨：她们缠足穿耳，肢体戕贼，血气颓衰，积弱相传，身体素质极差。虽然她们有竞胜之心，但心有余而力不足，稍事操劳，便易疾作。因而作为教师，应该“审其情势而加以限制”，根据学生身体的实际情况和发育规律来实施教学计划，切不可求之过急、拔苗助长，对学生产生伤害。为了达到良好的体育效果，吕碧城还指出，学校要保证桌椅高低适度，教室空气清新、光线明亮，学生授业时间均匀，伙食良好等。另外，学校还要开设体操，借此来矫正女性腰脊屈曲的不健康姿态。

在20世纪初，“德”“智”“体”三育并举之论已不足为奇，但吕碧城站在女性解放的立场上，针对女学，深入地探讨这一问题，具有开创之功及深远的意义。

（三）学校管理

吕碧城认为女子学校事务的烦琐程度超过男子学校，所以良好的管理是非常重要的。考虑到当时女子学识能力多逊于男子，所以吕碧城主张宜

---

① 吕碧城：《兴女学议》，吕碧城著，李保民笺注：《吕碧城诗文笺注》，第156页。

② 吕碧城：《兴女学议》，吕碧城著，李保民笺注：《吕碧城诗文笺注》，第159页。

③ 吕碧城：《论提倡女学之宗旨》，吕碧城著，李保民笺注：《吕碧城诗文笺注》，第127页。

④ 吕碧城：《兴女学议》，吕碧城著，李保民笺注：《吕碧城诗文笺注》，第159页。

用男子管理女子学校。在学校体制中，教师与校长同兼训练管理之职，“校长保其秩序，行其法令，属于形式上之作用；教师则监视其心志，限制其嗜欲，涵养其性质，属于精神上之作用”①。吕碧城强调了教师和校长在学校教学和管理中不可分离的关系。

关于女子学校之教师选聘，吕碧城拟定了一个标准是“品性纯正，年力富强，学问通顺者”②。吕碧城进一步指出：女校用女性教师最为适宜，因女子者，“人类天然之师保”“其慈爱勤劳，无微不至，与儿童之性质最能翕合”“其训练诱导乃固有之习惯”，因而选用女性教师颇得其宜。③况且当时女学初兴，课程简易，各处卒业女生多能胜任，且风气未开，学者多顾忌不前，所以，在当时不得不聘用女性教师。

第三节　文学观

一、论词

近现代女性词家为数不少，但论及词学理论的女性却寥寥无几。吕碧城亦然，她自称其创作“移情夺境，以词为最”④。虽词作甚丰，但无词学理论专著存世，所幸吕碧城生前有相当丰富的词、诗、文行世，我们可以从这些作品及词集序跋中一窥其词学倾向。

（一）移情夺境，以词为最

言情本是词体最基本的艺术特质。“情”就像一条绵延流长的河，与词学批评同呼吸、共命运。“根柢中华旧典坟”（樊增祥评语）的吕碧城深受前代词学批评家的影响，主张词作言情。其《晓珠词自跋》云：“移情夺境，以词为最”，此为其晚年心声。当作一生之总结时，她聊以自慰的就是那些能够移情的词作；而她大赞余十眉的《神伤集》也是因为它能“赢得情长”（《祝英台近·为余十眉题〈神伤集〉》）。在吕碧城的眼中，词可以用来“遣怀”，

① 吕碧城：《兴女学议》，吕碧城著，李保民笺注：《吕碧城诗文笺注》，第148～149页。

② 吕碧城：《兴女学议》，吕碧城著，李保民笺注：《吕碧城诗文笺注》，第150页。

③ 吕碧城：《兴女学议》，吕碧城著，李保民笺注：《吕碧城诗文笺注》，第150页。

④ 吕碧城：《晓珠词自跋》，《晓珠词》（四卷本），第139页。

其中“怀”即“情”。而“情”为何物？吕碧城所谓的“情”的内涵很宽泛，但总体而言是柔婉之情。

（1）情性真切即为佳作。吕碧城首先认为有“闲情堪寄”的文章不失为好的作品。因而她感叹道：“文章何用？甚熏香摘艳，今都倦矣。谁谱霓裳传倩影？赢得闲情堪寄。”（《念奴娇》）在吕碧城看来，作词、谱曲、编舞不过是为了寄寓闲情。而与闲情相比，吕碧城更注重词作中的愁怨之情，哀感之深。她认为：“算词人，生带愁来”（《尉迟杯》），因此其词作不免多寄愁苦之情；“金轮转劫知难尽，碧海量愁未觉宽。欲拟骚词赋天问，万灵凄恻绕吟坛。”[①]从吕碧城的词作来看，她所谓的愁是伤时感事，感怀身世。在这种“按清歌，寄愁未得，寸心自远”（《解连环》），无法排除愁怨的情况下，吕碧城选择了用词来表达，因而她在《晓珠词自跋》中曰：“至若感怀身世，发为心声，微辞写忠爱之忱，小雅抒怨悱之旨，弦歌变徵，振作士气，词虽末艺，亦未尝无补焉。”[②]可见，吕碧城认为词作中的“情”不仅指闲情——少女闲愁、无聊闲情，还指“忠爱之忱”“小雅抒怨悱之旨”的社会之情。正因为吕碧城重哀感深切的愁怨，因而她在评袁寒云作品时才能大加赞赏其作品有“痴宋玉，苦灵均，问天天不闻”（《更漏子》）之类的深情。这似乎继承了前人“欢愉之辞难工，而穷苦之言易好”（韩愈《荆潭唱和诗序》）“往往欢娱工，不如忧患作”（纳兰性德《填词》诗）的言论。

中国封建社会男尊女卑，当历史的车轮辗进晚清，封建社会一些旧秩序受到了进步思想的冲击，渐次走向瓦解。这时，中国的女性思想由传统向现代嬗变，女性开始追求和探索自己的价值。吕碧城就是争取独立地位和争取实现自我价值的女性中的一员。当时社会中存在着一种世俗之见：女性词“大抵裁红刻翠，写怨言情，千篇一律，不脱闺人口吻”[③]。对于这样的偏见，吕碧城针锋相对：“予以为抒写性情，本应各如其份，惟须推陈出新，不袭科臼，尤贵格律隽雅，情性真切，即为佳作。诗中之温李、词中之周柳，皆以柔艳擅长，男子且然，况于女子写其本色，亦复何妨？若言语必系苍生，思想不离廊庙，出于男子，且病矫揉，讵转于闺人，为得体乎？女子爱美而富情感，性秉坤灵，亦何羡乎阳德？若深自讳匿，是自卑抑而耻辱女性也。古今中外不乏弃笄而弁以男装自豪者，使此辈而为诗词，必不能写性

① 吕碧城：《琼楼》，吕碧城著，李保民笺注：《吕碧城诗文笺注》，第14页。

② 吕碧城：《晓珠词》（四卷本），第139页。

③ 吕碧城：《女界近况杂谈》，吕碧城著，李保民笺注：《吕碧城诗文笺注》，第476页。

情之真，可断言矣”“况诗三百多言情写怨之作，而一言以蔽之曰‘思无邪’。先圣不以为邪，后世竖儒反从饶舌，真可谓不识时务矣。”[1]吕碧城主张词作重情，情感内涵虽然广泛，但并非没有标准。相反，她说的“情”都应当是真情，只要符合“性情之真”的要求，不管是闲情、怨情、愁苦之情，还是“麦秀之感”“黍离之悲”都是好的，故曰：“情性真切即为佳作”。吕碧城用“情性真切”的标准表明了自己对词中“情”的界定；同时，以此标准肯定了女子富感情、性秉坤灵的独特之处，肯定了女子言情写怨之作应有的价值，认为男性词人皆以柔艳擅长，女子为之又何妨，回击了以男尊女卑的有色眼镜批评女子词作的世俗之见。因而从某种意义上说，吕碧城站在词这块文学园地里为女性启蒙献出了一臂之力。

（2）情与景融。吕碧城晚年在为词集《晓珠词》作跋时说：“然旧作已流海内外，世俗言词，多违戒律，疚焉于怀，乃略事删窜，重付锓工，虽绮语仍存，亦蕴微旨；丽情托制，大抵寓言，写重瀛花月，故国沧桑之感。”[2]她强调“亦蕴微旨”“丽情托制”，把异国之景色和故国沧桑之感（即情和景）并提，暗合了情与景的融合。可见吕碧城注意到了词之旨，应有所依傍，有所寄托，含蓄蕴藉。因而她题白蒹居士《蒹梦图》时感同身受地说：“人影芦深，诗怀雪瘦，溯洄谁泛空际？和水和风，洗尽梨云春腻。笑放翁、画入梅花，羞庄叟、情牵凤子。徒寄。对苍茫天地，萧萧秋矣”“除却烟波休寄。更不寄人间，寄存梦里。”（《月华清·为白蒹居士题〈蒹梦图〉》）词与画同属艺术，她大赞《蒹梦图》的寄情于景，也间接表现了她的词学观。

综览吕碧城的上述词论，再结合其词作，我们可以看出：她所谓的词“情”内涵丰富，要符合“真切”之要求，而又最适合用柔婉的方式来表达。

（二）阐扬佛法

在古典文学里，词曾被传统文人视为不登大雅之堂之文体，被称为小道。吕碧城亦持有词为末艺的观点，《晓珠词卷二自跋》里可以明显地看出这一点，她说：“年来潜心梵夹，久辍倚声，由欧归国后，专以佉卢文字迻译释典，三载始竣。形神交瘁，乃重拈词笔，以游戏文字息养心力。顾既触夙嗜，流连忘返，百日内得六十余阕，爰合旧稿，厘为四卷。草草写成，从今搁笔，盖深慨夫浮生有限，学道未成，移情夺境，以词为最。风皱池水，

① 吕碧城：《女界近况杂谈》，吕碧城著，李保民笺注：《吕碧城诗文笺注》，第476～477页。

② 吕碧城：《晓珠词卷二自跋》，《晓珠词》（四卷本），第107页。

狎而玩之，终必沉溺，澶乎其不可留也！至若感怀身世，发为心声，微辞写忠爱之忱，小雅抒怨悱之旨，弦歌变徵，振作士气，词虽末艺，亦未尝无补焉。”[①] 正如徐沅评其“余事填词”一样，吕碧城在承认词是“末艺”“余事”的前提下，肯定了词在感怀身世、写忠爱之忱方面的作用，同时她又认为作词之久，终必沉溺。她认为只要精神尚有寄托之时，便可暂辍词笔，当形神交瘁、无聊无寄时可以用词来“息养心力”“遣怀兼以学道”。这完全把作词当成了休憩遣怀的途径，所以她毫不讳言地感叹道：“迨庚午春，予皈依佛法，随绝笔文艺。”[②]

在吕碧城一生的创作中，词作最多，也最具有艺术感染力，她把完全的自我在词作中表现得淋漓尽致。吕碧城没有把词的创作看成是“经国之大业，不朽之盛事”，不带丝毫的功利色彩，仅仅把词当成排遣情感的文体，所以她才能在《晓珠词卷二自跋》中坦言为了皈依佛法，甘愿绝笔诗词。想作则作，不作则罢，唯其如此，随情所发的词才能真情洋溢，分外感人。

吕碧城不仅大量作词，而且大倡填词重情，认为词的作用之一就是“遣情”，又重辞藻华丽。而她从早年开始就颇具“仙心禅理”[③]，1930年春吕碧城皈依佛法，悉心从事佛典翻译。佛家对于“情”“绮语”都是忌讳的。明代俞彦就说：“佛有十戒，口业居四，绮语、诳语与焉。诗词皆绮语，词较甚。山谷喜作小词，后为泥犁狱所慑，罢作，可笑也。”[④] 吕碧城不可能不熟谙佛家戒律。这样，她的创作及词学主张似乎与佛家禁忌有着不可调和的矛盾。而这看似不可调和的矛盾在吕碧城这里得到了巧妙的统一，因为她看到了词有一个作用：阐扬佛法，扬普救众生之理。更有甚者，吕碧城晚年将佛法与词作合刊，以示二者之关系。《观音菩萨灵签》《劝发菩提心文》《山中白雪词选》合刊之跋曰：“或问劝发菩提之心，为是编要旨，而弁以签文，殿以乐府。三者不伦，为何合刊耶？答：先以欲钩牵，后令入佛智，乃方便之计。若仅刊发心文，阅者多不注意，或阅后弃置。予屡思及此，欲以世界地图，或旅行指南等合刊，终未惬意。今附以拙词，盖歌咏为人情所好，可资清玩。签文备遇事决疑，可供实用。三者连环，庶免捐扇，薰习既久，或可由此

---

① 吕碧城：《晓珠词自跋》，《晓珠词》(四卷本)，第139页。
② 吕碧城：《晓珠词卷二自跋》，《晓珠词》(四卷本)，第107页。
③ 樊增祥评语，吕碧城：《晓珠词》(四卷本)，第3页。
④ 俞彦：《爰园词话》，唐圭璋编：《词话丛编》，中华书局，1986年，第403页。

而发菩提之心欤。”[①]

吕碧城在作词方面也不止一次申述词能阐扬佛法的看法，她在《夜飞鹊》(春魂殜尘网)的词注中说：“英国诗圣雪莱(Percy Bysshe Shelley)(1792—1822)思想繁化，出入人天，多遗世之作。女诗人儒斯谛(Christina Rossetti)(1830—1894)惯以宗教之语入诗，奇情状采，浑涵万有，皆于骚坛别辟胜境。兹仿其例，阐扬佛法，勉成数阕，未能畅微旨也。”其《摸鱼儿》(绕孤丘)的题注曰：“遗山此作(按：指元遗山的《摸鱼儿》)开词人戒杀之先例，谨按原调和之。人类以强凌弱，而弱者复凌异类，予深耻之。安得普世废屠，以湔此大耻耶。”她余兴未尽，又把美国摩克当纳氏(James J. McDonough)的以主张素食、戒杀为主题的诗作《鹿冢诗》(又名《投枪行》)收录到《晓珠词》中，并加附言曰：“予既和遗山《雁丘词》，忆及旧译‘鹿冢’诗，正义崭然，尤足媲美(英文原作见拙译《欧美之光》)，爰录于此，以光吾集。”[②]吕碧城欣赏以宗教之语入诗词，贯佛理于词，在创作上，她也希望自己的词作能浸染佛理。事实上她做到了这一点，其后期诸多词作使她如愿以偿。她常用佛语、佛典描写平常之物，其中有一首词《莺啼序》(祯光夜腾蜃市)运用佛语及佛典多达二十多处；更有甚者，有些词作的题注或自注明确标出词作完全为佛典而作，如1937年春夏间，她写了四首《菩萨蛮》，最后一首的自注即为：“以上四阕隐括《观无量寿佛经释论》十六章之四。”所以对于《晓珠词》，她自慰地说：“拼叫郢苑阳春，换于梵音潮汐。”(《石州慢》)她主张避免故作高雅，多浸润“梵音潮汐”之作。她希望其《晓珠词》能起到“播梵音于乐苑，此其先声，倘亦士林慧业之一助”[③]的功能。总之，吕碧城认为通过融佛心、禅理入词，词便可以用来弘扬佛法。

(三) 心仪婉派、不斥他风

陈季在《吕碧城传》中说：“碧城雅知音律，所作词，都能当行出色，风格渊源，殆在片玉梦窗间，故能富艳精工，勾勒高妙，其有繁丽独到之处，虽雕缋眩目，实有灵气行乎其间。”[④]徐沅称吕碧城为“今之易安居士”[⑤]。樊增

① 吕碧城：《〈观音菩萨灵签〉〈劝发菩提心文〉〈山中白雪词选〉合刊》(梦雨天华室丛书)，原著未标明出版社和出版时间，第47～48页。

② 吕碧城：《晓珠词》(四卷本)，第136页。

③ 吕碧城：《晓珠词卷二自跋》，《晓珠词》(四卷本)，第107页。

④ 陈季：《吕碧城传》，吕碧城：《晓珠词》(四卷本)。

⑤ 徐沅：《法曲献仙音》题注，《晓珠词》(四卷本)题词部分。

祥亦评论她说："漱玉香毫写性灵，颇有太仓惆怅意"[①]。的确，虽然吕碧城一生没有明确指出自己崇尚何种风格、何种派别，但是我们从她留下的只言片语中不难看出她偏爱李煜、李清照、周邦彦、吴文英、王沂孙等柔婉一派之风格。

远在瑞士的吕碧城，敏感地望景生情，发心声于词，词作中流露出其所偏爱的词风。"人间天上，一样韶华催晚。恨相逢、愁中病中，骞槎不恨星河远。怪吴郎、词笔凄馨，早识飘零怨。"（《琐窗寒》）"堪怜。晴漪晃翠，晖嵘皴金，便湖山如此。问他日、蹑云玉笥，谁吊中仙？登临着遍伤心眼，黯平芜、都到吟遍。华年恨、古今一例荒烟。"（《渡江云》）词作中的"吴郎"就是吴文英，"中仙"就是王沂孙。她赞赏吴、王二人的词风，尤其是吴文英的"词笔凄馨"。作为一个词人，吕碧城潜意识中自觉与他们"心有戚戚"，欲将吴、王二人自拟，爱慕之情不言自明。此外，吕碧城词作中有一首"拟李后主"、一首"拟美成"、一首"和清真"、一首"用清真韵"、三首"用梦窗韵"，也能表明吕碧城对李、周、吴三人远非仅仅爱慕，已经到了意欲模仿的程度。这种模仿理所当然包括词风，表明了吕碧城对他们词风的认同和欣赏。

对于吕惠如及其词作，蔡嵩云在《惠如长短句附识》中评价道："惠如工书画，善诗词，尤长雅学，为人婉嫕淑慎""其词长调雅近玉田，小令颇得易安神味，造境绝高。"[②]吕碧城的《减字木兰花·题先长姊惠如词集》中也赞赏道："班徽往矣，一代鸿才能续史。片羽人间，零落犹存漱玉篇。"吕惠如之词被公认为风格近玉田、易安一派。吕碧城对于吕惠如的"漱玉篇"珍爱有加，故在出版《晓珠词》四卷本时，将其附录于后。这也间接表明吕碧城对李清照词风的偏爱。故她作诗称赞道："节到重阳已渐寒，愧无新句送秋残。西风人比黄花瘦，绝代消魂李易安。"[③]

吕碧城词作大多情感低沉、哀怨，尽显柔婉之美。樊增祥评其《清平乐》（冷红吟遍）"南唐二主之遗"[④]，大赞其《祝英台近·为余十眉题〈神伤集〉》"句法善于伸缩，是填词能手，世间无数钝汉自命梦窗，纵使呕心十二万年，

① 樊增祥：《七绝八首》，吕碧城著，费树蔚编：《吕碧城集》，第1页。

② 蔡嵩云：《惠如长短句附识》，《词学季刊》，上海书店影印本，1985年，第128页。

③ 吕碧城：《重阳和徐芷升见寄柳絮泉访易安遗址韵》，吕碧城著，李保民笺注：《吕碧城诗文笺注》，第20页。

④ 吕碧城：《晓珠词》（四卷本），第1页。

不能道其只字”[①]。这些评语都表明吕碧城词作尽显以李煜、周邦彦、吴文英为代表的柔婉之风。吕碧城主张词作重情，尤其是幽忧愤悱、缠绵郁结的柔婉之情，这与她短短一生历尽人间各种不幸是分不开的。她幼年丧父、中年孤篷飘零，在家亡国破的情况下，吕碧城叹红颜易老、悲时世无常。在通过词作来表达种种感触时，柔婉之词风暗合了她表情达意的需要。婉约风格偏重于人物心灵的精心写照，“婉约之词将优柔之美与抒情艺术推向极诣，开辟传统诗歌未臻之境，‘能言诗人所不能言’”[②]。况且，“感情的色调是主宰词作灵魂的色调，所以，女性词的感伤色彩，远不是因受到‘愁苦之音易好’的写作经验的启发，而有意造作的形态上的感伤，而是其对生活与处境的精神反应态度的外向性散发”[③]。因而柔婉风格很自然地符合吕碧城内在的审美倾向。当然，吕碧城偏爱此种风格也有其时代风尚的因素。正如胡适所说：“这五十年的词，都中了梦窗（吴文英）派的毒。”[④]清末词坛诸多词家（包括清末四大词家）都深受清真、梦窗一派的影响，甚至大加倡扬。身处这种大环境中，性秉坤灵的吕碧城不可能不受影响。当然，在创作实践中，吕碧城虽心仪婉派，却并未局限于此，其词作风格以婉为主，并呈现五彩纷呈之态。

对于浪漫主义思潮，吕碧城有明确的态度。她反对女界因浪漫主义为时髦之说而盲目从之。她认为浪漫主义思潮有两大祸害：一为使人处世漫无常轨，为伦纪之贼；二为浪漫主义使人成为不爱惜身份、殄伤廉耻者。[⑤]对于浪漫主义，吕碧城认为不应该舍精取粗，“应予以适分之裁制，不得推波助澜也”[⑥]。然而对于文学创作上的浪漫主义，吕碧城是非常欣赏的。雪莱为欧洲著名的浪漫主义诗人，而吕碧城对其不仅没有贬义，相反，充满崇拜之情，其《夜飞鹊》词注道：“英国诗圣雪蕾（Percy Bysshe Shelley）（1792—1822）思想繁化，出入人天，多遗世之作。”吕碧城对雪莱的评价也表现了她是赞赏浪漫主义文学创作方法的。此外，在词作创作中，吕碧城不乏浪漫之作，孤云评其《信芳词》曰：“《破阵乐》《齐天乐》《念奴娇》《好事近》《新雁过妆楼》《江城梅花引》诸作，其气体骞举，句势峥嵘，直与太白歌行相抗。夫写景之作，而以齐纵之气贯之振之，又以太白长篇之妙纳之于倚声之体，岂非

① 吕碧城：《晓珠词》（四卷本），第10页。

② 顾易生：《关于李清照〈词论〉的几点思考》，《文学遗产》，2001年第3期，第77页。

③ 邓红梅：《女性词史》，山东教育出版社，2000年，第14页。

④ 胡适：《王闿运和金和的诗》，胡适、周作人：《论中国近世文学》，海南出版社，1994年，第21页。

⑤ 吕碧城：《女界近况杂谈》，吕碧城著，李保民笺注：《吕碧城诗文笺注》，第475页。

⑥ 吕碧城：《女界近况杂谈》，吕碧城著，李保民笺注：《吕碧城诗文笺注》，第474页。

词中至难至奇之境，实某所仅见也。”[①]这无非是说吕碧城的某些词作表现出浓厚的浪漫主义色彩。尤其是她受佛道思想的影响，一些词作充满大胆的想象，描写景物天上人间，变化不定，不能不说这部分词作是浪漫主义的杰作。

(四)辞藻因雕琢而美

传统文人一般认为“诗庄词媚”，其中的“媚”字应该不仅指词的内容，还应指词的语言具有辞藻艳丽、文字精美的特征。吕碧城对词的语言的要求就是如此。正如本际所评：“碧城雅知音律，所作词，都能当行本色，风格渊源，殆在片玉梦窗间，故能富艳精工，勾勒高妙，其有繁丽独到之处，虽雕缋眩目，实有灵气行乎其间。”[②]这无不说明吕碧城词作注重辞藻艳丽、文字精美，显示出其理论倾向和其创作实践的一致性。

吕碧城有许多词友，他们互相唱和，常有题赠。她在为袁寒云的《浣云吟稿》题词时说：“句如珠，珠缀串，一一圆姿璀璨。哀窈窕，惜芳菲，自书花叶诗。　花开落，人离合，颠倒梦中蝴蝶。痴宋玉，苦灵均，问天天不闻。”(《更漏子》)可以看出吕碧城不仅赞赏袁寒云作品哀感之深，而且赞其文字精美。表面上看是吕碧城对袁寒云作品的评价，实则间接地表现了她的文学(包括词)语言观。她认为作词不能用白描手法，而应该用绚丽色泽的笔并借助宫羽去吟唱哀感丽情。所以她说：“诗余摛藻丽，树老著花妍。”[③]吕碧城把女子放到与男子平等的位置上，在肯定男子“艳思丽藻”的同时，更为女子的“为世诟病”的绮语鸣不平。她在《女界近况杂谈》中说：“或以绮语为世诟病，如《漱玉》《断肠》等集，予与故友易君实甫曾函论之，见所刊拙著。古人中如范文正、宋广平、司马温公等，其艳思丽藻，世所习见，无玷于名贤，奚损于闺阁？必恕此而责彼，仍蹈尊男卑女之陋习。”[④]吕碧城大胆放言，为绮语张目，精神可嘉。她并不讳言自己作品中绮语的存在，《晓珠词卷二自跋》云：“然旧作已流海内外，世俗言词，多违戒律，疚焉于怀，乃略事删窜，重付锓工，虽绮语仍存，亦蕴微旨；丽情托制，大抵寓言，写

---

① 孤云:《评吕碧城女士〈信芳集〉》,《大公报》,1929年10月7日。

② 本际:《吕碧城女居士》,吕碧城:《晓珠词》(四卷本)。

③ 吕碧城:《闻迂琐居士近耽填词》,吕碧城著,李保民笺注:《吕碧城诗文笺注》,第94页。

④ 吕碧城:《女界近况杂谈》,吕碧城著,李保民笺注:《吕碧城诗文笺注》,第477页。

重瀛花月，故国沧桑之感。”[①]很明显，吕碧城虽然肯定词作（尤其是女子词作）中的绮语，但是并非认为绮语可以滥用、多多益善，而是尚有标准：要做到微旨蕴藉、有寄托、含作者情意；符合这些特点的词作就能“无玷于名贤”、不损于闺阁。她在《鹊踏枝》（冰雪聪明明珠朗耀）篇末自注道：“予旧有《祝英台近》咏水仙花词云：‘知他别有奇哀，陈思枉赋，纵艳笔，何曾描著’，亦别有寄托，若认为绮语则误矣。”对于他人文学作品，她也是按照这个标准去评判的。

吕碧城主张创作主情，尚藻丽、绮语，这并非独创，而是深受前代人的影响。只是在近代女性思想启蒙运动的感召下，吕碧城在继承前代词论家主锻炼、雕琢，尚藻丽的同时，将其推广到女性词作的领域。

此外，吕碧城也强调作词“须推陈出新，不袭科臼，尤贵格律隽雅”[②]。其《浣溪沙》写道：“斯道尊如最上峰，楼台七宝未完工。故疆休被宋贤封。音洗筝琶存正始，律调宫羽变穷通。万流甄采汇词宗。”篇末吕碧城自注：“叶君遐庵（恭绰）弘扬词学，恒持通变之说以应时代，予深韪之。”[③]她强调作词重格律隽雅，重创新，要以通变来适应时代的变化和满足时代对词的不同要求。因而冒鹤亭曾与吕碧城论词，认为填周邦彦和吴文英的慢词，不必尽守四声之论，欲为倚声家破除桎梏。吕碧城对冒鹤亭之观点大加赞赏，并托龙榆生将此论公诸世间。[④]

而女子著作的优劣，则与女子作家的境遇、经历有关。女子作品中出现“手笔浅弱”之病，“则因中馈劳形”，而“无枕葄经史、涉历山川之工”，[⑤]而这不足以综概女界。在吕碧城看来，好的作品必须是要有浸润经史、涉猎山川的积淀在其中的。她还申明女子词作并非都“手笔浅弱”，也有一部分能屈驾经史、题材丰富的作品。很明显，吕碧城主张词家（尤其是女性词家）要开阔眼界，游历各地山川美景，涉猎经史，通古博今。因而她说：“做几多、画本诗料，把岚翠闲收，湖漪轻剪。何处飞仙，指风送、东溟三万。尽相逢一笑，莫论主宾，休问胡汉。”（《解连环》）“锦囊诗料，更兼收、十洲澜翠。”（《凄凉犯》）她以包容的胸怀要求词的题材扩大范围，丰富内容。

---

① 吕碧城：《晓珠词卷二自跋》，《晓珠词》（四卷本），第107页。

② 吕碧城：《女界近况杂谈》，吕碧城著，李保民笺注：《吕碧城诗文笺注》，第476页。

③ 吕碧城著，李保民笺注：《吕碧城词笺注》，第382页。

④ 张寿平按：《冒鹤亭与吕碧城论词札》，张寿平辑释：《近代词人手札墨迹》，“中央”研究院中国文哲研究所，2005年，第81页。

⑤ 吕碧城：《女界近况杂谈》，吕碧城著，李保民笺注：《吕碧城诗文笺注》，第477页。

综上所述，与同时代词家相比，不同于王国维把西方哲学和美学观念与中国传统文化结合而创建一套新的词学理论体系，吕碧城没有吸收外来之理论，只是要求扩大眼界，收外来景物入诗；也不同于梁启超“从音乐文学的意义来认识词体，以为它是改造民国品质所必需的一种精神教育手段”[①]，吕碧城只是把词看成是遣怀达情、扬佛之文体，最多为世俗所诟的女子词作鸣不平；更不同于胡适将词学纳入新文学的建设事业中，吕碧城是反对白话文的，要求词作所遵循的规则多属于传统词学观念。作为一个女词家，吕碧城的词学观点在其时代中是颇具特色的，代表了中国传统词学理论向现代词学批评转变之前的启蒙状态。正因如此，吕碧城词作才会在古色古香中透出新鲜的气息。

二、论文

(一)“文以载道”“能分雅郑”

在《文学史纲自序》中，吕碧城开门见山地指出“文以载道，史以编年”[②]。在文论史上，“文以载道”中的“文”是手段，“道”是目的，“文”都是为其“道”服务的。“文以载道”不但成为古代散文的共同准则，而且成为整个古代文学的基本精神。“道”在不同的文论家那里，有着属于自己的内涵和外延，而吕碧城提出的“道”似乎与道德、义理有关，这个“道”是古代圣人之道，是辅时及物的，与儒家“文以载道”的观点一脉相传。因而吕碧城又言：“惟文者言也，言必根于义理，义理正，社会取而循之，而群治赖以进化。是故文章至者，必有造乎于国，而非徒时鸟之觳音也。”[③]“义理正”的文章应当是载道的，儒家以“道”统摄五经之义理，五经皆载道之言，即五经皆义理之教，儒家经典即孔门之义理。吕碧城所说的义理与孟子“心之所同然者何也？谓理也、义也，圣人先得我心之所同然也，故理义之悦我心，犹刍豢之悦我口”(《孟子·告子上》)有相通之处。只要符合道德规范、遵循圣人规范、有利于社会发展，就可以拿来作为共同遵循的规则，以此对群众加以治理教化，人民也得以进化。所以文章要有利于国家，并非是毫无意义的东西。可见，吕碧城看重文章的实用性，写出的文章要与现实息

① 参见谢桃坊:《中国词学史》，巴蜀书社，1993年，第383页。
② 吕碧城:《文学史纲自序》，吕碧城著，李保民笺注:《吕碧城诗文笺注》，第338页。
③ 吕碧城:《答铁禅》，吕碧城著，李保民笺注:《吕碧城诗文笺注》，第188页。

息相关，要对国家有益。

在文与史、诗的区别上，吕碧城认为与“载道”的文相比，史仅仅用编年体式记录每年发生的事件。文重视实用，而诗歌不然。“致于诗歌，虽无裨实用，而涵养德性，发扬美术，所关亦至深。美术者，思想最精之结果，而道德之真源也，必文明程度綦高，而后臻此。”[①]在吕碧城看来，诗歌无关实用，它更多的是精神上的东西，它用其中蕴含的涵养德性去感化读者，提高读者的审美境界。至于美术，更为抽象，作者只有达到一定的思想境界，才能创作出好的作品。

吕碧城承儒家文论观，强调文要“能分雅郑”。她认为每个时代、每种体派都会有好的作品，而这些好的作品都有一个总的特点，就是能辨明雅郑，把握尺度。其《答铁禅》中有云：“著作之林浩如瀛海，时代既殊，体派各别，而大要在能分雅郑，既知雅郑，则纵所至为之，皆足有立。”[②]雅郑之说缘于孔子，因为孔子论诗乐重视中和之美，推崇“乐而不淫，哀而不伤”的诗篇。因为雅乐是中和的，而郑声是淫声，与中和背道而驰，所以孔子竭力推崇雅乐，反对郑声，主张“放郑声。”（《论语·卫灵公》）受其影响，吕碧城论文也讲究雅郑。但是，其重点并不是反对郑声，而是更多地强调“能分”二字。只有能辨明雅郑，在作文之时，作家才能站在正确的立足点上，行文收放自如，文章也才能纵横有致。其实，吕碧城强调更多的是一个尺度问题。

（二）文章本乎学识，学识有资于境遇

吕碧城认为文章能否写好，要看作者的学识如何，而学识的多少又要依赖于作者所处的境况。吕碧城指出：“文章本乎学识，学识有资于境遇，昔太史公游名山大川，所为文轶宕有奇气，然迹其所至，不过五岳四渎之间，初未越国门一步也。左右印五洲之鸿雪，读万国之宝书，星斗罗胸，骊珠在握，所为文，必有以破一世之浮靡，而自标高格者，奚必局局于古人门户乎？”[③]古人重视游学之经历，然吕碧城将之扩大到世界的范围，强调观五洲之风情，读世界之宝书。这样作者才能胸有成竹，发而为文，便会自成高格。

历来女子为什么不能传经续史？对此，吕碧城有如下解释：“四库之书

① 吕碧城：《答铁禅》，吕碧城著，李保民笺注：《吕碧城诗文笺注》，第188页。
② 吕碧城：《答铁禅》，吕碧城著，李保民笺注：《吕碧城诗文笺注》，第188页。
③ 吕碧城：《答铁禅》，吕碧城著，李保民笺注：《吕碧城诗文笺注》，第188页。

浩如渊海，其分曹夺席与于著作之林者殆夐焉绝响，此由吾国教育之不均，而非女子天才之偏弱也。海通以来，女学尚矣，又以各种专科及蟹行文字瘏其精力，兼谋经济独立，何暇专心著述，为名山事业哉！其结习难忘，余勇可贾者，亦仅发为诗词歌咏而已。”①在吕碧城看来女子之所以写不出流传久远的文章，其原因并不是女子天生不善于创作文章，而是由于教育不均导致女子的古文学识有所偏弱。况且，女子境遇不佳，被其他学科所累，又要投诸很多的精力去获得女性的独立，所以无暇进行创作，只能发诗词以歌咏。

(三) 关于言辞

吕碧城重视文辞，她在《国立机关应禁用英文》一文中明确指出：“文辞之妙”，必须“字句皆锻炼而成，辞藻由雕琢而美”。②吕碧城认为文章的语言是需要作家认真雕琢和锻炼的，只有这样，文章之辞藻才能美，文辞才能妙。吕碧城非常重视文采，但是，又反对过分雕饰。她说：“盖言之无文，不能远行，胥以用之多寡，而取文之博约，否则饰羽而画，尼父遗讥。”③吕碧城化用了孔子“言之无文，行而不远”(《左传·襄公二十五年》)之句，亦认为没有文采的文章是不能流传久远的。吕碧城主张文章要有文采，但亦要把握尺度。她以雕饰羽毛为例，来说明在已经有文采的东西上添加色彩，犹如画蛇添足，浮华而不切实际；文章亦然，文采多或寡、博或约要恰到好处，否则，就起到相反的效果。可见，吕碧城强调文辞需要雕琢，文章需要文采，但一切都需有度，不能过分为之。

众所周知，近代文学语言形式发生了重大的变革，白话文运动、新文学运动在轰轰烈烈地进行着。胡适曾断言：“白话文学之为中国文学之正宗，又为将来文学必用之利器。”(《文学改良刍议》)这像是一份宣言书，宣称白话文取代文言文以建设新文学是历史发展的必然趋势。而在这种大背景中吕碧城却以一生的文言文创作捍卫了她早年反对废文言文、以白话文为文学的主张。她曾说：“国文为立国之精神，决不可废以白话代之。”为何如此？吕碧城认为原因主要有三：一为我国方言纷杂，各有语风，各成音调，种种歧异莫可究诘，故唯文辞统一。二是“设使五千年之历史，当时系用白话文

---

① 吕碧城：《女界近况杂谈》，吕碧城著，李保民笺注：《吕碧城诗文笺注》，第476页。

② 吕碧城：《国立机关应禁用英文》，吕碧城著，李保民笺注：《吕碧城诗文笺注》，第459页。

③ 吕碧城：《文学史纲自序》，吕碧城著，李保民笺注：《吕碧城诗文笺注》，第339页。

纪录者，则今日将无人能读之。即能读矣，而误解谬释，亦如佛经仙诀之奥妙，愈演而纰谬愈多耳”。三是文言文的妙处在于以简代繁，以精代粗，意义确定，界限严明，字句皆锻炼而成，辞藻由雕琢而美，文辞意义深奥，格律谨严，唯深严始成艺术，这不是乡村市井之土语所能代替的。[①]也许正因为其反对白话文，故在轰轰烈烈的新文学运动之时，吕碧城才能坚持立场，独守文言文一片园地，创造简洁、藻丽之词句。故孤云评其作品曰：“其在外邦纪游之作，尤为惊才绝艳，处处以国文风味出之，而其词境之新，为前所未有。”[②]这并不代表吕碧城无法驾驭白话文学，至今发现的其唯一一篇白话文《纽约病中七日记》体现了吕碧城对白话文驾轻就熟的能力。近代为充满选择的时代，交替转折时代的文学构成当然少不了古、近代文学的共存、交融，也少不了两者之间的争论，这是历史的必然。吕碧城是转折时期文坛中代表着倾向选择古典文学一派的一名主将，其文学观及文学创作是近现代文坛上引人注目的一部分。

此外，吕碧城强调文辞简便、格律谨严，其《国立机关应禁用英文》一文认为：“文辞一二字能赅括者，白话则用字数倍之多。所多者，浮泛疵累之字耳。孰优孰便，可了然矣。但文辞意义深奥，格律谨严，非不学者所能利用，然惟深严始成艺术。夫艺术不必尽人皆能也，亦决不可废，必有专家治之。”[③]

吕碧城更多地继承了儒家传统的文论观，并汲取其诸多精华之处。但她最终未能逃出自身的局限，如在言辞方面，其论述有保守之嫌。

① 吕碧城：《国立机关应禁用英文》，吕碧城著，李保民笺注：《吕碧城诗文笺注》，第459页。

② 孤云：《评吕碧城女士〈信芳集〉》，《大公报》，1929年10月7日。

③ 吕碧城：《国立机关应禁用英文》，吕碧城著，李保民笺注：《吕碧城诗文笺注》，第459页。

第四章

吕碧城的文学创作

第一节　创作心态

吕碧城一生，不幸多于幸运，她比一般女子遭受了更多的悲欢离合，也体验到了更多的辛酸苦涩。天生细腻的情感和敏感的心灵给她制造了无尽的忧愁与难解的烦恼。也正因如此，吕碧城的内心世界丰富而又复杂。一种心态造就一种文学作品，其作品便呈现出多种风格。分析吕碧城的创作心态，有利于我们“知人论世”，解读她的文学作品。

一、忧患意识

忧患意识是集各种痛苦与焦虑情绪为一体的情感状况。台湾学者徐复观先生认为忧患意识“当系来自周文王与殷纣间的微妙而困难的处境”，而后“却正为周公召公所继承广大”。[①]中国传统儒家思想中典型的忧患意识一般是对国事、政事的忧患，吕碧城继承了这一点。

国运陵夷，忧心忡忡。吕碧城生在不幸的时代，她有着忧国忧民的赤诚之心。20世纪初是充满选择、风云变化、硝烟不断的时代。清王朝即将覆灭之时吕碧城走出闺门，走向社会，通过自身的体验及目睹到的当时社会中女子的生存状况，深深地感到中国女界女权之沦丧。她忧心忡忡，意识到

① 参见徐复观:《周初宗教中人文精神的跃动》，李维武编:《徐复观文集》(第三卷)，湖北人民出版社，2002年，第32页。

中国的“自强之道，须以开民智、兴女权为根本”，她受儒家“达者兼济天下”思想的影响，在爱国之情的驱使下“挥涕发狂言”，高唱女权，表现了她力挽狂澜的雄心。吕碧城的一生可以说是在战争中度过的。中国在经历了两次鸦片战争、太平天国起义、中法战争、中日战争和八国联军侵华等多次重创后，又割地赔款，元气大伤。看到国土的丧失，早年的吕碧城悲痛不已，她寻找沦丧之因，探讨救国之方。其《远征赋》一文序言云：“兵可百年不用，不可一日不备”“历来文人墨客咏及战事，莫不作凄凉悲苦之音，使人读之，魄碎神伤，恹恹而无生气。此中国贵儒贱兵，而军务因之不振也。”赋中又感慨道：“严防边海，讵能割地求和?”[①]忧患民族兴衰，慷慨救国之情溢于言表。

1907年7月15日秋瑾被害；1915年，筹安会成立；1915年5月9日袁世凯承认《二十一条》，吕碧城似乎对政局非常失望，也有些惊悸，直至出国后余悸仍未能消。在罗马时，某报女访员询吕碧城对其首相莫苏立尼之政策的看法，吕碧城以“到此未久，不克深知为歉”为托词未作解答；其实主要原因是“盖早有人戒予勿谈政治，此间警探密布，防被拘捕”[②]。吕碧城细心谨慎地防范着政界陷阱。辞去总统府秘书之职后，她选择了“独善其身”的生活。她说：“除却湖山歌舞外，哪有逃名余地。”（《念奴娇》）正因为她参过政，所以她看到了当政者的丑态，“隐退”的她忧心更重。她借古讽今，写下了《百字令》(排云深处)、《贺新凉》(古桧生云气)，其中她痛心地说：“西风残照，游人还赋禾黍”“遍神州禹甸无闲地。民户小，不盈咫。”前日繁华，今日荒凉，神州沉陷，人民遭殃。词中抨击了过着花天酒地的糜烂生活的统治者，他们挥霍无度，无视人民的疾苦；目睹国家呈现出“国将不国”的凄凉景象，吕碧城心中顿生“黍离之悲”。20世纪20年代军阀混战，国无宁日，中国大地硝烟四起，此刻的吕碧城带着个人的辛酸和忧国忧民之情远涉重洋。然而每每收到故国友人提及国事的信笺，她都会因国内兵灾不断、生灵涂炭的状况而深感忧伤。《高阳台》写道：“几番海燕传书到，道烽烟、故国冥冥。”她目睹西洋之先进，忧故国世事危迫，更痛惜国土的沦丧，对于“鹰瞵蚕食，万方多故”的状况，吕碧城深叹“怕锦样山河，沧桑催换，愁入灵旗风雨”（《二郎神》）。列强瓜分中国，贪得无厌，吕碧城看在眼里，痛在心头，她大胆揭露：“鼎尚沸然，残膏未尽，腐鼠犹瞋。”（《丑奴儿慢》）对于日本的侵略，吕碧城痛恨不已，她从加拿大附舶返华，道出横滨，一日

① 吕碧城：《远征赋》，吕碧城著，李保民笺注：《吕碧城诗文笺注》，第135页。
② 吕碧城：《第三次到罗马》，吕碧城著，李保民笺注：《吕碧城诗文笺注》，第407页。

本少年慕她文名，殷勤致意，并出一名刺，详注住址，谆谆以别后通信为请。吕碧城旋即投名刺于海，默祝道："沉者自沉，浮者自浮，予某某不友其仇。"[①]当然这是爱国之情驱使下一时气愤之辞。吕碧城一生还是以开放的眼光客观地看待现状的，她提出了强国之道："予自旅行以来时遇日人，皆善处之，不存芥蒂。曩曾以国仇视之，今悟其谬。以吾国土地、人众论，在在有自强之本能，苟非自弃，他人何能侮我？且怨天者不祥，尤人者无志，认为命运或归咎他人，皆自窒其进展之机耳，愿国人共勉之。"[②]可见吕碧城主张自强救国之道。

吕碧城"自秋瑾被害之后，亦为惊弓之鸟矣"[③]。最终，女校停办，革命受阻。但是她很快又找到了分散注意力、得以宽慰的途径——兼涉商界。她任总统府秘书期间与西商角逐交易。涉足商界使她拥有了"手散千金而不措意"的基础。然而财富并不是烦恼和孤独的洗洁剂，它往往使人在生活基本需求得以满足后更强烈地感到孤寂。随着吕母谢世，妹妹吕贤满继而离开人间，再加上对时局的失望，吕碧城辞去了总统府秘书之职。在接下来的几年中，她不断地借交游抵御寂寞和愁苦，还萌发了游历欧美的念头。吕碧城中年又受道家思想的影响，远走异国，声称"避秦"，然而从她的词作中我们可以看出自然景物并不能让她忘忧，在山水胜地的流连中，她始终带着忧国忧民的沉痛。在维也纳往德国柏林的沿途中，吕碧城看到深深翠柏、丛林不断，感慨道："泱泱大国之风，令人感想虽经欧战巨创而民气不萎。"[④]西方的繁华和喧闹与祖国的萧条进行对比，更加深了她的忧虑之情。在维也纳参加国际保护动物会议期间，吕碧城曾前往音乐馆，归寓后，却梦故国歌声，极顿挫苍凉之至。梦中凄感较醒时尤甚。对于官僚认为外洋回来的留学生，多有神经病之说法，吕碧城一针见血地反驳："何不想想，为什么单单的留学生善病？其中必有致病之因呵""政界诸公不解西语，不与外人交际，所以没有国际的感触，世界的眼光，只知道在家里关起门与同胞互争雄长。他日出门一步，遇见外人，才知道我国的地位，在世界上卑微到何等！"[⑤]她建议政界诸公捐除私斗，共救国家。一种弱国子民的忧伤尽显无疑。

---

① 吕碧城：《横滨梦影录》，吕碧城著，李保民笺注：《吕碧城诗文笺注》，第225页。

② 吕碧城：《第三次到罗马》，吕碧城著，李保民笺注：《吕碧城诗文笺注》，第407页。

③ 严复：《与甥女何纫兰书》，王栻主编：《严复集》，第840页。

④ 吕碧城：《柏林》，吕碧城著，李保民笺注：《吕碧城诗文笺注》，第416页。

⑤ 吕碧城：《纽约病中七日记》，吕碧城著，李保民笺注：《吕碧城诗文笺注》，第224页。

其文《旅况》中说："遥望乡关，烽火未销，吟踪长滞，有'万方多难此登临'之概。"[①]吕碧城漂泊海外，遥念故国，感时伤乱，叹国运之衰微，哀济世之无方，她只能感伤而已："鲛人泣月常回汐，凤女凌霄只化云。"（《鹧鸪天》）吕碧城的忧患意识打上了"隐者"的沉痛退隐的印记。海外归来，经过南京，古今对比，心中更生万千悲痛："伤心麦秀，过眼沧桑，消得客车延伫"。（《汨罗怨》）然而在当时的年代，作为一个女子，她能做的只能是"任文字之役"而已。

吕碧城有着儒家忧国忧民的大我忧患意识，也有着对生命意义的思考。女性特有的敏感和佛家思想的影响唤醒了吕碧城强烈的生命忧患意识，遂常发无穷浩叹。她深味人生之苦、生命短暂之苦、生命过程之苦、生命环境之苦。她对苦的体验特别深刻，悉心回味"苦感"，反复诉说"苦相"：朱颜堕去，羁尘满面。吕碧城诸多词作里反映了她因世事无常、年华易逝而产生的忧伤，如《大酺》叹曰"一任飞霜凋绿，但看岁华转烛"；《临江仙》感叹"韶华回首了无痕，行云空吊梦，残梦又如云"；《六丑》"叹流光草草，催换今昨"等。吕碧城总能在短小的篇幅内把秾华苦短、人事无常的忧心悲叹，表达得淋漓尽致。

总之，吕碧城在走出闺房，走向社会，尤其是在国外十多年的漂泊中，体会到家亡国破的痛苦，吕碧城忧患之深重为历代女界豪杰所少有。

二、孤独之感

香国奇才吕碧城出生于仕宦之家。对于这样一位出身显贵的女性，我们很容易为她设想一生的轨迹：由闺房小姐到贵夫人。然而生活并不那么偏爱吕碧城，十三岁丧父后，她就祸不单行、命运多舛。她"幼而畸零，壮益牢落，经行往复，行影羁孤"[②]。曲折的人生把吕碧城造就成一个孤独的却又富于传奇色彩的女性。特殊的遭遇、特殊的时代造就了吕碧城孤独的情结。"其生活之失败孤苦，正其艺术创作之根基源泉。"[③]迥异于张爱玲近似自我封闭的孤独，也不同于李清照的闺房之孤寂，吕碧城的孤独是具有开放性的孤独。

吕碧城的孤独在她的词作中留下了深深的烙印：

① 吕碧城：《旅况》，吕碧城著，李保民笺注：《吕碧城诗文笺注》，第453页。

② 费树蔚：《信芳集序》，吕碧城著，李保民笺注：《吕碧城词笺注》，第523页。

③ 吴宓：《吴宓日记》（1931年3月），吕碧城著，李保民笺注：《吕碧城词笺注》，第525页。

折将谁寄？天涯相望，故人千里。怨水离烟，小风残月，久谙滋味。　　年年飘转萍踪，频自语、树犹如此。绿染宫袍，枝攀上苑，此生休矣。（《柳梢青》）

人影帘遮，香残灯炧，雨细风斜。门掩春寒，云迷小梦，睡损梨花。　　且消锦样年华，更莫问，天涯水涯。孔雀徘徊，杜鹃归去，我已无家。（《柳梢青》）

莪蓼终天痛不胜，秋风萁豆死荒塍。孤零身世净于僧。　　老去兰成非落寞，重来苏李被趋承。不闻媭詈更相凌。（《浣溪沙》）

上面三首词代表了吕碧城早年、中年和晚年三个阶段相同的心境。词中“自语”“无家”“孤零”流露出吕碧城的孤苦之情。其实纵观吕碧城词作，“伶俜”“落寞”“独”“孤”等是其常用之词语。仅“孤”字在《吕碧城词笺注》所收录的312首词中就出现了40多次。心中的孤独驱使吕碧城在审美情趣上多借助孤物、孤人来表达自己的孤情。受孤独情感的感染，在吕碧城眼中自然界以孤为美。她在“水绕孤村，树明残照”（《踏莎行》）中“孤坐久，未归眠”（《谒金门》）；在“天涯远，只孤星怨晓，病叶啼霜”（《沁园春》）“峭壁孤花红一萼”“孤醮更瘦”（《尾犯》）的境界中踽踽而行，吟唱“孤云心事谁省？”面对“打孤舷、雪花如掌”“孤馆静”，她孤游天末，孤吟去国，抒发“寂寞易黄昏”（《鹧鸪天》）“孤零身世净于僧”（《浣溪沙》）的感慨。即使是词中塑造的“我”也是一个独立于茫茫人群中特立独行的形象。她避开繁杂俗事，“行吟独苦辛”（《菩萨蛮》）；她看孤雁、叹羁愁，“听尽海潮，凄壮心孤”“俏倚孤梅”（《丑奴儿慢》）“绕孤丘”（《摸鱼儿》）以消寂寞；她去“芜城孤踽”（《祝英台近》），到“天边孤伫”、孤往乱山苍莽。词中的物无疑是作者内心的表达，词中的“我”也正是作者孤独自我的写照。

文学作品是作家的心声，孤独是一种情感体验，又是一种心理状态。吕碧城的孤独从何而来？

（一）家庭的变故

鲁迅曾说过：“有谁从小康人家而坠入困顿的么，我以为在这途路中，大概可以看见世人的真面目。”（《呐喊·自序》）吕碧城一生中的多重不幸和传奇色彩是从其父去世开始的，亲人之间的四分五散给吕碧城幼小的心灵留下了深深的伤痕。美国作家凯瑟曾指出，8岁到15岁之间是作家一生的个性形成期。就在这个阶段，吕碧城品尝了人间的不幸：13岁那年她的父亲撒手人寰，只是因为其父膝下无子，族人反目为仇，为了霸占财产，将吕碧城母女幽禁，其母被迫携三女寄住外婆家。吕碧城从此无家可归，只身一人投奔塘沽舅父家，诸姊皆糊口千里之外。家庭在中国人生活中的重要性，尽人皆知，没有了家，就会使人有无处归依感。家庭的变故、不幸的遭遇给吕碧城带来了刻骨铭心的伤痛，以致多年以后，吕碧城祭母时，还哀痛地说道："空记藐孤家难日，伊谁祸水翻澜？长余风木感心酸，囊萤书惯读，手线泪常弹。"（《临江仙》）面对狰狞无情的族人，吕碧城幼小的心灵在不停地颤抖，而这受伤的心不仅未得到亲情的呵护，而且雪上加霜，又有远隔千里之外的孤母及妹贤满因惨无生路而饮鸩自尽的噩耗传来。吕碧城的这些痛苦无人倾诉，压抑在心底易于产生自卑，又超越自卑达到自尊而陷入孤独。暂且不谈吕碧城投奔的舅舅家对她如何，仅就吕碧城出走，前往天津探访女学被其舅严朗轩骂阻一事可见，严氏是个封建传统的官吏。作为外人，在这样的家庭中度过寄人篱下的七八年时光，可以想象吕碧城的孤独体验该是多么深刻。她最终离开了舅舅家，并坚决与之脱离，从这件事情的结果来看，我们至少可以说吕碧城那七八年在精神上是孤独的，她并不满意那种生活。孤独"好像什么我们无法接受，理解或抗拒的东西在对我们起作用"①。孤独"虽然是人的心灵静止时的一种状态，然而却是一种面对某种压倒一切的力量而感到恐惧之后的自我扩张感"②。因而孤独在某种程度上也是个性的张扬。从吕碧城的孤独情结来看，她是个与众不同、个性很强、特立独行的女人。

（二）爱情婚姻的挫败

就在家庭变故之际，在吕碧城十三岁时，她与定婚三年的同乡汪某退婚了。在当时，人们还保持着传统的婚姻观念和习惯，父母之命、媒妁之言仍被众人所接受。即便是具有叛逆精神的吕碧城也是认可这种传统观念的。"据她看来，今日此种社会，尚是由父母主婚为佳。何以言之？父母主婚虽有错时，然而毕竟尚少；即使错配女子，到此尚有一命可以推诿。至今日自由婚姻之人，往往皆少年无学问，无知识之男。"③怀有这样的观念却又遭退婚，这对吕碧城以后生活的深刻影响可想而知。当时的中国不比西方，

① 布拉德雷：《牛津论述讲演集》，朱光潜：《悲剧心理学》，人民文学出版社，1983年，第86页。

② 张怀明：《宣泄你的情感》，湖北人民出版社，2002年，第69页。

③ 严复：《与甥女何纫兰书》，王栻主编：《严复集》，第840页。

"女大当嫁"的传统观念根深蒂固，独身的人经常被看成"怪物"。吕碧城不同于本身就崇尚独身、想要一生逍遥的人。她本不想独身终老的，但是，无奈她心高气傲、目无下尘，她心中的夫婿应该是梁任公、汪季新、汪荣宝、张啬公之类的人物，结果"难得相当的伴侣，东不成，西不就，有失机缘"①。在她看来，单身并不是心中理想的生活，有爱的归属才是正常的；而当爱无归属成为她的生活现实时，吕碧城是无奈的。在爱情和婚姻方面别人经常是爱莫能助的，何况是亲人不多的吕碧城。单身女人承受的压力远比单身男人要承受的多，在外表坚强、自尊的表象下深藏着敏感的心，吕碧城正是这样一个凡人，她无法逃脱社会和习俗规定带来的一切。马斯洛在划分人的需要时，就把爱和归属的需要视为人的基本需要之一②。当爱和归属需要得不到满足时，人的心理上就会不平衡，就会有压抑、烦恼和不安。"而这种实现是以两性的结合为宗旨，有无爱情是一回事，只要结婚，男人在女人、女人在男人身上得到了一种完整的认可，传宗接代被视为生命的延续、希望的延伸，人人都体会到创造生命的欢乐。爱和归属的需要是大众都可以实现的，但并不是每一个人都能实现，当具体的一个人不能实现时，他除了觉得命运对他不公正之外，痛苦和孤独伴随着他，但这不是一种真正的痛苦，这种痛苦可以用外在的任何有刺激性的事情来弥补，通过这种弥补驱去孤独。"③吕碧城和普通人一样有爱和归属的需要，在这种需要得不到满足时，她也和普通人一样会感到痛苦。这种痛苦压抑着她，"叹人间，绿愁红悴，东风难管"(《金缕曲》)，她发出"粉怨香愁无限意，吹得满空红泪"(《清平乐》)的感叹。这种欲诉不能、欲求无门的愁苦，在吕碧城心中堆积成难耐的寂寞和孤独。

(三) 人群中的受阻和孤苦飘零

人是社会性动物，不可能脱离社会文化环境。吕碧城没有逃避，她与舅舅脱离后，就投入了社会之中。由于早年家庭不幸、退婚等阴影的笼罩，她不免有些"特性"：比一般人敏感和自尊，又因敏感和自尊而易于与人反目。她采取了我行我素、无视世俗的方式来获得心理平衡。上述特点往往会导致她在人群中孤立，使她身处繁华喧嚣的环境中仍摆脱不掉孤独。"性格

① 郑逸梅:《艺林散叶续编》,《郑逸梅选集》(第三卷)，第524页。

② 参见弗兰克:《第三思潮：马斯洛心理学》，上海译文出版社，1987年，第40～50页。

③ 张怀明:《宣泄你的情感》，第58页。

即命运”这句话在某种程度上不无道理。她对于身边不平之事就随心而为，殊不知在获得率性的同时，自己也陷入了孤立，使孤独的心越发孤独。吕碧城曾畜养动物，襟霞阁主所编某报上载有《李红郊与犬》一文，吕碧城认为其故意影射自己，侮辱了自己的人格，便诉之于法律，逼得襟霞阁主逃到吴中，匿名隐居，才暂且罢休。[1]这无疑是过分敏感和自尊所致，吕碧城一生不乏类似之事。吕碧城在旅欧期间，吴宓尝为吕碧城的词集作《信芳集序》，因其中有“凄郁之情，缠绵哀厉”之句，吕氏甚为愤怒，并拒绝来访。[2]吕碧城对于吴宓这一评价近似恼羞成怒的反应，揭示了她内心真实的感情，也显露了她由于特殊经历所形成的特殊性格。吕碧城的这种性格导致了她与他人之间，尤其是与他人情感上的明显距离，从而使自己陷入孤独的境地。正如严复给何纫兰的信中所说：“碧城心高气敖，举所见男女，无一当其意者”“此人年纪虽小，见解却高，一切尘（陈）腐之论不啻唾之，又多裂纲毁常之说，因而受谤不少”“即于女界，每初为好友，后为仇敌，此缘其得名大盛、占人面子之故。往往起先议论，听着大以为然，后来反目，则云碧城常作如此不经议论以诟病之。”[3]在吕碧城为数不多的朋友中，连曾经赏识和提拔过她的英敛之最后都近于与其断交；甚至在亲人相继去世后，她与仅存的二姐吕美荪也因为有隙而几近不相往来。在后来的日子里，吕碧城虽然使自己的生活空间扩大，接触的人也有所增多，但是亲情不存，朋友远离，在疲惫不堪、伤痕累累时，身边没有能诉心声的人。她的心是孤独的、敏感的，她饱尝了孤独的滋味。

“一个真正的诗人，其所思、所感必有常人所不能尽得者，而诗人之理想又极高远，一方面对彼高远之理想境界常怀有热切追求之渴望，另一方面又对此丑陋、罪恶而且无常之现实常怀有空虚不满之悲哀，而此渴望与不得满足之心更不复为一般常人所理解，所以真正的诗人，都有一种极深的寂寞感。”[4]吕碧城的孤独感在词作中表现得尤为突出，这是其孤独心态的宣泄。

述羁旅之苦，即为其孤独表现之一。从父亲亡去、母亲和姊妹流落他乡之时起，她就开始了漂泊的生活。后来吕碧城又三次旅欧居美，客居海

---

① 参见郑逸梅《南社丛谈》“南社社友事略·吕碧城”条。

② 参见吴宓著，吴学昭整理注释：《吴宓日记》，生活·读书·新知三联书店，1998年，第213～219页。

③ 严复：《与甥女何纫兰书》，王栻主编：《严复集》，第840页。

④ 叶嘉莹：《迦陵论诗丛稿》，中华书局，1984年。

外长达十三年之久。"寒乌绕树，哀蝉啼叶，飘零身世同我汝"(《莺啼序》)正是她对自己身世飘零的慨叹。

回首神州似天远。休道年年飘泊惯。随风去住，随波舒卷，人也如鸥倦。(《青玉案》)

红萼新词漫拟，怅伶俜倦旅，岁阑心事。听笑语谁家，暖入翠樽芳禊。尚逢驿使，梅枝折寄。(《望湘人》)

何处巫云吹卷？指依样嵚崎，蜀峰攒剑。倦旅登临，赢得几番凄黯。和樵歌、松籁凄锵，弄灯影、雪窗红颤。宛宛。但苍龙西走，暮山无断。(《月华清》)

红翳影、孤嶕更瘦，翠回桡、倦波犹弱。旧愁零乱，梦隔藕花，偷向鹭鸶说。[《尾犯》(夜悄易惊秋)]

未信俊游堪恋，风怀倦羁客。沧桑梦，慵更说。(《应天长》)

庾郎词赋写羁愁，去去故人长别。岁晚天涯，正缃梅堪折，千冰万雪。始炼就、一枝馨烈。驿使虽逢，鸿书莫寄，江南哀绝。(《辘轳金井》)

吕碧城以类似的词道出了她强烈的"羁旅情结"，其羁旅之苦又引发了她对生命的感伤。

怀乡思归与忆旧，此为其孤独表现之二。思乡恋归原是中国人一种极为普遍的情怀，早在《诗经》时代，即有反复抒写漂泊异乡恋归思亲的主题，此后楚辞、乐府、唐诗，不知有多少游子抒发乡恋情怀。漂泊一生的吕碧城饱尝了羁旅之苦、孤独的煎熬，她的羁旅之苦往往和乡思融为一体，其词作《庆春宫》写道：

山市驰樏，冰坛竞屐，胡天朔雪初乾。已霁仍严，将融又结，疏林惯写萧闲。风裁争峻，指松柏、相期岁寒。飘零休诉，人远天涯，树老江潭。

年时苦忆长安。韵斗尖叉，吟兴遍酣。官阁梅花，梁园宾客，梦痕一样阑珊。暮愁千叠，拥云气，横遮乱山。凄迷谁见，鸿爪西洲，马首兰关。

词中道出了漂泊孤苦之情。她身在异国，多次因为生病卧床不起，此刻与她相伴的只有对故国与故人无尽的思念和追忆："憔悴，憔悴，懒向花前回睇。湘皋无限春寒，人远谁闻佩环。环佩，环佩，冷落明珠莹翠。"(《转应曲》)居住在日内瓦之时，她就感叹说："景色何心说故乡，朱楼依旧见垂杨，禁他冶叶不回肠。　　凤翙有声锵紫塞，燕归无计认雕梁，三千弱水溯中央。”（《浣溪沙》）在那样迷人的美景中，吕碧城并没有忘情，她感受到的还有“梅枝难寄，乡心凄黯，笛语哀顽”（《丑奴儿慢》）。1917年吕碧城游苏州邓尉时曾说：“青山埋骨他年愿，好共梅花万祀馨。”时隔多年后，吕碧城身处日内瓦湖畔，看到湖边满地的水仙，忽忆旧游，思乡之情油然而生：“归无计，只怜孤负，故山梅蕊。”（《翠楼吟》）看到湖边的秋柳，说：“凄恻，诉漂泊。又唱彻阳关，魂断桥侧。霜条待共梅枝折。望故国千里，暮云愁隔。归心何许？托笛语，问旧驿。”（《兰陵王》）除夕是亲人团聚的日子，然而在1929年的这个万家团圆的日子里，吕碧城还是孤独一人徘徊于瑞士雪山中，“迢递三山，间关万里，浪游归计苦蹉跎”（《多丽》）与欢乐的人们对比，孤独和怀念交织在一起，使她写下了《凄凉犯》。吕碧城通过想象，描写着故国除夕之情景：“故国今宵，定桦烛、千家无睡。对蛮花、自剪红绡罥茜蕊。”她忧伤地吟唱：“怀故国，余情深，有夕阳、还愁登临。望天末哀鸿，犹闻隔云零乱音。”（《寿楼春》）读吕碧城词，我们仿佛看到了一个正在吟唱思家怀乡歌、形单影只的游子。

“一样感沧桑，还乡更断肠”（《菩萨蛮》），原因何在？国危家破，无处归依。其实孤独也是“茫然与无家可归感”①。在漂泊中，吕碧城以自己的灵魂吟唱着无所归依的失落感，“孔雀徘徊，杜鹃归去，我已无家”（《柳梢青》）。远离家乡却怀念破碎的家园，身处异国却思念混乱的祖国。凡此种种感情和羁旅之愁交织在一起，漂泊的心倍感孤独。事实上无可归依时最容易回忆起亲人和昔日的朋友，忆旧常常和孤独相伴。吕碧城词作中共有九首悼亡之作，还有一些回忆旧游的词作。

一个人不能无限制地让孤独在心中堆积，为了生存便有了宣泄的本能。“宣泄心理是在一个人面对他无法回避的问题时，他又绝对无法解决这问题而产生的。”②吕碧城无意识中选择了突破孤独而又与孤独同在的方法——宣泄。她并未深居简出、与世隔绝，恰恰相反，她主动走出闺房、走向社会，她的孤独也因此带上了开放性的特点。朱光潜先生认为艺术的表现力不仅是郁积能量的宣泄，还通过这种宣泄使痛苦有人分担，使痛苦有所减轻。③

---

① 海德格尔：《存在与时间》，生活·读书·新知三联书店，1987年。

② 陈波、张怀民：《宣泄你的情感》，湖北人民出版社，2002年，第56页。

③ 参见朱光潜：《悲剧心理学》，第179页。

吕碧城正是如此，“其生活之失败孤苦，正其艺术创作之根基渊泉”[①]，从某种程度上说吴宓的话不无道理。吕碧城如果能意识到这一点的话，她应该感谢这种开放的孤独，正是它影响了她的生命存在，更影响了她生命的质量——出版了大量的著作。

“孤独也是需要勇气的，因为他得蔑视习俗、蔑视通常的信念、蔑视舆论；这就造成了孤独中的强者，或者说是强者的孤独。”[②]吕碧城正是如此，她在孤独中开放，又在开放中孤独。品味与分析吕碧城孤独心态中的开放精神和开放状态下的孤独感受，可以发现她在二者之间的痛苦挣扎和执着追求。这种情怀构成了吕碧城一生中一个相当重要的精神内容，无论是她的人生之路还是她的文学创作，都与这种精神和心境密切相关。假如从更加广阔的历史文化背景上体悟吕碧城的精神世界，可以说，这种孤独情怀已经超越了她一人一时的心理感受和情感状态，具有更加普遍的时代价值和文化象征意义。

三、厌世与避世心态

身世不幸、经历波折、时代动荡让吕碧城有了深重的忧患意识，忧患达到极致时便容易产生厌世、避世的心态。

中国文化强调人与自然和谐共存，然而古代文人从传统文化中承接下来的自然意识常常与厌世、避世心态紧密结合，他们大多带着“入世”后的累累伤痕走向自然，力图在山水中寻求精神的解脱和心灵的慰藉。负载着多种痛苦的吕碧城也有这样一种经历。族人见利忘义、反目为仇，使她看到了人情冷暖；漂泊流转的生活让她品尝了世态炎凉，感到了岁月如梭，吕碧城感慨道：“尘世，原如此。但愁里光阴，朱颜偷逝。”（《琐窗寒》）1915年之前短暂的入世让她看到了当政者的腐败，品尝了太多的苦涩，看多了丑恶世态，“已谙世态滋味”又使满载忧患重负的吕碧城产生了对“尘世”的厌恶。拥有了这种心态，她于1916年真正接触道家。她那种参透人生的境界、警世醒世的冷峻味道、冷眼旁观的方式与道家心态是有一定联系的。道家“道法自然”“顺应自然”等思想的影响，更增添了她逃离纷争的念头。她说：“欲避烦恼何所适，浮邱挹袖洪厓拍”（《渔家傲》）“乘风归向甚处？肯

① 吴宓：《信芳集序》，吴宓著，吴学昭整理注释：《吴宓日记》，1998年，第214页。

② 夏明钊：《孤独这滋味》，海天出版社，2000年，第88页。

恋仙源住。”(《六幺令》)厌世的她开始游历国内的美景胜地，写下了诸多山水词作，如游匡庐后写下《沁园春》(如此仙源)；游浙江境内诸山后写下了《喜迁莺·游浙境诸山》；观钱塘潮后写下了《临江仙》(横流滚滚吞吴越)、《绮罗香·汤山温泉》；登莫干山后写了《百字令》；泛舟吴会石湖后写下《满江红》(旧苑寻芳)等。她说：“为避钿车行陌野。”(《蝶恋花》)吕碧城抛却俗世浮名，与鸥为盟。她总是把这些美景胜地称为仙源，当作人间纯洁之地加以描绘。出国后，她又饱览了异国名胜古迹，足迹遍及欧美各国。在美景中，吕碧城感到“此中真个断尘缘”(《浣溪沙》)。她多次到雪山久住，感叹“雪山长往，看瑶光多霁，此是仙源避秦地”(《洞仙歌》)。她把这些境地看成了“避秦地”，把自己当成了“避秦人”。在这远离尘嚣的“壶天”里，吕碧城幻想能羽化成仙：“赢得浮名何用？未抵浮生苦。辽鹤振羽，丁宁待我，共掠金飔玉京去”。(《六幺令》)她的词中多次用到了得道成仙、驾鹤升天的典故，这都表达了她避世的心态。

回归自然可以暂时逃离现实，但终不能得以隔世。那些异国景观对于初晓世界奇妙的吕碧城来说无疑是一个震撼，她在繁华喧嚣中恣意放纵，因美妙和壮观的景物而忘情。然而安静下来后，忧国思乡、身世飘零、羁旅孤寂之感又一起向她压来，她伤时感事，无以自遣，于“孤踪踽踽”“天边孤伫”之际，增添了无限伤感。她在游乐之后感叹道：“今日到湖头，昨宵宿湖尾。头尾尚相连，坠欢如逝水。”[①]后来吕碧城偶然找到了独立于尘世之外、能够遗世忘情的家园——皈依佛学，“归去也，色界众生悲”(《望江南》)。她潜心专研佛典之余，写下了诸多阐释佛理、描写佛境的词作，尤其在后者中她一边赞美着佛境的纯洁优美，一边揭露着尘世的苦恼和悲叹。佛家的静默观照、沉思冥想影响着她，她用全副身心从事物中体验人的清净本性，她抛弃了一切俗世功利，追求着幽、深、清、远、澹泊的生活情趣。

吕碧城有避世心态并不代表她完全出世，与以前的女性不同，她的避世心态的最大特点是和救世心态紧密地交织在一起的。退出政界后，她带着浓重的忧患意识声称避秦，甚至皈依佛学，但她一边说“好逐仙源天外去，切莫回头”(《浪淘沙》)，一边又说：“地转天旋千万劫，人间只此一回逢。”(《浣溪沙》)“她相信有神灵存在，积极探究佛理，提倡护生、素食、戒杀，

① 吕碧城：《建尼瓦湖之荡舟》，吕碧城著，李保民笺注：《吕碧城诗文笺注》，第397页。

并且作为一种事业，翻译佛语，推广中国文化。她的身体力行、积极入世的宗教观，与徐灿、太清的消极避世已经完全不同”①，吕碧城有浓厚的忧国忧民之情怀，沉重的悲悯众生之忧患。在避世情怀中，她的忧患意识打上了“隐者”的印记。

第二节　词

吕碧城一生阅历丰富，性灵莹澈，胸襟开阔，她以香豪写性灵，留下了人间绝妙词。人生福慧难兼，吕碧城“身世悲凉，遭受屯艰，苦意浓情，无所施用。而中怀郁结，一发之于诗文，却产出无上作品”②。她在艺术和辞藻上精心锤炼，其词内容丰富、题材广泛，词锋惊俗，词境艳冶凄馨。阅读其词作，既能体味到古代词作的韵味，又能感受到近现代社会变革的气息。吕碧城词作是新与旧的融通，是继承与创新的完美结合。

一、内容与种类

吕碧城一生留下了三百多首词，李保民笺注的《吕碧城词笺注》共收录其312首词作，而这些词作根据题材大致可以分为以下几大类：写景寄情词、咏物词、题赠唱和词、佛理词及其他（包括咏史词、挽悼词、拟古词等）。

（一）写景寄情词

吕碧城情感细腻而丰富，在“披文入情”时，她不是把词作为情感火山的喷射口，直泻无余，而是常常托景寄意、婉而尽情。此类写景寄情词约占其词的三分之二，多作于出国期间，多集中于其《海外新词》。说吕碧城词作内容丰富，其中一大原因在于吕碧城词作所设之景多种多样，所抒之情丰富多彩。她笔下的景从闺中之景到自然之景，从国内之景到国外之景；有实景，也有虚景。

吕碧城早年写景词或借闺景以达情，或感四季景物之变化而表闲愁。且看：

---

① 黄嫣梨：《清代四大女词人——转型中的清代知识女性》，汉语大辞典出版社，2002年，第151页。

② 吴宓：《信芳集序》（未定稿），吕碧城著，李保民笺注：《吕碧城词笺注》，第525页。

夜久蜡堆红泪，渐觉新寒侵被。冷雨更凄风，又是去年滋味。无寐，无寐，画角南楼吹未。(《如梦令》)

寒意透云帱，宝篆烟浮。夜深听雨小红楼。姹紫嫣红零落否？人替花愁。　　临远怕凝眸，草腻波柔。隔帘咫尺是西洲。来日送春兼送别，花替人愁。(《浪淘沙》)

春骀荡。奈著眼、处处成惆怅。无端暗引柔丝，自把吟魂密网。香心枉费，漫闲倚、银屏笑周昉。算词人、生带愁来，玉颜空许相抗。　　征衫倦拍芳尘，望朱雀乌衣，何处门巷？旧苑凄凉更谁见，珠泪浣、铜仙露掌。早料理、移宫换羽，和海水、天风咽断响。任从他、罗绮轻盈，翠軿花外来往。(《尉迟杯》)

前两首词是吕碧城少女时期的代表作，语言清丽，情感细腻，明显带有古代传统闺怨词的特点。两首词都描写了闺中之景：第一首以蜡堆、冷雨、凄风等几个意象构成了凄凉环境，塑造了一个身处凄凉气氛中难以入睡的闺中少女；而第二首写闺外天气稍寒，楼外夜雨淅沥、嫣红零落，在这样凄清的氛围中有一个多愁少女在香烟袅袅的屋子里想象着一切，同样营造了凄清氛围。此两首词所设之景有共同之处，即同为闺中的景，又抒发了类似的情感：闺中少女的淡淡的闲愁，难以排遣的寂寞和离别的落寞。此两首词作代表着吕碧城少女时期的情怀，以及其早年写景寄情词的风格。而第三首是描写季节变化的写景寄情词，她广泛取景，只要能表现季节特征、能够达情的典型之景，她统统拿来为其所用。吕碧城常常用描写季节变化的写景词来表达岁月匆匆、年华易逝的感慨。

吕碧城于1915年辞去总统府秘书之职后，就不断地游历国内名山大川。出国后，她对异国的名景胜地更是流连忘返，在此期间，吕碧城写下了许多游记式的词作。此类词作就像一张张照片，留下了她所游之地的景色，记下了异国他乡的风土人情，如：

层峦幽夐。步石磴盘旋，瘦筇斜引。籁响清心，药香疗肺，病起闲身相称。茶花半埋云雾，栽向高寒偏劲。天风外、泛琼苞玉蕊，落千寻顶。　　重省。空叹我，尘浣素衣，忍说鸥盟冷。楂拾霜红，罗牵晚翠，甚日岩栖才稳？几番俊游暂寄，依旧归期未准。碧云杳，锁篁阴十里，竹鸡啼暝。(《喜迁莺》)

耀灵初破鸿蒙色，长空一轮端丽。霞暖镕金，云苏泻玉，蓦发天硎新砺。冰峦峻倚，更反射皑皑，银辉腾绮。尽斗寒暄，素韬飞弩恼神弈。　　莺声残梦唤起。绣帘先自卷，偏惯凝睇。光满瑶峰，春溶碧海，慵顾姮娥梳洗。义鞭漫指，怕渐进黄昏，短英雄气。影恋花枝，断红谁共系？（《齐天乐》）

环峰瞰水，珍树幕楼，仙居占断湖角。未信俊游堪恋，风怀倦羁客。沧桑梦，慵更说。费万感、片时哀乐。渺天末、别有心期，终古能托。　　依约见湘灵，十丈绡衣，飘曳海云白。忍自步虚来往，神州黯秋色。招魂句，歌楚些，采桂叶、露香盈握。夕阳外、断甃颓垣，愁损归鹤。（《应天长》）

第一首是吕碧城游浙江诸山后作的写景词，写景栩栩如生，情与景自然相融。吕碧城写国内景色的词作，多作于1915年至1920年出国之间，或写于其间或回国之时。第二、三两首当为吕碧城游记词之代表，前者写日内瓦湖景，后者写瑞士白琅克冰山日出之景。此类描写异国风情的词作占吕碧城写景词的大部分，作于1920年出国后，多集中于《海外新词》。词作写景和达情完美结合，独具意境，我们从中可以领略到异国胜地美景，同时也能感受到吕碧城的漂泊羁旅之感、思乡念国之愁。

吕碧城不仅走进自然，营造了许多实景，她也驰骋想象，塑造了许多空灵虚幻之景，并通过那些虚幻的境界来表达自己的理想和追求，如：

铁笛吹潮龙梦醒。海白云黟，时见游仙影。风撼迷津帆不定，骞槎枉说三山近。　　未信神方能驻景。花萎天冠，天禄行将尽。惟证无生观自性，惊尘不着莲裳净。（《鹊踏枝》）

毗椤宝树千寻起，行行叶叶皆相对。世界等微尘，隔花见写真。　　十方诸佛事，了了窥无翳。列子漫乘风，神游一霎中。（《菩萨蛮》）

第一首词类似游仙词，其中吕碧城营造了一个飘忽不定的瑰丽境界。吕碧城性情澄澈，是个追求自由纯洁的人。她时常任意想象，塑造与现实人间互为对应的圣洁世界，在那样的境界中，有着世人没有的自由和美丽。其实吕碧城知道这样的美景只能通过想象，现实中难以实现，所以吕碧城常常也下意识地将她所目睹的美景幻化成人间仙境。此类词作透露了吕碧城“穷则独善其身”的心境，隐含着她厌世、避世心态和美好的理想与信仰。

（二）题赠与唱和词

吕碧城在清末走出闺门，走向社会去实现自我价值，她交友广泛，并常常与友人题赠唱和，留下了许多题赠、唱和词，如《念奴娇·为刘豁公题〈戏剧大观〉》《更漏子·题浣云吟稿》《惜秋华·和韦斋〈西溪纪游〉之作即次原韵》等。此类题赠、唱和词有31首，约占吕碧城全部词作的十分之一。

吕碧城作题赠、唱和词并非为了以韵相挑，示才过人，而是因为她与友人在文学艺术和人生感悟上有着强烈的共鸣，以词达意。词作不乏感叹友人之遭遇、诉己身世之飘零的内容。吕碧城自幼年丧父之后，亲人就渐渐远离，她四处飘零，孤独一人，但是她没有把自己封闭起来，而是和很多志趣相投的文人墨客建立了友谊，他们相互唱答，互题作品，便有了吕碧城这部分词作。这类词作均为情所驱使，真挚诚恳，意趣深长。吕碧城自幼就以才藻名，长作词，善嘱文，工诗画，国学根底深厚，她对众多艺术作品有着很强的鉴赏力。在其赠题词中，有为友人的文学著作（包括诗、词、文、戏剧、小说等）而题，有为友人的书画而题，题材多样，情深意长。吕碧城的题赠词有18首，分布于各个时期。在这些词作中，吕碧城常常在词注中标明为谁而题，在介绍所题的诗词、文集、小说、戏剧或者书画的同时溶进自己饱满的感情，如：

断绮凄红树，瘦入霜晴，世外斜阳换。倦羽传笺，题襟催写依黯。渺故国、无恙溪山，恨不与、仙云分占。低回遍，荆关画笔，邹枚词翰。　　年时肯负名场，旧擅琱虫，记早驰茂苑。粉缟离箱，蟫尘缄恨应满。眄翠瀛、都是东流，尽蘸影、十洲秋滟。闲展卷，光惹睡骊争瞰。（《玉京谣·〈红树室时贤画集〉为陆丹林题》）

班徽往矣，一代鸿才能续史。片羽人间，零落犹存漱玉篇。

蓌蟾垂陨，雨横风狂凌病枕。萁豆煎催，偏在尘寰撒手时。

（《减字木兰花·题先长姊惠如词集》）

在以上两首词中，吕碧城在评《红树室时贤画集》和惠如词集时，以赞赏的眼光分析了作品的风格，指出了精华所在，总体上给予了它们高度的评价。第一首是为陆丹林《红树室时贤画集》所题，1929年秋天作于瑞士，当时她身在异乡不免思乡忧国、回首匆匆，种种情感都在这首词里表达出来。第二首作于吕碧城长姊吕惠如去世不久，词作表达了吕碧城对吕惠如词作的赞赏之情，充满着浓厚的姐妹情，她对吕惠如逝去的悲伤之情不尽言表。吕碧城的题赠词是评赏与抒情的完美结合，从这方面来说，此类词作具有一定的文学理论价值。

吕碧城的唱和词有13首。吕碧城与当时的诸多文人交往频繁，除了樊增祥和易顺鼎（吕碧城父亲至交）是其少年时期就认识的文坛名人外，其他文人朋友都相识于吕碧城1904年走出闺门任《大公报》编辑之后。她与文友之间的诗词唱和不仅是工作的需要，更是一种精神上的需求。吕碧城的亲人很少，她既把文友当作文学爱好上的朋友，也把他们当成亲人。在与他们诗词唱和中，吕碧城无所顾忌，可以把心中所思、所感一股脑儿地向他们倾诉，如：

赋情传雁羽，素笺展，黛眉颦。尽溯海寻桑，看朱成碧，欲记难真。荻花又吹疏雪，黯西溪、无处认秋痕。依约前游似梦，飘零旧侣如云。　逡巡。楚些招魂。悁菊瘁，惋兰薰。怕众芳消歇，新词织锦，留印心纹。未来更兼过去，问芸芸、谁是古今认。一样夕阳花影，商量莫负黄昏。（《木兰花慢》）

红簌。残步花摇踯躅。征程听遍鹃哭，乱山犹似蜀。　漫思旧游韦曲，暮云迷远目。不堪风雨华屋，燕归无处宿。（《归国谣》）

第一首是吕碧城身在海外奉和老友费树蔚新词之作，而第二首为和龙榆生寄示之作，两首都情真意切。通过这两首词，可以看出吕碧城常常借助词体、借唱和之际，向朋友诉说心声。她把心中的沧桑之感、漂泊之情都溶进词作中，词作句句含情。

吕碧城的题赠唱和词“专主情致”，把身世坎坷、内心感伤时时流露于词中。此类词作从某种意义上来说是吕碧城的私人信函，通过这些词作，我们可以清楚地看到吕碧城的内心世界及其交游情况。

（三）咏物词

吕碧城的咏物词有30首，所咏之物分别是：莲（4首）、水仙（4首）、梅（3首）、兰（2首）、木棉（2首）、花（2首）、月（1首）、桂（1首）、柳（1首）、樱花（1首）、芍药（1首）、秋菊（1首）、古松（1首）、慈禧画像（1首）、杨深秀所画的山水便画（1首）、汤山温泉（1首）、日内瓦铁网桥（1首）、巴黎铁塔（1首）、自由神铜像（1首）。其中8首写于第一次出国前，20首收录在其《海外新词》中，2首写于1938年后。莲，清水出芙蓉，洁而不染；水仙，清芳幽雅，冰莹高洁；梅，凌寒独自开。她首爱莲、水仙、梅，而这些物都具有高雅脱俗的特征。通过这些咏物词，我们可以看出吕碧城求真、尚美、向善的本性。她把闲情、家国之恨与孤苦飘零的感受紧密相连，组成一曲低回的时代悲歌，并把情志的内涵进一步拓展。词作幽怨缠绵，直是言情，非复赋物，故“物皆著我之色彩”。

通过上面的统计，可以看出吕碧城选物宽广。尤其是1920年出国后，她久居海外，视野更为开阔，经历也更为丰富，其咏物词也由咏植物拓宽到咏异国的建筑物。情感体验也随之深厚，由少女的闲愁发展到更为深厚的思想内涵。不管吕碧城身在何方，在所有的物中，她最爱莲。也许正因为莲花出淤泥而不染，其品最清，与吕碧城本性相通的缘故。我们可以通过吕碧城前后不同时期咏莲的词作来看其情感的变化：

横塘未到花时节，暗香已先浮动。绀袂飘烟，绿房迎晓，旖旎风光谁共？田田漫种，正雨过如珠，翠盘轻捧。鸳侣同盟，相逢倾盖倍情重。　　芳心深卷不展，问闲愁几许？缄紧无缝。越女开奁，秦宫启镜，扰扰云鬟堆拥。新凉乍送，看万绿无声，一鸥成梦。惆怅秋来，水天残影弄。(《齐天乐》)

仙云翠窄琉璃面，银浦流香远。一枝清越见丰神，卅六湖中红粉不成春。　　瑶峰太华擎残雪，十丈花重叠。颀颀宜向月中看，绝净天身莹作水精寒。(《虞美人》)

玉井漂铅，铜槃泄汐，年时梦影曾写。佛彩敷华，帝青涂叶，七宝修成无价。素标难亵，漫拟作、凡葩姚冶。三十六天如水，瑶笙夜凉吹罢。　　亭亭法身惯化。纳须弥、藕心纤罅。揽取茜云同幕，粉绡封麝。谁证无生慧业，待隔浦相逢共清话。顶礼空王，瓣香容借。(《天香》)

翠漪烟幕，记东桥流玉，花深天窄。话小劫、欲托微波，早宫锦乱抛，舞衣狼藉。旧月来时，照秋粉、残妆犹薄。叹何郎老矣，自分此生，不见颜色。　　弦歌梦传太液。奈莺吭未讴，凤柱先泣。更莫愁、愁入西风，换一样秋光，蒋青淮碧。画舸中流，按新谱、谁家箫笛？正芝田、袜罗未返，闹红漫忆。(《解连环》)

同样是咏莲，同样是托物言志，吕碧城却赋予四首词不同的感情内涵。写于1905年以前的第一首无疑只是托咏荷叶抒发少女难以排遣的闲愁与惆怅。而写于吕碧城入佛后不久的《天香》和《虞美人》则与《齐天乐》的情感明显不同。她喜欢营造一个一尘不染的境界，在这样的“纯洁之境”，描绘着“素标难亵”“绝净天身莹”的白莲，其追求隐逸的理想与对佛教的信仰尽含其中。1937年吕碧城三出国门,《解连环》(翠漪烟幕)就写于第二年，此刻的她已经迈入知天命之年，沧桑阅尽，孤单飘零，她对人世沧桑、生命意义有着比常人更细腻、更深刻的理解。因而此首词饱含了吕碧城一生对生活的感受：一句“叹何郎老矣”把世事沧桑、漂泊流离之感尽显无疑；下阕纡徐隐晦地体现了其忧国之情，终以骚雅为归旨。

吕碧城出国之前所写的咏物词选取的物象除了一首描写慈禧画像和一首描写汤山温泉之外，其他六首都是写梅、兰、荷、落花、秋葵几种植物。而她出国后，随着视野的扩展、阅历的增加，性格变得更为坚强，她开始选取让她叹为观止的日内瓦铁网桥、巴黎铁塔、自由神铜像、具有傲骨的古松和具有英雄气概的木棉等物象。我们可以看出，晚年的吕碧城虽然声称避世，可是她内心深处仍旧有着恋世、忧世，崇尚顶天立地的倾向。只是虽有“凌云”之念，却只剩孤影空悲叹。其咏物词中的情感也由早期的细腻温婉转为后期的沉郁深厚，因而通过吕碧城的咏物词可以看出她的情感变化流程。

吕碧城的咏物词具有丰富的内涵，这得力于其咏物手法的多样化。首先是其咏物词中物我关系的多样化。方智范在《论宋人咏物词的审美层次》一文中曾以禅境来比喻咏物词的三个境界：其一是“见山是山，见水是水——以物观物，境余于意的咏物词”；其二是“见山不是山，见水不是水——以我观物，意余于境的咏物词”；其三是“见山只是山，见水只是水——物我同一，意境两浑的咏物词”。[①]这三个境界揭示了审美主体与客体之间的关系。吕碧城有“以物观物，境余于意的咏物词”，如《醉太平》(绮窗醉凭)；有“以我观物，意余于境的咏物词”，如海外新词中的三首《祝英台近》咏水仙词，在词中我们能看到物的存在，同时也能看到借物抒情的主人公；有物我两忘的咏物词，其中分不清是物还是人，如吕碧城的四首咏莲词，词中没有人和物的对立，作者融入了自己的思想性格。“物”和“意”的融合，使词达到了“物我同一，意境两浑”的境界。

其次，吕碧城还善于把咏物与咏史结合起来，借相关的史实和传说来咏物，赋予咏物词深刻的思想内涵。如《陌上花》咏木棉词：

> 丹砂抛处，峰回粤秀，茜云催瞑。绚入遥空，漫认霜天枫冷。长堤何限红心草，犹带烽烟余恨。又花悽蜀道，鹃魂惊化，泪绡痕凝。　　料吴蚕应妒，三军挟纩，不待娇丝缫损。脸晕浓酲，艳锁猩屏人影。鄂君绣被春眠暖，谁念苍生无分。待温回，黍谷消寒，同赋绛梅芳讯。

---

① 《词学》编辑委员会：《词学》(第六辑)，华东师范大学出版社，1988年，第176页。

词作借用了望帝传说和《说苑·善说》所记载的鄂君子晳的故事。先咏木棉，后抒忧患伤感之情。通过史的运用赋予了木棉人的灵魂和个性，使词作增添了厚重感。

（四）佛理词

佛理词一般分为两类，一类以纯粹宣讲佛理为主要特征，另一类则主要是借助景物表达自己对佛理的感悟。在纯粹的佛理词中，直接将佛理以及自己对佛理的体悟作为词描写的对象，文学形式在这里只是纯粹理念的载体。而在借助景物表述对佛理感悟的词作中，词人把自然风光作为审美注意的对象，通过对它们的审美观照，把自己对佛理的体悟寄寓在这些自然山水之中，使自然之景与宗教之理相融合，相得益彰。

吕碧城词作中用到佛语、佛典的词有80多首。吕碧城不乏以上两类佛理词，其中最多的应该是借景表达佛理感悟的词，这类词在《海外新词》中出现得很多，多写于1929年之后。吕碧城早年词作对于佛家语汇只是偶一用之，略取其“情调”而已。但出国后，尤其是在1930年吕碧城皈依佛学的前后几年里，其词作中的佛教用语、佛典就多了起来，并常借鉴佛家的意境，造就一种禅的意境。在这类词作中，她常常把佛理或者所悟之理、个人情感的表达和自然景物的描写结合在一起，寓理于景，寓情于景。如：

锦屏曾隔，胡越同舟识。花叶谁书传素翼，还待象胥重译。前番山水因缘，今番槃敦联欢。尽狎江湖凫雁，遍瞻万国衣冠。（《清平乐》）

佳气西来丽。忆年年斜阳伫尽，小楼常倚。一发瑶京横天末，惯费妍波流睇。待常跪、妙莲深际。众圣诸天齐翘首，看如来授我菩提记。平昔愿、不虚矣。　飞行万刹惟弹指。绕华幢、天葩遍献，祥云迤逦。回首阎浮哀无尽，誓被人间疵疠。漫翠墨红牙俊倚。见说延陵乘风去，喜词坛吾道存先例。春枕梦，试呼起。（《贺新凉》）

可以看出，这类词借鉴了静幽的禅境，形成了空灵的词境。词家从大自然景物里得到启发，感悟人生，领悟佛学的真谛，表现出空无的禅心和淡泊的人生态度。词作借助佛理和佛境来抒发自己的身世之感。词意和禅意和谐地结合在一起，达到了心灵和自然万物的交契，表现了超脱尘世之美。

吕碧城晚年所作的《夜飞鹊》（春魂殜尘网）题注就说：“女诗人儒斯谛

(Christina Rossetti)(1830—1894)惯以宗教之语入诗，奇情状采，浑涵万有，皆于骚坛别开胜景。兹仿其例，阐扬佛法，勉成数阕，未能畅微旨也。”在这样的观点指导下，1930年后，吕碧城写了一些纯粹扬佛之词，有的甚至通篇皆是佛语：

十玄邃阐，重叠帝纲，珠影交絢。深意无限，似他片月，圆规万波现。悄回慧眄，尘障尽泯，同破幽暗。大千衡遍，古今秘钥，谁开此关键？　　第一法轮转，记取金身辞雪巘。刹海涌莲，当筵难共见。算首出群经，北拱星灿，梵音沉远。问上乘摩诃，谁定膺选？渺鬘天、只赢凄恋。(《绕佛阁》)

心香一瓣结念，通过灵台电。骨借金薬铸，云衣换，尘装浣。鹓鹭知惓恋。沧波外，隔浦终相见，片蒲展。　　跏趺渐定，禅观十六参遍。素襟如水，冷入莲寰秋滟。华藏庄严是信愿。非幻。绿房珠证圆满。(《隔浦莲近》)

常面壁，历劫总修持。六转风雷鸣地轴，十方花雨下须弥，道果乍成时。(《望江南》)

此外，还有一些词作的词注明确指出为佛理而作，或悟佛理而作，如《法驾引》题注曰：“英译《阿弥陀经》既竟，感赋此阕。”[1]吕碧城以上词作以阐述佛理或佛典为主要内容，借助词体来表达词人对佛理的领悟，以及对佛学的虔诚。此类词作蕴含深厚的国学根底，运用了很多佛语、佛典，因而显得深奥难懂，不易理解和品味。

吕碧城除了写景寄情词、题赠唱和词、咏物词和佛理词之外，还有为数不多的咏古词、挽悼词及拟古词等。至于咏古词，她常常借助古代史实抒发自己世事沧桑之感、乱国之痛、去国之悲。而挽悼词更能体现吕碧城为性情中人，读其对亲友的悼念词，感受其伤痛悲凉之情，令人潸然泪下。如《长亭怨慢》(又恨铁)一词为伤其长姊吕惠如所作，情感悲痛不已；《惜秋华》(十载重来)表达了她忽闻十载不见的挚友费树蔚逝去消息后的悲痛；吕碧城以《减字木兰花》(沧波万里)挽悼英国素食者福华德氏，词作也充满惋惜伤痛之情。挽悼词都作于1925年后，那时吕碧城已漂泊海外多年，亲人朋友不断逝去，吕碧城的伤痛之情与自身的飘零孤苦之感相结合，更显悲凄，因而其挽悼词凄婉而又凝重。吕碧城的拟古词约有6首，她心仪婉派，

① 龙沐勋编：《词学季刊》创刊号，《词学季刊》，第186页。

对婉约一派的词家推崇备至，这便有了《苏幕遮·拟周美成》《浪淘沙·拟李后主》《浪淘沙慢·用清真韵》等词作。吕碧城的拟古词继承了其所拟词人词作的风格，这类词作多抒发哀怨、凄婉之情，因而尽显婉约之美。

二、风格与特色

(一) 出婉入豪，归于沉雄——吕碧城词风之纵观

吕碧城把内心长存永在的惆怅哀愁、孤寂的心境、生活的信仰，以及所见的一草一木均吟咏于词作中。吕碧城词作风格多样，但是，从总体上看，其词风以婉为主。她才华早露，身在闺中，她以少女细腻敏感的心去体味身边的一切，以词寄情。她的闺中之作大多以伤春悲秋、念远伤别为主题，这类词作继承了传统闺中词的婉约风格。

水绕孤村，树明残照，荒凉古道秋风早。今宵何处驻征鞍？一鞭遥指青山小。　漠漠长空，离离衰草，欲黄重绿情难了。韶华有限恨无穷，人生暗向愁中老。(《踏莎行》)

银屏风蜡流寒焰，低照绮罗春。酒阑人散，凉蟾窥户，无限消凝。　人生大抵，东劳西燕，流水行云。胜俦难聚，胜游难再，无处追寻。(《青衫湿》)

野色横空，悠悠一叶扁舟小。诗情多少？暗逐流波杳。　鸥鹭相看，烟月愁清晓。秋光好。鲤鱼风早，十里芙蓉老。(《点绛唇》)

词作字里行间充满了淡淡的哀愁：或少女怀春，或写飘零愁情，或感叹青春易老、人生聚少离多。词作写景则清丽流畅，言情则低徊婉转。缠绵悱恻而无奈的情感通过融情于景的方式表达得淋漓尽致，有李清照之遗风，然而却与易安有明显不同，孤云评其词境曰："其艳冶凄馨之处，虽为易安所可颉颃，然碧城则生于海通之世，游屐及于瀛寰，以视易安，广狭不可同年而语"，易安类皆"闺襜之音"，而碧城怀绝世之才，负磊落之气，赋景写怀，皆"豪纵感激，多亢坠之声"。①

吕碧城一生孤独，远涉重洋，游历了诸多美景胜地，写下了诸多山水词。"所作词，都能当行出色，风格渊源，殆在片玉梦窗间，故能富艳精工，勾勒高妙，其有繁丽独到之处，虽雕缋眩目，实有灵气行乎其间。论其创格，

① 孤云：《评吕碧城女士〈信芳集〉》，《大公报》，1929年10月7日。

以近襆情物，融今入古，如注榅桲于尊彝，古色今香，别饶气殆非时下词家所能诣。”[①]从其后期的山水词作中可以看出这种婉丽的风格一直保持着。

如果说吕碧城词作以婉丽为主流，那么她的豪放词便是主流外的一个小小的支流。故孤云将吕碧城词与易安词对比，道出两者之不同：“盖《信芳集》之词境，其艳冶凄馨之处，虽为易安所可颉颃，然碧城则生于海通之世，游屐及于瀛寰，以视易安，广狭不可同年而语。词中奇丽之观，皆非易安时代所能梦见。”[②]吕碧城所处的环境和时代，都优于李清照。李清照词皆闺襜之音，吕碧城词则兼有刚气。

吕碧城的豪放词多写于她的“入世”时期，她以灵慧之才，负磊落之气，下笔为文，无论赋景写怀，皆“豪纵感激，多亢坠之声”。在那个时期，吕碧城虽为巾帼，却有着不减须眉的豪迈气概、进取之心。其词作《相见欢》就记录了她早年“闻鸡起舞”“读阴符（即奇书）”“年时拔剑斫珊瑚”的日子，洋溢着恢宏之气。她“一腔热血无从洒”，她挥涕发狂言，在《满江红》中高唱女权，在《法曲献仙音》中感叹：“辽海功名，恨不到青闺儿女。剩一腔豪兴，聊写丹青闲寄。”特殊的心境促成了其豪放词的形成。此外，吕碧城把豪放词风带到了描写壮美的景色中去，横流滚滚的钱塘潮激发了她怀古悲今之情，写下了《临江仙》，这是她豪放词的代表，也是她早年之作。后来她走出国门，饱览异国美景，写下了许多记游之词，其中有些词“气体骞举，句势峥嵘”，又常以“奇纵之气贯之振之”，因而具有至难至奇之境。[③]皑皑雪山、无垠海峡等壮观的景象都让她震惊，她豪情万丈，写下了《破阵子》（混沌乍起）、《齐天乐》（耀灵初破鸿蒙色）、《玲珑玉》（谁斗寒姿）、《多丽·大风雪中渡英海峡》等豪放词。

然而，豪放词只是吕碧城词作中少之又少的一部分。由于她早年受佛道思想的影响，后又皈依佛教，她中后期的词作又以沉郁、清空和晦涩为主。

佛道思想给予了吕碧城一副忧郁的眼镜，她透过这副眼镜去看现实社会、人生世态，就容易感叹人间苦，愁感人生和社会，便使其一部分词作形成了沉郁之风。陈廷焯解释沉郁时说：“所谓沉郁者，意在笔先，神余言外。写怨夫思妇之怀，寓孽子孤臣之感。凡交情之冷淡，身世之飘零，皆可于一草一木发之。而发之又必若隐若现，欲露不露，反复缠绵，终不许一语

① 陈季：《吕碧城传》，吕碧城：《晓珠词》（四卷本），第4页。

② 孤云：《评吕碧城女士〈信芳集〉》，《大公报》，1929年10月7日。

③ 参见孤云：《评吕碧城女士〈信芳集〉》，转引自吕碧城著，李保民笺注：《吕碧城词笺注》，第554页。

道破，非独体格之高，亦见性情之厚。”[1]老庄是中国历史上伟大而深邃的具有批判品格的思想家，道家立足于对道的认识和体悟，立足于对人的自由的追求。他们对世俗之仁义道德、对当时的社会现状强烈不满。道家主张无为不争，坚决反对战争和兵强天下，老子说：“兵者，不祥之器，非君子之器”。（《道德经》第31章）此外，庄子强调自然界的每一个物体都有生存发展的权利，故曰：“十日并出，万物皆明。”（《庄子·齐物论》）可见道家并非避世洒脱，相反，他们处世的忧患感、他们沉痛隐忍的程度、他们对于时代灾难和人群祸患的敏感度并不亚于儒家。儒家的忧患意识、道家的批判意识以及追求个性精神之自由等思想都对吕碧城影响很大。当时国内外战乱频起，国家沦丧、国危家亡给吕碧城带来了诸多痛苦和忧患，她对现实有着强烈的不满与批判。这种批评、忧患意识寄寓于词，词作就不免显示出沉郁之风格，如：

陆沉将见崩天柱，素娥青女离筵聚。清泪满金尊，非关饯水云。七襄云锦织，珍护支机石。莫待曙光熹，枝空乌鹊飞。（《菩萨蛮》）

蔺璧完归，乌头马角凭谁证？十年生聚训空传，但铸铜山邓。并剪寒催霜讯，黯兵尘、征衣愁整。涕痕涴处，乱叶长安，万家秋病。　　三舍中原，指挥早作萧曹定。不堪浊浪破黄河，新鬼迷乡井。隔雨红楼灯影，度歌云、翠围珠粉。悲欢分界，咫尺津桥，鹃声催暝。（《烛影摇红》）

同样地，佛家“苦空”观和普度众生的情怀让吕碧城更为彻底地感悟人生，大悟生命之哲理。其词作华而不腻，质而能腴，悒郁苍凉，凄其委婉。她结合自己的身世，多发沉郁之叹，如：

茫茫海水，无情东去，比愁多少？溯到天涯，还是燕昏莺晓。纥干何限家山恨，黯入瀛洲花草。又吹残絮雪，上京春晚，玉台人老。　　数韶光几许，看朱成碧，小史华年偷校。仙屿云烟，身世一般缥缈。三千朱履飘零尽，谁话沧桑天宝？但凄凉、剩有当时明月，夜阑低照。（《陌上花》）

燕衔泥，泥涣雪，南陌早关情。寻芳宜唱踏莎行，莫问雨和晴。　　枝绽花，花褪萼，几日便分今昨。今年灯市已前尘，何况去年人。（《喜迁莺令》）

吕碧城写沉郁的感情，常常以清超出之。邓红梅曾评价其词风：“抒情

[1] 陈廷焯：《白雨斋词话》，唐圭璋编：《词话丛编》，第3 777页。

风格则在后期愈见成熟，化早期的清僻幽邃为后来的清奇幽峭。”[1]其实“清奇幽峭”类似于清空晦涩，其词风之所以有这样的变化，不仅与吕碧城的经历有关，更与其日益笃信佛道息息相关。

沈祥龙《论词随笔》中有一段对“清空”的解释：“词宜清空，然须才华富，藻采缛，而能清空一气者为贵。清者不染尘埃之谓，空者不著色相之谓。”[2]也就是说，“清空”主要是超尘脱俗、空灵高妙的意思，这与佛道两家的审美趣味大体一致，“清”与“空”作为佛道两教的中心概念，影响极大。早在宋代，词家张炎、姜夔就受此启发，写下蕴含佛道用语、典故以及佛道审美趣味的意境空灵动荡、虚处传神的词作，此为清空词的代表。吕碧城崇尚道境，皈依佛法，不可能不受到道家主“不落言诠”、禅宗之“言即不是”的影响，因此她后期的词作溢出清空之味。她有超越人寰、跻身仙界的遐想，善于写脱俗的“仙源”“壶天”，其词境让人感到飘飘欲仙之气。她用清劲灵动之语描写景色，似真似幻，人间天上变化不定。她用笔空灵超脱，不胶着于一事，不凝滞于一物，意境恰如“野云孤飞，去留无迹”（张炎《词源》卷下评姜白石词），如：

> 平澜叠翠，惊泷泼雪，广寒飞下冰夷。娥驭俊征，晶轮艳转，众流彭湃相随。云叶想旌旗。似群真跄济，羽葆轻移。旧侣难招佩环，何处怨来迟。　　尘寰小住为宜，望神山缥缈，漫写遐思。白柰花零，紫兰人杳，蕊宫无限凄迷。一样断肠时。问仙家哀乐，世外谁知？梦绎天书金字，十万纪骚词。（《望海潮》）
>
> 闲趁艳阳天，悄访栖真处。一水盈盈不见舟，只许仙禽渡。门巷落花深，岭嶂春阴聚。红是缃桃白是雪，遮断来时路。（《卜算子》）
>
> 照空花网如星月，楼台无亿生光缬。仙乐响琤琮。随风说苦空。　　莹冰清彻底，地是琉璃水。此想若成时，檀邦得概窥。（《菩萨蛮》）

词中用常语感悟道家理想的玄境，又有一种禅的“孤绝”之感，塑造了澄澈之境，形成清幽空灵、超尘拔俗的意境。

吕碧城中晚年的词作恰当地运用了佛道词汇、典故，汲取了佛道玄幻虚无的境界，从而形成了一道绚丽的彩虹。然而，词是文学艺术，毕竟不

① 邓红梅：《女性词史》，山东教育出版社，2000年，第575页。

② 沈祥龙：《论词随笔》，唐圭璋编：《词话丛编》，第4054页。

是宣扬佛理道义的经文，词过分偏向为“佛理”而作，往往会显得晦涩难懂。吕碧城在1930年皈依佛门之后，对佛学非常虔诚，在词的创作上强调“梵音潮汐”“阐扬佛法”，故在入佛前后，她写了大量的阐扬佛法的佛理词，如：

春魂殢尘网，谁解连环？参彻十二因缘。还凭四谛说微旨，拈花初试心传。迦陵妙音啭，警雕梁栖燕，火宅难安。何堪黑海，任罡风、罗刹吹船。　　观遍色空昙艳，幻影更何心，往返人天。回首飚轮万劫，红酣翠朊，销与云烟。阿罗汉果，证无生、只有忘筌。似蝶衣轻褪，金针自度，小试初禅。(《夜飞鹊》)

玉井漂铅，铜盘泄汐，年时梦影曾写。佛彩敷华，帝青涂叶，七宝修成无价。素标难亵，漫拟作、凡葩姚冶。三十六天如水，瑶笙夜凉吹罢。　　亭亭法身惯化。纳须弥、藕心纤罅。揽取茜云同幕，粉绡封麝。谁证无生慧业，待隔浦相逢共清话。顶礼空王，瓣香容借。(《天香》)

此外还有《法驾引》(素华谁探)、《丹凤吟》(依约鬘天何许)、《莺啼序》(祯光夜腾蜃市)等词作。我们不难看出这些词作大量运用佛语，其中《莺啼序》(祯光夜腾蜃市)一词就用到20个佛家词语，以致词义晦涩，让人很难理解。词作《天香》中吕碧城把日常景物荷花描写得禅味十足，寻常之事物被写得神秘缥缈。这类词因强调用禅语阐述禅理，因而充斥佛道用语、典故，非平常人所能理解，故词作晦涩有余而清丽不足；但这正是吕碧城一生国学根底积累的体现，她厚积薄发，留下了这些具有珍贵价值的词作。

(二) 常用的艺术手法

吕碧城词“在艺术手法上独辟蹊径，自成一格”[①]。吕碧城善于用一些艺术手法，使其词作内涵深刻，感情深切而又不过于直露，其中最为突出的就是化用和用典。

化用是吕碧城作词常用的手法。她对于前人的诗词句子化用自如，使之自然浑成。其中有正面借用前人诗词句子的，如：《柳梢青》中的“折将谁寄？天涯相望，故人千里”，直接借用柳永《诉衷情》中的词句“秋光老尽，故人千里”。《沁园春》中的“任幽踪来往，谁宾谁主，仙云缥缈，无古无今”，直接借用汪元量《水龙吟》中的词句“谁宾谁主？对渔灯一点”。《浣溪沙》中

① 茅于美：《现代女词人吕碧城》，《词学》编辑委员会：《词学》(第十一辑)，第242页。

的"地转天旋千万劫，人间只此一回逢。当时何似莫匆匆"词句直接借用姜夔《浣溪沙》中的词句："梦寻千驿意难通，当时何似莫匆匆"。《清平乐》中的"寻寻觅觅，印遍芳洲迹"直接借用李清照《声声慢》中的"寻寻觅觅，冷冷清清，凄凄惨惨戚戚"。借用不等于剽窃，它也是创作、创新，如何处理借用和创新的关系，从上面的例子可以看出吕碧城往往是通过精心组织好借来句子的前后句，使自己的新词句与借来的句子完美结合，相互呼应，构成新的语义群，形成新的意境。这样一来，吕碧城就使古人词句在新的语境中更加出色。

对于借用句意，吕碧城同样也得心应手：其《菩萨蛮》中的"何处是檀栾，琼楼玉宇寒"化用苏轼《水调歌头》词"我欲乘风归去，又恐琼楼玉宇，高处不胜寒"之句意；《长亭怨慢》中的"忆娇雷四起，人在芙蓉塘角"化用李商隐《无题》诗"飒飒东风细雨来，芙蓉塘外有轻雷"之句意；《莺啼序》中的"残霞尚依绣岛，散余辉茜绮"化用谢朓《晚登三山还望京邑》诗"余霞散成绮，澄江静如练"之句意；《祝英台近》"可堪梅雨桐阊，吴霜侵鬓，却不管、方回垂老"化用贺铸《半死桐》"重过阊门万事非，同来何事不同归？梧桐半死清霜后，头白鸳鸯失伴飞"之句意。以上这些词句，我们似曾相识，但是又感到不尽相同，吕碧城在化用前人诗词句子时，借用其意，或换用几个词语，或变化句式，或反面借用，新颖别致，句子的意境同中有异，使原有词句锦上添花。

在化用前人诗词句子时，吕碧城常转益多师，不拘一格：如"小桃无主，嫁与东风，已因风散"（《烛影摇红》）同时化用戴复古《淮村兵后》诗"小桃无主自开花，烟草茫茫带晚鸦"句和李贺《南园》诗"可怜日暮嫣相落，嫁与东风不用媒"之句意。"更莫愁、愁入西风，换一样秋光，蒋青淮碧"（《解连环》）也同时化用姜夔《念奴娇》的"愁入西风南浦"句和萨都剌《满江红》"到如今，惟有蒋山青，秦淮碧"之句意。诗与词都是吕碧城化用所选取的对象，她以包容的心胸转益多师，巧妙化用。吕碧城常常化用两位诗人的两个句子并凝练为一句，起到了用最简练的语言表达最丰富的内容的效果。

吕碧城的词作具有女性特有的含蓄和柔婉，同时又具有厚重的内涵，这不能不说得力于典故的使用。吕碧城词作善于使典用事，她旁征博引，借古鉴今，以古喻今，借事喻意，用事达意，由此及彼，借他山之石，攻自家之玉，取得了独特的艺术效果。她接近一半的词作中运用了典故，而且经常在一首词作中运用多个典故，如《烛影摇红》：

蔺璧完归，乌头马角凭谁证？十年生聚训空传，但铸铜山邓。并剪寒催霜讯，黯兵尘、征衣愁整。涕痕涴处，乱叶长安，万家秋病。　　三舍中原，指挥早作萧曹定。不堪浊浪破黄河，新鬼迷乡井。隔雨红楼灯影，度歌云、翠围珠粉。悲欢分界，咫尺津桥，鹃声催暝。（《吕碧城词笺注》第492页）

此词运用了六个典故：第一个典故出自《史记·廉颇蔺相如传》；第二个典故出自《燕丹子·卷上》；第三个典故出自《史记·佞幸列传》；第四个典故为《左传·僖公二十三年》中晋公子重耳的故事；第五个典故为萧何、曹参辅助汉高祖平定天下之事；第六个典故出自《邵氏闻见录卷十九》，伯温预言天下的故事。很明显，典故的使用深化了词作主题，使词作内容显得深厚而又蕴藉。

生逢衰世，长在乱世，家国不幸使吕碧城有着多样的感受，其情感是极其丰富的：她忧家国之难，伤身世多舛，感人世沧桑，以致厌世、避世，寻求归隐。她博览群书、通晓古籍，经史子集，诗、词、文皆有涉猎。故吕碧城能根据内心情感的不同，找到含有相应情感色彩的典故来表情达意。

素手先鞭何处著？（《浪涛沙》）

闻鸡起舞吾庐，读阴符。（《相见欢》）

倦旅天涯，依然憔悴行吟。（《高阳台》）

还怕说，花落新亭，鷓鴣啼苦。（《汨罗怨》）

又花凄蜀道，鹃魂惊化，泪绡痕凝。（《陌上花》）

在前两句中吕碧城选取了刘琨、祖逖、屈原等爱国名人的故事来抒发自己爱国、报国之情。《浪淘沙》和《相见欢》是其早年之作，有豪放之气，而后来吕碧城在表达爱国之情时，更多的是表达一种忧患，所以之后她多借用带有悲壮、凄婉色彩的故事来表情达意。无论是第三句中的屈原“憔悴行吟”、第四句中的“花落新亭，鷓鴣啼苦”，还是最后一句的望帝化鹃啼哭，都无不让人听罢痛心不已，可以看出吕碧城爱国、忧国之情是非常浓厚和真挚的。而以下词句又是别有一番风格：

蝴蝶一双飞更去，春魂，知是谁家坏绿裙。（《南乡子》）

采香径冷，芳艳空尘土。（《百字令》）

都道是、凤鸾巢换，王谢堂空，只凄迷、水餐烟宿。（《大酺》）

楚累吟篋，鳌烟蛛水。（《玉梅令》）

第一句借用战国韩凭夫妇、梁山伯祝英台双双殉情化蝶之典，风格幽冷。第二句用了吴王遣美人采香于山之事，并受辛弃疾《摸鱼儿》“君不见玉环飞燕皆尘土”句的影响；第三句用南朝两大望族由盛而衰之事；第四句借用屈原赴湘而死之典。通过上述词句所取之典可以看出：在吕碧城眼中纯洁美好的爱情只能在仙界得以实现；时光无情，吴王当年的风光、玉环飞燕的荣华富贵转瞬即逝，王谢堂中燕去楼空，一切只能让人沉思、黯然伤神，让人感到无奈。吕碧城所用的这些典故的情感基调是非常低沉的，她把自己对人世的体悟，即荣华富贵只是过眼烟云、兴亡无据、人世沧桑和人生愁苦无奈都寄寓于词作之中，并通过典故表达出来。如：

雪山长住，看瑶光多齐，此是仙源避秦地。（《洞仙歌》）

赋招隐、辟谷采薇堪继。（《洞仙歌》）

辽鹤何年，认昆明灰劫。（《辘轳金井》）

劫灰吹冷旧昆明，桑影绿东瀛。（《风入松》）

第一句用了陶潜的《桃花源记》中秦人为避秦时乱，逃到隐逸之地，与时隔绝的故事；第二句用了伯夷义不食周粟，隐于首阳山，采薇而食的故事；第三句同时用了道典和佛典：前半句用了丁令威学道于灵山，后化鹤归辽的故事，而后半句“昆明灰劫”与第四句中的“劫灰吹冷旧昆明”同是借用高僧法兰为汉武帝解释穿昆明湖底得黑灰一事。明在用典，实在表达心声，这些词句都反映了吕碧城经历沧桑后欲与世隔绝的心情。她中晚年带着忧患意识，逃离纷繁复杂的生活，其词作常常引用道典、佛典，这当然与其后期追求隐逸、皈依佛学有关。这些典故增加了词作的奇、幻、梦等虚幻缥缈感，成为吕碧城后期词作明显的特色之一。

总之，吕碧城所用典故的情感基调或悲壮，或悲凉，或凄婉，或清空。这正是其一生大致的情感基调，从而可以看出其词作中借用的典故都是为表达其深沉的感情服务的，这些典故的选取也都是根据当时的情感基调来选择的。这正是吕碧城“性情真切即为佳作”的文学主张在用典方面的体现。

第三节　诗

李保民笺注的《吕碧城诗文笺注》收录吕碧城诗119首，多为吕碧城早期之作。吕碧城诗作总量并不算多，但大都有着深刻、进步的思想内容和绚丽多彩的艺术特色。吕碧城的气质禀赋和诗作在当时女界中当属另类，“吕碧城的诗，在当时代表了一种新的倾向”[①]。这些诗作折射出其整个人生历程，代表了那个时代新女性的内心世界。

一、诗作概观

(一) 哀伤、苦闷和憧憬的少女时光

吕碧城在少女时期和办学的八年里诗作创作较少。现存仅八首，为感怀诗。透过这仅有的八首诗，可以看出家庭变故以及退婚对她的打击。所有不幸使得吕碧城变得坚强。同时，也在吕碧城内心深处留下了不可抹去的伤痛。其《感怀》诗曰：

燕子飘零桂栋摧，乌衣门巷剧堪哀。登临试望乡关道，一片斜阳惨不开。(《吕碧城诗文笺注》第2页)

短短的一首诗作记述了其兄下世、两兄夭折、族人争产的遭遇。吕母因二子之亡，性仁柔，茹痛弃产。吕氏姊妹如失巢之燕，丧家离乡。时隔多年，吕碧城仍对此悲不自胜。

寄食于舅家的吕碧城早已学识深厚，但仍无用武之地，她感叹时光荏苒，伯乐难觅。其《老马》诗云：

盐车独困感难禁，齿长空怜岁月侵。石径行来蹄声暗，沙滩眠罢水痕深。自知谁市千金骨，终觉难消万里心。回忆一鞭红雨外，骄嘶直入杏花阴。(《吕碧城诗文笺注》第4页)

在那段时光里，她偶尔也会感到处境窘困，走投无路。其《秋日偶成》诗写道：

萧萧落木独登临，敲断愁肠是远砧。人事萧条穷鸟赋，笛声哀厉老龙吟。　山川廖泬秋光远，云物高寒爽籁沉。我已无心怨摇落，奈他秋到总关心。(《吕碧城诗文笺注》第5页)

吕碧城是个追求完美的人，她得不到所追求的东西，便无奈感伤，这也促使她格外赞赏超凡脱俗的事物。其咏物诗《白秋海棠》云：

便化名花也断肠，脸红肖尽自清凉。零落瑶草秋如水，帘卷西风月似霜。泪到多时原易淡，情难勒处尚闻香。生生死死原皆幻，那有心情更艳妆。(《吕碧城诗文笺注》第9页)

---

① 郭延礼、郭蓁：《吕碧城》，柳无忌、殷安如编：《南社人物传》，第101页。

她以秋海棠自喻、自叹的同时，亦不乏“出淤泥而不染”的傲骨和清高。

吕碧城与一般人不同，她关心社会和国家，在早期诗歌中，抒发忧国忧民之情。其时，日俄在中国领土上开战，使得辽东陷入一片火海之中，吕碧城有感于此，作《舟过渤海口占选一》，诗云：

> 旗翻五色卷长风，万里波涛过眼中。别有奇愁消不尽，楼船高处望辽东。(《吕碧城诗文笺注》第7页)

诗作笔端锋锐，在举国方梦之时，吕碧城欲以忧郁之音，重造新世界，实为难能可贵。她痛恨外国人的侵略，痛心于百姓深陷战争的痛苦生活，她希冀能有造世之英雄，并能与之一起努力，消除战争之灾。实在是爱国情深、忧国愤激。

吕碧城对当时女性被压迫状况的深沉的思考，也体现在其诗歌中，流露出吕碧城提倡女权的豪气与决心：

> 眼看沧海竟成尘，寂锁皇陬百感频。流俗待看除旧弊，深闺有愿作新民。江湖以外留余兴，脂粉丛中惜此身。谁起平权倡独立，普天尺蠖待同伸。(《书怀》,《吕碧城诗文笺注》第1页)

> 大千苦恼叹红颜，幽锁终身等白鹇。安得手提三尺剑，亲为同类斩重关。(《写怀三首》之一,《吕碧城诗文笺注》第6页)

> 苦海超离渐有期，亚东风气已潜移。待看廿纪争存日，便是蛾眉独立时。(出处同上)

吕碧城为女子之现状而心痛，暗下决心，愿为同胞的解放历经千辛万苦，甚至不畏别人的嘲笑而提倡女权，为中国二万万女性争得有尊严的一席之地。她豪气冲天，有普度众人之气。

在天津办学期间，吕碧城较少创作，北洋女学正式开学之后，可能是因为忙于学堂事务，无暇为文字之役，吕碧城几乎没有诗作问世。

(二) 从政与漫游时期

1912年北洋女学停办，社会动荡不安，时局变化不定。吕碧城从加入袁世凯北洋政府到1915年辞职，很少有历史材料记载其任职情况。另外，从吕碧城年谱也可以看出，吕碧城在此期间经商，常出游。以此推测，吕碧城在袁世凯总统府里，其职务很可能是形同虚设。出国游学之前，吕碧城游山玩水，诗友唱和，过着惬意的生活。污浊的政治、百姓的哀号、自然的纯净时刻震撼着吕碧城的心灵，特殊的心境促使她大量地进行诗词创作。纪游、题赠与唱和诗成为此时期其诗歌创作的重要部分。吕碧城诗歌的题材也一改早期豪气冲天的气概，多为对时局的无奈哀叹以及对弱势群体的同情。

吕碧城游历了大江南北诸多名胜，写下了诸多纪游诗。其纪游诗呈现出多彩的局面，融情于景，寄托含蓄。从诗歌风格上看，有清丽，有豪放，有沉郁顿挫。吕碧城用清灵之笔描绘所见美景，如：

捷足吴娘气亦雄，笋舆高驾牮危峰。浮生半日消何处？尽在寒云翠筱中。(《道中口占》,《吕碧城诗文笺注》第75页)

湖光如镜山如黛，雪簇花团照眼浓。辟作美人汤沐邑，春风十里画图中。(《邓尉探梅十首》之一,《吕碧城诗文笺注》第39页)

上述两首诗语言和风格都尽显清丽之美，而诗《中秋后钱塘观潮遇雨二首》则呈现另外一种风格：

浊浪喧豗撼地来，英雄遗恨托风雷。长空万马奔腾后，奇阵还成一线排。(《吕碧城诗文笺注》第59页)

才辞月姊谒冯夷，小队裙裾逐水湄。楚尾吴头劳远道，却教神雨送将归。(出处同上)

前者写钱塘潮潮水汹涌，后者追忆春秋大将，气势豪放，有历史纵深感。

吕碧城虽身处自然风景中，却时常心系时局，故其纪游诗常别有寄托，如：

烟霞暖暖渺仙踪，招隐人间有桂丛。云意远涵疏密雨，岚光高受去来风。移文早勒北山北，避地何劳东海东。棋局长安浑不定，只应都付烂柯中。(《游钟山和省庵》,《吕碧城诗文笺注》第21页)

此诗作前四句写钟山烟霞弥漫、山高云远的景色；而后四句则揭示时局动荡，描绘老百姓为避灾祸而四处迁徙的悲惨场景。又如：

寒日凄风丰润门，李陵归汉有残魂。几多竖子身名泰，画戟排衙更策勋。(《过白下丰润门见匋斋德政碑有感》,《吕碧城诗文笺注》第25页)

山河无恙销兵气，霖雨同功泽九垓。不是和羹劳素手，那知香国有奇才。(《邓尉探梅十首》之一,《吕碧城诗文笺注》第39页)

前一首诗为吕碧城由北京南下，过玄武门，有感端方之事而作；后一首是邓尉探梅时有感而发。诗作言近旨远，意态傲兀，横视九州。从上述诗歌可以看出，无论身在何处，吕碧城都时刻关注时局，忧虑也因此而生。当看到京师时局不定时，她叹曰“却为来迟情更挚，不关春去意原哀。长安惯见浮云变，又为残红赋劫灰”[1]；获悉袁世凯签订丧权辱国的《二十一条》，则心情沉痛，作《出居庸关登万里长城》，揭露袁世凯丧权辱国的丑恶行径；其《山行遇雨》则生动描绘出老百姓在动荡年代里的生存状态——他们如惊弓之鸟，时刻充满着惊恐。正因为吕碧城心中充满对苦难百姓的同情，其纪游诗方能“用盘旋之笔，成呜咽之声”[2]。

吕碧城在游山玩水之余，亦以交友为乐。她结交了诸多文友，如徐芷生、舒省庵、程白葭、廉南湖、杨云史等。他们之间相互题赠，诗词唱和。吕碧城为友人写下诸多诗歌，其中不乏对友人的赞赏，如：

> 搴芙擘芷下芳洲，谁控文狸续俊游。莽莽林峦寄幽躅，滔滔江汉见清流。丹青倪米开新画，词赋邹枚集胜俦。冷眼人间空黼绣，寒云深处自夷犹。(《〈寒庐茗话图〉为袁寒云题》,《吕碧城诗文笺注》第18页)

此诗是吕碧城为袁寒云的《寒庐茗话图》所作的题作，袁寒云即袁世凯次子，袁氏父子与吕氏姊妹的关系非同一般。袁寒云不仅风流倜傥，更是文采富赡，与吕氏姊妹皆为诗友，并深得吕氏姊妹的赞赏。当时袁寒云与易顺鼎、闵尔昌、步林屋等名士结为吟社，日夕谈诗雅谑，吕碧城借题诗称赞袁寒云一门风雅，表达对袁氏从容自若的生活状态的欣赏。

吕碧城所作题赠诗，紧贴所赠人的生平事迹，写他们的闪光点。对于友人不幸的身世，她亦不讳言。其《赠高丽音乐家吴小坡女士次南湖韵二首》诗云：

> 梨雪撩梦送轻寒，异地逢春作客难。何处乌衣寻故垒？独教红粉泣南冠。(《吕碧城诗文笺注》第45页)
>
> 闻调宫羽传新恨，更检缥缃结古欢。一卷琳琅题咏遍，锦囊归去压雕鞍。(同上)

吴小坡，高丽音乐家，她新婚不久，丈夫殁，后红粉黯然，漂流远方。她先后流落于北京、上海等地，与廉南湖、袁寒云、吕碧城等结为挚友。此诗表达了对吴小坡悲凉身世的同情。诗作前半部分悲凉，结句给人以慰藉之感，用意美厚，情韵深美、抑扬顿挫。

在题赠唱和诗作中，吕碧城亦时常流露出对时局的关切，以及对社会

① 吕碧城:《崇效寺探牡丹已谢》，吕碧城著，李保民笺注:《吕碧城诗文笺注》，第15页。

② 孤云:《评吕碧城女士〈信芳集〉》,《大公报》，1929年10月7日。

面貌的描写，如：

莫问他乡与故乡，逢春佳兴总悠扬。金瓯永奠开新府，沧海横飞破大荒。雨足万花争蓓蕾，烟消一鹗自回翔。新诗满载东溟去，指点云帆尚在望。（《民国建元喜赋一律和寒云由青岛见寄原韵》，《吕碧城诗文笺注》第23页）

谁更临风忏落花，枝头新绿自交加。春回大野销兵戟，雨润芳塍足苎麻。几辈阆风闲绁马，千秋湘水独怀沙。软红尘外天沉醉，愿祝余辉驻晚霞。（《和程白葭》，《吕碧城诗文笺注》第24页）

前一首诗表达因辛亥革命之后新时期的到来而欢喜的感情。后一首诗呈现了南北议和、民国肇造期间万象更新的社会局面。吕碧城的题赠唱和诗作大量用典，或闲情唱和，或品评赞美，或谈论时事。

此外，吕碧城的诗作还有对道家仙境的描述以及对人生世道的感悟。辞去北洋女学的职务，离开袁世凯的北洋政府，如释重担的吕碧城欲寻求一个精神的家园。在她问学于道学家陈撄宁期间，所做诗歌如词作一样，洋溢着道家仙骨，如：

妙谛初聆苦未详，异同竖白费评量。辩才自悔聪明误，乞向红闺恕狷狂。一著尘根百事哀，虚明有镜任归来。万红旖旎春如海，自绝轻裾首不回。（《访撄宁道人叩玄理多于辩难归后却寄》，《吕碧城诗文笺注》第27页）

小隔蓬莱亿万年，飞花弹指悟春玄。瑶池旧侣如相忆，乞向愁城度谪仙。（《偕朱剑霞女士观扶乩，有仙人降坛诗，切予与朱女士姓名，感赋一绝》，《吕碧城诗文笺注》第29页）

两首诗歌都描绘了道家仙境，表露了其愿为谪仙人、弃愁超度之意愿。从政并非如吕碧城想象的那样，她看到了政治的无情，看到了人民的痛苦，但仍在追求着心中完美的境界。她叹曰：“红粉成灰犹有迹，琼浆回味只余酸。早知弱水成天堑，终见灵衣拂月坛。悔过蟠桃花下路，无端瑶瑟动哀顽。”[①] 她明知艰难险阻，却仍执意追求游仙的境界。

对于爱情，吕碧城心灰意冷，其《杂感》诗曰：“灰尽灵犀真解脱，不成哀怨不成欢。”她冷眼看世道，并有着自己的领悟，其《杂感》诗又曰：

华严界界现魑魅，城社处处跳狌狸。劝君可怒君莫怒，慧眼

① 吕碧城：《天风》，吕碧城著，李保民笺注：《吕碧城诗文笺注》，第16页。

观来只大悲。(《吕碧城诗文笺注》第65页)

诗作无不反映世道险恶，描绘了她在入世与出世之间挣扎的心境和感悟。此类诗歌哀感顽艳，语淡而意悲。

(三)穷则独善其身——旅居国外时期

1.纪游写景之作

1920年9月吕碧城赴美以后大量创作，纪游诗成为吕碧城晚年诗歌的重要组成部分。避世他乡的吕碧城，正如其诗所云："年来万念都灰烬，待与乾坤大涅槃。"[①]犹如隐士，她用哀伤而又敏感的眼光去观察异国他乡的风景，她用自己绮丽的语言记录了眼中的太平洋、瑞士、罗马、日内瓦等地的美丽景色，如：

霞彩缤纷遍海天，尽回秋气作春妍。娲皇破晓严妆出，特展翚衣照大千。(《秋渡太平洋》,《吕碧城诗文笺注》第76页)

不许微云滓太空，万流澎湃拥蟾宫。人天精契分明证，碧海青天又一逢。《两渡太平洋皆逢中秋》,《吕碧城诗文笺注》第97页)

谁雕浓彩与奇香，造就仙都隔下方。海映花城腾艳霭，霞渲雪岭炫瑶光。鸣禽合奏天然乐，静女同羞时世妆。安得一廛相假借，余生沧隐水云乡。(《丁卯暮春游瑞士》,《吕碧城诗文笺注》第100页)

国外之景色，在吕碧城笔下显得瑰丽多彩、绚丽夺目。其《蔻山(Caux)赏雪歌》用长篇歌行描写阿尔卑斯雪山的风景，想象奇特，气势飞舞。吕碧城在所描写的异国奇特的景色中渗透了沧桑之感和无端的惆怅，呈现超脱的心境，如她在写完罗马的文明之后，感慨道："无端小住成惆怅，多事回车市酒门。"[②]吕碧城虽没有指出为何惆怅，但结合当时国内的情况，可以推知是一个弱国子民飘零他乡的孤独与感伤。

异国他乡的风景固然奇丽，国内的风景在吕碧城的笔下依然美丽。在间隔回国期间，吕碧城留恋于国内的美景，徜徉其中，她感慨万分，为之写下诸多诗篇。其《苏宁纪游诗各一绝》诗曰：

娥虹身世本飞仙，神彩常流霁后天。伴我明妆人似月，熟梅佳节雨如烟。(《吕碧城诗文笺注》第84页)

拾翠无从拾坠欢，十年几看六朝山。人间何事堪回首，莫怪

① 吕碧城:《绝句一首》，吕碧城著，李保民笺注:《吕碧城诗文笺注》，第105页。

② 吕碧城:《游义京罗马》，吕碧城著，李保民笺注:《吕碧城詩文笺註》，第101页。

江流逝不还。(同上)

两首诗从不同角度写苏州和南京。前者重在写景，描绘出犹如仙境的苏州梅雨之景；而后者重在抒发沧桑兴亡之感，南京曾为六朝故都，如今早已时过境迁，故游览之中顿时为之悲叹。

总览此时期吕碧城的纪游写景之作，较前期已有很大不同，她在景色中更多地融入哀伤之情和看破尘世的超脱之感。此外，其诗歌中佛家词语亦相对增多，且大量用典，使诗歌更为含蓄和典雅。

2. 和诗与赠题

吕碧城如其诗云“芬芳本吾道，宜结岁寒盟”[1]。出国后的吕碧城结识了很多有识之士，同时保持和费树蔚等老友的赠答唱和，留下了11首和诗与4首赠题诗。

在11首和诗中，5首和康同璧，6首和费树蔚，诗作皆洋溢着浓厚的友情，融入了真挚的情感，写下了真实的感触。其诗《春闺杂感和康同璧女士韵三首》云：

翻手为晴覆手阴，韶华草草百愁侵。桃花潭畔行吟过，怕指春波问浅深。(《吕碧城诗文笺注》第79页)

花在南枝太俊生，仙都弹指有枯荣。和羹早荐金盘味，零落何伤此日情。(同上)

倦绣惟求物外因，自锄瑶草傍云根。而今蕙带荷衣客，谁识天花散后身。(同上)

吕碧城和康同璧为同时代才女。从诗作的内容上看，第一首是吕碧城向康同璧诉说自己的心境，诗歌写世事变化无常，时光荏苒，而诗人不愿去体味人情冷暖、世态炎凉；第二首以梅喻人，时光虽无情，但像梅花一样的主人公能够以俊俏之貌，齐心协力，做出一番作为；第三首似乎向友人写自己的境况：倦卧绣榻却欲寻世外之逍遥，犹如隐者，远离喧嚣，一心向道。三首诗犹如友人之间的聊天，娓娓道来，毫无隐讳，将自己的心境和状况真实地呈现出来，由此亦可见吕、康二人之间真挚的友情。

诗《苏宁旅行诗答韦斋再叠前韵六首》作于1925年，当时吕碧城偕女伴同游苏州、南京，拜访诗友费树蔚。费树蔚作诗四首相赠，吕碧城用费诗之韵，作六首绝句以和。诗作前五首描绘苏宁之景色、抒发游历之兴感，

① 吕碧城:《威赛花园赏桂二首》，吕碧城著，李保民笺注:《吕碧城诗文笺注》，第77页。

而第六首笔锋一转，关注时事，诗云：

泪满东南强作欢，移文慷慨誓移山。点金幸有麻姑爪，散尽天钱去复还。(《吕碧城诗文笺注》第86页)

诗作前两句写工人罢工情绪激烈，而后两句指出自己能为工人所做的就是从经济上接济他们。吕碧城又自注云："余以旅行余资，悉助沪案辍业诸工人"，颇有普度众生之情怀，故彭毅孙作《奉和苏宁旅行诗原韵绝句》赞曰"金闺自有安危志，一为苍生洗瘴烟"[1]。

吕碧城的赠题诗作抒发了浓郁的相思之情，如：

之子近如何，秋风万水波。瀛黉怀旧雨，乡国卧烟萝。吾道穷弥健，斯文晦不磨。狂吟为斫地，重唱莫哀歌。(《柬同学杨荫榆女士》,《吕碧城诗文笺注》第93页)

骞槎遥泛斗牛津，弦诵相闻忆比邻。银海光寒瑶霰急，扣舷同访自由神。(《为同学凌楫民博士题〈云巢诗草〉》,《吕碧城诗文笺注》第95页)

相逢王粲登楼日，再遇兰成去国时。便欲乘桴成独往，十洲澒洞去何之？(同上)

第一首是身在国外的吕碧城写给返国的杨荫榆的诗作，杨荫榆和吕碧城曾先后游学于哥伦比亚大学，故称同学。"瀛黉怀旧雨，乡国卧烟萝"一句道出了吕碧城对友人浓浓的思念之情。吕碧城以"吾道穷弥健，斯文晦不磨"诗句与杨荫榆互勉，意为不管处境多么穷困，而志节应愈坚健。后两首遥相呼应，先写两人相识于哥伦比亚大学，邻窗苦读，同行出游；后写凌楫民归国之后，吕碧城对友人的思念。吕碧城这三首题赠诗中，没有直抒情感的诗句，而在平淡的叙述中寄寓了同学之间的深情厚谊。

3. 无题和游仙诗

对于爱情、人世，吕碧城已看透，她欲辩已忘言，写下三首无题诗，其一首云：

宛转愁牵亿万丝，春来惊减旧腰肢。枉求玉体长生诀，自效红蝉近死时。(《无题三首》之一,《吕碧城诗文笺注》第81页)

此无题诗含蓄朦胧多义，无题胜有题，它们寄托着吕碧城难言的隐痛、莫名的情思、苦涩的情怀和执着的追求，继承了李商隐无题诗之特色。此外，

---

① 吕碧城著，李保民笺注：《吕碧城诗文笺注》，第90页。

吕碧城还创作了一首游仙诗，诗作想象大胆，更有李商隐之遗韵：

谁将玉带束晶盘，乍见星精出水寒。银缕飘衣秋舞月，珠芒动斗夜加冠。微颦世外成千劫，一睇人间抵万欢。自是惊鸿无定在，晴天碧海两漫漫。(《小游仙》,《吕碧城诗文笺注》第90页)

孤云评此诗曰："此诗高华精警，游仙例有寄托，此可作义山'碧城十二玉阑干'三首观之，但赏美文，不欲穿凿也"[①]，这无疑道出了吕碧城游仙诗的多义性以及对李商隐诗作的继承。

吕碧城诗歌多创作于1928年前。从1928年开始，吕碧城诗歌创作几无作品，一停就是近二十年，直至1942年，方有诗《感逝三首》问世。其诗后自序云："予弃诗填词已二十年矣。近有难民售诗韵者，予购得之，适法香居士索稿，乃复为冯妇，寄付觉刊(按:《觉有情》)"。[②]相对于学佛弃词三载来说，吕碧城还是钟情于词。其三个时期的诗风有明显的转变，少女时期，她以清丽之笔抒发哀怨之情；从政时期，诗风充满豪健慷慨之气；晚年穷则独善其身时期，其诗作含蓄典雅，哀感顽艳。诗风的转变与吕碧城生活和心境的变化有密切的关系。

二、艺术风格

吕碧城博览群书，国学根底深厚，她情感丰富且敏锐，奇情幻想窈然邃曲，当其情感郁于中而勃然挥诸于外时，其诗作音节浏亮、色彩艳丽，妙造自然，不名一家，风格多样。

(一) 清丽之风

吕碧城早期诗作创作尽显清丽之风，如：

荆枝椿树两凋伤，回首家园总断肠。剩有幽兰霜雪里，不因清苦减芬芳。(《感怀》,《吕碧城诗文笺注》第2页)

诗作语言清丽，情意深婉，将悲景与哀情融为一体。纵观吕碧城的诗，这种清丽之风在其中后期的创作中，一直保留着，如：

湘筠一枕隔鸥波，午睡微酣暑乍过。风送茶香来别院，雨催诗梦入残荷。山眉敛黛如人瘦，艇尾回汀挂藻多。谁道秋来只萧瑟，

① 孤云:《评吕碧城女士〈信芳集〉》,《大公报》,1929年10月7日。

② 吕碧城著，李保民笺注:《吕碧城诗文笺注》，第117页。

嫩凉天气转清和。(《湖上新秋》,《吕碧城诗文笺注》第73页)

循环数七桥，七桥有长短。桥短系情长，桥长响远。(《日内瓦短歌四截句》之一,《吕碧城诗文笺注》第103页)

这两首诗作写于中后期，前者写秋天浙江湖面之风景，后者描绘日内瓦之景色，与前期词作一样，清词丽句，风格相似，诗歌感情婉转细腻，音调流转和谐。不同的是，吕碧城前期诗作以清丽为主，而中后期则风格多样。

(二) 苍雄豪健

孤云评吕碧城《信芳集》“豪纵感激，多亢坠之声”[①]；初我亦指出吕碧城“胸中郁勃块磊之气”[②]，发为雄健豪爽之音。两人都认为，吕碧城诗作具有苍雄豪健之风，如：

风雨关山杜宇哀，神州回首尽尘埃。惊闻白祸心先碎，生作红颜志未灰。忧国漫抛儿女泪，济时端赖栋梁才。愿君手挽银河水，好把兵戈涤一回。(《和铁花馆主见赠韵二首》之一,《吕碧城诗文笺注》第10页)

诗人胸中积一腔忧世救民之热血，心有所蕴，发之于声，激昂志气，流溢于文字间，成就苍凉豪雄之气，铿锵有力，笔力豪健，节奏明快，音调高昂。又如：

宇宙何寥泬，天高爽气多。梦魂闻鼓角。风雨黯关河。诗笔随秋老，浮生共墨磨。百年惊瞥电，酾酒且高歌。(《秋兴四首》之一,《吕碧城诗文笺注》第71页)

诗句清新豪健，尽显诗人俊爽之气。孤云《评吕碧城女士〈信芳集〉》“著者五律数首，苍雄近杜，视其平素清词丽句，微为别调矣”[③]。由此可见吕碧城诗笔之健。而此种风格的诗作，多创作于中年从政和漫游时期。

(三) 哀感顽艳

吕碧城将半生的辛酸苦辣之感融入诗句，以精丽的语言抒发哀伤的情感，她还常将华严、劫、色相、弹指等佛家用语入诗，营造佛境，从而使得诗歌哀感顽艳，如：

---

① 孤云:《评吕碧城女士〈信芳集〉》,《大公报》, 1929年10月7日。

② 初我:《文苑谈片》,《中国近现代女性期刊汇编》(一), 第1529页。

③ 孤云:《评吕碧城女士〈信芳集〉》,《大公报》, 1929年10月7日。

琼楼秋思入高寒，看尽苍云意已阑。棋罢忘言凭胜负，梦余无迹任悲欢。　金轮转劫知难尽，碧海量愁未觉宽。欲拟骚词赋天问，万灵凄恻绕吟坛。（《琼楼》，《吕碧城诗文笺注》第14页）

该诗作将秋景写得凄楚悲凉，不难读出诗人内心的压抑、困惑和感伤，最后两句“用盘旋之笔，成鸿咽之声”“其诗颇有神似玉溪处”。[①]又如：

天风鸾鹤怨高寒，玉宇幽居亦大难。红粉成灰犹有迹，琼浆回味只余酸。早知弱水成天堑，终见灵衣拂月坛。悔过蟠桃花下路，无端瑶瑟动哀顽。（《天风》，《吕碧城诗文笺注》第16页）

才自花城卸冕回，零金剩粉委苍苔。未因梵土湮奇艳，坐惜芳丛老霸才。却为来迟情更挚，不关春去意原哀。长安惯见浮云变，又为残红赋劫灰。（《崇效寺看牡丹》，《吕碧城诗文笺注》第15页）

前一首诗驰骋想象，营造了凄美的仙境，虽然人天永隔，诗人仍执意漫游境界。诗作中“天风鸾鹤”句化用龚自珍《小游仙词十五首》之一“历劫丹砂道未成，天风鸾鹤怨三生”之句，而“红粉成灰”句化用李商隐《马嵬》诗句“冀马燕犀动地来，自埋红粉自成灰”。“琼浆”一句语澹而意更悲，最后两句道出诗人的心境，虽游仙境，仍不免有恨，哀顽之情跃然纸上。后一首表达时局浮云变化之感，通过对花中之王牡丹的描写表达出来，深有可味。这两首诗所选意象如鸾鹤、琼浆、牡丹、残红等，或贵雅，或艳丽，或凄美，结合融入其中的哀情，使得诗歌精工而哀艳。孤云评吕碧城诗：“古风质健苍雄，律体与绝句裁镂精丽，哀艳之中时有名言妙解，别生慧悟。其风格处于玉溪山谷之外，亦微有取于龚定庵。不食烟火，不名一家。仅此亦足诗人名世。”[②]又曰：“以其艺之精而出之易、故人感其文之流美。著者周情孔思，常有遐想深哀，吐之于诗篇者，则或反或侧，或曲或伸，一出之以轻妙。又饰以采藻，疏于俊气。使人读之起惘惘之思。”[③]

此外，吕碧城诗歌还常用比兴、象征、用典等多种手法。如其《杂感》诗曰：

已无春梦萦罗绮，何必秋怀寄茝兰。灰尽灵犀真解脱，不成哀怨不成欢。（《吕碧城诗文笺注》第65页）

几辈清芬掩墓门，年时弦诵忆同群。也知帝意怜娇弱，多遣

① 林庚白：《孑楼随笔》，吕碧城著，李保民笺注：《吕碧城词笺注》，第549页。

② 孤云：《评吕碧城女士〈信芳集〉》，《大公报》，1929年10月7日。

③ 孤云：《评吕碧城女士〈信芳集〉》，《大公报》，1929年10月7日。

巫阳引倩魂。（同上）

前者写悲剧性爱情，后者追忆亡友。艺术上表现为一种深情缅邈，绮丽精工的独特风格。

在吕碧城的119首诗作中，有88首近体诗，31首古体诗。而近体诗里以七绝最多，达51首；其次为七律，为28首。古体诗里有七言、五言、杂言，其中以七古为最，共19首。

第四节　文

李保民笺注的《吕碧城诗文笺注》收录了吕碧城的128篇文章，其中不包括吕碧城单独出版过的专著，如《欧美之光》《观经释论》《香光小录》等，因后三种集子多针对某一专题进行研究，文学性不强，故不作为本书的研究对象。就《吕碧城诗文笺注》所收录的文章的性质而言，可分为：

一、叙事性散文

（一）游记成为其叙事性散文的重要组成部分

吕碧城喜游历，足迹遍及国内名山大川和欧美文化古迹。她一生写了诸多游记散文，晚年所作游记多为“旅次”，少有文学性很强的作品。相对而言，其早期所作的游记文辞优美，长于写景、叙事，手法多样，艺术性较强。

1917年吕碧城由上海出发，游九江庐山，返沪后作《游庐琐记》，文章记述了游历匡庐的整个旅途经过，写与所遇之人威尔斯的途中交往，以及西方美妇名贵的气度和光艳照人的外貌；将庐山景色描绘得栩栩如生，其句式长短交错，语言优美：

> 山麓为浅浅，天然如城濠。溪中怪石堆叠，绵亘数里，清泉湍激，随与俱远。山腰石齿嶙嶙，破黛痕而呈褐色。凹处鸣瀑琤琮，泄于丛篁翠筱间。水禽娇小，悠然飞鸣，有仙意。更行里许，则乱峰苍莽，寂无人踪。纵目四瞩，惟岚影与远天相映，身孤心怯，不欲再进。（《游庐琐记》，《吕碧城诗文笺注》第191页）

其《北戴河游记》亦描绘了北戴河以及周边的景色：

> 蜿蜒行数武，即怪石崚嶒，大者如屋，小者如拳，石齿巉巉，輾然作狞笑状。老木悬崖，如长枪大戟，槎枒交错，叶离离作古

翠色。过此则为松林，拔地参天，一望无际。渐闻波涛湖湃之声，不辨为松风为海外也。(《吕碧城诗文笺注》第199页)

吕碧城文笔清灵，或白描，或浓墨重彩，变化自如。文章将叙事、写景、抒情、议论完美地结合在一起，文曰："吾国人当炎夏之际，褦襶汗喘于市井之间，国有胜境，不知辟而游之，乃为他人捷足先登，反宾为主。彼今日蜃楼海市，即吾昨日之断井颓垣也。嗟夫！又岂一北戴河为然哉?"在赏景之余，吕碧城为国内有如此胜境而感叹，同时为国内胜境为国外人先行享用而感到遗憾。

1926年秋至1927年秋，吕碧城游历美洲及欧洲，她将其见闻以文字记之，结集为《欧美漫游录》。其中很多篇章描写了异国都市风光、历史古迹、人文景观、奇闻轶事，诸如《三千年之古树》《荷莱坞诸星之宅墅》《斯特瑞撒密兰》《游义京罗马》《雪山》等。在吕碧城笔下，国外之景亦见别致，如：

桥皆坦阔如辇路，但愈近湖尾而桥愈短。碧漪翠嶂，映以瑰丽之建筑，如贵妇严庄，辉采四溢。而天际雪山环绕淡白之光，适以调和过浓之景色。惟夕照时明如玛瑙，复使游人伫足回首，翘瞻天末，而地面景物悉为减色矣。(《建尼瓦》,《吕碧城诗文笺注》第395页)

街市小而整洁，最宜散步，不似巴黎、纽约等巨蚌之纷扰也。城内多溪，奔流激湍，穿阛阓而归于湖，色浑碧，其量似重。(《芒特儒之风景》,《吕碧城诗文笺注》第373页)

此外,《古城》描写了庞贝古城断井颓垣的景色,《火山》写维苏威火山之壮丽景观,《天空之飞行》记录了乘坐飞机时的特殊经历，以及所见到的景色。文章虽篇幅短小，却能记叙详尽、描写细腻、寄寓深刻。

吕碧城的海外游记多以游览时间先后为序，随兴而作，写景与叙事之间，亦穿插抒情、议论，如《建尼瓦湖之荡舟》在记述登舟观赏建尼瓦湖之后，感慨"予于舟中赏玩风景，转觉不及在岸远观之波光帆影为可爱。身历其境，兴趣即减，世事大抵如此"[①]，将寻常之道理娓娓到来，毫不突兀。而《渔翁之廉》一文在记叙作者与渔翁、园叟之间的对话后，议论道"世风偷薄，群趋贪鄙，上流士绅每锱铢必较，而廉让转见之乡曲"[②];《百花会之夜游》亦在描写之后感叹曰："孤客而处繁闹之场，则愈多感慨，况百忧并集之身

① 吕碧城著，李保民笺注:《吕碧城诗文笺注》，第396页。

② 吕碧城著，李保民笺注:《吕碧城诗文笺注》，第399页。

乎！初尚勉作不闻，而愈迫愈厉，如困垓心受楚歌四面”[①]，羁旅之愁溢于言表。故费树蔚评吕碧城游记曰：“游记叙事，写怀每多深警，终卷数篇，语尤侃侃。性灵莹澈，兴寄萧聊。”[②]

当然，有些篇章不像其诗词那样讲究章法严谨，章法往往稍显松散，正如孤云对《鸿雪因缘》的评价“乃著者漫游新旧大陆之笔记也。其间珍闻轶事连篇累牍。如读十洲之记奇趣满前，遣词亦多雅丽。然终以成于旅次，不免仓卒将事而乏精炼之功，非游记之极则。不以文论也。”[③]这些作品带有早期女性域外游记的简单古朴的特色。

（二）在叙事性散文中，间有写人叙事之作

其《访旧记》采用倒叙的手法写了一位由脸霞颊起到憔悴骨立，最终被丈夫遗弃的女友的不幸遭遇，文章刻画了女友的凄苦状况，使人读之惘惘为之悲慨。吕碧城用这样一个曾经受过教育的女性形象，似乎欲借此来说明一个社会问题。尽管中国妇女解放运动早已展开，女子要求独立的呼声不断，但仍有一部分女性没能获得真正的解放，经济上的不独立使得她们无法获得真正的幸福。而1924年所作的《横滨梦影录》则渗透出吕碧城浓重的民族情节，文章追忆两年前她由加拿大归国，途经日本横滨的经历。当她的船在横滨停泊之时，一个日本少年殷殷上前向吕碧城递上名片，并嘱以别后通讯为盼。吕碧城则“投其名刺于海，默祝曰‘沉者自沉，浮者自浮’”，她为何如此，原因在于“不友其仇”。[④]中国自甲午战争以来深受日本的欺凌，割地赔款让每一个中国人心痛。对此，吕碧城更是义愤填膺，曾多次写诗作文抒发自己的忧愤，《横滨梦影录》便表达了她对侵略者强烈的不满。

（三）杂记与传记

《纽约病中七日记》是吕碧城用白话文所写的日记，亦是迄今为止所发现的吕碧城唯一一篇用白话文写成的文学作品。文章详细地记述了病中一周的所见、所闻和所感，内容丰富。文中所描述的病中苍凉的心境、沉重的家国隐痛，足以让人悲怆而涕；所揭露的美国上流社会对穷人的歧视、资

---

① 吕碧城：《百花会之夜游》，吕碧城著，李保民笺注：《吕碧城诗文笺注》，第466页。

② 费树蔚：《信芳集序》，吕碧城著，李保民笺注：《吕碧城词笺注》，第523页。

③ 孤云：《评吕碧城女士〈信芳集〉》，《大公报》，1929年10月7日。

④ 吕碧城：《横滨梦影录》，吕碧城著，李保民笺注：《吕碧城词笺注》，第226页。

本家的无奈等更让人不寒而栗。其文洋洋洒洒六千余字，行文坦诚，语言平淡自然。虽然吕碧城提倡文言文，反对白话文，但是并不代表她不能驾驭白话文，《纽约病中七日记》足以和当时的白话文作家庐隐、冰心之杰作相媲美，尽显吕碧城对白话文写作技巧驾轻就熟的能力。

吕碧城现存传记仅《何张莲觉居士传》一篇，此文作于1937年香港何东夫人张莲觉居士逝世后不久。1936年，吕碧城寓香港山光道寓所，与由何东夫妇出资修建的东莲觉苑相距较近。张莲觉幼信佛教，至晚年锲而不舍。身为居士的吕碧城对张莲觉有相当的了解。在文章中，吕碧城从张莲觉的籍贯写起，依次介绍了张莲觉的家世、才德、学佛之虔诚、物化之经过、子女之兴旺，并以186字的四言古体结尾，赞颂了张莲觉的德行及其对佛家的虔诚。吕碧城自言立此传，唯愿“群贤继踵，净宗发皇”①。文章情感饱满，有叙有议，充分展现了张莲觉的一生事迹及其个性特征。

二、说理性散文

1904年吕碧城进入大公报馆，协助馆主英敛之做编辑工作。自那时起，她就不断发表文章，以政论、书札小品为时人推重，在社会上有很大影响。

鼓吹女权、兴办女学是吕碧城政论散文的一个重要主题。走出闺门，来到天津，吕碧城更清楚地看到了社会的种种不足，尤其是当时中国女子之不幸。她们没有丝毫的自主权，忍受着万种束缚之苦。教化不及巾帼，女子较少开通，妇女犹如奴隶般地生活。她慷慨呼吁，要提倡女学，鼓吹女权，其《论提倡女学之宗旨》鲜明地指出：“男之于女，有如辅车唇齿之相依”②，倡导男女平等。她还将兴女学上升到强国强种的高度：

> 自强之道，须以开女智兴女权为根本。盖欲强国者，必以教育人材为首务。岂知生材之权，实握乎女子之手乎？缘儿童教育之入手，必以母教为基。若女学不兴，虽通国遍立学堂，如无根之木，卒鲜实效。（《论提倡女学之宗旨》，《吕碧城诗文笺注》第127页）

开女子之智慧，是为了兴女权。教育是手段，兴女权才是最终的目的。她一再强调：

---

① 吕碧城著，李保民笺注：《吕碧城诗文笺注》，第314页。

② 吕碧城：《论提倡女学之宗旨》，吕碧城著，李保民笺注：《吕碧城诗文笺注》，第126页。

女学之兴，有协力合群之效，有强国强种之益，有助于国家，无损于男子。（同上）

当时吕碧城的言辞如破晓之钟，振聋发聩，发人猛醒，动人情感，给社会，尤其是当时那些进步人士强烈的震撼。

紧接着，吕碧城余兴未尽，又作《敬告中国女同胞》一文，旨在唤醒女子之灵魂。她为同胞深入地分析了造成当今中国女子现状之根源：

凡我女子之生于中国，不克与男子平等，且卑屈凌辱，置于人类之外者，固为万世一定不移之例矣。盖中国以好古遵圣为癖，以因循守旧为法，于所谓圣贤之书，古人之语，一字不敢疑，一言不敢议。虽明知其理之不合于公，其言之不适于用，亦必守之，护之，遵之，行之。（《敬告中国女同胞》,《吕碧城诗文笺注》第133页）

只此“好古遵圣，因循守旧”八字，遂使我二万万之女子，永永沉沦，万劫不复矣。（同上）

如何改变女子长期被束缚的生活状态，吕碧城也颇有心得：

缘世事莫不贵乎变通，法律以日改而日平，教育以日讲而日善，学术以日究而日精，智慧以日斗而日辟，变通不已，真理乃见。（《敬告中国女同胞》,《吕碧城诗文笺注》第134页）

她要求全体女子一同努力，变通、改革，为女子谋求一席之地。同时，她也在《兴女权贵有坚忍之志》一文中告诫女子，兴女权要百折不挠，而且要有足够的勇气和耐力：

我女流必人人皆视为应尽之责任，宁冒万死而不辞。虽能糜其身而不能夺其志；虽能阻其事，而不能缄其口；虽能毁其名，而不能馁其气。竭力为之，今日不成，明日为之；明日不成，后日为之。鞠躬尽瘁，死而后已。果能如此，而终不获与男子同趋于文明教化之途，为平等自有之人者，则余未之信也。（《吕碧城诗文笺注》第142～143页）

吕碧城在提倡女权的同时，经常将之与教育并提，她重视教育在开启民智方面的作用，将教育视为国家欲求存立的根本：

今日之世界，竞争之世界也。物相竞争，优胜劣败，固《天演》之公例，而我中国不克优胜于世界者，其故何在？愚弱而已。何以愚？不学则愚也；何以弱，不智则弱也。既愚弱，自危亡，欲救危亡，非学不可。故竞争风潮剧烈之时代，即学术发达之时代。今日欧美之日臻于富强，互争雄于二十世纪者，亦由学校之盛而已，故学校者，教育之地，人才所出之渊薮也。凡国家欲求存立，必以兴学校，隆教育为根本。（《吕碧城诗文笺注》第143～144页）

1906年吕碧城又作《兴女学议》，此篇政论文从办学宗旨、办学方法两方面给予兴办女学很好的建议。初我评其政论文“皆以沉郁恳挚之情，发其激昂之声，阐其精确之理。从哲理上，从社会上，反复剖陈，洞若观火。”[①]当然，亦有其缺点，正如孙雄所评“务高言而鲜事实”[②]。

此外，吕碧城还有一些论说类的文章，其中《说舞》一文将说明、议论并重，以一个思想开放的女性身份去抨击社会上的一种错误看法：跳舞是一种恶俗，将舞蹈看成倡优之技。吕碧城引证《礼记》《周礼》及《山海经》等各经传来说明一个道理：“吾国文化之兴，基于六艺，而乐与焉。乐于歌舞常相辅为用。”文章还说明了欧洲舞蹈的分类。在篇末，吕碧城再次强调跳舞是人类天性的表现：

人类无分文野，本天性而发为歌舞，则同也。惟文明欲进，则跳舞愈成为薪然有统系之仪式。迂拘者目为恶俗，每禁戒其家属，勿事学习，此无异哀乐发于心，而禁其啼笑。拂人之性，古圣不取。舞之功用，为发扬美术，联络社交，愉快精神，运动体力。若举行于大典盛会，尤足表示庄严，点缀升平景象，非此几无以振起公众之欢抃也。（《说舞》，《吕碧城诗文笺注》第231页）

文章分析透彻，抨击了社会之谬见。而《文痞文匪之可悲》揭露了一种文字界之丑陋行径，即伪造或盗用他人文稿，吕碧城称那些丑陋之人“自剥夺其人格”。《女界近况杂谈》更是直指女界，指出女界几大弊病：一是女界趋而治法政，二是认为浪漫主义为时髦之说，盲目而从之，三是女子著作千篇一律，不脱闺人口吻。

吕碧城早年以沉郁恳挚之情，发激昂之声，其政论文立言能见其大、析理不厌其详。能言当时人之所不能言，发人之所不能发。其文旨之条达、文气之充畅，“直如急湍猛浪之奔流。而且不假思索，振笔直书，水到渠成，不事雕琢”[③]。

---

① 初我：《文苑谈片》，《中国近现代女性期刊汇编》（一），第1534页。

② 孙雄：《吕眉生〈辽东小草〉》，吕碧城著，李保民笺注：《吕碧城诗文笺注》。

③ 刘孟扬：《书碧城女史〈论提倡女学之宗旨〉后》，吕碧城著，李保民笺注：《吕碧城诗文笺注》，第132页。

吕碧城皈依佛学后的议论文，多是阐发佛理之作。其《佛儒不能平等说》一文立足于素食之立场，阐述了佛、儒之区别，她认为儒教范围较窄，而佛之菩萨堪称至圣；《玄学与科学将沟通乎》一文为因果轮回之说等玄学辩护，并指出“宇宙间不能解决之问题，皆于此而获新发明，为科学家辟一通幽之径，学者致力禅定，则功效尤巨云云”[①]，说明了玄学与科学之间有息息相关的联系；《医生杀猫案》则从伦敦某医院两医生杀猫一事展开，记叙了自己的所见所闻，主张人类要保护动物，并认为人有灵魂，世间存有因果报应。事实上，这些文章不以其文学性，而以其所蕴含的宗教思想闻名于当时。

三、应用性散文

吕碧城在国内期间还创作了一些信札，如《与某先生书》《致琛甫》《答梦庐》等，篇幅短小精悍，然情真意切，脍炙人口。这些信札与众不同，原因不仅在于吕碧城国学根底深厚，更在于她往来无白丁。其友人都是具有国学根底、阅历丰富的有才之士，因而吕碧城与他们之间往来的书信，也蕴含着深刻的思想、丰厚的文学素养。其文辞典雅，流利上口，无浮夸空洞之嫌，如《与某先生书》有云：

> 迄今北方女界，文明大启，弦诵相闻，胥公当日之赐也。人事仓皇，忽忽十载。会当民国肇兴，漫庭不祚，公既覆帝政于荆驼，旋谐仙偶于箫凤。功成身退，式好宜家，较诸鸱夷一舸，载西施于五湖烟水中者，不是过也。(《吕碧城诗文笺注》第165页)

此信是写给民国国务总理唐绍仪的。短短一段文字，容纳了丰富的内容，介绍了唐绍仪力助吕碧城兴办女学、辞国务总理之职、脱身南行，以及迎娶继配、夫妇相好和睦等事迹，蕴含着乱世荒凉中有识之士生不逢时的感慨。

吕碧城还通过信札与朋友谈艺论道，《答铁禅》便是表述其早年文艺思想的重要文献。文中说明了作文所需具备的素质，且谈到了文章、诗歌和美术的差别，充分体现了吕碧城的文学理论思想。1930年吕碧城皈依佛学，其思想也随之变化，在此前后所创作的诸多信札如《致伦敦禁止虐待牲畜会函》《致王小徐居士书》《上太虚常惺大师书法》《致龙榆生书》《致陈无我

---

① 吕碧城：《玄学与科学将沟通乎》，吕碧城著，李保民笺注：《吕碧城诗文笺注》，第299页。

居士书》《致李圆净居士书》等，多数为探讨戒杀护生、切磋佛理，或记述佛事。

而箴铭类作品，吕碧城仅有《费夫人墓志铭》，此文是文学性极强的佳作。铭文写人惟妙惟肖，用雅洁的文字，栩栩如生地展现了费夫人的品德、言语、容仪和女功：

> 怒不扬声，笑不露齿，雍雍肃穆，严而可亲。宽以接物，和于婢使，而頩不偕循，恚不尽弭。夫以共姜之洁，婴儿之孝，鲍女宗贞顺好礼，孟姬绸直如发，粹于一身，横被彤史，宜百禄之攸加，尚神察于几理。(《吕碧城诗文笺注》，第168页)
>
> 猗欤高门，葚兹灵秀。参发如云。蛾眉争首。风神淖约，匪仙胡逅？夙秉诗礼，妇道既成。相夫专静，纷毋令名。(同上)

此铭文用词典雅，以四、六句为主，并大量用典，用排比句式，反复赞颂费夫人的德行。孤云评曰："至为雅洁。且用笔矜慎、合于金石文字典重之格。可诵之作也。"[①]

此外，1917年秋，华北数省洪水肆虐，吕碧城与上海名媛发起成立了京直水灾女子义赈会，积极为灾民募捐筹款。为此，吕碧城拟定了《京直水灾女子义赈会通告》。虽为应用文，然而文辞雅道，具有较强的文学性：

> 迩者，奇灾告警，大浸稽天，黔黎惨逐波臣，京畿沦为泽国。序已残秋，未退潢污行潦；地非极纬，瞬成雪窖冰岩。等三军之挟纩，盼寄寒衣，圮万户而断炊，待输义粟……(《吕碧城诗文笺注》第178～179页)

文中又指出京直水灾女子义赈会的特点和成立之旨意："本芳菲悱恻之怀，为博施普济之举""钿股钗头，化作迷津宝筏"。吕碧城的忠肝义胆、侠义心肠尽显无疑。

吕碧城所作的两篇序，以其见解独到震惊一时。其《北洋女子公学同学录序》指出"外患已深，国势已蹙，至是而女学始兴，始跻吾辈于文明之域，美人香草，曷胜迟暮之悲！"[②]气盛言宜，鼓动人心；而《美利坚建国史纲序》则指出："自清季与世界各国交通以来，吾人所需之学，除本国所有外，尚须加以世界之知识，不啻以一人之力，而治数十人之学，其困难可知，故

---

① 孤云:《评吕碧城女士〈信芳集〉》,《大公报》, 1929年10月7日。

② 吕碧城著，李保民笺注:《吕碧城诗文笺注》，第207页。

每人应择定专门之学精勤而致力焉”[①]。可见吕碧城具久远之眼光，主张向外国学习。

此外，1904年，吕碧城还在国家贫弱不济之时创作了《远征赋》，此为吕碧城唯一一篇赋体之作。吕碧城出生于贫弱不振，屡遭帝国主义列强欺凌压迫的时期，在她出生后的十几年里，中国多次割地赔款，尤其是日俄辽东战争使其看到了国家尚武的重要性，故作《远征赋》以激励每个中国人的志气。她大声疾呼尚武精神，希望国人能枕戈相待，弘扬国威，努力去建功立业。吕碧城认为“兵可百年不用，不可一日不备”[②]，其《远征赋》详细地陈述了尚武精神为立国之要素的道理：

> 方今海波屡扬，边氛未靖，强邻则门户是窥，列国以兵戎相竞。拓地侵疆，背盟弃信。尚武备之不修，自国威之罔振。（《吕碧城诗文笺注》第136页）

在吕碧城看来，尚武为的是重整宗邦，严防边海，拒绝割地求和。一腔热血，豪气冲天，在国难之际，吕碧城用悲壮的场景警醒国人，保家卫国，献身疆场应该是每个子民应尽的职责，文曰：

> 山头化石，洵属贞姬；塞下为泥，方称壮士。秋高大野，讵生绮恨春愁；月冷深闺，那管云鬟玉臂。君不见葱岭榆关，突兀回环？雕影盘青海之月，骑声绕太行之山。烟云足壮其行色，风景可破其愁颜。谁言无定河边，最多死别？试看玉门关里，岂少生还？（《吕碧城诗文笺注》第136页）

《远征赋》多处用典，用史证今，酣畅淋漓，整篇文章激荡着保家护国、驰骋疆场，“不破楼兰誓不还”般的豪情。

吕碧城的诗词“佳处高揖群言，侠骨仙心独居深念，贞孝悱恻流露行间，漆室、木兰逊其华好，道韫、清照无其环迈”[③]。而其文章的主要特点不在于其他，而在于它的积极意义和文献价值。当然，吕碧城也创作了一些文艺性很强的文章。其美文多创作于皈依佛学之前，皈依佛学之后，多为讨论佛学、议论佛理之作，虽也有游记作品，但其文学性无法与早期游记相比。

---

① 吕碧城著，李保民笺注：《吕碧城诗文笺注》，第211～212页。

② 吕碧城：《远征赋》，李保民笺注：《吕碧城诗文笺注》，第135页。

③ 费树蔚：《信芳集序》，吕碧城著，李保民笺注：《吕碧城词笺注》，第523页。

第五章

吕美荪的文学观

吕美荪创作甚丰，但亦和吕碧城一样，无文论专著留世，她对诗、词、文的批评隐藏于其诗、词、文著作的只言片语之中，言辞虽隐约不明，但却能表达出吕美荪鲜明的文学观点。

第一节　吕美荪论诗词

一、“诗言志”“所处遇”与“所兴感”

吕美荪继承“诗言志”“文以载道”的观点，认为“言志者曰诗，载道者曰文。二者有宏旨，非徒供赏欣”[①]。她将诗和文并提，认为两者都可以表达重要的主题，由此可见吕美荪对诗文的重视。

吕美荪认为诗歌是对现实生活的反映，亦可抒发内心的感受。其自言《葂丽园诗》“以追维当时舟车所历，与夫丧乱生死之迹，一诗犹一山川大地图画，慨景靡穷而变亦无极”，她坦言今后诗歌不仅可以写“所处遇”，还可以表达其“所兴感”。[②]前者强调诗歌对现实生活的再现功能，后者强调诗歌的抒情性。吕美荪后期的创作证明了她晚年对“所兴感”的偏好，其《葂丽园诗四续自序》曰：“余遁于世，而不弃山海。自庚午（1930年）十月来居东岛，天风海涛，日涤我襟，续葂丽园诗数百首，既见嗤于世矣。自去岁迄

① 吕美荪：《赋赠东京雅文会诸诗家》，《瀛洲访诗记》，第3页。

② 吕美荪：《葂丽园诗自序》，《葂丽园诗》。

今夏，复得五十余篇，虽多出之咏叹，自遣其怀，而实亦藉答山海慰我岑寂之情。"[①]吕美荪强调了其后期创作对诗歌抒情性的重视。

此外，吕美荪还解释了诗序的作用。她说"诗何必序，更何以自序？诗而序，所以纪所作之由来也"[②]。在她看来诗序是用来记录诗作创作的时间、地点和事由等内容的，是诗歌创作的补充说明。

二、"诗穷则变风"

欧阳修曾提出"诗穷而后工"的理论，韩愈亦有"不平则鸣"之说，无疑，他们都强调了作家的生活遭遇对创作的影响。吕美荪"词鸣铿锵"之说与"穷而后工"理论一脉相传，她亦认为遭遇困境的作家能写出不同凡响的作品。吕美荪评《曹子建集》曰："一门能词鸣铿锵，君独遭患辞意伤。"[③]诗人遭遇磨难，处于困境之中，触事感物，忧思悲愤，将不平之情发诸诗词，其诗词文辞沉郁，唱出忧患者之心声。诗人之不幸，是诗词之大幸；诗人内心有万般忧患，创作的诗词便会沉郁顿挫，因而能一鸣惊人、与众不同。

穷后而作，何以能铿锵有力？究其原因，乃不平的思想感情所致。吕美荪指出："诗穷则变风，音裂则变徵。陇头呜咽声，乃异长河水。谁则使之然，愤怨以激耳。"[④]吕美荪将陇头水与长河水发出的不同声音进行对比，强调陇头水呜咽之声是缱绻压抑而产生的愤怨所导致的。有压抑，必然会产生不满现状的情绪，必然有抗争，处于这种境况下的作家，也必然会发出诸多不平之鸣。吕美荪此番论述正是对"发奋著书""不平则鸣"理论的继承。

值得注意的是，吕美荪将"诗穷"与"变风"、"音裂"与"变徵"联系起来，进一步说明了"诗穷"会引起"变风"，"音裂"便会产生"变徵"。"变徵"类似"变雅"之说。何为"变风""变雅"？《乐记》有言："治世之音安以乐，其政和；乱世之音怨以怒，其政乖；亡国之音哀以思，其民困。"《毛诗序》进一步阐释曰："王道衰，礼义废，政教失，国异政，家殊俗，而《变风》《变

---

① 吕美荪：《葂丽园诗四续自序》，《葂丽园诗四续》。

② 吕美荪：《葂丽园诗四续自序》，《葂丽园诗四续》。

③ 吕美荪：《读曹子建集》，《葂丽园诗》，第25页。

④ 吕美荪：《夜读宋荔裳诗》，《葂丽园诗》，第31页。

雅》作矣。”前者论乐，后者由乐渡之于诗。升平之世的诗乐是用来歌咏王政之盛德的；王道衰、礼义废、政教失、国异政、家殊俗的时候，诗乐是用来吟咏哀伤、讽上谲谏的。两者分别说明了乐和诗与世教王化有密切的联系。而吕美荪所谓的“变风”“变徵”与此不同，她强调的是诗人的遭遇对诗乐的影响。诗人遭遇困境之后创作出来的诗，方能一改无病呻吟之弊，真实地反映现实，抒发不平之气，此类诗称为“变风”。音乐亦然，铿锵之音方能区别于温婉柔和的升平之歌。其实，此处，吕美荪依然在阐述“诗穷而后工”的观点。当然，和《毛诗序》的相同之处是，吕美荪亦认为“变风”仍“发乎情”，她将“情”界定为“愤怒”之情。

三、“诗无畛域”

吕美荪强调“诗无畛域”，即诗人需拥有丰厚而广博的学识，反对无病呻吟之作。吕美荪认为“国有对疆，而诗无畛域”[①]。她强调诗体多样，不能将诗体画地为牢，诗歌可以抒情，亦可以叙事和议论；诗歌的表现手法也应多样化，在诗歌创作中，用典、比兴、象征、对比和白描等都不失为好的表现方法。吕美荪感叹当时皖中女子能文者“惟咏黄花之句、叹红瘦之词而已”，她抨击此类女性词人，是因为她们不能熟谙历史、案置舆图、讲求格致、精研哲理，因而这些女性作家“学非所用”“枉抛心力作词人”。[②]因而她不仅要求诗人要有广博的学识，而且要求诗人在作诗时亦需将所学的东西运用到其中，避免无病呻吟的浅薄之作。

四、华藻与清词、“诗乃性灵天籁”

吕美荪不排斥词章之藻丽，她评叶恭绰曰：“才气动山川，藻丽组霓虹。”[③]她不仅赞赏叶氏之才气，更欣赏其诗词华丽的辞藻。对于辞藻，吕美荪不独爱一种，她既喜欢华丽的，又喜欢清丽的。吕美荪评袁寒云“公子自

① 于元芳：《瀛洲访诗记序》，吕美荪：《瀛洲访诗记》。

② 吕美荪：《吕清扬女士敬告女学界文》，(清)官报总局编：《北洋学报》(丙午第十一册)，第2页。

③ 吕美荪：《叶玉甫避暑岛上，诗钟雅集》，《葂丽园四续》，第1页。

骚雅，富贵轻尘埃”，评其诗词“华藻摛清辞，翩翩卓群侪”。[①]对于袁寒云诗词中的清词丽句，吕美荪给予了较高的评价。

吕美荪认为诗歌乃性灵所致，反对过度雕琢。吕美荪在访问日本东亚同文会理事白岩龙平先生时，评其曰：“先生作诗喜推敲，余则以为诗乃性灵天籁，过于琢字琢句反失其真。”[②]在吕美荪看来，诗歌乃从胸臆自然流出，直接抒发了诗人的情感，作诗时，若过于琢字琢句地去推敲，会反失其真，有碍性灵的自然流露，这是对中国古代诗论中性灵说的呼应。

第二节　吕美荪《汉文典古文读本》及其文论思想

论文，吕美荪惜字如金，其对于古典散文及古文家的批评，主要集中在古文选本《汉文典古文读本》的评点之中。和其他古文选本相比，《汉文典古文读本》别具特色，它是历史上第一部由女性编选的古文通史选本，是吕美荪文论的集中体现。

一、选自《汉文典》，强调创作、立典明法

《汉文典古文读本》是吕美荪在奉天女子师范学校任国文讲习期间编选的一本古文选本，宣统二年（1910）十一月由位于奉天大西门里的图书印刷所印刷，分上下两册。《汉文典古文读本》以最精简的形式传播古文经典，并对古文艺术做了形象具体的阐释。其例言曰：“是编就《汉文典》文法篇内所引之文，次第选录。”[③]吕美荪此处所说的《汉文典》，为萧山来裕恂（1873—1962）编纂，1906年初版，1909年再版，分文字典（3卷）和文章典（4卷）两部分，而文章典又分为文法、文诀、文体、文论四卷，其中文法主要论作文之法，阐释古文写作最基本的用字、造句、结章、谋篇方面的方法。严格地说，《汉文典》文法篇实属于写作学理论著作。[④]

《汉文典古文读本》虽然选自《汉文典》文法篇中所引之文，但是与

① 吕美荪：《吊项城公子袁寒云》，《葂丽园诗》，第80页。
② 吕美荪：《访东亚同文会理事白岩龙平先生》，《瀛洲访诗记》，第101～102页。
③ 吕美荪：《汉文典古文读本例言》，《汉文典古文读本》，宣统二年（1910）。
④ 来裕恂：《汉文典》（卷下），上海商务印书馆发行，民国二年（1913）。

《汉文典》有很大的区别。《汉文典》注重的是“法”，它将古代散文中的只言片语作为实例来解释“法”，极为简约，彰显立“法”之意。而吕美荪的《汉文典古文读本》凸显“立典”之意图，同时以“典”明“法”，使抽象的“法”形象化。《汉文典古文读本》选择《汉文典》中重要的文法，或将其置于文章之首，如“欲伏法”“比兴法”“层叠法”等；或用夹注解释文法，如“借喻法”“反复法”“提句”等。《汉文典古文读本》将《汉文典》中的写作理论融入具体的文章中去说明。

《汉文典古文读本序》有云：“吾国文学称冠全球，儒生幼披简而长含毫，摹效古人，成为妙文，知循其轨而不知其轨之何在，则文字典阙然故也。有唐以前，因文立法，自兹以还，因法成文，然而文典固未备也。《马氏文通》首推创作，继而起者，亦渐有人。于是学者循途而进，称捷易焉。”①由此可以看出吕美荪看重古文创作。那如何进行创作呢？她认为仿效古人可以创作出好文章，但前提是要懂得模拟之法。何谓“法”？即文法。“轨”便是创作古文之规律，即“法”。“法”存在何处？如何彰显？在吕美荪看来，“法”存在于古代散文典范之中，故要立文典，学习者通过对文典的学习，便容易掌握“法”。

吕美荪认为《汉文典古文读本》中所选之文，可视为“文典”，它的作用不仅是为学者提供创作模拟的范例，还可以作为研究文法之对象。故《汉文典古文读本例言》云：“《汉文典》文法篇内引用之文，或只摘字句者，或节选段落者。兹皆采辑全篇，不独供文法之研究，且可见先正之轨范，学者得此，有余师矣。”②

二、以文体为纲、作者为目，凸显文体

《汉文典古文读本》共选文162篇，上自先秦，下迄明末，其以文体为纲，分八体，在各体中，又以作者为目，同时按照时代编排。现将《汉文典古文读本》所选古文篇章、作家、朝代、篇数的具体情况列表如下：

① 吕美荪：《汉文典古文读本序》，《汉文典古文读本》。

② 吕美荪：《汉文典古文读本例言》，《汉文典古文读本》。

章节所选书目及篇数、时代		第一编诏告11篇	第二编奏议16篇	第三编论说49篇	第四编书牍11篇	第五编传记29篇	第六编文辞16篇	第七编序跋11篇	第八编杂记19篇
先秦68篇	尚书	10							
	论语	1							
	老子			1					
	庄子			6					
	列子			1					
	韩非子			1					
	孙子			1					
	管子			1					
	荀子			1					
	左传		1		1	19			1
	国语		1						
	战国策		6						
	公羊					1			
	谷梁					1			
	诗经						3		
	屈原						2		
	周礼								2
	礼记								7
秦汉15篇	吕氏春秋			1					
	李斯		1						
	魏若翁		1						
	贾谊		1	2			1		
	晁错		1						
	司马迁				1			2	
	班固						1	1	
	扬雄						2		

（续上表）

章节所选书目及篇数、时代		第一编 诏告 11篇	第二编 奏议 16篇	第三编 论说 49篇	第四编 书牍 11篇	第五编 传记 29篇	第六编 文辞 16篇	第七编 序跋 11篇	第八编 杂记 19篇
魏晋 3篇	诸葛亮		2						
	马文渊				1				
唐 34篇	韩愈			9	5	1	1	4	1
	柳宗元		1	3		3			1
	冯用子			1					
	洛宾王				1				
	杜牧						1		
	陆参						1		
	李华								1
宋39篇 北宋37篇	欧阳修			4			1	2	2
	苏洵			4	1				
	苏轼			10		3	2		1
	苏辙				1				
	王安石					1		1	
	夏之乔						1		
	李泰伯								1
	范仲淹								2
南宋2篇	胡铨		1						
	辛弃疾							1	
明 3 篇	郭子章			1					
	唐荆川			1					
	刘基			1					
共162篇									

虽然“就《汉文典》文法篇内所引之文，次第选录”而成，但吕美荪并非全盘采纳，而是有所选择。她按照文体类型，从《汉文典》所收古文里选择，并进行分类排列。

清末流行的古文选本《古文辞类纂》将文体分为十三类，相对而言，《汉文典古文读本》较为简略。《汉文典古文读本》选文162篇，凡八编，吕美荪按文体编排，条举文体体例的原则与其他不同，她将古文分为八大类，比起前代来说大为简化。“文体万殊，各有旨趣，是编仅分诏告、奏议、论说、书牍、传记、文辞、序跋、杂记八类。其无可归类者，统以杂记一门括之。”[①]与前代相比，吕美荪在文体分类方面更加求简易，注重常用。在吕美荪看来，文体不同，各有千秋，不能偏废一体。而“杂记”一体名副其实，吕美荪将前七种文体无法囊括、庞杂者统归为“杂记”。在多种文体中，论说一体选录49篇，传记一体选录29篇，从中可以看出吕美荪对论说和传记两体的重视。《汉文典古文读本》所选诏告以先秦尚书为宗，奏议以《战国策》为宗，论说以庄子、韩愈、苏轼为主，书牍以韩愈为主，传记以《左传》为宗，文辞以《诗经》为范，其中苏轼之文也占一定分量，序跋以韩愈文章为主，杂记以《礼记》为主。

《汉文典古文读本》选先秦散文68篇，占所有选文的三分之一以上，强化了先秦文章的分量，其中《左传》占22篇。虽然所选《论语》之篇章有限，《史记》也只不过收录3篇，更是未选《大学》《中庸》《孟子》《诗经》，但吕美荪对上述著作还是非常重视的，她在《汉文典古文读本例言》中指出：“引用之文，如四子书、《诗经》《史记》《文选》，或为学者所常诵习，或因篇幅过长，碍难授读，概付阙如。其《文选》内篇幅较短，并非普通所诵习者，如《鹏鸟赋》《答宾戏》《解嘲》《解难》等篇，亦间录之，义各有取，未便执一以为断也。”其中《诗经》为我国最早的诗歌总集，《文选》是最早一部诗文总集，《鹏鸟赋》为汉赋。吕美荪将诗、文、赋并提，将《诗经》归为文之可范者，同时也指出《文选》及汉赋亦可为古文经典，体现了吕美荪诗、文、赋相通的观点，以及其对散文多种风格的鉴赏趣味。

《汉文典古文读本》选唐文34篇，宋文39篇，其中北宋文占37篇。所选唐文以唐宋八大家之韩、柳文章为主，宋文以欧阳修、苏轼之文为侧重点，未选录曾巩之文。综上所述，吕美荪认为先秦和唐宋为文章经典之集聚期。

---

① 吕美荪：《汉文典古文读本例言》，《汉文典古文读本》。

不同于“文必秦汉”的观点，也不用“文何必古选”的论断，在吕美荪看来，各个朝代都有可法者，但吕美荪似乎更看重文必先秦、文法唐宋（主要指北宋），其次才能“文必秦汉”；在吕美荪看来，魏晋、南宋和明代则少有“典”文，表现出对先秦、唐宋、秦汉散文的偏爱。这也是秦汉、唐宋调和论在古文选本中的反映。

三、评语之批评与借用之批评

在《汉文典古文读本》中，吕美荪通过评点来解读作品，表达自己的立场和观点。吕美荪采用的“点”较为简单，有“⊙”“○”和“●”三种方式。标以文法之句，其每一字加“⊙”；凸显题旨之关键句及警句，其侧旁加“○”；而“●”仅见一处。

相对于“点”来说，吕美荪的“评”较前代文选更显特色。其“评”有随文“夹评”、篇首评语和篇末总评。随文“夹评”多论作文之法，讲解字法、句法、章法、篇法。个别“夹评”分析和解释句意、段意，这也是为了更好地解释“文法”；于作品外，有的篇章篇首用简短之语阐述文法，或借用《汉文典》中之观点，或对其进行比较。除了第一编诏告之外的其他篇章，每篇篇末用一段文字，或借用前人之评语，总评文章之文法、文意和文风，或评价作家。这些记录保留了明清时期文人，诸如储同人、唐介轩、谢叠山、孙月峰、孙执开等二十余人的不为记录的批评之语。从这些文字中可以看出吕美荪对文章妍蚩判别的见解，以及对前期文章精华的厘清。此外，《汉文典古文读本》中的选文及评析可用来分析吕美荪的文学主张和文学理论。

（一）创作论——释文法

吕美荪《汉文典古文读本》之评语所论述的一个重要方面就是古文创作之法，多从字法、句法、章法和篇法四个方面来阐述。

在字法方面，吕美荪首先强调用字要注意声调和音节，她多次称赞文章“仅二字而见其声调之工，音节之妙”[①]之功。其次，吕美荪还指出用字宜凝练、活简，她认为《左传·晋灵公不君》“写‘不君’只三笔，写拒谏只四笔，而无不尽，无不活简，甚奇甚”[②]。《国语·里革断罟匡君》第一段“用字

① 吕美荪评：《颜斶说齐王》，《汉文典古文读本》（第二编），第3页。

②吕美荪 ：《汉文典古文读本》，《汉文典古文读本》（第五编），第9页。

乃镕月令之意，而以精炼出之者也”①。她评《贾子·先醒篇》用字凝练②、评苏轼《稼说送张琥》“借稼赠言，其论至确，文笔亦凝练，而出自是经意之作”③。吕美荪尚简，但她并不反对复杂字法，而是认为复杂字法饾饤无味，不善学之，但“古人反故意重叠以转掉之，如此篇沐浴佩玉，凡四见且觉愈复愈妙焉”④。

字法尚简，句法亦然。吕美荪在《管子·法禁篇》之夹注评中称其句法简洁⑤，借用储同人评欧阳修《集古录目序》之评语“章法简严，东坡为王”⑥。吕美荪评论多种句法，尤其凸显“扭结上句，增损其字”的句法，因为“此种句法最易剔剔抉理，表达微旨”。⑦而“简”不是简单，而是用字讲究，同时要奇峭直切，这样才不失为好的用语，故吕氏借用储同人语评韩愈《进学解》曰：“局调句字，色色匠心，雄深奥衍，固非《客难》《解嘲》所能颉颃也。”⑧她又借孙月峰之语评屈原《渔父词》“撰语俱奇峭直切，在楚骚中最为明快”⑨。

章法上，吕美荪主张“段段自成章法”⑩“章法句节奇妙”⑪。篇法上，吕美荪强调三叠法、“画龙点睛”法、呼应法、暗论法、抑扬法等多种方法。她借林西仲语评《国策·邹忌讽齐王纳谏》“自首至尾俱用三叠法，国策中最昌明正大者”⑫，在《国策·邹忌讽齐王纳谏》和《庄子·养生主》夹注中，吕美荪运用“画龙点睛”和“文法极飞动活泼”等词语来说明两文的篇法；⑬吕美荪借用来裕恂的话语，将“画龙点睛”法解释为“文章有全篇不说出所以然，至篇末方说明者”⑭；其评语“一线呼应，章法方见首尾”⑮“首尾呼应”“章法

---

① 吕美荪:《国语·里革断罟匡君》之夹注,《汉文典古文读本》(第二编)，第2页。
② 吕美荪评:《贾子·先醒篇》,《汉文典古文读本》(第三编)，第33页。
③ 吕美荪评:《稼说送张琥》,《汉文典古文读本》(第三编)，第87页。
④ 吕美荪:《礼·檀弓篇》之篇末总评,《汉文典古文读本》(第八编)，第4页。
⑤ 吕美荪:《管子·法禁篇》之夹注,《汉文典古文读本》(第三编)，第21页。
⑥ 储同人评:《集古录目序》，吕美荪:《汉文典古文读本》(第七编)，第15页。
⑦ 吕美荪:《齐物论》之夹注,《汉文典古文读本》(第三编)，第9页。
⑧ 储同人评:《进学解》，吕美荪:《汉文典古文读本》(第六编)，第23页。
⑨ 孙月峰评:《渔父词》，吕美荪:《汉文典古文读本》(第六编)，第4页。
⑩ 吕美荪:《左传·巫臣惑夏姬》之篇末总评,《汉文典古文读本》(第五编)，第17页。
⑪ 吕美荪:《左传·士会归晋》之篇末总评,《汉文典古文读本》(第五编)，第8页。
⑫ 林西仲评:《国策·邹忌讽齐王纳谏》，吕美荪:《汉文典古文读本》(第二编)，第7页。
⑬ 吕美荪:《国策·邹忌讽齐王纳谏》夹注,《汉文典古文读本》(第二编)，第7页。.
⑭ 吕美荪:《庄子·养生主》之篇末评论,《汉文典古文读本》(第三编)，第16页。
⑮ 吕美荪评:《左传·中行献子伐齐》,《汉文典古文读本》(第五编)，第25页。

如环”[①]“应法详略顺逆、井井有条，而参差无迹，又一章法”[②]等无疑都在强调文章要“具起伏照应之妙”[③]，亦均为呼应法形象的诠释。吕美荪还解释了暗论法的用法：“纯用暗论法，此法于行文以多数之意相抵触，互发其议论，而精神所注，则在意中所专主者。”[④]

另外，吕美荪指出文章能做到“一气起落，全用彼处笔法”[⑤]，或叙事“有详有略，有起有结，有直接有邀接，有忙中插入闲笔，有前面预伏后案”[⑥]，都不失为好的章法。

（二）“文典”之特色

何为“文典”？文典具有什么特点？或者说什么样的文章才能称为文典呢？吕美荪通过《汉文典古文读本》之选文的篇首、篇末注评和文中“夹评”回答了这几个问题。在她看来，“文典”不仅要使用恰当的文法，还要具有很多其他方面的特点。

首先，合儒家之道。吕美荪主张文以载道，欣赏“有道之章”。她读《甲寅》时，大赞章士钊曰：“愚意惟有独重于当世有道之章，君乃为国珍士耳。”何谓“有道之章”？曰：“言论之有正气，以诏吾人”“为国立说”。[⑦]在《汉文典古文读本》中，吕美荪广泛借用他人之评语来反复证明文章要暗合仁，拥有德，关世教，文章的风格要“婉而多讽”[⑧]，她借唐介轩之语评柳子厚的《箕子碑阴》，称其“后幅发出师父一段，忠爱之念暗合到仁字，极淋漓酣适”[⑨]；借沈襄武之语评《左传·吴公子札来聘》“通篇以德字为线索，尤立论大处”[⑩]；借储同人之语评李泰伯《袁州学记》曰：“其立论高远，宏大不离乎人心天理，宜乎读者乐而忘倦也，叶水心（叶适）云‘文不足关世教，虽工无益也’，可与知者道。”[⑪]

---

① 吕美荪评：《左传·晋悼公赐魏绛和戎之乐》，《汉文典古文读本》（第五编），第25页。
② 吕美荪评：《左传·晋杀其大夫三郤》，《汉文典古文读本》（第五编），第24页。
③ 唐介轩评：《左传·长勺之战》，吕美荪：《汉文典古文读本》（第五编），第3页。
④ 吕美荪评：《辨奸论》，《汉文典古文读本》（第三编），第67页。
⑤ 吕美荪评：《左传·晋献公杀其太子申生》，《汉文典古文读本》（第五编），第4页。
⑥ 孙执升评：《左传·晋楚战于邲》，吕美荪：《汉文典古文读本》（第五编），第15页。
⑦ 吕美荪：《巽言》，章清吾编辑：《甲寅周刊》第一卷第四十三号，甲寅周刊社，1927年，第19页。
⑧ 曹德培评：《国语·里革断罟匡君》，吕美荪：《汉文典古文读本》（第二编），第3页。
⑨ 唐介轩评：《箕子碑阴》，吕美荪：《汉文典古文读本》（第五编），第50页。
⑩ 沈襄武评：《左传·吴公子札来聘》，吕美荪：《汉文典古文读本》（第五编），第30页。
⑪ 储同人评：《袁州学记》，吕美荪：《汉文典古文读本》（第八编），第12页。

以情论文，自古有之，吕美荪论文亦然，她认为文能容情，情与景融的文章才是好文章。她借杜讷之语评《谷梁传·晋杀其大夫里克》“委婉曲折，语语入情”①；借邱邦士之言评《岳阳楼记》“未发如许大论于情景文字中，大而不板，胸次大，手笔亦大”②。吕美荪强调情，尤重不平与慷慨之悲情。她借唐介轩之语评《卜居》“自叙愤闷无聊之意，总为蔽障于谗起见，韵凡六转，意致幽沈，离骚风味”③；借唐介轩之语评司马子长《报任少卿书》“情辞悲壮，往复淋漓”④；借邱邦士之语评辛弃疾《跋绍兴辛巳亲征诏草》“慷慨悲壮”⑤；借储同人之言评韩愈《后十九日复上宰相书》“往复自道，淋漓满志”⑥；借茅鹿门之言评《唐书艺文志序》“叙事中带感慨，悲吊以发议论，其机轴本史迁来”⑦。凡此种种评语，都体现了吕美荪正统的文学思想。

其次，要有“文情”。在多处的“夹评”中，吕美荪阐述了何谓文情，怎样才能做到文情盎然。她认为“通篇段落顿挫，风调低回，只是工于抑扬，遂尔文情绝世”⑧，她借孙执升之语评《公羊传·宋人及楚人平》“转折变化、圆捷如圜，全是借题生出文情者，以较左氏叙事，觉另有空灵敏妙之趣”⑨；借归震川之语评《国策·鲁共王择言》“凡文章前立数柱议论，后宜铺应，或意思未尽，虽再言亦可，只要转换得好，如此非惟见文有情，而章法亦觉整齐，鲁共公此论可以为式”⑩；借唐介轩之语评苏轼《前赤壁赋》“文情飘忽无端，笔笔有仙气”⑪；用储同人之言评欧阳修《秋声赋》“赋之变调，别有文情”⑫。可见，在吕美荪看来，有文情的标准并非划一，抑扬顿挫、圆捷如圜、飘忽无端都能别具文情。

再次，是文要具备“声”“势”“气”“骨”。在《汉文典古文读本》的评语中，吕美荪道出了自己的观点：好的文章还要“声”“势”“气”“骨”兼备。吕

---

① 杜讷评：《谷梁传·晋杀其大夫里克》，吕美荪：《汉文典古文读本》（第五编），第41页。
② 邱邦士评：《岳阳楼记》，吕美荪：《汉文典古文读本》（第八编），第16页。
③ 唐介轩评：《卜居》，吕美荪：《汉文典古文读本》（第六编），第3页。
④ 唐介轩评：《报任少卿书》，吕美荪：《汉文典古文读本》（第四编），第9页。
⑤ 邱邦士评：《跋绍兴辛巳亲征诏草》，吕美荪：《汉文典古文读本》（第七编），第15页。
⑥ 储同人评：《后十九日复上宰相书》，吕美荪：《汉文典古文读本》（第四编），第17页。
⑦ 茅鹿门评：《唐书艺文志序》，吕美荪：《汉文典古文读本》（第七编），第13页。
⑧ 沈襄武评：《左传·吴公子札来聘》，吕美荪：《汉文典古文读本》（第五编），第3页。
⑨ 孙执升评：《公羊传·宋人及楚人平》，吕美荪：《汉文典古文读本》（第五编），第40页。
⑩ 归震川评：《国策·鲁共王择言》，吕美荪：《汉文典古文读本》（第二编），第5页。
⑪ 唐介轩评：《前赤壁赋》，吕美荪：《汉文典古文读本》（第六编），第21页。
⑫ 储同人评：《秋声赋》，吕美荪：《汉文典古文读本》（第六编），第20页。

美荪继承了中国文论的养气之说，注重对文章“气”的探讨。她评《韩非论》“文气毫无冗散”[①]，同时借助储同人评《上枢密韩太尉书》之评语，追述了养气之说的源流：“养气之说发于孟子，昌黎、柳州论文亦以气为主。眉山父子得力尤深，其文遂雄视百代”[②]。吕美荪崇尚朴茂、苍劲之气，如：借邱邦士之言评苏子瞻《表忠观碑》“朴茂之气，隐隆起伏”[③]；借孙月峰之语评《解嘲》“气苍劲，词精腴，姿态复横溢，可谓青出于蓝”[④]；借唐介轩之语评王安石《读孟尝君传》“意凡四折一气盘旋，其笔力眼界俱到绝顶”[⑤]；借李献吉之言评李遐叔《中书政事堂记》“文有气力，有光焰，盖以忠正之气，发为侃侃之词，自是担得斤两，熟此便能豪迈”[⑥]。

在吕美荪看来，“气”和“势”相联系，她强调一种雄健、宏阔的风格，并解释如何作文才能得“势”。“句法以逆取胜，盖逆则得势”[⑦]“排以复杂胜文，用排句，则有震荡之气势，跌宕之丰神”[⑧]“文用排句则有震荡之气势，跌宕之丰神。”[⑨]“气”与“势”相随相行，有前者必有后者。

吕美荪借用何屺之语评《过秦论》曰：“此文家之雄，有声、有势、气豪而骨劲，得特论之胜。”[⑩]她将“声”“势”“气”“骨”并提，四者之间关系密切，文有“气”，有“势”，才能骨劲和豪迈。吕美荪借孙月峰语评《答宾戏》“可谓织文重锦，第风骨不若《解嘲》之古劲，此等机窍更有难言，应是天分有限”[⑪]。可见，文章之风骨与作家天分有关，作家天分若有限，可能导致文章风骨不足。

最后是文要有“变”。吕美荪所说的“变”应该是灵动变化之意。她借冯近瀇之语评《左传·臧哀伯谏鲁桓郜鼎》“全篇为首尾重规叠矩，极变极整”[⑫]；借储同人之语评韩愈《送高闲上人序》“用意深奥，文亦变动，犹鬼

① 吕美荪评：《韩非论》，《汉文典古文读本》（第三编），第75页。

② 储同人评：《上枢密韩太尉书》，吕美荪：《汉文典古文读本》（第四编），第24页。

③ 邱邦士评：《表忠观碑》，吕美荪：《汉文典古文读本》（第五编），第52页。

④ 孙月峰评：《解嘲》，吕美荪：《汉文典古文读本》（第六编），第13页。

⑤ 唐介轩评：《读孟尝君传》，吕美荪：《汉文典古文读本》（第七编），第16页。

⑥ 李献吉评：《中书政事堂记》，吕美荪：《汉文典古文读本》（第八编），第11页。

⑦ 吕美荪评：《庄子·知北游篇》，《汉文典古文读本》（第三编），第14页。

⑧ 吕美荪评：《谏伐匈奴书》，《汉文典古文读本》（第二编），第11页。

⑨ 吕美荪评：《礼·檀弓篇》，《汉文典古文读本》（第八编），第5页。

⑩ 何屺评：《过秦论》，吕美荪：《汉文典古文读本》（第三编），第28页。

⑪ 孙月峰评：《答宾戏》，吕美荪：《汉文典古文读本》（第六编），第9页。

⑫ 冯近瀇评：《左传·臧哀伯谏鲁桓郜鼎》，吕美荪：《汉文典古文读本》（第二编），第2页。

神不可端倪”[1]；又借储同人之语，评韩退之《杂说一》“一意数转，神变不测”[2]“一层转一层如游龙，如活虎，委婉曲折，变化不穷”[3]；借唐介轩之语评《石钟山记》“摹绘入神，极灵变超忽之致”[4]；又借唐介轩之语评苏轼《范增论》“文澜壮阔，潆洄跌宕，正尔变幻不可测识”[5]；借孙执升之语评《公羊传·宋人与楚人平》“文法愈复愈妙，愈变愈妙”[6]。此外，吕美荪还认为“品格绝高”[7]“别见格调”[8]“勃勃有生气”[9]“笔意浓至”[10]等都是“文典”应该具备的特点。

（三）评作家与文体

吕美荪通过作品的比较，来分析作家的创作特点，并给予了极高的评价。她认为郭子章《管蔡论》“一篇之中，有太息处，有惋惜处，有代谋处，有引证处，后幅史家以成败论，一语道尽，廿四史之无直笔，如此论史，何让唐宋八家”[11]。吕美荪在《史记·十二诸侯年表序》之后标有评语曰：“抑扬顿挫，尽态极妍，孟坚虽有其沉郁，而风韵稍减，此班马之分也”[12]，从风格上分析了班固和司马迁创作之不同。对于韩愈，吕美荪非常推崇。在评价《与孟简尚书书》时，吕美荪借用了储同人之语曰：“读公此书，想见其为人，不独文章一事，跨轹百代也。”[13]她大赞韩愈“文如其人，手笔遒劲，为有唐一代文章巨擘，即此杂乱画图，一经拈出，觉字字苍古，不嫌冗烦，记物之文，不失之散漫”[14]。她认为韩愈的《应科目时与人书》“曲折犹龙”[15]，韩愈后，眉山老苏最熟此法。吕美荪用简短之语道出了作家们的师承关系，她

---

① 储同人评：《送高闲上人序》，吕美荪：《汉文典古文读本》（第七编），第12页。
② 储同人评：《杂说一》，吕美荪：《汉文典古文读本》（第三编），第45页。
③ 吕美荪评：《获麟解》，《汉文典古文读本》（第三编），第44页。
④ 唐介轩评：《石钟山记》，吕美荪：《汉文典古文读本》（第八编），第9页。
⑤ 唐介轩评：《范增论》，吕美荪：《汉文典古文读本》（第三编），第83页。
⑥ 孙执升评：《公羊传·宋人与楚人平》，吕美荪：《汉文典古文读本》（第五编），第38页。
⑦ 唐介轩评：《严先生祠堂记》，吕美荪：《汉文典古文读本》（第八编），第17页。
⑧ 吕美荪评：《左传·魏献子为政》，《汉文典古文读本》（第五编），第37页。
⑨ 储同人评：《后廿九日复上宰相书》，吕美荪：《汉文典古文读本》（第四编），第20页。
⑩ 吕美荪评：《左传·狼瞫可谓君子》，《汉文典古文读本》（第五编），第7页。
⑪ 吕美荪评：《管蔡论》，《汉文典古文读本》（第三编），第89页。
⑫ 杜讷评：《史记·十二诸侯年表序》，吕美荪：《汉文典古文读本》（第七编），第2页。
⑬ 储同人评：《与孟简尚书书》，吕美荪：《汉文典古文读本》（第四编），第16页。
⑭ 吕美荪评：《画记》，《汉文典古文读本》（第八编），第4页。
⑮ 储同人评：《应科目时与人书》，吕美荪：《汉文典古文读本》（第四编），第12页。

认为苏子瞻的《潮州韩文公庙碑》“简括不露”“行文之排宕闳伟”，[1]这是一篇出力摹写之作，即便将此文放在韩愈文集中，都无法辨别出来。指出了苏轼在某种程度上受韩愈的影响；认为韩愈的《与陈给事书》“层次法度”，为昌黎本色，“其串合数层，累累如贯珠”[2]，又最得《战国策》妙处。吕美荪还为扬雄辩护：“昔人诋子云太玄，无奥意，文字务为晦涩，托旨幽微以掩其陋。今观《解难》一篇，慨乎释之，此文妍丽生姿，未乃从宋玉对楚王问脱出。”[3]

吕美荪给予近代诸家较好的评价，评梁启超为文“握瑜复怀馨，舌笔徒雄姿”[4]，评费仲深“文章庄雅，尤善倚声，时人莫能及也”[5]。吕美荪欣赏风格不一的作家，缘于她对于多种文风的接受，她不主一格，欣赏纵横捭阖、妍丽生姿、沉郁顿挫、庄雅秀美等风格的文章。

《汉文典古文读本》对某些文体风格与文体章法也有探讨。吕美荪评骆宾王的《为徐敬业讨武曌檄》“工整典雅，词意正严，从古檄文首推此作”[6]。她认为“志文依次序述，笔法殊不板滞，铭不甚古，要亦简练”[7]“颂词古茂末尤得体”[8]；而奏议只有“不作危词耸论，但据情势言之”[9]，才能做到平正之能动心。她列举了奏议和书疏之典范：《请诛王伦秦桧孙近疏》为“中兴奏议之第一”[10]，贾长沙的《陈政事疏》为“千古书疏之冠”[11]。

在吕美荪编选《汉文典古文读本》时，有两种古文读本最为流行，一为《古文辞类纂》，一为《古文观止》[12]。《古文辞类纂》多持桐城派观点，其编撰之目的为“存一家之言，以资来者”[13]。可见，《古文辞类纂》亦为文学流派主张的实际范本；《古文观止》为清人吴楚材、吴调侯于康熙三十三年（1694）为设馆授徒而编写的教材，该选本偏重意，较为繁复，以时代为纲、作者为目。

---

① 唐介轩评：《潮州韩文公庙碑》，吕美荪：《汉文典古文读本》（第五编），第55页。
② 储同人评：《与陈给事书》，吕美荪：《汉文典古文读本》（第四编），第13页。
③ 吕美荪：《解难》之篇末评论，《汉文典古文读本》（第六编），第14页。
④ 吕美荪：《吊梁新会启超》，《葂丽园诗》，第69页。
⑤ 吕美荪：《费仲深遗诗》，《葂丽园诗》，第72页。
⑥ 吕美荪评：《为徐敬业讨武曌檄》，《汉文典古文读本》（第四编），第2页。
⑦ 吕美荪评：《赠光禄少卿赵君墓志铭》之篇末评论，《汉文典古文读本》（第五编），第57页。
⑧ 吕美荪评：《广农颂》，《汉文典古文读本》（第六编），第28页。
⑨ 吕美荪评：《谏伐匈奴书》之篇末评论，《汉文典古文读本》（第二编），第12页。
⑩ 朱文公评：《请诛王伦秦桧孙近疏》，吕美荪：《汉文典古文读本》（第二编），第38页。
⑪ 归震川评：《陈政事疏》，吕美荪：《汉文典古文读本》（第二编），第27页。
⑫ 吴楚材、吴调侯选：《古文观止》，中华书局，2004年。
⑬ 姚鼐编：《古文辞类纂》（七十四卷），商务印书馆，1907年。

与上述两种选本不同，吕美荪选录《汉文典古文读本》的目的很简单，“以授诸生，其善体古人之意”。吕美荪选文已经超越了以往为科举选文或立派别之意，不为科举或标榜流派所囿，以古文作法为重，更能从创作主体出发来选择古文，实为纯粹之文选。同时,《汉文典古文读本》偏重法，以文体为纲，以时代为目，这种选编更有利于凸显文体章法，有利于学习者把握文章各体之写法。

《汉文典古文读本》自有其独特的优点。然而这样简约明朗的《汉文典古文读本》之所以没能像《古文辞类纂》和《古文观止》那样被普及和推广，其中一个最主要的原因就是与它所处的时代有关，此选本诞生之时，学术风气较之前代已经发生了极大的变化，时代处于一切都将变化的时期。《汉文典古文读本》诞生不足十年，“五四”白话文运动便轰轰烈烈展开了，它反对文言文，提倡白话文。语言形式发生了变化，古文日趋式微，这亦给《汉文典古文读本》很大的冲击。另外一个原因便是《汉文典古文读本》并非十全十美，它也有自身的局限性。它不能如《古文观止》那样为“蒙养而裨后学”之用，供初学古文者熟悉古文，而且《古文观止》书中解释详尽，不管是初学者还是有古文功底者皆能使用。相对而言,《汉文典古文读本》夹评较为简略抽象，仅适用于有古文功底之人。此外,《汉文典古文读本》自诞生之日起，它所面向的对象仅仅是奉天女子师范学校之学生，未具备广泛的传播中介。上述所有原因都影响到《汉文典古文读本》的流传和推广。

第三节　吕美荪论小说、戏剧

吕美荪反对“莠以乱世”的小说和戏剧。吕美荪在《诲盗诲淫之小说著者皆有恶报》一文中发表了自己对小说、戏剧的看法。文中吕美荪大赞儒家以仁义教天下，以礼教治邦家，以及佛家善恶、因果、轮回、戒杀、戒盗淫之理论。同时指出“有悖圣人之道，逆佛氏之旨，以仁义为迂拘，以因果为妄诞，其流毒万事，贻害无穷，最为猛烈者，其惟诱淫盗、怀心术文人舞弄之笔墨乎”[①]。在吕美荪看来,《水浒》“假大盗以饰长厚，据草泽而称英雄，道路攘夺堂标忠义”“青年子弟无识愚氓，览之最易兴起奋发，乘时之衰，即成流寇”;《西厢记》“诱惑儿女之情，甚于燎原之火”;《红楼梦》“导

① 吕美荪:《诲盗诲淫之小说著者皆有恶报》,《葂丽园随笔》，第21页。

淫败俗”;《聊斋志异》“摹绘淫狐浪鬼，幻行惑人，曲尽情态，实乃凭空结撰，以遣穷愁”;《金瓶梅》更是“淫秽不堪”;《会真记》“以始乱终弃之故事坏其作者之名节”[①]。吕美荪将上述著作看成邪书，而有因必有果，上述作品之作者施耐庵、王实甫、曹雪芹、蒲松龄、兰陵笑笑生和元稹当属坏心术之文人，他们都未得善终，王实甫仆地嚼舌而死，曹雪芹和蒲松龄终生沦落贫困，而《会真记》也坏了元稹之名节，就连金圣叹也因褒扬《红楼梦》而陷于大辟，终绝子嗣。在《诲盗诲淫之小说著者皆有恶报》的结尾处，吕美荪语重心长地劝导后世文人才士不要“操觚染翰成小说家言，引世于邪，而鼓荡其滔天之毒浪”。

吕美荪将《西厢记》归为小说一类，同时吕美荪反对上述之小说、戏剧，完全是从其思想内容以及社会作用上去考虑的，表现出她守旧的文学观点。吕美荪拘泥于守旧之思想，未能从作品的内容和形式两方面去全面正确地评价这些作品，不能不说是一大遗憾。

事实上，对于小说，吕美荪并非一棒打死，她所反对的是她认为“莠以乱世”的小说。她对林纾其人其作却有着较高的评价，其《林畏庐》一文写道:“审阅福建林纾畏庐所译各种小说，慕其译述驯雅，语敛之曰:‘窈窕其笔，必风雅其人’。”[②]她仰慕林纾，喜其译著，不仅因为林纾“蔼然一仁叟，道气华其姿”，更在于“西邦探故事，欲以继风诗。毋曰稗译细，道实秉宣尼”。[③]

① 吕美荪:《诲盗诲淫之小说著者皆有恶报》,《葂丽园随笔》，第21页。

② 吕美荪:《林畏庐》,《葂丽园随笔》，第82页。

③ 吕美荪:《挽林畏庐》,《葂丽园诗》，第26页。

第六章

吕美荪思想与文学创作

"遭时多丧乱，流离频转地"[①]可以概括吕美荪一生的生活状况。吕美荪曾"北上榆关，居庸南，驰闽越，观钱塘之惊涛"[②]，亦"幽居白下，闭门修学"[③]，最后"厌春申之绮谷，及其老而知倦，栖影海滨，睹田横之遗迹，揽大崂之奇踪"[④]。

吕美荪是民国时著名的女教育家，曾任北洋女子公学教习、北洋高等女学堂总教习、奉天女子师范学堂教务长，兼中日合办女子美术学校教员、名誉校长等职。逾三十，任教于闽沪女学，最后任职于江苏、安徽的师范女学校。吕美荪半生躬耕于女学园地，为中国女子教育事业贡献很大。除了教育事业外，吕美荪更是民国著名女诗人。辛亥革命后，在旅居上海期间，吕美荪投师于"近世诗界三杰"[⑤]之一的蒋观云。她自言"钦其人，终事为师"。及蒋观云殁，吕美荪为其刊遗诗一卷，并求陈三立为之作序，时陈三立老病，不欲为文字，吕美荪偕其高弟袁思亮往，一跽而求，陈三立乃不复辞。[⑥]吕美荪"性好吟咏"[⑦]，20世纪20年代，她在南京筑葂丽园，不与世争，广交诗坛宿儒如孙雄、朱祖谋、潘飞声、陈诗、陈三立、傅增湘等，

---

① 吕美荪:《壬申岁除》,《葂丽园诗续》，第22页。

② 于元芳:《瀛洲访诗记序》，吕美荪:《瀛洲访诗记》。

③ 吕美荪:《巽言》，章清吾编辑:《甲寅周刊》第一卷第四十三号，第19页。

④ 于元芳:《瀛洲访诗记序》，吕美荪:《瀛洲访诗记》。

⑤ "诗界三杰"指黄公度、夏曾佑和蒋观云。

⑥ 吕美荪:《访蒋观云、梁任公二先生避地东京旧居》,《瀛洲访诗记》，第91页。

⑦ 于元芳:《瀛洲访诗记序》，吕美荪:《瀛洲访诗记》。

诗词唱酬不断。她交友广泛，见多识广，学养深厚，故其创作的大量文学作品，深得时人的好评，日本友人荒浪坦评曰：“吕家姊妹博文誉，东渡仲姬才最舒。”①

中年以后，吕美荪与其儿子绸德相依为命，诗作中从未提及其丈夫朱翰章，其《风雨之夕闻怪鸟相鸣和》感叹道“此际真难寐，呼谁与共论”。从诗中可以推测，中年的吕美荪虽有儿子相伴，但内心非常孤独。

吕美荪于1930年避乱于青岛，晚年过着幽谷隐君子般的生活。1935年，她曾东渡日本，其意“在观览名胜，访晤诗人”②。返国后，仍居青岛，直至抗日战争。当时战乱纷扰，吕美荪卒年不详。

第一节　吕美荪思想概述

一、政治思想

吕美荪对政治有一种恐惧，她自言：“余以负米之故，乞食于四方，而对于国家政事从无干预与言论。秋瑾负笈日本时，频致书于余，余皆勉以求学为覆，语不及他。及其为徐锡麟牵连而死，余恐因书札被累，心恒惴惴。”③但吕美荪仍有诸多言论，表露出她的政治思想。

吕美荪提倡民主，反对专制。她很清醒地认识到君主专制国家的本质，她说“老死不相往来之世，国势无所谓盛衰者，乃君主一家之兴亡，非一国之兴亡也”④。封建社会，国家被控制于君主家族的手里，国家的兴亡即其家族之兴亡，毫无民主可言。吕美荪还指出：尧舜所得的国家，是传位所得，并不是自己辛苦得来，所以把君位看得很轻，得来容易，所以让位亦容易；“若如华盛顿，血战八年，始能离英独立，当日定议时，倘然定为君主立宪，皇位可以永远继承，今竟定为民主立宪，把血汗所得的美国，竟拱手传位卢斯福，比较起来尧舜来，更为贤上贤”⑤。可见，吕美荪赞赏民主，反对将国家看成某一家族的国家，从而批评了世袭制的不合理性。

① [日]荒浪坦：《雅叙园席上赠吕美荪女史》，吕美荪：《瀛洲访诗记》，第55页。

② 吕美荪：《访教育家下田歌子女史》，《瀛洲访诗记》，第122～123页。

③ 吕美荪：《严几道》，《葂丽园随笔》，第81页。

④ 吕美荪：《吕眉生女士序》，英敛之：《也是集》。

⑤《吕女士舌战群英》，《顺天时报》，1909年10月28日。

她分析当时社会现状：君在上、民在下的封建等级制度，导致君民之间的不通，也滋生了官场的黑暗。她一针见血地指出："夫我国丛弊之端，首在君民之分太悬，上下之情不达，而窒其间为蠹、为奸，病民误国者惟官而已。是说也，吾不敢谓官皆不肖，其忠勤奉公者固多，而贪污偷惰者亦复不少。"[1]一个国家的强弱，要看人民是否有德智，国家能否正确运用人才。"欲国之立而不为弱肉强食者，一视其民之德智为枢机。德智虽优，尤视国家之能用否。"[2]吕美荪将人民群众看成国家兴亡的关键所在。其《东游观感》又云：

日本为东亚第一强大之邦，夫人而知之，其所以致强之道，推及根本，非武备之充也，非文化之盛也，非建设宏大也，非学校林立也，非工艺发达也，更非资源遍地也。以上种种，自其国家表面，观之勃兴气象，固皆令人在在歆佩，在在可效，然此特其末耳，非根本与精神上之观察也。其根本精神究属何在？以余观察，所得厥维一点，曰，彼邦举凡一切立国之道、强国之策，首先建设于举国人心之上。其建设维何？

即其国民男子之忠勇奋发，与夫女子之贞顺贤良而已。以忠勇奋发、贞顺贤良之精神裕于中，其发于外，则为武备、文化建设、教育，与夫工艺等等，故无形之建设既备，而有形之外观乃立。此谋国者第一要旨，先能此，而后推及其他，民有不智，国有不强，财有不裕，兵有不勇者乎？（《瀛洲访诗记》第129页）

吕美荪重视人民群众的力量和作用，以及人民群众的素质对于国家的影响。吕美荪主张改良变法以强国，其《欧罗巴洲》一文开门见山地指出："光绪末叶，朝廷欲变法自强，废八股试策，论意至善。"[3]关于如何变法，吕美荪有一些精辟的阐述：

东方教化风俗为之丕变，然穷则变，变则通，古有明训，变固应时之宜也。所惧夫惊羡人之奢欲，不顾己之根本，昧于习彼科学为我利用之本旨，而遽骤其数千年来恃以维系家国人群者固有之旧道德，唾弃之，鄙夷之，几乎摧毁无遗。徒使物质人欲方面，思与欧美并驾争驱，日益为害，而不自觉民之本性既摇，家国于

① 吕美荪：《书端中丞奏兴女学事》，《大公报》，1905年11月30日。

② 吕美荪：《吕眉生女士序》，英敛之：《也是集》。

③ 吕美荪：《欧罗巴洲》，《葂丽园随笔》，第22页。

以紊乱。虽有贤者在上，日思导民图治，然而独力以令为功缓矣。此不善效法而变者也。(《再访德富苏峰翁于山王草堂》,《瀛洲访诗记》第19页)

很明显，吕美荪认为民风应随时而变，然而要变，需要拿来他国好的东西。而在拿来的时候，并非全部抛弃自己的东西，“言尽变新法而弃旧有为害之烈”，所以拿来须保存自我之根本，虽变法维新，而自有文化精神，并能保持、护惜它，不使它稍有阙亡损伤，这样才能是善于效法之国。

另外，吕美荪与吕碧城类似，怀世界主义，其《书怀》曰：

五种同球是比邻，红黄棕白我皆亲。群能有体原因爱，事到无情岂足仁。廿纪兵销千古厄，六洲花放一家春。蜉蝣欢苦凭君取，莫枉人间作此人。(《书怀》,《辽东小草》第1页)

此诗旨意和1935年吕美荪旅日所作《赋诗恭颂日本帝国皇帝陛下万福二首》的诗意一致，吕美荪希望全人类消除战争，主张和平共处，六洲一家，共同昌荣。

二、女权思想

吕美荪对当时我国妇女所处的地位有清醒的认识。1906年吕美荪作《吕清扬女士敬告女学界文》，她满腔热情，又为“支那贫弱”而痛心疾首，认为“二十世纪，为工业竞争时代，为人种竞争时代，尤为男女竞争时代”[①]，批评“尊男而卑女”的风俗，文章又言：“人生不幸作女子身，其个人权力剥蚀尽净”“我国则弄瓦寝地，洞耳缠足，盖皆不以平等视之。而以奴隶蓄之，以卑贱为其身分所应有之物也”[②]，形象地描述了我国女子遭受束缚和虐待的生存状态。

如何平权和解放？在争取女权所采取的方式和手段上，吕美荪认为：首先，要兴女学。吕美荪将女子受教育的权力同妇女解放联系在一起，她说：“女子亦以学竞争，渐脱锢弊之习，得为完人”；我国“若各省之女学大兴，是即竞存之具”。[③]她还在《吕清扬女士敬告女学界文》一文之后，附录了日本三崎町女子高等师范学校办法概要，以资同志者考察，尽显吕美荪力倡

① 吕美荪：《吕清扬女士敬告女学界文》,(清)官报总局编：《北洋学报》(丙午年第十一册)，第2页。

② 吕美荪：《吕清扬女士敬告女学界文》,(清)官报总局编：《北洋学报》(丙午年第十一册)，第2页。

③ 吕美荪：《吕清扬女士敬告女学界文》,(清)官报总局编：《北洋学报》(丙午年第十一册)，第1页。

女学的主张。其次，要求女子本身要自立自强，勇于好学。她认为20世纪“为吾女子学术开幕之时代也”“千载幽沉，一朝睹日，尺蠖之屈，一旦而伸”，鼓励青年女同胞“争自淬厉，各奋精神，妙腕同携而入学界”“富有力者，则挟风涛，鼓舟楫，东游扶桑，西往欧美，搴裳负笈，珊珊偕来”“其贫乏者，亦可联合同志，创兴天足会”，齐登学界。[①]她在诗中也呼吁“男女独立同五洲，谋生有学当自筹”[②]。吕美荪以河北公立女学堂的一位七岁女学生为例来说明女子好学的重要性，“此女学生幼龄尚能学多识广，令众多女子相形见绌，感悼耻辱。”吕美荪又说“知耻近乎勇。此勇字，非操长枪、持大戟之勇也，乃勇于好学”[③]。女性不仅要学习知礼，懂音乐，还要精通五洲大势，各国之政体、宗教风俗等。

在女子是否应该有选举权的问题上，吕美荪的回答是肯定的。她说：“女子究竟应否有选举权，是一个大问题。现今世界万国惟英国女子知争选举权，虽未能实行，然足见英国女子程度高卓，为世界万国所不及。且可见女子选举权思想已经发现，地球上将来必定要争取，且文明各国女子亦必有争竞的。”她还认为女界中那些反对女子争取选举权的人，是在“自行摧残选举权，并蹂躏全世界女子前途”[④]。但女子是否应服兵役？对此，吕美荪的看法较为保守，认为女子不当有服兵役的义务，这并非是胆怯怕死，实因女子气体柔弱，断不能胜劳苦责任，惟男子出战时，做家中一切事务。此外，攻战参谋和陆海军务，女子不应干涉，战事胜败关系国家存亡，女子没有这种能力。[⑤]

三、女子教育思想

吕美荪反对八股取士，主张兴学堂。她在《清代士子考试制度》一文中揭露了清代科举考试的荒唐：“以八比文诗赋取士，其等第之烦困，有皓首应试而不得青一衿者。遑论名列甲乙之榜哉，销磨几许人才于蠹鱼残卷里。

---

① 吕美荪：《吕清扬女士敬告女学界文》(续第十册)，(清)官报总局编：《北洋学报》(丙午年第十一册)，第1页。

② 吕美荪：《女国民歌》，《辽东小草》，第33页。

③ 吕美荪：《吕清扬女士敬告女学界文》(续第十册)，(清)官报总局编：《北洋学报》(丙午年第十一册)，第1页。

④《吕女士舌战群英》，《顺天时报》，1909年10月29日。

⑤《吕女士舌战群英》，《顺天时报》，1909年10月30日。

是诚可叹也。”[①]她抨击士子考试程序烦困，且毁灭人才，认为光绪末叶，朝廷“废八股试策，论意至善”[②]。

早在20世纪初，目睹当时学校教育之状况，吕美荪痛心疾首，她描述当时教育之现状曰：“朝廷以女学责诸官吏，吾知虽日下一谕于事无与也。岂不凿彼各省之男学堂乎，明诏煌煌，饬之、督之。其荒僻之邑，窎远之区，有奉旨数年而未兴办者，有仅改书院之名而为学堂者，其教习则啮八股、嚼试帖腐儒，薪水乃得减之、克之，其学生则来去无常，散漫不稽之恶少，自表面观之，固学堂矣。男学如此，女学可以思矣。”[③]针对当时中国教育之腐败与乏弱，吕美荪曾撰写多篇论文于报刊，鼓吹教育，尤其是女子教育。这在当时影响很大，也得到了当时有识之士的肯定和赞扬。《大公报》刊载的《读清扬女士〈书端中丞奏兴女学事〉感言》一文有言：“若清扬女士者，有才而不唯以才见，则其学其识固有冠绝闺秀者矣。细绎此作，洋洋洒洒，已逾千言，而教育之热心，持论之精确，虽七尺须眉逊兹，伟议出自闺阁，岂非仅有出自中国之闺阁，尤岂非仅有哉。女士家学渊源，一门风雅，其长姊季妹现为天津公立女学堂之教习，于乎此邦之人，可谓幸福天下，有造因必有结果，以此等无上之造因定当有最美之大结果。”[④]又言：“以女士之才、之识，而复热心于教育，欲起两千年幽惨黑暗之地狱，而变为庄严光明之世界，以救我中国二万万之女子，是岂寻常之功德所可同日语哉。”[⑤]

吕美荪重视教育，因为她认为“教育也，才能制造之料也；学校也，知识出产之地也”[⑥]。她重视教育，尤其是女子教育并不是偶然的，而是和她爱国之情及倡导女权是密切相关的。她关心教育，是从爱国、强国、争取女性独立的立场上进行考虑的。她曾向女界介绍了日本三崎町女子高等师范学校的创办办法，主张向日本学习。

（一）阐述女子教育的重要性

吕美荪从溯源的角度，说明了我国女学历史悠久，“我国溯自往古，非女教之不讲，女学之不昌。曷观乎内则等篇，为女子之准则；《诗三百》篇

① 吕美荪：《清代士子考试制度》，《葂丽园随笔》，第49页。

② 吕美荪：《欧罗巴洲》，《葂丽园随笔》，第22页。

③ 吕美荪：《书端中丞奏兴女学事》，《大公报》第1230号，1905年11月30日。

④《读清扬女士〈书端中丞奏兴女学事〉感言》，《大公报》，1905年12月1日。

⑤《读清扬女士〈书端中丞奏兴女学事〉感言》，《大公报》，1905年12月1日。

⑥ 吕美荪：《人间最乐之生涯》，《大公报》，1907年6月17日。

半出于妇人之手也。乃浸衰浸微，此道湮没殆绝。呜呼！我庄严光明之女界变为黑黯幽惨之地狱，沉沦两千年，今日者复由黑黯幽惨之地狱将还入于庄严光明之世界。”①女学本应发扬传统，一路高歌；而女学后世衰微不昌，导致女界变成黑暗之境界。她为此愤怒，因为她看到了女子教育的重要性，她认为：“国之本在家，家之本在女，本之本谓何？女学是已。试观五洲之国，女学昌，其国昌，女学衰，其国衰，女学无，终必灭之。”②要强国强种，从根本上来说，就必须抓好女子教育。

对于女子教育的重要性，吕美荪认为有以下几个方面的原因。

第一，女子不学，就会被当成奴隶，为不完全之人。而女子受到教育之后方能“免坐食分利之虞，得为完全之个人。而男子亦已无内顾交谪之忧，可以尽心国事矣”③。

第二，家庭教育在下一代的教育培养中极为重要。吕美荪强调家庭教育的重要性，其《女国民歌》曰：“家庭教育关巨要，植基惟在稚龄导。枝头先绽芳馨花，硕果累累结后效。改良种性育国民，黄金前途希汝造。”④家庭教育是形成教育良性循环发展的关键所在，所以家庭教育非常重要。

第三，欲强国，端国本，必须使女子受到教育。其《书端中丞奏兴女学事》有云：“或曰：方今时局维艰、百政待举，岂有盈余薄此细事乎。应之曰：否！国家苟不欲端国本，兴女学则已；苟欲兴之，岂必尽需库款，亟颁明诏，严饬各疆臣，无论大小州县，期以一年普设女学堂。”⑤“矧我中国以神明之胄，秉灵秀之资，男女并重，教之育之，而犹不能与欧美文明之邦抗手，同立于天壤之间，而称为完全之国者，吾尤不信也。”⑥可见，吕美荪将女子教育上升到强国的高度来看待。

（二）论述相关教育制度、内容和方法

为了激励更多女子能够获得教育，吕美荪认为“学生则廉收学费，以广激励。学额不可限定，务以多多益善。一年分两学期”⑦，学校的学制为一年两学期。

---

① 吕美荪：《书端中丞奏兴女学事》，《大公报》，1905年11月30日。

② 吕美荪：《书端中丞奏兴女学事》，《大公报》，1905年11月30日。

③ 吕美荪：《书端中丞奏兴女学事》，《大公报》，1905年11月30日。

④ 吕美荪：《辽东小草》，第35页。

⑤ 吕美荪：《书端中丞奏兴女学事》，《大公报》，1905年11月30日。

⑥ 吕美荪：《书端中丞奏兴女学事》，《大公报》，1905年11月30日。

⑦ 吕美荪：《书端中丞奏兴女学事》，《大公报》，1905年11月30日。

关于学校监督人员及教师的聘任，吕美荪主张："以有司为监督，绅耆为学董，教习则延聘女师，近地无合格者，则聘诸远方，或以耆年有德者暂充之亦可。盖女学初兴，女师殊不易得，数年之后，毕业人众，学堂皆更女师矣。"[①]吕美荪还阐述了教师的义务及权力，"其教习则厚以薪金，以示优异[②]。"她认为教师享有无尚之荣誉，当然也有应尽的职责，要"造就国民之人格、之智能、之道德"[③]。要想女学的教务工作顺利进行，需施行一套教务监督系统，她认为"一学期学董呈成绩簿于监督，监督于年终汇呈于本省之学务处，学务处复详之京师"[④]。

为了发展女子教育，她还提出应保证女子教育经费的落实。"至经费则视地方之肥瘠，拨以公款，其必不足，官为津贴，其校所毋事华美，即以地方之善堂公所为之。"[⑤]解决了女子教育经费的来源问题，还要保证其用到实处，避免官员把持公款，办学不利，因而她要求用专门的人员来监督，并制定相关的奖惩制度。其《书端中丞奏兴女学事》对此进行阐述曰："管学大臣为之稽查焉，疆吏有玩忽，经年有不兴办者，则严予降革，州县有玩忽不办，或办行不力者，则褫职而严谴之。至绅董，非一人，且人皆有女，未必尽把持公款而阻兴学者。果使有之，当按以蚀款误公而重罚之。其办有成效者，官则奏请升调奖励，绅则荣以职衔。匾额有奖有罚，毋玩毋忽。果如此办法，而犹复曰女学难兴，吾不信也。"[⑥]

吕美荪在女子教育的内容上没有过多的论及，但其在《吕清扬敬告女学界文》一文之后，附有日本三崎町女子高等师范学校办法概要，以资学界考察。文中介绍了日本该校的教学内容，学科分为三种：文科、理科、技艺科。文科科目有四：一为国语，解释文法作文；二是汉文，讲解文学理法；三为数学，为算术几何初步；四为理学，为植物、动物、生理、物理、化学。理科科目凡三：一国语，二数学，三理学。技艺科科目凡五：一国语，二数学，三理学，四裁缝，五图画。吕美荪认为日本女学上述科目的设立是可以学习的，这种教学内容能够培养出"质而不野、文而不荡""彬彬然闺阁之秀"[⑦]。

---

① 吕美荪：《书端中丞奏兴女学事》，《大公报》，1905年11月30日。

② 吕美荪：《书端中丞奏兴女学事》，《大公报》，1905年11月30日。

③ 吕美荪：《人间最乐之生涯》，《大公报》，1907年6月17日。

④ 吕美荪：《书端中丞奏兴女学事》，《大公报》，1905年11月30日。

⑤ 吕美荪：《书端中丞奏兴女学事》，《大公报》，1905年11月30日。

⑥ 吕美荪：《书端中丞奏兴女学事》，《大公报》，1905年11月30日。

⑦ 吕美荪：《吕清扬女士敬告女学界文》，(清)官报总局编：《北洋学报》(丙午年第十一册)，第2页。

吕美荪还强调女学教授之法至关重要。“欲觇其国之强弱，当视其女学之胜衰，究其极则，惟教育之良窳又惟在其教授法之优劣为归宿焉。启个人之智识，增学界之光荣，进国家之幸福，胥为教育，教育之本原又惟在我女学教授。”①她于1907年在奉天组建女学教授研究会，其目的就在“共研教授之法，去腐即新，革陋改良，以促教育之发达，而进国步之文明”②。

四、儒佛兼取

(一) 早年以儒为主

吕美荪崇尚孔孟之道。其文曰：“迨降中古，人智渐启，民德日漓，而圣人出焉。以仁义教天下，以礼教治邦家，人类得以相维系。”③何为圣人？吕美荪认为是出自“孔孟之门”者。在她看来，孔子集三王之大成，立万世之道本，德参天地，道统群伦，为世界首出之一人，而他又是政治家、教育家、理财家、军事家、外交家、实行家。夫子之教“为天地之大经，为万世之大法，遵其道则昌，背其道必亡”④。特作诗“大哉我尼父，垂教义与仁。道与天地参，德并日月尊”⑤。她还主张孔孟性善说，认为荀子性恶说不圆满，人类生性实在是善良的。⑥

但吕美荪并非尽信孔孟之言，她敢于质疑孔子的话，认为“孔子所说的话，每有自相矛盾处，类如既说有教无类，又说上智下愚不移，既说三人行必有我师，又说无友不如己者，诸如此类，不可胜举”⑦。

吕美荪一生思想在不断变化。早在1895年，吕母因两子早丧，生性仁柔，不能保遗产。吕美荪大愤，与族中之不肖者据理力争，母女四人同被幽禁，年余产尽被夺，每月给三十银勉资衣食。吕美荪乃密焚疏于邑之关帝庙，及城隍神，大意吁求脱离虎口，并愿终身为女医以养母，且誓庖厨永戒杀生以报神恩。但在天津期间，吕美荪应两女校之聘，衣食即敷，心乃纵肆，

---

① 吕美荪：《女学教授研究会开会祝辞》，《大公报》，1907年10月10日。
② 吕美荪：《女学教授研究会开会祝辞》，《大公报》，1907年10月10日。
③ 吕美荪：《诲盗诲淫小说著者皆有恶报》，《葂丽园随笔》，第20页。
④ 吕美荪：《恭谒东京汤岛圣堂》，《瀛洲访诗记》，第24页。
⑤ 吕美荪：《恭谒东京汤岛圣堂》，《瀛洲访诗记》，第26页。
⑥《吕女士舌战群英》，《顺天时报》，1909年10月27日。
⑦《吕女士舌战群英》，《顺天时报》，1909年10月28日。

益以览阅新书，极端排斥鬼神之迷信，大背往誓，扬扬然以新学家自诩。且作书寄其母，谓若其母信神佛，归当踢翻其香炉。[①]由此可见在1904年左右吕美荪思想的微妙变化。

（二）中晚年兼取佛儒

到了晚年，吕美荪意识到早年的行为是狂悖、嫚佛、忤亲的，自己也因此遭到了报应，吕美荪思想上发生了逆转，因而更加相信鬼神，深信因果报应。

她对佛学思想大加褒扬："圣人之泽，虽百世而不斩，非孔孟之门欤""西方先觉释迦世尊以善恶因果轮回不休，恒河沙劫，永无底止，发悲天悯人之心，创度世觉众之教，垂悬精律，戒杀盗淫，涅槃之后，顿成佛果，一千九百余年以来，圆舆芸芸，信仰者众，此又大善因之所成也"。[②]孔孟之道和释迦世尊同样受人尊崇，贻德泽世，原因在于"天道报施"。20世纪30年代初，吕美荪自述情怀：

> 我本宣尼徒，千载嗟道丧。虽曰荆布伦，受书遵礼让。仁义行孤涂，崎岖艰所向。况是关山客，劳生抗尘状。投隐襟良倦，诧往情何壮。老谢东海居，闭户百无当。我闻华严界，起灭空色相。更窥娑婆世，烦忧鼓天浪。黄絁整临镜，缁衣摄起桁。偏袒朝世尊，欢喜自无量。世尊引我行，雪山前在望。净心栖净地，四无烦恼障。手移窣堵波，筑我灵台上。何取究竟义，聊镇思潮荡。八部贺天龙，六尘断虚妄。（《述怀》，《葂丽园诗续》第1页）

从诗中，我们看到了吕美荪晚年儒佛兼通的思想，说明她曾对佛境有过一段痴迷。吕美荪自言到了青岛以后，对于儒学何去何从，她感到一些困惑，感慨道"仁义行孤涂，崎岖艰所向"[③]"儒释终何归，徊徨在中路""六籍言载道，再诵疑复惧。仁义学为人，遭逢痛谁诉"[④]。儒家为人之道可学，但却无法医治内心的痛苦。吕美荪认为只有"世尊引我行"，方能达到"四无烦恼障""六尘断虚妄"的境界，因而她开始更多地关注佛学要义，作诗曰：

---

① 吕美荪：《美荪自记三生因果》，《劝戒录节本》，第42页。

② 吕美荪：《诲盗诲淫小说著者皆有恶报》，《葂丽园随笔》，第21页。

③ 吕美荪：《述怀》，《葂丽园诗续》，第1页。

④ 吕美荪：《自伤》，《葂丽园诗四续》，第5页。

愿作孤僧去，灵微静百纷。洗瓶溪动月，坐岭衲收云。偶宿双松寺，还招野鹤群。关扉夜凉听，清唳胜韶闻。(《愿作》,《蕴丽园诗》第57页)

吕美荪认为“杀生有罪是佛教下乘法的话，今慈善家不肯杀生，同是一理”①。其《庖厨戒杀》一文开篇表示“杀牲禽，戕物命，其罪业至重”②。直至20世纪30年代，吕美荪在重印《劝戒录节本》时，还另附《自记民国十九年免于火灾一则》，文中将其母子幸免于火灾一事归于鬼神之保护，所以奉勉世人戒贪口，永不杀生。虽然偏爱佛经佛境，但她不信“精神永存”，吕美荪认为:“人有精神，有躯壳，究竟何物常存在？有人说是文字，可以传千秋，似乎精神常存在，但文字亦是空物。今论实质上是否存在的问题，细加研究，精神不能常存在，惟躯壳可以常存在。只因躯壳是一种物质，所以人精神消灭死亡后，骸骨尚在，骸骨烂后，这所烂的质料却千秋万世附着土地上，永远不会消灭的。”③

吕美荪身居青岛湛山脚下，山上名刹有倓虚大师，她经常上山拜访大师，听佛家故事及要义。何以拜佛，吕美荪自言“即此朝释迦，祈免三涂苦”④。为何最终不皈依佛门，原因大概是“思欲投空王，一往不复顾。眷眷家室情，未忍一身去”⑤。事实上，吕美荪和吕碧城的区别在于，吕碧城是佛教徒，而吕美荪仅仅是佛的信奉者。吕美荪自言“不诵法华言，不究般若旨”⑥，对于佛学经典，吕美荪不甚专研，其诗《悦禅》写道：

悦禅慵颂偈，初厌看秋山。灭意香残炷，无松月护关。吟成希所寄，静极悔逃闲。零落真难拂，天花满我鬓。(《蕴丽园诗》第66页)

她读佛经，仅仅为了“有所寄”，这并非佛家的境界。关于这一点，吕美荪自己是清楚的，又描述自己的状态如下：

在儒艰为人，投佛讵媚异。缅彼腐心者，披剃诚泣涕。我犹顽野僧，托此良为计。竖指亦何为，何暇究精义。化城昨梦游，丹袈飘雪地。(《恻恻余生，抑抑世故，敢曰逃禅，蒲坐有作》,《蕴丽园诗续》第8页)

---

①《吕女士舌战群英》,《顺天时报》, 1909年10月27日。

② 吕美荪:《庖厨戒杀》,《蕴丽园随笔》, 第88页。

③《吕女士舌战群英》,《顺天时报》, 1909年10月30日。

④ 吕美荪:《湛山精舍礼佛》,《蕴丽园诗四续》, 第2页。

⑤ 吕美荪:《自伤》,《蕴丽园诗四续》, 第5页。

⑥ 吕美荪:《恻恻余生，抑抑世故，敢曰逃禅蒲坐有作》,《蕴丽园诗续》, 第8页。

在“儒艰为人”和“投佛讵媚异”两难的境界中，吕美荪宁愿不作那种身为僧，却实为“腐心”的人，她直言“法相既无相，何用丹袈著”。[①]她给自己定位为“野僧”，不受约束，不为佛家“精义”所限，这样，她便能神游佛界，自筑起一个属于自己的境界。而最终吕美荪所达到的境界仅仅是听经以摆脱烦扰：

余年自多感，人事况衰今。倦羽思择枝，所投非故林。虽新亦若故，聊憩山海阴。空堂月无声，玲瓣思悄沉。岸涛无和喧，天风亦不吟。惟有诸天语，悲涌海潮音。宛已陟须弥，佛氏倪可寻。一跽雪地前，能消万劫心。始知法力弘，可以超烦襟。(《夜开机匣听经》,《葂丽园诗续》第51页)

晚年的吕美荪儒佛兼信。她一边拜佛听经，一边恭谒圣林、圣庙，并作诗曰：“宣尼道不作，垂绪几希毁。所希儒者徒，翼教昌圣轨。”[②]对于那些无视“仁义”和“因果”之人，吕美荪深恶痛绝，她说：“有悖圣人之道，逆佛氏之旨，以仁义为迂拘，以因果为妄诞，其流毒万世，贻害无穷。”[③]

第二节　诗歌创作

诗坛是吕美荪一生精心耕耘的艺术园地，她一生创作了千余首诗，现存1 045首，吕美荪将平生之经历系于诗，以诗达情。其诗歌真实地反映了她的生活及情感，艺术成就较高，闻名于当时，就连日本友人亦赞其曰：“君诗无腻粉，其学有渊源”[④]“夙识君家三姊妹，诗名早既骋沧州”[⑤]。

一、诗歌创作时期概述

从现存的诗作来看，吕美荪诗歌创作的时期可分为少女时代、辽东时期、葂丽园时期、青岛之隐四个时期，其中隐居青岛后，吕美荪诗歌创作的数量最多，艺术上也达到了较高的造诣。在四个不同的创作时期，吕美荪诗歌在内容和形式上有着不同的特色。

---

① 吕美荪:《诵经》,《葂丽园诗续》，第41页。

② 吕美荪:《恭谒圣林》,《葂丽园诗续》，第12页。

③ 吕美荪:《诲盗诲淫小说著者皆有恶报》,《葂丽园随笔》，第21页。

④［日］仁贺保成人:《雅叙园邀美荪女士》，吕美荪:《瀛洲访诗记》，第54页。

⑤［日］木内七之助:《美荪先生见视东游近作次韵以呈》，吕美荪:《瀛洲访诗记》，第53页。

（一）少女时代

吕美荪童年过着衣食无忧的小姐生活；15岁遭家变，20岁左右出外谋生，期间诗歌创作较少。1904年，吕美荪到达天津，得英敛之帮助，将其此前的作品结集，收录于《吕氏三姊妹集》，并于1905年出版，录诗29首。虽然篇数有限，但能反映出吕美荪少女时期诗歌创作的大概风貌。

吕美荪少女时期的诗歌或咏物，或写景，以抒情怀，如：

清唳闻孤馆，天边字一行。春风过衡岳，残影落潇湘。午夜冲双月，辛勤觅稻良。临窗人羡汝，云际得高翔。（《闻雁》，《吕氏三姊妹集·眉生诗稿》第2页）

采采东篱下，悠然逸兴长。几分秋色淡，一径白云香。蛩语夜如水，雁飞天有霜。餐英歌楚句，吟罢泛琼觞。（《白菊》，《眉生诗稿》第1页）

一夜春归杜宇催，残红曾否损香埃。花枝检点侵晨起，蝴蝶先侬已早来。（《惜花春起早》，《眉生诗稿》第2页）

匹马西风日又斜，平林烟锁噪归鸦。空山秋老凋红叶，错认香蹄踏落花。（《山行》，《眉生诗稿》第3页）

吕美荪用清丽之笔写哀伤之景，其笔下的白菊、秋海棠、落花皆为清雅之物，而秋日、寒月、秋夜和雁在其诗歌中多次出现，符合吕美荪忧伤的心境。

吕美荪诗歌所抒发的情感是丰富的。吕美荪痛苦的经历决定了她要比一般女子的情感更为丰富。由于父亲早逝，大姐吕惠如出嫁后，吕美荪便成为家里最大的孩子，担起生活的重担，成为其义不容辞的责任。在艰辛地为生计奔波时，她难免有着不同一般的羁旅之愁，如：

凭栏一延赏，苍翠远山横。斜阳晒积雪，朔风吹晚晴。心随归鸟急，愁共暮云生。忽见寒梅发，天涯旅客惊。（《远眺》，《眉生诗稿》第2页）

宵深茅店独依依，过客门前听马蹄。几处柝铃惊卧犬，五更霜月唱寒鸡。钟声古寺遥遥歇，松影虚窗渐渐低。枯坐无眠照残烛，拂尘恐有壁间题。（《旅夜》，《眉生诗稿》第3页）

父亲去世，恶族霸占财产后，吕母及吕氏三姊妹无家可归，吕美荪犹如孤雁，四处流浪，怀乡之情刻骨铭心，其诗歌渗透着对故园的眷恋之情，如：

十四楼倾燕不巢，谁将艳迹问前朝。而今断草零花里，何处重寻旧板桥。(《秦淮杂咏》,《眉生诗稿》第3页)

空蒙烟雨外，极目暮愁生。云意恋孤塔，春阴锁画城。絮飞寒食节，花落故园情。赢得鹃声急，登楼客泪盈。(《客中偶作》,《眉生诗稿》第2页)

秋风禾黍与人齐，古道行来日又西。莫向车中回首望，乡山都被夕阳迷。(《寄诸姊妹》,《眉生诗稿》第3页)

诗歌以失巢之燕、断草零花、浮云孤塔、秋风禾黍等意象寄寓了诗人飘零之感，表达了诗人对故园的思念之情。父亲离世已经是最大的灾难，无奈为了生存，吕美荪又要与母亲和姊妹分离，这无疑是在其伤口上撒了一把盐。她将刻骨的丧亲之痛，以及对亲人的思念之情借诗歌抒发出来，如：

怕上层楼望，孤愁夕照中。乡心逐流水，病发落秋风。骨肉云山隔，相思魂梦通。音书如可寄，天际托飞鸿。(《秋日》,《眉生诗稿》第2页)

天际家山入望微，行行回首泪重挥。西风不解伤离别，偏送长亭落叶飞。(《寄诸姊妹》,《眉生诗稿》第3页)

兰闺姊妹记依行，应数今朝第几程。知否扁舟杨柳岸，晓风残月独伤情。(《寄诸姊妹》,《眉生诗稿》第3页)

诗歌感情充沛，尽显哀婉之情，读之让人不禁为之感伤。

总之，吕美荪少女时代的诗歌，以清丽之笔去写景抒情，初我评其诗作曰："清丽生新，百读不厌，女士之诗，此不过一斑耳。读其全集，诗格极摹中唐以上。"[①]《读清扬女士〈书端中丞奏兴女学事〉感言》一文亦曰："乙巳秋八月，安蹇主人赠以《吕氏三姊妹集》，因获读清扬女士之作。清丽芊绵，斐然有述作之意。盥薇三复相见柳絮因风之遗韵，当即拍案叫奇。"[②]

(二) 中年漫游时期——辽东时期

在天津北洋女学任职期间，吕美荪结识朱翰章，与其恋爱，并于1907年5月结婚。朱翰章欲赴任沈阳，在英敛之的劝说下，朱翰章与吕美荪同赴沈阳。在沈阳，吕美荪仍壮志不减，慨叹道："吾生历艰险，身世上峡舟。

① 初我:《文苑谈片》,《中国近现代女性期刊汇编》(一)，第1528页。

②《读清扬女士〈书端中丞奏兴女学事〉感言》,《大公报》, 1905年12月1日。

所向虽多阻，讵甘退中流。努力强不息，毋为百年羞。”[1]她仍耕耘于女学，任奉天女子师范学堂教务长及国文讲习，兼中日合办女子美术学校教员、名誉校长。同时，吕美荪亦致力于诗歌创作，并将所作的115首诗作结集为《辽东小草》。

《辽东小草》内容丰富，仍以写景书怀诗为主，与前期相比，吕美荪的视野更加宽阔，情感越见豪纵。与《吕氏三姊妹集》相比，吕美荪在《辽东小草》中，增加了对关外之景的描写，景色较为壮观，边景与羁情融为一体，如：

南天海涌摇晴漪，北山云暖药苗肥。我来登临览陈迹，长城万里空斜晖。古今兴废原天演，凭吊何足生悲欷。悠然遐想忘高吟，振衣千仞独立时。俯视尘寰何扰扰，奔腾人海红尘飞。君看足下烟云起，缭绕何曾萦我衣。(《过榆关游角山》,《辽东小草》第13～14页)

云山苍莽万里行，却羡送君登远程。汽笛一鸣去何疾，孤烟天际犹萦情。(《送雪琴女士》,《辽东小草》第30页)

吕美荪笔下的景物已经不再是春雨秋风、长亭落日、晓风残月，而是雄壮的北方之景：万里长城、莽莽云山、天际孤烟，这样的景观强化了她漂泊天涯的感觉。她寄居沈阳，时常感慨“天涯岁岁悲游踪”“踏雪又作辽天鸿”，不禁悲从中来，飘零之感依然是吕美荪诗歌吟咏的主题之一，如：

关山久羁旅，宁复感岁华。吾愁引难起，尔自吹清笳。时或情亦触，听我言无哗。有时望亲舍，长被白云遮。有时闻鹡鸰，使我生叹嗟。更怀同心友，秋水念苍葭。……人生本行乐，奚足计迩遐。作客亦自好，寰球胥我家。(《漫兴放歌》,《辽东小草》第15页)

乡梦初回枕上情，不闻啼月有娇莺。隔花渐淡银河影，知是春宵已四更。(《枕上》,《辽东小草》第14页)

日常的繁忙依然遮挡不了刻骨铭心的思亲怀乡之情，吕美荪创作了诸多催人泪下的抒怀之作，如：

……有时望亲舍，长被白云遮。有时闻鹡鸰，使我生叹嗟。更怀同心友，秋水念苍葭。报我平安书，双鲤发天涯。寄我相思字，云际雁行斜……(《漫兴放歌》,《辽东小草》第15页)

---

① 吕美荪:《寄金昙如女士》,《辽东小草》, 第1页。

……暖衣足食嫉强族，以暴陵弱时见瞋。覆巢毁卵去乡里，相携痛哭长河滨。途穷日暮空踯躅，朔风谁怜吹葛巾。慈亲有训勉自立，委身女学奔风尘。负米各走千里外，生女庶不羞乡邻。而今喜能供甘旨，不忧食藿衣悬鹑。长松擎雪转苍翠，危石悬崖愈嶙峋。不教老死困闺阁，苍苍始信皇天仁。踌躕此日差满志，低徊往事犹酸辛。灯前昨夜接家书，为道高堂白发新。函商往复遣予季，归侍庭闱老病身。自怜出塞三年客，执手送归犹未得。欲折垂杨远赠君，辽东二月无春色。应知有姊送登程，(谓碧城三妹)汽车飞去孤烟黑。今宵有梦渡黄河，(妹乘京汉路车归)此心邀去随君侧。入门未见应先呼，欢动慈颜喜无极。殷勤为我报高堂，儿今体壮身愈长。春风待得百花香，明岁归来捧寿觞。(《送昆秀四妹由天津南归》,《辽东小草》第28页)

前一首诗写亲人两地相隔，只能借书传情，托雁寄相思；后一首诗记述家事，吕美荪因自己不能回去侍奉母亲而感到愧疚，同时，吕贤满南返，姊妹分离让吕美荪异常伤感，她似乎梦渡黄河，归心借梦而返家。整首诗亲情洋溢，催人泪下。其诗作《慨咏》亦云：

生存华屋处，零落归山邱。每诵沉痛句，怆然双涕流。讵使双涕流，呼酒且登楼。有花须尽醉，有山惟遍游。莫使百年闲，虚度笑蜉蝣。朱颜晨镜中，暮照憎白头。白头嗟未已，悲风号松楸。死而奚足悲，生亦浮轻沤。不见垄中人，长眠自悠悠。奈何后归者，犹为涕难收。笑问苍苍天，尘事何时休。宿草生吾面，还有几春秋。(《慨咏》,《辽东小草》第50～51页)

诗作既陈述了其苦难的身世，又抒发了时光如流水、朱颜易变的感慨。

吕美荪“愤怀偶作颓唐语”[①]，她慨叹时光荏苒，世事无常。其诗《寄和碧城四首》之二首云：

浩浩高秋凝暮烟，半林霜叶尚争妍。惟应冷眼看时谢，转绿回黄又一年。(《辽东小草》第47页)

天花著处自成飞，一缀灵台为底悲。世界刹那千万劫，文殊何事苦低眉。(《辽东小草》第47页)

上述诗作用季节转换，世界千变万化，来比喻时光的流逝，以及世事的无

① 吕美荪:《书怀》,《辽东小草》，第2页。

常和沧桑，勉励吕碧城不为世事苦恼，保持平静的心态。

同时，反映女性生存状态，拯救女性亦为吕美荪诗歌的主题之一。吕美荪关注各种女子的生存境况，其长篇叙事诗《红丝怨》写了一个深闺女子远嫁岭南的不幸遭遇。而《朱楼女》更是描述了娇小依人的富家小姐的衣来伸手、饭来张口的生活，吕美荪在诗作结尾处告诫此类女子“香山之咏良有以，百年苦乐由他人”。吕美荪所作的10首挽悼诗中，《某女士以不得于姑而死，诗以悼之》和《感悼石华》等8首诗皆以女子生活为素材，前者大部分篇幅叙述某女士的不幸遭遇，后者亦多叙说石华的生平事迹及其出众的才华，表达同情和遗憾之情。

面对当时女性毫无权利的现状，吕美荪愿做个有为的人，去改变女性的命运。她豪情万丈，立志致力女学，如：

> 欲促人文进大同，唤醒女学有惊鸿。万花绕座休参佛，六艺登坛只启蒙。羞把皋比让男子，待看弱质尽英雄。凭君寸舌铸新脑，好振千年卑靡风。(《书怀》,《辽东小草》第2页)

为促女性之觉醒，激发女性之志气，她慷慨而作《女国民歌六首》，其二首云：

> 颅圆趾方灵万汇，拜谢耶和华厚赐。奈何男女区尊卑，五洲溯始同一例。抗手男儿须自强，自强唯一从自治。于戏女国民，奋发勉志气。
>
> 妙龄劝学须努力，秋萤冬雪攻缃帙。西游欧米东扶桑，络绎重洋争负笈。学成一雪依赖耻。高高彩帜搴独立。于戏女国民，廿纪飞腾日。(《辽东小草》第33页)

吕美荪一腔热血，豪气冲天，在女界尚未解放之际，吕美荪便以《女国民歌》唤醒了女界，激励了士气，陈宝琛评曰：“诗笔静峭，力追古人。此歌仅以开通女界，振起闺风，非其经意之作也。”[1]吕美荪反对男尊女卑，鼓励女子勤奋学习，甚至走出国门，游学海外。对于吕美荪来说，她愿意为女界的崛起而奉献一生，亦愿为人类文明奉献力量，如：

> 廿纪漫漫晓，晨光女界明。声华思盛日，坚忍励平生。临海襟期阔，看山意气横。太平洋有水，一洗女儿情。(《自励》,《辽东小草》第36页)

---

① 孙雄:《道咸同光四朝诗史》甲集卷七,《续修四库全书》编纂委员会主编:《续修四库全书》第1628册集部总集类，上海古籍出版社，2002年，第532页。

我生不愿一百岁，但愿早生五百年。来日文明究何极，此心关切总堪怜。待看蛮触无争国，岂有沧桑慨变田。世进大同吾朽矣，通邮应不到冥泉。(《书怀》,《辽东小草》第2～3页)

诗歌慷慨有豪气，体现了诗人巾帼不让须眉之气概。

此时期吕美荪还写了诸多题赠和悼念之作。在题赠诗中，饱含着吕美荪忧国忧民之情，其诗云：

……立宪之政国体备，艺术文物尤发皇。神州帝国古支那，遥遥一水邻相望。继圣承先守不变，嗟我大陆其洪荒。生逢专制苦驰骤，国民之气何不扬。方今庙堂励图治，亦将鉴兹唇齿邦。纷纷鸥鹭苦猜忌，辅车之义宜相匡。安得手倾碧海水，白祸洗尽黄种强……(《题友人所赠日本山水画》,《辽东小草》第12～13页)

忧国常教涕似澜，静观时局判悲欢。肯倾白堕权埋醉，只为苍生系此官。紫雁龙沙秋色远，黄花驿路朔风寒。知君一笑扬鞭去，惟有新诗压锦鞍。(《赠舒彬儒先生即步揖唐原韵》,《辽东小草》第23页)

两首诗均为友人所作，抒发了深沉的忧国之情，伤民气之不扬，愤列强之侵略；吕美荪因时局不定、苍生遭殃而流涕。诗歌字里行间浸润着浓浓的爱国之情。吕美荪看到国家的微弱不振，她愿持刀马上，报效国家，如：

漆室幽忧为底颦，空余情泪一沾巾。陆沈风雨漫漫夜，大好江山寂寂春。岂有刀环能报国，已拼身世寄轻尘。罗兰心事劳君望，应愧西方彼美人。(《寄酬仲周先生》,《辽东小草》第42页)

为拯救国家，她已将“身世寄轻尘”，其诗作充满豪情，发人奋进。吕美荪的《赠金锡侯先生》诗亦对金锡侯先生大加赞扬，赞赏他行侠仗义、忧国忧民。对其“恤纬尤多感，行吟忧国情”的诗句给予了称赞。[①]吕美荪有着一颗爱国的炙热之心，她身处一个欧化东渐的时代，对于日渐式微的中国文化，吕美荪忧心忡忡，她大呼：“欧化自东渐，汉学丕变迁。茫茫拾坠绪，国粹赖以延。愿孰能肩此，嗟哉孙子贤。”[②]孙雄评吕美荪客奉所作，“各体均雅洁，五古犹有初唐气息。思亲忧国，耿耿不寐，托咏歌以见志，抱空谷之幽馨[③]。”

① 吕美荪：《赠金锡侯先生》,《辽东小草》，第46页。

② 吕美荪：《酬孙师郑先生》,《辽东小草》，第51页。

③ 孙雄：《道咸同光四朝诗史》甲集卷七,《续修四库全书》编纂委员会编：《续修四库全书》第1628册集部总集类，第532页。

总之，正如吕美荪诗句所言“辽东作客百无恙，野阔天空诗句壮”①，从天津至奉天，可以看出吕美荪的诗歌由原先的清丽之风，转变为婉丽与豪放并存的诗风。但犹如吕美荪其人“气度光昌”，此时期的诗作亦以“气度胜”，初我评其诗曰：“以激昂之笔，写婉丽之思。不愧巾帼英雄之气焰。”②

（三）二十年的流转——荃芳葹能丽

“才华葹丽三千首，应比当年班婕妤。”③20世纪20年代初，吕美荪移居南京，在那里居住长达9年多，命故居为葹丽园。后因战乱，弃葹丽园，并于1930年隐居青岛，时年49岁。吕美荪到达青岛后，建寒碧山庄，自称齐州女布衣，终日以吟咏唱和为趣。虽然离开了南京，但吕美荪一直将生活近十年的金陵视为自己的第二个故乡，居住青岛已四年之时，她还感慨道：“四年作客无归计，踏青疑是江南地。落花入领风动裾，青阳媚尽游人意。柳忆江南绿万条，条垂阴覆荡兰桡。白门此日休回首，咽尽桃根岸上潮。”④“愿作长江水，只向秦淮生。愿为南朝月，长照鸡埭明。”⑤可见吕美荪对南京的怀念之情。而吕美荪对于南京故居葹丽园更是念念不忘，她曾作《怀白下故葹丽园》一诗，诗云：

> 冶城山下西溪端，六月草堂云能寒。客来盏倾红琥珀，风吟屋绕青琅玕。天教此福九载住，兵至欲留孤力殚。主人已易犹回望，歌罢不能衿汍澜。（《葹丽园诗续》第40页）

诗作体现了吕美荪对于葹丽园故居的深厚感情，也道出了吕美荪弃园北上的原因。正是因为对于葹丽园这份难以割舍的留恋之情，到达青岛的第二年，即1931年秋，吕美荪将在此之前所创作的诗作结集为《葹丽园诗》，该集录诗369首。吕美荪回忆旧作曰：“当出园际，以烽燧急，诗草不及携。”那么《葹丽园诗》中的诗作从何而来，吕美荪解释道“忆写旧篇，得若干首，兼及近作，辑以付印”⑥。可见，《葹丽园诗》是用回忆的方式编辑旧作，它收录了从1909年至1931年间所作诗歌，少有1909年之前的作品，故大多诗作写于南京。

---

① 诗庐来稿：《为吕眉生女士题〈榆关揽胜图〉》，《民立报》，1911年4月8日。

② 初我：《文苑谈片》，《中国近现代女性期刊汇编》（一），第1527页。

③ ［日］四宫鸣洲：《赠吕美荪女史》，吕美荪：《瀛洲访诗记》，第45页。

④ 吕美荪：《岛上春游词》，《葹丽园诗再续》，第2页。

⑤ 吕美荪：《徘徊山庭，忽感故园》，《葹丽园诗再续》，第6页。

⑥ 吕美荪：《葹丽园诗续序》，《葹丽园诗续》。

1. 写景抒怀之作

（1）写景——山水与田园并存。

写景诗占据此时期其诗歌的大部分。辛亥革命后，中年的吕美荪周游各地，十年中曾辗转于上海、厦门、安徽、南京等地，每历一处，融情于景，创作了诸多描绘名胜之作，较早的写景诗所写之景壮阔，情感沉郁，如：

始见奇钟阜，谁堆天际螺。晴连五岳蔼，青俯六朝波。松桧翳仙宇，佩环吹女萝。迷离望云气，灵闷此岩阿。（《始见钟山》，《葂丽园诗》第4页）

一岁数过雄关前，我登角山山之巅。当春晒雪尚今日，积翠撑黛终何年。战伐犹闻说秦汉，蜿蜒应与通祁连。吹冠北望凋颜色，大漠风回生野烟。（《过榆关登角山》，《葂丽园诗》第10页）

长白山头源自出，二千里泻玉瑳瑳。松花江上春油碧，载我扁舟度影过。（《渡松花江》，《葂丽园诗》第10页）

栖霞红叶烘残秋，栖霞老衲惊白头。断壁层崖一挥杖，指我六朝碑尚留。（《游栖霞山》，《葂丽园诗》第4页）

赤轮忽堕翻乌盆，苍龙欲挂天浪昏。冯夷海若画酣战，军马齐下天南门。此时一舟逃海岸，暗中莫至风引奔。舟中之人尽号哭，只看有水无乾坤。齐仰玄霄祷天后，天后急降旌倒翻。我亦殿众踠行李，小人有母惟蕲恩。星冠霓帔威灵赫，幢幡一麾明朝暾。舟主数客客尽笑，百无一失人完存。低头共怜襟袖上，涕泪犹杂海水痕。（《舟行闽海大风》，《葂丽园诗》第12页）

上述诗歌作于1915年之前，所写之景皆阔大壮观，诗歌抒发了沉郁之情。随时光的推移，漂泊半世的吕美荪有退隐之意。其诗《口占示中隐》曰：

不涅不磷随世幻，非狂非狷此心盲。欲持孤意归何处，起看闲云散八荒。（《口占示中隐》，《葂丽园诗》第64页）

吕美荪的写景之作亦随其心境改变而改变，由先前的豪纵之风向山水田园派转变。诗作呈现王维诗歌之余韵。在其山水诗中，可见佛光禅影，以及远离喧哗、真性忘我的境界，如：

窈窕藏幽壑，冥冥护百灵。微松响石屋，静露洗山庭。鬓不争人白，镫惟伴佛青。雌龙真我化，夜至听谭经。（《题湖上徐姆山寺》，《葂丽园诗》第56页）

一径苍阴振衲归，四山悄悄复霏霏。乱松堕子盈僧钵，灵雨

飘花想祖衣。耳倦任从悬瀑响，心迟不碍断云飞。无明无灭真吾性，蓦看残阳锁翠微。(《钱塘山中》,《菀丽园诗》第57页)

幽林行半里，苍然破清晓。鸠唤迦陵音，使我心了了。(《晓步》,《菀丽园诗》第58页)

樗栎散穷壑，山海纵奇怀。当户俯群峰，日落红石厓。厓颠拥霞气，中隐金银台。端居王母座，群真参去来。敛我尘土裾，捧我青玉罍。海波即弱水，咫尺隔蓬莱。欲朝不可即，徙倚空徘徊。(《幽栖》,《菀丽园诗》第81页)

在吕美荪的笔下，徐姆山寺、钱塘湖、幽林、山海呈现出一种无言的自然美和情趣美，境由心生，这无不是诗人心境的自然流露，呈现出寂静清幽的诗歌意境。

20世纪20年代吕美荪离开教育园地，久住南京。离开教育园地后，她满足于自己的隐居生活，具有田园生活的恬淡心境。她所写的田园诗歌直接描述了其隐居南京期间闲情逸致的生活，渗透了闲居之情，如：

穷居自饶兴，兴饶乃非穷。肃起酬万物，曷莫非我庸。明灯谁为掌，素月出岭东。庭桐扫落叶，穆然有清风。翳翳郊原间，笠影顾相从。南畴拾遗穗，棉谷备伏冬。人耘而我获，亦竟一岁功。暇诵诗与书，游心在冥蒙。情骞比黄鹄，意匪慕赤松。巾带常修缓，瓶罍盈不空。悦康心良适，慨然胡怨躬。(《日亲澼爨，其兴陶然，暇读陶诗，因戏作，反穷居寡人，用一首》,《菀丽园诗》第17页)

欲雨忽不雨，柴门少客过。懒怀筹帛粟，幽梦尚渔蓑。雁背驮秋重，山腰藏露多。江空岁亦晚，谁和考盘歌。(《山居秋晚》,《菀丽园诗》第18页)

我有山下馆，荃芳菀能丽。不作美人思，都带佳士气。(《菀丽园秋日杂兴》,《菀丽园诗》第19页)

我家石城城西陬，屋抱翠岑岚气稠。朝夕山禽百回至，亚低庭果分期收。墙头秋共卞公语，湖上夜邀庐女游。小阁摩挲倦图史，看花更上湘帘钩。(《我家》,《菀丽园诗》第21页)

土广桑麻长，扶犁愿已违。身随孤鸟出，心逐暮云归。太华皑残雪，惊尘叹素衣。吾生倦行役，何事整骖騑。(《感咏》,《菀丽园诗》第48页)

这五首诗都描绘了农家之景，蕴含着农耕之乐，以及那种游离于现实之外的悠闲情调，有王维田园诗之余韵。

（2）抒怀诗。

流转的20年期间，吕美荪用诗描述自己的生活，剖白人生的感悟，陈述对世事的理解，其诗作中抒怀诗占的比例最大。

辛亥革命之后，吕美荪从沈阳南下，她一边投身教育，一边反思过去，思考人生，体验生活。在接下来的十多年里，她没有停下前进的脚步，相继任教于闽沪女学、安徽女子师范学校等，最后在20世纪20年代初居南京。1913年吕母离世，1914年吕贤满早逝，1925年吕惠如病故，十多年的时间，她相继失去了母亲、四妹吕贤满和大姐吕惠如三个亲人。尤其是吕贤满的去世，对吕美荪打击很大，吕美荪将所有的悲痛付诸于诗，使得她的诗歌一减辽东时期的豪情，更多地染上了浓郁的悲情。

怀乡思亲为其抒怀之作的主题之一，如：

十年故土真堪恋，谁信辞家事可哀。我望蒋山山望我，朝朝青欲过东来。（《可哀》，《葂丽园诗》第41页）

我梦出秋衾，母妹卧中野。缺月冷来照，凄景感君写。仿佛会幽灵，相抱不忍舍。絮絮泣平生，涕泪何盈把。荒鸡尔毋鸣，长夜愿相假。（《又夜起作》，《葂丽园诗》第56页）

……燕悲失故林，鸿哀在江岸。况我亲与知，昔欢何繾绻。迢递一相忆，无复酬杯醆。明德勖在别，音徽自今断。慷慨望天地，忧思畴能展。余肠竟何似，曲曲九河转。九河犹可回，肠绝终莫挽。（《为客》，《葂丽园诗》第51页）

第一首诗表达对故园的依恋和怀念，后两首回忆母亲和四妹，表达与她们阴阳相隔的悲痛和思念。

在四处奔波流转中，吕美荪慨叹时光流逝，其《行路难》便是一曲悲叹世态炎凉、时光荏苒的悲歌：

举酒君莫歌，听我歌路难。摄衣不惧皇恐滩，叱驭讵返九折鞭。畏猛虎兮与封豕，崎岖乃在人心间，朝始周与旋，暮见凋心颜。忧谗畏讥尝百年，南山朱椁舁方连，千龄万代一时尽，恩仇何必寻无端。（《葂丽园诗》第6页）

在时间的长河中，吕美荪认为千龄万代仅是一瞬，人生坎坷，青春易老，在时光流逝中，人间的仇恨便不足为道。

吕美荪的诗歌洋溢着飘零之感，这要缘于其家世及社会动荡不安。在

《重至京师》中，吕美荪回忆起童年人事时，将其与丧亲后的境况相比，她沉痛之至，哀叹自己的遭遇“亲故亦零落，夙昔负恩厚”。故地重游，她悲不自禁，站在北京旧宅边，叹曰：“认我故井甃，几易新主人”“众毂自奔越，惘惘独何逗。掩涕愧途人，扑尘伪扬袖。”[1]而“弃居投外家，谁识寄人苦”[2]道出了早年家世变故后，吕美荪寄居外婆家的寄人篱下的感受。另外，晚清社会动荡不安，苦难的中国不仅遭受外来侵略，而且国内纷乱四起。吕美荪一生身处乱世，四处飘零，她对社会的认识是极其深刻的，其《思归引》序曰“余也既笄及壮，始走燕辽，复游闽越，十年倦返，买山而居，拥卷虽惭于百城，托兴实抗乎一世，无何兵燧屡至，弃庐以出，西望冶山，未尝不悄然哀涕也”[3]。社会动乱给人民带来的痛苦不仅仅是四处流浪，更多的是心灵上的伤害，吕美荪是动乱社会里的一员，她用诗歌抒发了自己飘零的感受，如：

乱余思故土，整驾复西停。牛首秋方好，龙潭草又腥。播迁随父老，战伐避山灵。况我孤飞鸟，如何返弱翎。(《将旋秣陵闻战复止》,《葂丽园诗》第41页)

黄歇去何远，遗风今尚存。邦惟炫珠履，人不畜鸡豚。适越惭章甫，居夷感圣门。故山零涕望，无复旧花源。(《居沪租借地》,《葂丽园诗》第44页)

吕美荪通过诗作表达了对社会动乱的厌恶之情，揭露了动乱的罪恶。在动乱的社会背景下，文人犹如无家可归的惊弓之鸟，对于变革心惊胆战。吕美荪便是动乱社会中的一位女性文人，在她眼中社会的动荡使得亲人远离、友人两地相思，其诗作《秋夕有怀合肥龚筱楠冀北》记述了吕美荪与龚筱楠的友谊，也写了两人因辛亥革命分别后各自的处境和心境。吕美荪回忆辛亥革命之前的美好时光曰：“当年同作龙城客，锦翦襜褕冠嵌璧。跳塔逢期共盛观，内装亦儗宫衣。喜得人生是少年，流光回雪忆从前。”可是革命爆发之后，却是“风云歘起逢辛亥，惊我先回渤海船。从此空潭卧慵病，看人壮走情犹奋。关河两雪自氛氛，衡宇琴书人静静。苦感韶颜不再丹，况闻鼙鼓乍心寒。榆枋纵不羞珠树，未许鹪鹩一夕安。今年河朔招兵马，羽檄军前传未罢。欲搴车幰指幽燕，照眼旌旗难税驾。密意犹然少小亲，只凭

① 吕美荪：《重至京师》,《葂丽园诗》，第5页。

② 吕美荪：《追哭季妹坤秀》,《葂丽园诗》，第54页。

③ 吕美荪：《思归引》,《葂丽园诗》，第44页。

远水托双鲮。知君拥髻伤前忆，亦作秋宵无寐人。”[①]是社会变动使得两位友人惊恐万分、分道避乱，留下的只是无尽的感伤和怀念，从而揭露了社会动乱对人民的伤害。

对于外来侵略者，吕美荪深恶痛绝，其诗《观欧兵过涂》写道：

行者何伫立，云过欧西军。旌旗来万里，观者夹道盈。号令传雷响，笳鼓震山惊。劲装驰百队，步伐闻一声。飙尘复后起，万马肃不鸣。肩徽耀星日，冠羽拂霄冥。元戎一何武，缓辔殿军行。铙吹弄激厉，犹我出塞音。谁能闻此曲，不激壮士情。惭愧道旁子，奋欲前请缨。大旗飘何处，不见汉家营。（《葂丽园诗》第45页）

此诗作的前半部分写欧洲士兵的军容威严，有不可一世之气势，后两句转而写一个弱国子民的感受，深为本国军威不振而痛惜，因遭他国凌辱而悲愤。

2. 寄赠之作

吕美荪诗友众多，往来无白丁，如赵尔巽、谭百琲、孙雄、范紫田、叶焕彬、刘中隐、陈三立、金息侯、叶恭绰、梁启超等。吕美荪与友人诗词往来，现存寄赠诗作69首。

在寄赠诗里，吕美荪追忆与友人的交往，表现了对友人的赞赏之情，如：

栖息衡门下，撷薇以作餐。珠玉岂有怀，被褐感岁阑。四壁徒史籍，友古托遐欢。况有钟阜雪，清映接檐端。佳士忽来过，顾我真素寒。引樽既无醪，堆韭亦尠盘。抗怀千载上，倾衿在话言。话言讵穷已，暮霭升城关。宾辞主未倦，离席送高轩。（《寄梁任公》,《葂丽园诗》第39页）

绯鱼辞魏阙，北望挂朝衣。荃茝孤能抱，隃麋老更挥。繁霜洒江汉，万马驻京畿。公自辉南极，何劳阅世非。（《谢朱古微侍郎赠书联》,《葂丽园诗》第50页）

前者追忆与梁启超把酒聊天、相与畅谈之情景，充满了对梁启超的赞赏之情。后者叙朱孝臧的经历，以及其卓越的成就和深广的影响，称赞其有俊雅之气。吕美荪通过寄赠诗抒发与友人的离别之恨和对友人的思念之情，感情真挚，感人至深，如：

秋兰披径微霜惊，秋士怯下重庭行。桂魄初盈夜将半，银河

① 吕美荪：《秋夕有怀合肥龚筱楠冀北》,《葂丽园诗》，第75页。

欲泻凉无声。关山客子不归去，沙渚宾鸿空怨征。起弄瑶琴感芳歇，哀弦非有相思情。（《秋怀寄百琲三首》其一，《葹丽园诗》第15页）

与君十载为兄弟，今日江头远寄书。为问玄亭纂奇字，名山事业近何如。（《寄怀孙师郑吏部（雄）》，《葹丽园诗》第34页）

绸缪终何益，徒为别后慕。怀君若饥渴，日夕望中路。中路永中岁，窅窅碧云暮。太息零涕返，缄书附鸿翥。我作菡萏华，缀子中庭树。君持清泪痕，化我玉阶露。光景固靡常，犹得暂相顾。行子去已迈，欢迹览犹故。何以怀德音，为君佩明璐。（《再寄紫田》，《葹丽园诗》第49～50页）

这三首诗写友人之间的别离之苦，抒发了对友人无尽的思念，诗歌情感充沛，感人至深，尤其是最后一首将对范紫田的思念之情表达得淋漓尽致，从诗句“怀君若饥渴，日夕望中路。中路永中岁，窅窅碧云暮。太息零涕返，缄书附鸿翥”“安得与君泛且翔，中洲化为双鸳鸯”[①]中可以看出吕美荪与范紫田之间的真挚友情。

吕美荪的送别诗也写得依依不舍、凄婉情深，诗作大多写彼此的经历、遭遇和文人的生存状态。如：

我歌携手上河梁，君叹阳关别恨长。缺月依依随客子，寒山历历还故乡。三年袖书香不灭，一水通梦情幽茫。后日相思共回首，起看云树横苍苍。（《送谭百琲同学（巩）还里》，《葹丽园诗》第15页）

我屋冶城下，黛泼山作帷。公庐俯青溪，钟阜亦遥窥。两家擅天胜，鱼鸟皆入诗。方侈荷天祐，歌哭毕于斯。金风一夕来，其气含疮痍。催人共东去，金革声宛随。我长寄海滨，公忽语临歧。大年跻八十，我亦已半之。感作无家别，老泪皆涟漪。（《陈散原先生将北行，属书箑即赋四诗志别》，《葹丽园诗》第72页）

第一首写与友人依依惜别，第二首介绍了诗人和陈三立因动乱而频频流转各处的悲惨状况，结尾句表达无家之悲。诗作反映出当时文人的生存状态及动荡不安的社会局面，他们无奈抛弃故园，四处飘零，友人别离，悲不自禁，诗作饱含着战乱时代文人的黍离之悲。在纷繁的战乱中，吕美荪还时常劝慰友人“代本有兴亡，奚用涕弥弥”，勉励陈三立“杜老今不存，希

① 吕美荪：《听雨寄怀紫田湘中》，《葹丽园诗》，第59页。

公继诗史”，[1]希望他能化悲痛为力量，奋笔纪史，传存后世。

3. 悼亡诗

辛亥革命后的20多年里，吕美荪的三位亲人及恩师蒋观云先后过世，还有诸多友人如樊增祥、英敛之夫妇、袁世凯、袁寒云、严复、梁启超、赵尔巽、谭百琲等也相继去世，这给吕美荪很大的打击，她怀着无比沉痛的心情，为他们写下了24首悼亡诗。

吕美荪悼亡诗情深意切，悲伤之情如决堤之水，一泻千里，感伤之至，如：

> 仿徨频所思，所思在江水。江水西潺湲，念我婵娟子。相望越三载，泣涕胡由止。悲来弹鸣琴，一叹再三起。徒惜音苦悲，远不入君耳。欢情常咫尺，音容迈千里……(《哭谭百琲》,《葂丽园诗》第65页）

此诗是为悼亡友谭百琲而写的，谭百琲和吕美荪的友谊不同一般，仅《葂丽园诗》就收录了吕美荪为谭百琲所作的13首诗。对于友人的去世，吕美荪悲不自胜，她用“悲来弹鸣琴，一叹再三起”来表达自己无法排解的哀痛，然而借琴消悲悲更甚。

在吕美荪的悼亡诗中，最醒目的是为悼念亡妹而作的11首诗。1914年秋，吕美荪应厦门女子师范女学之聘，携吕贤满同行。厦门女子师范女学在鼓浪屿孤岛中，四围海气氤氲，瘴氛至重。不到五个月，吕贤满忽得疾，民国三年（1914）冬含泪而瞑，年仅二十七岁。四妹的去世让吕美荪痛不欲生，也成为她一辈子的伤痛。时隔十四年，吕美荪仍悲痛不已，一口气写了8首悼亡诗，后又附3首。这11首悼亡诗开篇写道：

> 汝死十四载，诉哀无一诗。岂其无一诗，哀深难为辞。今日悲稍杀，援笔风雨时。我吟幽窗里，窗外汝听之。精诚傥相召，愿汝见形姿。镫昏纸窗黯，阁笔频频窥。(《追哭季妹坤秀》,《葂丽园诗》第54页）

此首诗作奠定了悲伤的情感基调。接下来的6首叙述了吕贤满出生、遭家变、求学、任职于女学、居沪侍母、妹病故及吕美荪扶榇返沪的经过。虽是叙述，却胜抒情，渗透着万般凄恻和悲痛之情，如：

> 竭登鼓浪屿，一岛海中央。汝我勤教学，谋食向兹方。既至不五月，瘴气能汝伤。惨叫曾几日，一瞑竟在床。音微难诀姊，

[1] 吕美荪:《陈散原先生将北行，属书箑即赋四诗志别》,《葂丽园诗》，第72页。

欲搂腕已僵。我泪盈汝面，汝目犹微张。薄命客中死，为殓只旧裳。学舍一棺出，送汝上高冈。舁夫亦已散，海气且昏黄。送出忍独返，千哀绕汝旁。吾欲蹈此海，汝胡还旧乡。裂膺一哀号，海水亦飞扬。天风吹波涛，助我呜咽长。（《追哭季妹坤秀》，《蕉丽园诗》第54页）

《追哭季妹坤秀》第八首写道："吾不解怜汝，使汝常凄酸。痛愧焉为人，胡生天地间"，吕美荪因没有照顾好妹妹而感到愧疚和悲痛。最后3首写悲痛欲绝的吕美荪在惶惑之间梦见了亡母及亡妹，她们似乎还生活在身边，梦境凄惨，更衬悲情，表达了对亡亲的思念。这11首诗可看成组诗，抒情——叙述——抒情。首尾抒发悲哀之情，中间次叙旧事，以叙衬情，感今伤昔，无不凄恻动人。

吕美荪所作悼亡诗描绘亡友的音容笑貌，栩栩如生的描写让人感到她似乎不是在写亡友，而是在记述朋友刚刚和她谋面的情景。其诗云：

黄冠而缁服，君果何世人。问之笑不语，其态朴且贞。沪车昔同驰，隔座询我行。岁月未悠邈，潜行在幽冥。生殁两嵯峨，牛首郁佳城。感及樵牧子，争指道人坟。（《吊清道人》，《蕉丽园诗》第24页）

先生博襟带，邂逅于京师。蔼然一仁叟，道气华其姿。问我游何方，东迈看山奇。榆关壮揽胜，笑为我图之。一别乃逾纪，我翼复南垂。忽见处士星，韡韡陨天涯。文章老盈笥，遂此万古遗。西邦探故事，欲以继风诗。毋曰稗译细，道实秉宣尼。（《挽林畏庐》，《蕉丽园诗》第25页）

这两首悼亡诗都是先写友人（清道人、林纾）亲切和蔼的外貌，以及相见时的情节。忽然笔锋一转，写朋友之间已经是"生殁两嵯峨"，让人不忍卒读。描写、叙述与抒情在吕美荪的悼亡诗里得到了完美的结合。

此外，吕美荪对其前辈和至交是非常崇拜的，例如樊樊山、英敛之夫妇、严复、蒋观云等。吕美荪在写给他们的悼亡诗中，对他们不朽的贡献或高风亮节的人格魅力给予了称赞，认为他们的离去让四海悲恸，如：

方舆承圆穹，俯仰何苍苍。山岳尚钟秀，星辰丽其光。天地永华年，而人独云亡。嗟我明德师，恩勤教有方。廿载几杖趋，辟咡升贤堂。诗书讲有暇，愤世尝慨慷。绝圣不去智，禹迹真浩襄。思与世陈说，仁义为国扬。洪波已溃川，孤志难为坊。箪食耻其活，岂仅绝贫粮。挥谢此天地，寿考志实殇。河汾不设帐，濡被泽孔长。

独哀洙泗徒，仪型何所望。(《哭蒋石兰师》,《葹丽园诗》第71页)

三楚灵江汉，公起何嶙峋。抑抑四岳仪，赫赫一个臣。群牧秉风教，旬宣政以勤。岂独富词章，高华一代人。廊庙易蒿莱，肝胆抱苦辛。廿载岩壑静，执节比隐沦。在昔门庭难，拯我北堂亲。没齿不能报，愧此视息身。八千岁华年，方颂旺其神。何期箕尾动，归驾于星辰。四海咸悲悼，孤襟尤潺湲。执绋况无由，徒然怀往恩。(《哭樊樊山先生》,《葹丽园诗》第79页)

前一首诗赞颂蒋智由耿正刚直的性格，以及高雅纯洁的品质；后一首诗赞誉樊增祥赫赫政绩、高华之才。吕美荪所作悼亡诗并非都是溢美之词，她客观地去评价亡者的功过，在《项城袁公挽辞》中，吕美荪褒扬袁世凯胸有“万甲兵”，肯定他“公创女黉舍”的功德，但也不讳言袁氏之过错，结尾一句“私义岂不感，功罪非所论”透露出吕美荪与袁氏之间的交情，也点出袁氏之过错。[①]

悼亡诗是中国古代纷繁多姿的文学园地里的一朵奇葩。最早的悼亡诗更多的是男子悼亡妻，后悼亡对象逐渐扩展。相比之下，女性悼亡诗是少之又少的，虽然在吕美荪之前也出现过如李清照、顾春等女性悼亡诗人，但基本上都是妻悼亡夫的模式。在女性文学史上，吕美荪是唯一一位创作如此多的悼亡诗的女诗人，其悼亡诗所悼亡的对象有母亲、姊妹、恩师、友人，进一步打破了女性悼亡诗的格局，扩大了悼亡诗的表现内容。

4. 反映女性的命运和生活

吕美荪仍然关注女性的生存状态，写下了5首妇女题材的诗作，但和天津和辽东时期不同，诗作不是表达力挽狂澜的豪情，而是重在塑造生活中的各类女性形象。她喜欢用长篇古体诗反复叙述与描写，深刻地剖析和反思女性的命运。

吕美荪诗作所塑造的女性形象，有一种是不幸的女子的形象。其诗《妾薄命》塑造了一个“为夫人悦，纳而不见答于其主”的女子形象，以此来反映当时一部分妇女的不幸遭遇和命运，诗作写道：

太行欲削石先烂，严霜待飞亦有霰。当我绣毂初迎时，何悟恩情有衰变。入门本邀君见怜，罗裳宝钏赉万千。私心粟粟奉君子，内外礼仪靡所愆。何期未久心暗绝，兰膏耀首难为悦，玩君

① 吕美荪:《项城袁公挽辞》,《葹丽园诗》，第18页。

初赠之明珠，密缀罗襦矢莹洁。倚君惟恐恩日稀，向君欢笑背君啼。缠绵何以回君意，勤向中闺缫锦丝。妾年盈盈始三五，奉君衾裯要君语。文君不制白头吟，相如翻谢茂陵女。纤腰坐细罗带长，妾身婉弱多忧伤。瑶琴欲奏孤飞鹤，宝帐羞看双凤凰。罗裾花亦葳蕤织，明珠耀体尤繁饰。孤心希宠多矜持，自君看来少颜色。啼妆涴粉何可前，君恩一转便生妍。愿徼丽日余光惠，照妾茕茕孤稚年。(《葩丽园诗》第39页)

此诗作用32句224字记述了一个因受女主人喜欢而嫁入夫家为妾的女子的悲惨遭遇。女子自进入夫家，始终严守妇道，而丈夫另寻它欢，最终落得孤苦失宠。女子虽落得悲惨境地，但仍不觉醒，还抱有幼稚的幻想，精心打扮自己，希望能再次得到丈夫的宠爱。诗作所塑造的女主人公有《氓》中的女子之遭遇，却没有她的觉醒。吕美荪同情女子的遭遇，以反面的例子来警醒女界。她一鼓作气，又作《前诗既成为复作一首》，进一步描述女子“死未长相思，生伤已决绝。回身惨独语，顾影复潜咽”的悲惨下场，诗作以“痛苦陈此身，愿作轻灰灭”[①]这样痛不欲生的呼喊结尾，再次告诫人们，女子不能苦乐由他人，否则，最终只能落得悲惨下场。其叙事诗《有赠》塑造了一个红尘女子的形象，尽管其千般挣扎，最后还是孤独一人，没落得一个好的归宿，只能发出“人间幸少埋忧地，生向桃花吊小青”[②]的悲叹。

另外一种是特立独行的女子形象。与上述诗作女主人公相比，《行路难》诗里的女主人公却是独立的女性，她敢于追求属于自己的生活。诗作云：

平昔不识君，谊敢薄今古。知君临难舣舟来，两人絮絮芦中语。握手苦相诀，俱莫蹈狼虎。我窜西秦君出楚，闻君富贵腰挂印。昔情已没尘与土，我自为人效渔父，何希酬剑鸱夷侣。(《葩丽园诗》第8页)

女主人公所钟情的男子一生为富贵鞍马的日子而奔波，但女主人公却无视权位和富贵，希望过隐居的生活。志趣相异，女子并没有屈就男子的意愿，而是毅然与之分道扬镳。吕美荪似乎用此诗自喻，她便是一个藐视富贵、向往自由的女子。吕美荪的诗作还塑造了睿智而果敢的女性，其诗《今世木兰曲》洋洋洒洒420字，叙述了周子固一生治理雉皋、纳人为妻等事迹。身为

① 吕美荪：《葩丽园诗》，第40页。
② 吕美荪：《葩丽园诗》，第42页。

女子，周子固女扮男装，巾帼不让须眉，吕美荪称赞周子固“乡政邀参民事理，斥金更为地方谋”[①]，折服于其智慧和胆识，表达了对周子固的崇拜之情。读《今世木兰曲》，不禁使人想起北朝民歌《木兰诗》。

（四）青岛之隐

1930年，吕美荪隐居青岛，吕美荪不求大富大贵，只希望能过上宁静的生活，这时期她的诗歌一再表达“所希世宇宁，熙熙尽余生”[②]“即此是宁乐，超僭非所望”[③]“在愿希康宁，寿富非所企”[④]的心境和生活状态。其《葂丽园诗四续》序曰：“余遁于世，而不弃山海。自庚午（1930）十月来居东岛，天风海涛，日涤我襟，续葂丽园诗数百首，既见嗤于世矣。自去岁迄今夏，复得五十余篇，虽多出之咏叹，自遣其怀，而实亦藉答山海慰我岑、寂之情。”[⑤]青岛之山、海激荡吕美荪的情思，她作诗描绘自己晚年的日常生活，抒发自己的情感体验。继《葂丽园诗》之后，吕美荪又将1931年后所作的作品结集，并相继出版，名为《葂丽园诗续》《葂丽园诗再续》《葂丽园诗四续》《阳春白雪词》，分别录诗278首、57首、57首、4首。另外，所作散文集《葂丽园随笔》，诗文交错，收有其诗集所未收的诗作9首；《季妹遗稿》中附其诗作6首。1936年春至五月，吕美荪又作《幽居近作》21首。青岛期间，吕美荪共创作400多首诗作，其中写景抒怀、题赠酬唱和悼亡之咏成为吕美荪后期诗作的三个主旋律。

1. 写景抒怀

（1）自然景物。

吕美荪寄居青岛，有着隐者般的闲居心境，描绘青岛的自然风光，领略田园风情，如：

> 出户负暄坐，挼条未绽梅。一庭山日暖，盈岫野云开。市语闻当午，春声隐似雷。荆关㚘不吠，何有故人来。（《出户负暄》，《葂丽园诗续》第25页）
>
> 堂前芳树林，含稊发新绿。一日巡几回，聊以悦幽独。山厨

---

① 吕美荪：《葂丽园诗》，第51页。

② 吕美荪：《再寄二一》，《葂丽园诗续》，第76页。

③ 吕美荪：《发旧京归途车中作》，《葂丽园诗续》，第74页。

④ 吕美荪：《诗将付印自题稿后》，《葂丽园诗续》，第77页。

⑤ 吕美荪：《葂丽园诗四续自序》，《葂丽园诗四续》。

料理毕，庭日已西促。饱食作童嬉，束我旧裙幅。驯犬亲就抚，狸奴故与逐。异类奚必分，我亦居聚族。(《闲居寂寞有作》,《葹丽园诗续》第33页)

绿暗吾庐一客藏，高花无奈晚风狂。推窗自起迎晴雪，乱点琴床更笔床。(《槐林花落岛上飞雪》,《葹丽园诗续》第43页)

白云万古常皑皑，剑则伏海腾九垓。辉皇垂光在天地，曾近日月高徘徊。蜚廉桂馆过不停，何况今少章华台。一朝疾起风飖飖，零落未忍中野隤。阴霞沉雾亦来合，孤扬乍转终违乖。含辉隐耀飘然去，长还东海依徂徕。(《白云》,《幽居近作》第7页)

以上诗作描写了农家院落的景色，给人以闲适之感。最后一首纯属写景，描绘出白云的千姿百态，似以白云比喻自己飘零无依的处境。

吕美荪也间或游历山水胜境，她以独特的视角去感受大自然美好的景色，写下了诸多写景兼纪游之作。此时期的山水诗一减前期豪放之气，多用平实的笔法去写景、纪游，融入了隐者的情愫，如《入劳山》:

深游入巉壑，石气倏阴森。峭嶂岩岩者，形宛古丈人。道旁时见逢，端拱垂裳襟。余亦肃瞻式，神契洽道心。篮舆造层冈，鸟道盘高岑。侧俯千仞壑，松风响天琴。嘉赏自多愉，峻险危登临。岚霭生霏微，衿袂润淫淫。我身何高高，随峰入云阴。(《葹丽园诗续》第49页)

此诗作描绘了一幅劳山的险峻图:山石阴森险峭，山壑千仞，松风交响。吕美荪多次游历劳山，除此首之外还写下了诸多有关劳山的诗篇，如《癸酉闰五月劳山纪游》《造劳山极顶》《下劳山》等篇，惟妙惟肖地描写出劳山多姿的面貌。而其《八达岭》《拜明思陵》《瀛台》等诗作在描写八达岭、明思陵、瀛台等景色中透露出历史的纵深感，让人遥想历史，顿生兴亡之叹。

值得注意的是，在青岛隐居期间，吕美荪的写景诗有两个明显特点，第一是喜用长篇五言古体诗来写景纪游。如诗《携友游劳山作诗一首即寄族弟辟支》用24句120字叙述游历劳山之因，以及路上景色、直至日偏而归的经过；诗《登岱》用洋洋洒洒470字，按照游览的前后顺序，记述行程，描写岱山之风景；诗《暮春携沈生及儿子丹山看花》用160字描绘了暮春丹山苍碧之景，记述了整个游历过程。第二个特点是吕美荪受佛学影响，在青岛期间，其少量写景诗作融入了佛家用语，呈现佛家清静无为的境界，如《劳山大劳观》:

百里频趋胜，山多我屐痕。峰高云越苦，寺小树添尊。松乱道人语，龛深佛座昏。暂翻仙卷读，真使净尘根。(《劳山大劳观》，《葹丽园诗续》第47页)

作者把劳山描写成一个能够让人真性忘我的禅境，其诗作尽显空灵之气。

(2)寄寓感慨。

吕美荪漂泊一生，寄居青岛时已年满五十，此时的她虽深居简出，情感却最为丰富。闲适之情、游子之悲、感时伤怀成为吕美荪不同的情感体验。

吕美荪创作了诸多山水田园诗作，这些诗作多抒发了闲适之情，以及淡泊名利的情怀，如：

迢递下我山，荷蓧逢村竖。伫问行何为，云卖丹杏树。论值讵与较，我岂计微数。欣随还敝庐，锄下疑复顾。南荣梨已密，北牖松交护。视巡忽有隙，枝发愁碍户。区区植木心，竟尔为延伫。一笑春风前，尔锄任何处。(《种树》,《葹丽园诗续》第5页)

夙昔所歆慕，非仙亦非释。先圣说仁义，总丱受群籍。倾爱于人群，畴能见心迹。心迹不可见，孤意亦自惜。反袂入岩岫，聊以遂朝夕。朝夕能有遣，山中悦泉石。(《闲居再赋》,《幽居近作》第8页)

陵晨开岛屋，一白厚积霰。岛树缀琼英，岛峰明缟练。争向碧澜窥，各逞素妆面。山树皆婵娟，高格于此见。我亦清寒士，澹泊两相恋。闭户歌商音，与世绝讥讪。况复环图史，偃蹇聊岁晏。从来抗志者，请谢繁都县。(《岛上初雪》,《葹丽园诗四续》第2页)

第一首诗用“一笑春风前”一句，就道出了从事农耕的愉悦心情。第二首诗描写了隐居之后的生活状态：不为世事所累，游走于山水之间，拥有远离尘器的轻松心境。在第三首诗里，吕美荪自称清寒士，和其他不合世俗的人一样，过着与世隔绝的生活，她淡泊于名利，与琴弦相伴，观览古今史书。

客居青岛，故土难回，吕美荪时常会发出“在宵知云幽，在海知鸥闲。我独何为者，怀忧天地间”[①]“游子如浮云，四向任飞逐。讵知倚闾人，年景电催速”[②]的感慨。飘零之感、孤苦之情侵蚀着她的心灵，她难免怀乡思亲。其诗歌曰：

依托渭阳地，何知感寄生。每承谈笑退，常负月华行。历历

① 吕美荪：《新凉雨窗有作》,《葹丽园诗续》，第9页。

② 吕美荪：《新凉雨窗有作》,《葹丽园诗续》，第9页。

前时影，凄凄此日情。羊昙思忍泪，揽袖已纵横。(《忆来安》,《葹丽园诗续》第8页)

辽鹤去不归，哀啼望城阙。可怜庾信园，犹满南朝月。(《悲故园》,《葹丽园诗续》第52页)

流转倦劳生，半世嗟行役。敢超岩壑性，为止飞蓬迹。骨肉生死违，何由能悦怿。缅怀平生欢，忉怛糜胸臆。四体具为人，哀伤本无极。只影何彷徨，永对酬孤夕。(《感怀》,《葹丽园诗再续》第7页)

这些诗歌描述了家破人亡后，飘零异乡的痛楚，抒发了孤苦、思乡之情。飘零异乡、孤苦悲怆的境况让吕美荪更加思念亡去的亲友，如：

起听惊嘹唳，只翼何肃肃。一雁天边哀，没影送双目。念彼远游人，谁能问寒燠。万里伤遥心，恻恻望川陆。川亦有樯楫，陆亦有轮谷。如何不得往，肺膈当前掬。念弟更念母，何以报鞠育。鞠育不可报，有弟当欢睦。永踠泉下亲，涕勿人间瞩。(《闻雁》,《葹丽园诗续》第1～2页)

母墓躬负土，文石起丰碑。生无鸡豚养，壮墓亦何为。墓门一株树，美荫何披离。季妹每拜起，抚树辄泪垂。忍涕我旁视，痴立五情悲。母去甫逾载，在室毁以随。遗言附母穴，生死长相依。伤汝垂泪地，汝骨于此归。当时非意料，汝亦岂自知。四载独北来，南望中怀摧，茕茕我天地，形影终何携。大哉死矣别，痛永玄黄期。何况骨肉情，能不枯涕洟。(《述哀》,《葹丽园诗再续》第10页)

提及过世的母亲和妹妹，吕美荪悲痛不已，涕流满面。同时，吕美荪对师友的怀念亦感人至深，她自言："年深感零落，后凋贞翠朽。众中心所仪，尤悲诸暨叟。"①"诸暨叟"即为吕美荪的老师蒋智由，吕美荪年老伤时，也更加思念恩师。

吕美荪感慨今昔对比，回忆过往，年轻气盛，自食其力；相比之下，晚年的自己却是年老体衰，她悲叹时光短暂，常感万事皆休，心灰意冷。如：

侵晨梳洗容颜变，为感华年如去箭。当时惯作关塞游，如今空对琉璃砚。陪京驰走长楸间，入门下马掷金鞭。流风回雪思少年，罗衣斜挂镜台边。(《思少年》,《幽居近作》第3页)

① 吕美荪:《葹丽园诗续》，第9页。

万事归华发，柴扉闭复深。自韬蓬荜士(迹)，长捧蕨薇心。与语惟前史，鸣怀无素琴。岩居更谁和，激楚有哀音。(《华发》,《葹丽园诗续》第25页)

在昔能食力，岁岁有清俸。今也筋力衰，衣食何由供。餐宿读一室，广庐奚所用。欲以赁梁鸿，惧有樨子哄。得金而废静，欲静瓶罂空。念此两踟躇，贝业且翻诵。(《踟躇》,《葹丽园诗续》第36页)

人生实哀，息变今古。况有幽忧，怛靡肺腑。昔有郁函，世指险阻。　心比二陵，哀绕风雨。褰裳欲出，横览周方。四塞山河，何有去所。起舞崇台，劝尔金罍。日月其逝，翩翩不回。(《短歌》,《葹丽园诗再续》第9页)

吕美荪感到日月如梭，一去不复返，在万般失落和悲凉之中，她选择了诵读佛经，以此寻求解脱。此类诗歌饱含忧伤之情，读之让人黯然神伤。

四处飘零的吕美荪悲慨世事，忧国忧民，感时伤乱。癸酉元旦，本应该是一个令人欢快的时刻，可是吕美荪却“颜悦心实悲”，原因是“三品日沦贱，民侈国以贫。谁更励淳风，忧勤同歌豳”。[1]吕美荪心系国家，官员不正、民风日下、国家贫弱等现象都会让她悲痛不已，其诗《藐藐》写道：“世乱无终纪，藜苋苦民瘦”“搔首望天地，闻犹衺烽堠”[2]。正因为吕美荪经历了社会动乱，她深刻地体会到战乱给老百姓带来的灾难和痛苦。她反对战争，认为国家不应依靠战争来立国，否则，遭殃的是老百姓。其诗《读书有作》云：

立国凭战伐，生灵若剃草。有史迄于今，积血作淫潦。器利徒耀武，世靖非远保。寰宇持久宁，首在灭机巧。刑教缵三王，声威光四表。黎民即时雍，协和更为宝。昔昔梦大同，万邦长寿考。(《葹丽园诗再续》第7页)

早在太平军起义之时，吕家深受其害，吕凤岐在《静然斋杂著》中也有记载：太平军破宁国府之后，吕氏家族在三溪的典业、米肆皆毁，生活困顿。1860年，赖汶洸带兵进入旌德，“往返扰害，搜山焚杀无虚日”[3]，难民路毙者日以千百计，吕凤岐三叔、长嫂等人被害，吕家多人死于战乱，停柩累累，还有多人被太平军所捕，亲人失散，四方颠沛流离。吕凤岐曾逃避于山谷中，

① 吕美荪：《癸酉元旦》,《葹丽园诗续》，第22页。
② 吕美荪：《藐藐》,《葹丽园诗续》，第44页。
③ 吕凤岐：《石柱山农行年录》，吕碧城著，李保民笺注：《吕碧城诗文笺注》，第529页。

雨行露宿，日无定所，屡不得食，几近丧命。[1]吕氏三姊妹外家居来安，"洪杨之劫，来安县无一家三人并存者"，其先外王父严琴堂被掠十年后，"方得迎养京师，年已六十"[2]。这种家族仇恨，吕氏姊妹深埋心中，吕美荪对太平军的痛恨流露于其作品中。其《纪舅氏严朗轩太守（士琦）十四岁事》诗云：

金田起称兵，杀气东南昏。来安一童子，牵入营垒门。裹尔头上帕，缠尔腰间巾。执役于传呼，豢尔勿思亲。父母窜流离，弟妹亦何存。中宵潜饮泣，逃遁计之频。昧爽矫令出，守者当关瞋。吒么尔何在，奉令催粮银。令牌尔何在，偶忘佩在身。层城方悖出，追呼后骑奔。么尔勿轻逃，主将已赦恩。既窜岂回顾，奋体入荆榛。戟刺多牵绊，脱弃衣与裈。浴血缘体流，讵惜残肉筋。逻者不能见，火铳烟乃熏。踰河顾丛棘，猎猎冬原焚。途与邻旧值，负归匿野村。……（《葂丽园诗续》第47页）

此诗作再现了太平军的凶残行径，以及其舅氏严朗轩狼狈逃生的经过。其诗《再从母陈夫人美冠南州，太平军破来安，闻而求之，抗节寸磔而死，吾母尝泫然道之，作诗追纪》亦为批判太平军的又一力作，诗作描述道：太平军进攻来安，陈夫人称太平军的起义为贼之叛乱，毫不妥协，太平军抓获陈夫人，斩其指尖以迫之，最后陈夫人两手臂皆寸斩，乱刀齐下，一身成肉糜而死。对于陈夫人的贞烈，诗歌赞曰"惟此壮巾帼，义烈摧山邱"[3]，诗作赞扬了陈夫人在太平军残酷的迫害下，英勇不屈的凛然气节。上述诗作深刻地揭露了太平军的残暴行径。

2. 赠题诗作

20世纪30年代，青岛已成为现代文化名人聚集的地方，来自全国各地的文人墨客纷纷移居青岛。当时的青岛出现了一种"孤岛现象"，究其原因，主要有以下几个方面：首先是国民党南京政府刚刚建立，全国各大城市军事摩擦不断，势力范围还需要重新划分，而青岛却一直牢牢地控制在东北军的手中。20世纪20年代末，青岛的社会状况基本趋于平静。所以，青岛被许多文化名人视作是一个远离战争的"文化孤岛"。其次是青岛山水秀丽，交通便捷，正所谓"不寒不暑，可舟可车"，青岛文化底蕴深厚，且非常宜居。再次是青岛多年来遭受外国列强的殖民统治，外来文化可谓深厚，它可以从

---

① 吕凤岐：《石柱山农行年录》，吕碧城著，李保民笺注：《吕碧城诗文笺注》，第530页。

② 吕美荪：《先外王母严太夫人先从母余太夫人孝行》，《葂丽园随笔》，第15页。

③ 吕美荪：《葂丽园诗》，第11页。

多种渠道接触西方的一些先进东西。上述原因亦是吕美荪移居青岛的原因。特殊的地理环境和人文氛围，使得弃绝俗务的吕美荪陶醉在山水之间，也为吕美荪广交文友、参加雅集提供了便利。此时期她大量创作赠题诗，共有赠诗44首、题诗19首。

期间，吕美荪与诸多旧朋新友如陈三立、傅增湘、黄孝纾、梁鼎芬、沈鸿烈等诗词赠答。赠诗所抒发的情感，已经不像前期赠诗如《寄怀百琲》《寄紫田》等诗作那样激烈。其赠诗更多是写友人的经历、出类拔萃的成就等方面的内容，在描写和叙述中寄寓淡淡的情思，因而抒情在诗歌中已经不占主导地位，它逐渐让位于叙述和描写，如：

不爱胭脂爱莽山，生逢北鄙态能坚。当眉偶露幽并气，入坐旋依蒲褐禅。独士棱棱老肝肺，闲云历历倦山川。化城雪地吾终往，半领丹袈已上肩。(《寒窗小雪，寄孙师郑吏部兄》,《葂丽园诗续》第3页)

我当海岸居，海上雾常满。横雾楼船来，不知子行返。降门迎华裾，杯盘愧疏简。翩翩公子贤，怀抱琰与琬。世指六朝人，吐属慕清远。诗篇具别调，百家不挂眼。独俯陶(柴桑)韩(冬郎)白(香山)，深论批却窾。微飔动华镫，疏雨生凉馆。欢谭夜何其，真忘更漏短。老至怀沉忧，释然藉君遣。(《黄公渚(孝纾)枉顾山庐，作诗赠之》,《葂丽园诗续》第57页)

负米已息躬，卧向沧海废。沧海生青桑，惊起阅人世。西山尽蕨薇，南山郁松桂。行歌虽饿饥，苍劲勉卒岁。闻道湘江深，君子撷兰蕙。芳意荐灵修，幽馨慕为佩。(《报赵芷荪侍御长沙》,《葂丽园诗再续》第11页)

第一首诗用描写手法描述了孙雄的高雅性情。第二首诗叙述了黄孝纾拜访吕美荪的经过，吕美荪视其为贵客，固有“杯盘愧疏简”之感，诗歌还描述了黄孝纾的才气、优秀的诗篇，以及淡泊的心境。第三首诗描述了诗人及赵芷荪的生存状况。这三首诗皆娓娓道来，没有强烈的情感冲击，只有对人生及生活意义的思考，让人感受到了细水长流般的真挚友情。

另外，在赠诗中，新增了为朋友做寿或恭贺喜事而作的诗。20世纪30年代，吕美荪的一些友人已年逾古稀，诸如孙雄、陈诗、曹纕蘅、张少轩、吴郁生等，他们做寿之时，吕美荪总是以诗相贺，如：

珠璧联星缠，玉衡移七月。哲士览揆辰，河山共腾悦。维君富文史，胸有百城列。垂老阅玄黄，猿鹤历千劫。餐薇发商歌，殷墟已无撷。维柏劲南岩，岁晚擎苍雪。荷帝锡大年，炼此盘根节。（《寿孙师郑吏部兄六十有七》，《葂丽园诗续》第8页）

应运异人起，磨盾整兜鍪。一剑叱风云，霿黔期以收。自来豪与杰，廉惠民歌讴。金殳琱戈里，名将已白头。周甲始晋一，八千展春秋。灵椿挈天地，彭钱未足俦。勇退闲赋诗，儒雅亦风流。世颂九如章，歌和以琳球。遥知会耆英，酬献欢壶卣。更看毓嘉祥，瑞集五老游。南极联珠璧，和风静旗旒。寿考并英名，长辉于九州岛。（《寿吴子玉将军（佩孚）六十晋一》，《葂丽园诗再续》第3页）

今世草玄子，才气冠江东。在地回江汉，在霄辉霓虹。生不逢唐虞，都俞以登庸。晚世亦佐时，入幕远从戎。帷幄寄腹心，延陵（吴将军子玉）礼遇隆。珥笔参戎机，志弭八埏烽。懿此主宾贤，天吝以限功。长揖谢韬钤，文史独温胸。英名岂不伟，老乃百忧攻。大年倏满甲，郑乡毓小同。小同生弥月，乃祖辰降嵩。拜手我何颂，不颂绍裘弓。在褓荫慈泽，长而六艺通。荷锄师李悝，为贾迈朱公。箱有帛千匹，庾有粟万钟。开阁召宾朋，膳具牛羊丰。财用大盈足，余泽济贫穷。百岁长宁乐，即此一世雄。世降苦佳兵，何取于终童。戎马多仓皇，幸勿效太翁。（《杨云史六十得孙，弥月又为乃祖诞辰，驰书索诗为贺》，《葂丽园诗四续》第3～4页）

前两首分别为贺孙雄六十七岁和吴佩孚六十一岁而作。最后一首为贺杨云史六十岁寿辰，兼老来得孙而作。此类多用溢美之词，对主人公从德、才、功等多方面进行褒扬。

吕美荪也写了多篇题诗，多为书、画而题。她曾受李伯琦（国环）之邀为其亡子所著的《合肥名胜杂咏》题诗。她亦曾为《蒋观云遗诗》、杨云史悼亡诗及其《江山万里楼集》等题诗，还曾作诗题吕凤岐的《兰》、陆丹林的《红树室时贤书画集》《观雪图》、陈演群的《南陔永慕图》、蒋观云的《玉玲珑馆读书图》等图画。其诗云：

百战声方壮，千军正会同。虎牢孤骑去，甲帐一宵空。机智穷王粲，天心败令公。祇今关塞血，犹染夕阳红。（《杨云史赠江山万里楼集，奉题四律》之一，《葂丽园诗续》第56页）

江山楼万里，日日啸清才。一卷灵均语，千年庾信哀。戎衣归谢后，草阁不轻开。按剑非无睹，明珠自隐埃。(《杨云史赠江山万里楼集，奉题四律》之四,《葹丽园诗续》第56页)

昔过诸暨叟，清话誉孙郎。刻镂云与月，裁成窈窕章。沪渎同托居，咫尺隔仪光。今来海东岸，屡易星与霜。当门波浩淼，锦鲤浮一双。鲤中剖素书，感君辞意长。千里索题诗，久矣涩中肠。君效下帷人，百城拥缥缃。通学基于此，玉貌正年强。我亦有幽馆，金经满石床。衰壮不侔趣，但阅海田桑。(《题玉玲珑馆读书图》,《葹丽园诗四续》第6页)

崔巍积白是何年，嵩顶高歌冷欲仙。雪照四州诗照世，一般清峻极中天。(《云史属题与康南海少室观雪图》,《葹丽园诗续》第70页)

前两首为书题诗，第一首写杨云史从戎的豪气和英雄气概，主要写人；第二首则写《江山万里楼》的艺术造诣及诗人归隐后的生活，大赞集子所蕴含的深沉的思想感情。而后两首为题画诗，前者写画者的德行、生活状况，以及与作者相处的细节，主要写人；后者主要诠释《观雪图》的内涵，主要写画。可见，吕美荪的题书、题画诗内容丰富，题材多样，体现了吕美荪晚年诗歌的深厚造诣。

3. 挽悼之作

20世纪30年代，朱孝臧、费树蔚、陈宝琛、黄中慧、潘飞声等相继离世，作为友人的吕美荪悲伤不已，特作挽诗以表哀伤，共计25首。

吕美荪挽悼之作喜用五言，情感基调悲伤，情感的表达更加含蓄蕴藉。已经找不到前期所作如《哭樊樊山先生》《哭谭百琲》等悲情四溢的挽悼诗了。其诗歌或写亡者高尚的品德、惊人的才气、卓越的政绩，深为亡者的离去惋惜；或写亡友与诗人交往的细节；或写亡者悲凉的人生，使人读之悲不自禁，如：

中夜观星象，三台陨光烈。丹旐导骑箕，朝于帝庭阙。昔悔龙门高，过不一抠谒。辱托文字赏，今乃徒呜咽。高卑讵比论，同是草间活。上仰廊庙贞，下愧臣妾节。昭昭寸肝胆，敢亦争日月。正谊苟不死，纲维永无灭。昭告于来世，畴能否斯说。代取立国者，磐石亦逾铁。岂为西山薇，而少一翁撷。(《挽陈太傅宝琛》,《葹丽

园诗四续》第2、3页）

意左始言欢，君昔投我句。开箧楮犹新，黄垆人已故。清才湖海滨，俊羽云霄翥。方谓青桐枝，独为祥凤据。高明鬼所瞰，盈满天岂妒。始越商瞿年，幽忧竟沉痼。惨惨屋梁月，凄凄金阊树。傥再金阊游，却步桃花坞。（《吊吴江费仲深》，《葹丽园诗四续》第10页）

抱道天南士，文史胸纵横。敛华而茂实，异国能远惊。东方仰文教，西聘万里行。盛年拥皋比，海外扬其声。归来纂儒业，世重迈公卿。嘉娱托撰述，文库晚告成。二纪两接席，开箧书简盈。海上琴音辍，空伤流水情。（《挽番禺潘兰史（飞声）》，《葹丽园诗再续》第6页）

第一首悼亡诗没有一句直言悲伤之情，大部分文字都在褒扬陈宝琛的政绩，赞扬其对国家的贡献，诗歌前后两句让人为陈宝琛的离去而感到惋惜和悲伤。第二首以回忆往昔、睹物思人起，其后写哀景，以此衬托哀情。第三首都在写潘飞声不凡的才华，声名远扬，仅最后一句“海上琴音辍，空伤流水情”道出了悼念哀伤之情。吕美荪后期的悼亡诗，不再是撕心裂肺的悲情的抒发，而是用简单的叙述和描写，似不是在写悼亡诗，像叙家常一样地娓娓道来，在诗作的前或后，用一两句点明忧伤之情，语淡而情伤。

4. 唱和诗

女性唱和诗，古已有之，至清时日渐增多，时至晚清民国更屡见不鲜。吕美荪是晚清民国一位多产的诗人，其唱和诗数量众多，唱和伴随着她一生的创作。今存吕美荪唱和诗的数目，据统计，详见下表：

诗集	唱诗	和诗	唱和诗人	地域
《吕氏三姊妹集》		1首	吕惠如	
《辽东小草》		9首	王揖唐、舒彬儒、王茂卿、无名女士、吕惠如、仲周、张贞午、吕碧城、孙师郑	
《葹丽园诗》	1首	14首	叶焕彬、梁任公、刘中隐、姚蕴素夫人	
《葹丽园诗续》		3首	潘飞声、陈诗、曹纕蘅	
《葹丽园诗再续》		7首	南京诸诗人（曹纕蘅等）、旧京诸诗人（杨云史等）、八指头陀	跨省

（续上表）

诗集	唱诗	和诗	唱和诗人	地域
《葩丽园诗四续》		1首	南京诸诗人（曹纕蘅等）	
《瀛洲访诗记》	9首	10首	安冈正笃、国分青崖等日本名流，杨无恙等	跨国
《阳春白雪词》	4首	73首	和者46人	跨省

从上表可以看出，吕美荪一生唱和范围不断扩大。吕美荪少女时期的唱和仅限于家庭成员之间，辽东时期扩大到同一地域内的朋友之间，且多为和诗；战乱的纷扰，使吕美荪颠沛流离，居南京期间，唱和诗增多；到了青岛时期，吕美荪交友更为广泛，还发动了诸多男女诗人共同参加的大型唱和活动。

随着唱和范围的扩大，吕美荪的唱和诗的内容亦日渐丰富。在吕美荪之前，女性唱和诗早已有之，且有唱和诗集面世。但对于明清时期绝大多数的官宦贵族和文人士子家庭的女子而言，社会作为一种公共的空间，与她们的日常生活几乎是完全隔绝的。她们虽然时有涉足社会的精神向往，但缺乏涉足社会的现实可能。因此，明清时期的绝大多数官宦贵族、文人士子家庭之女子的生存空间，只能局限于家庭闺阁之中，闺阁几乎是她们唯一的生活场所，也几乎是她们唯一的精神寄托。即便是文学唱和活动也局限在闺阁之中，少数为师徒之间、夫妻之间，除此之外，几乎再也没有更为广阔的唱和行动了，这与当时女性的生存状态密切相关。吕美荪早年的唱和诗，沿袭前代，她的唱和活动也局限在吕氏四姊妹之中，如：

> 不羡春芳富贵家，幽人庭户自清华。宛如螺子开轻靥，恰伴虫娘络纺车。凉雨半篱烟翠活，秋风一曲紫云斜。晓来谁把连藤掐，叶上分明有落霞。（《豆花和长姊》，《吕氏三姊妹集·眉生诗稿》第3页）

因为是闺中唱和，诗歌的内容写闺阁庭院之美景和闺中闲愁别绪。随着吕美荪走出闺门，陆续在天津、奉天任教，在南京闲居，其交友范围不断地扩大。吕美荪与王揖唐、王茂卿、张贞午、梁启超等文人名士有诸多唱和，诗歌已经不局限于写庭院之景，抒闺中之情，此时的唱和诗一改前代之习气，其内容日渐扩大，或歌咏友情，或抒发羁旅之愁、爱国之情。吕美荪隐居青岛期间，终日以吟咏为乐，她所写的唱和诗题材更为多样，内容更为丰富。诗作或讽时，或抒情遣怀，或逞才咏物等，如其诗云：

繄昔葛帔出，乞食走遐荒。承平亦已久，壮未识锋铓。垂老闭蠹枢，犹虫百足僵。何期中天象，夕夕见天狼。小人道遂长，君子息不强。礼乐倏忽崩坏，吾道真已妨。忧伤何回环，九河曲我肠。屏息吟式微，敢曰戢羽鬣。低徊叹钟吕，嘈杂避笙簧。终乃中夕起，怀抱激雷硠。徒亦开简编，想见虞与唐。自栖田横岛，亦比遁狼朊，天械世何避，惭君独轩昂。畴为喻蜀文，闻方哄夜郎（时四川战）。民食在菽麦，民衣在蚕桑。苟有盖与藏，国后殿宪章。九有瞻何望，泣涕于周行。（《次韵酬潘征君兰史（飞声）》，《葹丽园诗续》第16页）

这首诗歌写诗人与友人的生存状况，表达对礼乐崩坏的忧虑，以及对烽火四起，民不聊生的悲痛。又如：

当年二十好身手，欲博边功奋孤走。小兵何日见边功，黄沙碛下堆肢首。（《读八指头陀集，爱其从军行，因和三首》，《葹丽园诗再续》第5页）

乌鸦啄时肌肉变，身死金疮不敢怨。壁上赤帜拔赵帜，殇魂迷失还乡县。（《读八指头陀集，爱其从军行，因和三首》，《葹丽园诗再续》第5页）

相逢已诧遥难见，知在关山与乡县。梦中正自抱君啼，何意晨闺更漏断。（《再和征妇怨》，《葹丽园诗再续》第5页）

更漏断时人来言，寄回宝刀锋已残。回身捧刀背姑咽，啼入罗帏寸肠绝。（出处同上）

前两首写出了一个小兵无助的感受，描绘了边塞沙场悲惨的场面，诗歌站在军人的立场去揭露战争的罪恶。后两首分别描述了军人家属的离别之痛、亡夫之悲，更为深刻地揭露了战争对家庭的破坏和给人民带来的灾难。

吕美荪还通过唱和诗逞才斗韵，发起大型唱和活动。1934年，吕美荪感春雪而赋诗4首，邮海内诸文学家索和，和者有费树蔚、杨云史、陈诗、袁思亮、戴振声、陆丹林等46人，这些诗人遍布了全国29个地区，共得和诗73首，吕美荪将其唱诗4首与这73首和诗结集出版，名曰《阳春白雪词》。其唱诗二首云：

梁园二月未飞花，金炉兽炭青烟斜。嘉宾词客各惆怅，司马大夫歌无哗。抽毫半牐王前陈，春霰作雪愁嘉辰。臣才不若邹枚辈，献辞匪丽聊展颦。烛龙已烬天将曙，中原四塞同云布。当春不悦玉座怀，特遣祥霙栽万树。此际酒暖歌风诗，一唱齐和阳春词……

仲春临青阳，勾芒尚沉机。北地气苦晚，杨柳无依依。宵来霰成雪，寒敛桃李辉。娟娟众峰白，皎皎琼树攲。密零点春海，轻鸥影已迷。陵晨独卷帘，灵景悦清奇。佳人远千里，碧云微合时。何当嘉赏出，载美同予携。

此诗作描写春雪之景，以此起唱，唱诗与和诗皆“不以韵拘，不以体缚，不斤斤于地域派别，与夫年龄职守之高下”“无不直抒其胸臆所欲出，而沉雄轻倩之态，欢愉忧抑之思各肖焉”[①]。

吕美荪是第一位在中日两国诗坛倡导大型唱和活动的女诗人，其唱和诗无意不可入，进一步丰富了女性唱和诗的表现内容。

（五）瀛洲访诗

吕美荪在奉天任教期间，就曾有东游日本的想法，“披图欲作乘风想，愿适彼土观其光。吁嗟一苇安可航，岂徒游宴而徜徉[②]。”只是那时意气风发的吕美荪还是从政治的角度欣赏日本的繁华和强大，而晚年吕美荪的心境已渐趋平静和淡泊。1935年，她仅仅以诗人的身份东渡日本。回国后，吕美荪出版游记散文集《瀛洲访诗记》，其中录诗91首。

1. 写异国自然风景与人文景观，以及日本人的友善

吕美荪怀着激动的心情赴日，她用诗歌记录了路途中的一草一木，描绘出异国他乡的美景，如：

巨舶泛瀛海，山移踏浪开。栏楯缭远廊，遣步长徘徊。波平净如拭，岛屿皆蓬莱。山海交清辉，衿意亦皑皑。始出恋邦境，暂尔忘归怀。眺久天风凉，慎此薄袂裁。回躬入广室，伶俜影相偕。繁锦织地衣，溜不闻金钗。芳桂陨座隅，绮席疑浮埃。旅行此豪华，天或生忌猜。暂坐还凝望，迎牖众峰排。青苍透几席，密莫辨松槐。迤逦宛屏幛，继续当榻桅。嘉赏目为劳，舟行乐无涯。宁居固所愿，目限于堂斋。寄言守乡子，何不三山来。（《瀛洲访诗记》第4～5页）

---

① 于元芳：《春雪唱和诗序》，吕美荪：《阳春白雪词》，原著未注明出版地，1934年。

② 吕美荪：《题友人所赠日本山水画》，《辽东小草》，第13页。

山暖犹春阳，时序已授衣。幽讨入名域，群壑皆能奇。我车伫以观，巨川护石堤。碧波激雪涛，滚滚送奔驰。下有藻荇浮，上有嘉木垂。安得我为鱼，濠梁宛在兹。群壑再深入，石梁度逶迤。飞瀑发四岩，遥泻如悬丝。扶疏相映美，山木青青枝。悬丝泻何地，潭水亦明漪。疲目高下营，已复及东西……(《游箱根观大涌谷火山，以诗纪之》,《瀛洲访诗记》第61页)

前者描写平静如川、风景幽秀的日本内海，后者写日本大涌谷火山的壮丽景观。到达日本后，吕美荪游览日本的风景名胜，作《日光华岩泷瀑布》《观富士峰》《三溪园》等诗篇记录下各处或壮观、或优美的景色。

吕美荪欣赏日本的民风民俗和都市景观，并作诗记录下所见所闻，如：

依山起廛市，临海见舟舶。苍然郁天际，蜿蜒走峰脉。天地同区宇，风日同丽日。我来入神户，惊已适异国。于先睹为治，通逵多广直。民俗虽未察，妇德见服饰。更闻裕民生，工艺代耕织。人能勤其业，邦家自丰殖。归待语邦人，敢愿昭劝激。所惜过忽忽，观览无片刻。游怀忽别感，缅彼求仙客。是否此登陆，灵药终何得。何处吊徐公，极目思遗迹。(《过神户诗》,《瀛洲访诗记》第8页)

飞腾此园舆，万类圜舆附。上有青冥天，下有黄泉路。入地泉莫见，窈窕多门户。金碧画墙宇，白石为阶阼。华镫高下张，何知朝与暮。行者何熙攘，千众共来赴。悦彼列肆人，高鬟佩明璐。珍宝与帛粟，四民尽来顾。驰电飙轮飞，安乘纷来去。道旁逢花林，当秋讶春驻。花林何烂漫，端审心忽悟。余绮散成霞，裁霞做芳树。驰车花林下，亦饶观赏趣。蓝缕辟地层，或有五丁助。游人疑换世，所少飞鸟兔。于此骇人工，宜为世歆慕。既出心魂清，天地欣还故。(《地下铁道》,《瀛洲访诗记》第104页)

第一首诗写神户的市容市貌，还有妇女繁复的服饰，以及先进的工艺、人民的富足。第二首诗呈现了日本地铁站的华丽繁闹景象，以及地铁的便捷。此外，吕美荪还游历了日本的诸多城市及其人文景观，并创作了《恭谒东京汤岛圣堂》《夜游银座》《热海》和《观菊的盛会》等诗作。吕美荪在拜访艺妓大文字楼时，作诗9首，其二首曰：

明仪庄态讶委佗，气重如山又如何。首耀笄珈身绣服，敢容平视古宫娥。

月拥云围迥不群，况闻兰气袭芳芬。天人自有雍容态，合配诸侯作小君。(《大文字楼》,《瀛洲访诗记》第89页)

作者不直接写大文字楼的建筑，而是写大文字楼里的艺妓，描绘艺妓的雍容美貌，同时指出艺妓与日本诸多维新志士的关系，她们已不再是单纯的艺妓，而是可以和女侠相媲美的女子。诗歌写出了在特定时期的日本艺妓文化。

吕美荪还善于捕捉描绘日本人接人待物的神态。吕美荪抵达东京，寓于中央宾馆，有感于主人的深情厚谊和侍女无微不至的招待，作诗曰：

楼船远送冯夷风，飘飘泛我瀛洲东。来时正值枫欲红，波明岚靓惊无穷。况复彼美如霓虹，明眸巧笑复温恭。朝亲暮接愉融融，语而未解情胡通。山木之悦徒盈衷。踪随意逐如转蓬，中怀永蕴明净容。山重水远难再逢，思君无极心粤忡。(《抵东京寓中央旅馆》,《瀛洲访诗记》第11页)

诗歌描述了侍女美丽的外貌、温恭的神情，表达了对侍女的谢意。

2. 写弱国子民的羁旅之愁与忧国忧民之情

漂洋过海，来到异国他乡，吕美荪难免会思念故乡，其诗《旅夕不寐，成小诗五首》之一曰：

檠射明床锦，花繁灿地衣。清宵步惆怅，非是客思归。《瀛洲访诗记》第11页)

日本优越的居住条件以及灯红酒绿的繁华之景难以遮挡吕美荪思乡之情，虽身处富足繁华的日本，吕美荪却归心似箭。

吕美荪看到日本纯朴的民风、先进的科技，再和自己的国家相比，她不仅仅是羡慕日本的强盛，更多的是为国为民忧虑。她初到东京，目睹日本的强盛，看到日本山水奇秀，乡村屋舍整齐，人民雅洁，男女皆穿白衫，在田野里劳作，无蓬垢之形，感慨作诗曰：

……经国有大道，足食而政平。内以临威德，于外愿亲盟。富强岂不盛，立国自有荣。瞻邻窃有慕，遂使寸心倾。西引眷余邦，忧心徒怦怦。(《瀛洲访诗记》第9页)

诗歌的最后一句，道出了弱国子民隐隐的心痛。无独有偶，她在拜谒汤岛圣堂时，更是悲慨万分。汤岛圣堂为日本的孔庙。吕美荪自言“大哉我尼父，垂教义与仁”“设教为斯民，斯民作邦本”，孔子虽为吾国圣人，其仁义之道却为日本所用，所以他们百姓明伦，邦国有道。[①]吕美荪以此说服国人，要“礼失求诸野，道丧求诸邻。还将此衷意，再贡于邦人”，情深意切，忧国忧民。

3. 赠诗

吕美荪初到日本，得到了旅日华人的照顾，以及日本友人的盛情招待。吕美荪参加了诸多雅集之宴，觥筹交错间，两国友人以诗相和。同时，吕美荪拜访了日本文艺界、新闻界、政界、教育界等名人，亦作诗相赠。期间，吕美荪创作了24首赠诗，如：

> 夙慕斯文越远程，彬彬真使寸心倾。为赓雅颂群贤集，拜诵珠玑万斛明。于此升平见祥瑞，已传佳话遍蓬瀛。二峰合并青崖叟，皓首诗坛共主盟。(《艺文社招燕赋谢》,《瀛洲访诗记》第51页)

> 绿绮方一弹，三山静无极。即此成连音，瀛波正流碧。(《瀛洲访诗记》第37页)

前一首诗歌赞赏日本艺文社里学者才高学广，后一首诗用通感的手法描绘出日本山民氏琴艺之高妙。

吕美荪拜访了日本诸多高龄名人，如首相若槻礼次郎、二松学舍校长山田济斋、日本新闻界名人德富苏峰等，吕美荪分别作诗相赠；她还参加了泰东书道院清浦奎吾伯爵颂寿会，写诗赠清浦奎吾及与会的高龄出席者，此为赠诗，亦为寿诗，如：

> 熏风瑞日沐河山，况值丰穰大有年。四海承平君万寿，相公今日乐平原。(《赠前首相若槻礼次郎》,《瀛洲访诗记》第63页)

> 邦庆由人瑞，耆英仰众贤。北宸歌帝则，南极耀星躔。绛县集群老，丹颜驻大年。当筵足嘉兴，敢望和高篇。(《又赠诸高龄出席者诗》,《瀛洲访诗记》第81页)

两首诗对老者的功德给予了高度的赞扬，并祝贺他们高寿、康乐。

此外，吕美荪在日本曾作五言古诗二首赠与日本帝后，其一首曰：

> 中华荆布衣，观光赴帝京。迢遥泛弱水，欢心望蓬瀛。金银宫阙间，蔼蔼瑞辉呈。既至闻邦政，教化足食兵。郅治臻上理，皇泽洽舆情。缉睦于万邦，良弼仰公卿。况我同文种，民亦友嘤鸣。远人造斯域，遥遥瞻殿廷。殿廷五云起，拜手颂虔诚。陛下千万寿，

---

① 吕美荪:《恭谒东京汤岛圣堂》,《瀛洲访诗记》,第26页。

两国共昌荣。(《赋诗恭颂日本帝国皇帝陛下万福二首》之一,《瀛洲访诗记》第118页)

此诗作赞美了日本的繁荣和昌盛，以及日皇的英明，日本外交的友好，吕美荪作为邻邦子民，表达了美好的祝愿：中日两国友好相处，寻求共同昌荣。

此外，吕美荪在日本参加了东京艺文社诸诗家雅叙园公宴、星冈茶寮雅集、雅叙园之酬宴等多次宴会，在雅集中，吕美荪多次以女诗人的身份发起了有众多日本文人名士参与的大型唱和活动，她唱诗一首，和者百应。吕美荪留下了9首唱诗，10首和诗，诗作或赞美日本人杰地灵，或称颂日人之才高气俊和政绩显赫等，不乏溢美之词。

二、诗歌的艺术特色

(一) 转益多师，风格多样

1. 古体由魏晋浸淫而及于汉，风格质朴明朗，兼具含蓄之作

对于诗，吕美荪古近体皆擅，其古体诗学魏晋尤为突出，如：

戚戚何为，生无长在。庄生能达，树我楷模。翀邈旷衿，何有烦怠。天有虹霓，束以为带。掇佩日月，垂为光采。往来宇宙，上下千载。永啸长吟，飘飖物外。水容澹荡，山岛鳞碎。歌以悦志，浮杯沧海。(《短歌》,《葂丽园诗再续》第9页)

我闻散原峰，白云常窈窕。被作君子服，飘摇戏尘表。大年亦已耄，丹颜转美好。时见度林薄，通眉与长爪。相逢伊何士，定然有郊岛。商歌互为答，岁寒永相保。何似庸陋人，但晋长寿考。(《寿陈散原先生(三立)八十》,《葂丽园诗续》第20页)

在昔走榆关，未出居庸塞。饮马长城窟，今歌我行迈。秦汉代已远，遗迹宛犹对。雄主与城旦，同一更谁在。奋足登崇墉，览古抚还喟。万岭伏迤，长堞走萦带。大野凄漠漠，生烟长霭霭。人迹绝穷徼，回风起悲籁。不信人间世，乃有阛与阓。人情临此境，更何仇与快。俯仰感遐荒，生兴索然败。临风悄余悲，嘉游转成痗。伊古多征战，白骨尽尘壒。想象泥土中，犹或有金铠。羌胡频入主，边城岂云坏。防秋日固围，终难界内外。嗤彼丸泥谋，何赖一关隘。(《八达岭》,《葂丽园诗续》第18页)

第一首为四言诗，前三句抒发了远离世俗、置身世外的隐逸之情，后五句

转而表达往来宇宙、激荡山河的豪情，诗作慷慨悲歌，有曹孟德诗之遗韵。第二首诗祝贺诗坛领袖陈三立八十大寿，风格朴拙，情感淳厚真挚。第三首诗写登上八达岭之感，伤古叹今、以古喻今、兴亡之感跃然纸上，诗作词旨渊永、寄托遥深，有魏晋之风。于元芳亦评其曰："旌德吕美荪女士诗学邃深，古体由魏晋浸淫而及于汉，近体则仿佛唐初。"[①]

吕美荪诗云："良日登远游，渊明何悦康。缓带倾庶羞，沉吟子建章。二贤实所慕，继兴毋彷徨"[②]，又评曹植曰："子建称八斗，才思难遽量。一门能赋鸣铿锵，君独遭患辞意伤。"[③]作为五言诗之典范的曹植的诗歌，其后期之作尤偏重于深邃的情感体验。而陶渊明的诗最突出的特点便是平淡自然与深厚醇美的统一。他的田园诗写的是平淡的田园风光和日常的农村生活，反映的是归隐后恬淡的心境与情趣。吕美荪偏爱陶渊明和曹子建诗作，对二人有意模仿，并具二者之风，如：

> 逐逐轮将展，靡靡怀暗酸。临歧但握手，欲言在肺肝。珍重送登车，低首含汍澜。惜别非在遥，念汝投荒寒。辚辚去已疾，声犹在耳间。落日与我情，各各恋平原。归来不成寐，起视云霄端。霜羽惊嘹唳，独雁去漫漫。(《送季妹坤秀赴吉林女学》,《葂丽园诗》第11页)

> 当户窥遥蓝，涛落见湾曲。一抹海西山，残阳丹若沐。散绮接素空，灵景炫凡目。徙倚方睇恋，暮霭沉丛木。啁啾返众羽，入息知已促。我林作尔都，尔都藏我屋。各选南柯梦，鸟我争投宿。(《山居暮望》,《葂丽园诗续》第4页)

> 春阳禁意美，山庭坐曝背。掩骭复牵肘，何惭缊缕曳。堂前罗众木，排衙俨余卫。荆布无人爵，而有此天贵。……(《遣兴》,《葂丽园诗续》第29页)

前一首诗为伤别之作，吕美荪送四妹赴吉林女学，别离之时，悲从中来，故作此诗，辞意感伤，抒发了亲人分离之后忧伤和哀怨的心情，其风格情兼雅怨，体被文质，可视为模拟曹子建诗作的力作。后两首诗又别具风格，写隐居之情怀，平淡的景物描写中蕴含着吕美荪对生活和自然的热爱，将深刻的哲理融入诗歌的形象中，在表现方法上，这些诗歌多用白描手法，语

---

① 于元芳：《诗说赠吕美荪女士》，吕美荪：《葂丽园诗再续》，第1页。

② 吕美荪：《发旧京归途车中作》,《葂丽园诗续》，第74页。

③ 吕美荪：《读曹子建集》,《葂丽园诗》，第25页。

言朴素自然，极具渊明之诗风。

吕美荪自言“隽哉汉晋句，今我拟何如”[1]，解读吕美荪所作的五言诗，还可以看出吕美荪对东汉《古诗十九首》的师法，如其《杂诗三首》曰：

中庭悦芳树，连株绮剪裁。一雨凋葳蕤，发叶盈条枚。纷纷委丹华，泫泫泣苔莓。不恨无人赏，但愿春复来。今日芳阴下，安用赠徘徊。

流转倦劳生，半世嗟行役。敢超岩壑性，为止飞蓬迹。骨肉生死违，何由能悦怿。缅怀平生欢，忉怛靡胸臆。四体具为人，哀伤本无极。只影何彷徨，永对酬孤夕。

忧伤戕性斧，握持岂自知。嗟我朱颜子，日夕变鬓丝。有酒当开樽，有帛当裁衣。百年会有尽，努力及良时。但得常欢乐，崦嵫以待期。(《葂丽园诗再续》第7页)

第一首似乎抒发了怀才不遇、知音难觅的忧伤，结尾却能自我勉励、自我安慰。第二首在半世漂泊、亲人不在的忧伤中喟叹自己的孤独无助。第三首感叹世事变化莫测，时光短暂，朱颜易老，劝诫人们要及时享受，常保快乐的心情。无独有偶，其《述哀》诗曰：

先考窀在皖，先妣殡于沪。游子若浮云，生死莫依附。有身作儿女，焉及墓门树。枉哉父母心，育哺勤逾度。寄言庭帏子，承欢宝朝暮。勿使悔终天，哀哀望亲墓。(《葂丽园诗再续》第10页)

诗作写出了自己的处境和遭遇，抒发了孤独凄凉之情。可见，吕美荪将对人生的思考，附注于五言古体。诗作或不满于生活动荡不安，或慨叹生命短暂，或忧虑人生无常、祸福难测，或抒发孤苦飘零之感等，皆感伤哀怨，情思深沉，蕴藉委婉。无论从内容还是形式上看，上述诗作大有《古诗十九首》之风致。

2. 近体参唐

吕美荪少女时期所创作的近体诗，风格清丽，继承了婉约一派的笔法。如：

樱笋江南市，斜阳酒旆摇。花飞秣陵树，春冷白门潮。芳草远无极，乡心一望遥。定怜今夕月，归梦照迢迢。(《客中偶作》,《吕氏三姊妹集·眉生诗稿》第2页)

[1] 吕美荪:《幽栖》,《葂丽园诗》, 第82页。

草色波光一道斜，珠帘十里绿杨遮。临堤怪得花开早，春在莺莺燕燕家。(《秦淮杂咏》,《吕氏三姊妹集·眉生诗稿》第3页)

随着年龄的增长和阅历的不断丰富，其诗歌风格日渐多样化，呈现出对唐代多家的继承。

首先有韩、孟之风。对于吕美荪的诗歌，国内外文人都有诸多评价，国分青崖(日本)认为吕美荪“虽言巾帼士，劲笔似韩苏”[①];潘飞声评其诗作曰:“蟠屈蛟与螭，不咽蝉与蛩。铿锵金与铁，不谐笙与簧。阃中抱韩孟，直可薄三唐。”[②]又赞扬吕美荪曰:“君行且放歌，气乃慑鬼狼。得非昌黎言，无本胆力强。”[③]上述文字无疑都认为，吕美荪的诗作颇类韩愈和孟郊的诗风。

韩、孟二人在创作态度上，“用思艰险”，崇尚“苦吟”，主张“不平则鸣”与“笔补造化”；在思想内容上，其诗歌多以抒写个人的遭遇来揭示社会的弊端；在诗歌风格上，主要追求奇崛险怪、雄奇怪异之美。仔细分析吕美荪的诗作，我们发现，吕美荪并没有继承韩、孟的奇险之风，而是汲取了“不平则鸣”的精神，来抒发个人心中曲折回旋的情感，情感饱满而沉郁，如:

微吁几度中宵起，海角鬟凋风露初。谷口已无逋客屋，蕙纕犹缀隐人裾。定怜残月窥陈榻，看有闲云来故闾。同作宾鸿不同返，忍闻哀唳过吾庐。(《微吁》,《葂丽园诗》第41页)

孟郊生活在藩镇割据、民生疾苦的中唐，自身的遭遇使得孟郊以诗“苦吟”，描述自身的困境，关心人民的疾苦。与之相仿，吕美荪经历多次社会动乱，孤苦漂泊，其诗作有孟诗之“寒”，吕美荪自言:“赋诗足千篇，词意多哀伤。”[④]如:

赋诗足千篇，词意多哀伤。老乃怀沉忧，起叹文史旁。他人偶来问，岂得倾衷肠。中肠即使倾，涕亦沾襟裳。早岁独成家，晚寄东海乡。劬瘁蒲柳形，日月已非长。皇穹跽余顾，但祷静年芳。桂旗辛夷车，蕙带薜荔裳。山鬼来迎睇，相悦空山凉。即此媚幽独，孤意何彷徨。(《自伤》,《葂丽园诗四续》第5页)

诗歌描绘了吕美荪忧伤悲苦的晚年生活。犹如孟郊，吕美荪将“下有百患煎，

---

① [日]国分青崖《分韵得虞呈吕先生》，吕美荪:《瀛洲访诗记》，第45页。

② 潘飞声:《赠吕美荪》，吕美荪:《葂丽园诗续》，第16页。

③ 潘飞声:《赠吕美荪》，吕美荪:《葂丽园诗续》，第16页。

④ 吕美荪:《自伤》,《葂丽园诗四续》，第5页。

上有双丸催”“出亦糜所辞，入亦糜所倚”[1]的生活尽赋予诗，形成了一组“苦吟”诗作。另外，吕美荪关于家变及悼亡的诗歌更是令人哀伤不已，故于元芳评其《葂丽园诗》与《葂丽园诗续》为“沉郁厄塞，触绪悲生，纵善作达观时，怀遐举似尚有不能自拔于所遭者”[2]。

其次，吕美荪诗继承了王维山水田园诗的诗风——自然平淡，高世绝俗。吕美荪退居南京后，大量创作山水田园诗，此类创作在其后期创作中占有很大的比例。其田园诗作冲淡自然，如：

雨气涵残阳，流丹湿我庐。西山沉暮霭，亦渐绚紫朱。况有盈庭柳，媚助颜色都。闻已餐饭熟，黍麦香出厨。童子尔何唤，吾方贪画图。寄言真赏客，光景不须臾。（《向暮新霁》，《葂丽园诗续》第29页）

高林作花迷岛屋，十里苍雪海岸边。五月尚觉衫袖薄，绿天阴里披吴棉。（《槐林花落岛上飞雪》，《葂丽园诗续》第43页）

六月微阴好，凉吹岛树肥。汉书一卷读，湘箔四窗围。气润青空海，晨添白袷衣。应知炎暑地，汗雨正勤挥。（《六月》，《葂丽园诗续》第50页）

第一首诗写农家闲居之情景，后面两首诗写岛居的天气变化。诗作细致入微地刻画自然事物的动态，捕捉其表现生活情趣的种种现象，构成独到的意境，平淡自然，耐人寻味，让人很自然地联想到王维的《渭川田家》。另外，吕美荪佛儒兼通，尤其是隐居青岛后，多次听佛于倓虚法师。吕美荪的悦佛之情对其诗歌创作产生了很大的影响，使其一部分山水田园诗作增添了高世绝俗的禅境。其诗云：

草庵孤且夐，世远尘响绝。偏袒起夜半，出户步清樾。中庭芍药圃，数枝已抽雪。徙倚静中观，草鞋浸凉月。一人自成世，一世弹指灭。身意幻为僧，禅悟从今悦。（《草庵》，《葂丽园诗再续》第11页）

垂老试黄冠，犹有阿难相。佛性与诗魂，宵静蒲团上。（《夜坐》，《葂丽园诗续》第50页）

不涅不磷随世幻，非狂非狷此心肓。欲持孤意归何处，起看

① 吕美荪：《感咏》，《葂丽园诗续》，第51页。

② 于元芳：《诗说赠吕美荪女士》，吕美荪：《葂丽园诗再续》，第1页。

闲云散八荒。(《口占示中隐》,《葹丽园诗》第64页)

前两首诗皆以禅语入诗，第一首诗中的主人公是一位远离人群、居草庵、以禅悟为乐的隐逸之人，诗歌物境与诗境融合。最后一首诗的结句与“行到水穷处，坐看云起时”一样让人遐想。吕美荪将佛家的静、寂、空、无等境界引入此诗，禅意与诗意合而为一，意境浑然，充满悠闲的情调，使诗歌尽显空灵冲淡之风。

再次，吕美荪有意模拟李商隐诗作，其诗作寄托深而措辞婉。她熟读李商隐的诗作，在表达难以言表的情感时，她能够模拟李诗的意境和手法，所作诗歌与李诗难以区分。如诗《读李义山诗偶效其体寄兴三首》曰：

窈窕为衷却愬谁，八荒含睇独情遗。星娥欲出愁灵雨，山鬼从看扈桂旗。紫凤葳蕤衔莫至，碧峰徙倚望来迟。盈袿坠佩怜寒芷，待问幽馨不自持。

废苑花飞不见人，惟余青锁锁芳辰。吹箫已是邀秦女，遗佩犹怜斗洛神。梦雨灵风自去，云阶阆地月初新。当窗又启龙鸾匣，对镜何由深浅颦。

汉水江皋众粲嬉，招要久厌冶春词。碧云岂为佳人合，青鸟微闻阿母疑。低拈花枝成独笑，莫收凤纸写相思。玉台咏后谁能续，骚雅还从望总持。(《葹丽园诗续》第39页)

这三首诗歌没有明确的标题，仅指出是效仿李商隐诗歌而作，类似李商隐的无题佳作。诗作朦胧含蓄，寄托深远，文辞清丽，意韵深微，似爱情诗，又可作多种解释。三首诗歌多次用典，如星娥、山鬼、洛神、青鸟等，运用神话故事，构成丰富多彩的艺术形象，有浓厚的浪漫主义气息。诗歌中的诸多意象如凤纸、青锁、梦雨、灵风等在李商隐诗里皆能找到。

此外，吕美荪还能选取李商隐诗之句意和意境作诗。其《雪夜篇》诗序曰：“空古有美，性习兰熏，是曰佳人，尤怀贞亮。余以蒲柳垂凋之岁，感兹移情，海上之音，书残花叶，频寄朝云，为报苕华，喜盟今雨，惟初识于甲戌春雪之后，爰取义山‘雪夜诗成道韫归’之句，作《雪夜篇》以赠。”[①]“雪夜诗成道韫归”句出自李商隐的诗《令狐八拾遗见招送裴十四归华州》，李商隐将友人之间的离别之情，写成犹如男女之间的依依不舍之情。而吕美荪借用此意作《雪夜篇》赠给山中美人，结句“未容伴护琼枝去，雪夜诗成独自归”，化用李商隐诗句，意境朦胧，在表达情感方面亦见异曲同

① 吕美荪:《雪夜篇·序》,《葹丽园诗再续》，第1页。

工之妙。

(二) 常用意象

吕美荪早年丧父，遭受家变，中年四处漂泊，其哀痛不言而喻。吕美荪二十七岁时，虽然结婚生子，但根据其诗作和文章，我们可以推测中年的吕美荪并没有得到一个美满的家庭生活。在其《自记免于火难》一文中，吕美荪指出："余家仅子母及所用聋妪共三人"[①]，且诗作常抒发一种孤独之情。其丈夫朱翰章何去何从？是早逝？还是因为感情不和与吕美荪分居？我们都不得而知，但是可以肯定一点，那就是吕美荪婚后的感情生活并不美满。此外，吕美荪的母亲过世后，四妹吕贤满早逝，一姊吕惠如惨死，所剩一妹吕碧城又远在海外，后又因为两人性格不合而多年不相往来。凄惨的经历使吕美荪内心充满着孤独和忧伤，故作诗时，便常用鹤、鸥、雁、燕等意象，以抒发孤苦飘零之感，或呈现别离苦闷的心情。如：

言笑随时地，鹤孤敢不群。(《怀感今昔慨之以诗》,《葂丽园诗续》第67页)

今无薇蕨采，东海伴饥鸥。(《怀感今昔慨之以诗》,《葂丽园诗续》第67页)

一雁天边哀，没影送双目。(《闻雁》,《葂丽园诗续》第1页)

谁能似秋燕，来去无恒乡。(《续幽栖诗》,《葂丽园诗》第82页)

上述诗句中的孤鹤、饥鸥、孤雁、秋燕都是吕美荪的自我写照。与之相应，便是常用"孤""独"等字，如：

年年怨重九，风雨独登台。(《重九既近痛念亡妹坤秀》,《葂丽园诗续》第67页)

生世五十年，忆往伤孤露。南北极国境，乞食宛佣雇。辛苦独归来，玄鬓已非故。……(《自伤》,《葂丽园诗四续》第5页)

失巢振孤羽，再止山海旁。(《续幽栖诗》,《葂丽园诗》第82页)

"孤""独"等字被反复使用，反映了吕美荪当时孤寂的处境和心境，并与其诗歌意象相辅相成，使得诗作散发着浓郁的哀伤之情。

(三) 诗歌的叙事性

吕美荪的诗歌善于运用叙事手法，写身边景，叙日常事，显示出吕美

---

① 吕美荪:《自记免于火难》,《葂丽园随笔》，第55页。

苏叙事诗寓主观于客观的特点。其诗云：

西阳衔我山，知是日近昏。围裙趋山厨，餐为爱子烹。爱子忽归来，葩卉束献亲。返身复疾出，云有客在门。驾车送客返，归饭当未曛。闻言忘羹炙，出视真怀欣。但见三五辈，爱子之友昆。我倚岩扉招，众亦脱帽频。憩请客人茗，齐式车中人。日仄谢不下，姆幸毋群瞋。我真王母颜，一笑天地春。(《即事》,《葩丽园诗续》第4～5页)

诗歌描写了农家生活之景，记述了傍晚客来、招待客人的经过，在描写和记叙之外，用“闻言忘羹炙，出视真怀欣”表达亲人带客归来的喜悦之情，主人和客人的神情毕现，诗歌充满着浓郁的生活情趣。又如：

闭户即深山，况是山中住。野云侵帷幄，丛柯交牖户。开书能尚友，日与古人晤。静极闲岁月，遐征忽有慕。欲览浙西山，兼拨匡庐雾。艨艟浮碧海，先期赴玄沪。春申旧邦国，珠履奢犹故。维夷变夏风，耕织非所务。歌声答浦潮，弦管繁朝暮。尘嚣败嘉兴，迟回却中步。言旋齐东岛，归卧空山趣。空山野云起，迎我当前路。(《将游浙西及匡庐既至沪，即返青岛》,《葩丽园诗四续》第1页)

此诗作记述旅途之经过，也说明了中途而返的原因，因看到民风不正，吕美荪痛恨交加，甚至无心旅游，故中途而返。诗歌没有一句直接抒情，但在描写和叙述之中可以体会到诗人深沉的忧国之情。

吕美荪的写人纪事诗，用铺陈的表现手法，描写细腻、真实，她既善于辨别，又善于捕捉富有表现力的、能够反映事物本质和显示人物精神面貌的细节，将人写得很灵动。其诗云：

十缗佣一童，问年十四余。怜尔亦人子，视犹我幼徒。白饭撑尔肠，始瘦今何腴。奈何我偶出，窃取邺架书。句读苦难断，斯文故咿唔。漆编与金经，一一痕污涂。呼来立我旁，告诫音徒瘏。我怒尔偷笑，腮俨肥柿朱。何以使老成，为尔墨画须。(《示侍僮圆》,《葩丽园诗续》第23页)

尔亲操梃逐，尔复还主家。忸怩而不前，双腮泛微霞。根前吾语汝，训须遵娘爷。童性苟能移，率教众所嘉。中庭久不雨，去灌金黄花。(《阿根复返》,《葩丽园诗续》第60页)

前一首诗写主仆之间的对话和日常相处。后一首诗写童仆刚来时的怯生、腼腆情形，还记叙了诗人对童仆的训诫，以及童仆在主人家的表现。这两首诗都重在描写和叙述，却能够让人体会到诗人对侍童的关爱之情，淳厚的主仆之情溢于言表。

此外，从形式上来看，吕美荪的诗作不仅内容丰富，而且诗体多样，她兼善古、近体。其古体诗又有多种体式，有四言、五言、七言、杂言等，尤以五古著称。而律诗有五言、七言、排律等多种体式；其绝句亦有五言、七言之分。

就诗句字数而言，吕美荪一生的诗歌创作以五言为主，其次为七言，兼有四言之作。早年的《吕氏三姊妹集》录其诗29首，其中，19首七言，10首五言；辽东时期所作的《辽东小草》录诗115首，其中，81首七言，34首五言；而《葂丽园诗》的369首诗中，75首七言，272首五言，21首杂言，1首四言；隐居青岛后所创作的400多首诗中，仅有93首七言，3首四言，其他诗作皆为五言诗。可见，1911年后，吕美荪的诗歌创作由以七言为主，逐渐转变为以五言为主，尤以五古为多。另外，吕美荪的挽悼诗皆用五古。章士钊评其诗曰："寂寥数语而积文养气工夫，岂今之跳荡词坛者所得仿佛。太炎先生称其五言气味已遒，七言或未能称，时见新语。"①

第三节 词及其艺术特色

现存吕美荪的词仅9首，其中，《吕氏三姊妹集》收录8首，《瞻拜故宫》一文中收录1首。前8首为其少女时期所作，或思人，或抒愁，或伤别。现摘取三首如下：

玉箫声断，人远江南岸。罗带书愁春已半，孤馆梦回莺唤。

去年今夜中庭，禁寒同立花阴。胜有旧时残月，画楼深锁三更。（《清平乐》,《眉生词稿》第1页）

泪尽旗亭，送君独向天涯去。酒醒何处，帆远扁舟渡。　暮雨微云，想见成凄苦。江头路，断肠听取，呜咽寒潮语。(《点绛唇》,《眉生词稿》第1页）

绿遍脊令原上草，凄凄别恨重生。梦魂迢递隔春城。归鸿书莫寄，天际碧云横。　柳暝花凄烟径悄，旧时风景难寻。海棠阴里近黄昏。记曾携手处，共指月华生。(《临江仙》,《眉生词稿》

① 吕美荪:《巽言》，章清吾编辑:《甲寅周刊》第一卷第四十三号，第20页。

第2页）

第一首抒写春愁，似乎思旧人；第二首写旗亭送别，泪洒归途，离别之凄情跃然纸上；第三首为思人之作，伤感之至。吕美荪早期的词作皆如上述之作，融情于景，风格温婉，语言清丽，为婉约一派之佳作。

1905年后，吕美荪几乎无词作问世，仅1936年游北京故宫，惊叹建筑之雄伟壮丽，归后作《忆江南》词一首：

宫阙近，宫树尚如云。想到金舆传警跸，蛮靴偷避御街尘。含涕故低颦。（《葂丽园随笔》第19页）

此诗作以清丽之词写哀情，和早期词作如出一辙。按照吕美荪早期的词作，似乎可以推测吕美荪可以成为一位优秀的词家，然而，吕美荪平生多作诗，却不屑作词，英敛之评吕美荪"素不屑弄事词翰；然落笔清灵，极挥洒之致，亦颇与乃姊乃妹并驾齐驱，各树一帜"[①]。就是因为"不屑"，吕美荪没能致力于词的创作，所以她的词只能定格在尚未形成自我特色的状态。这是词坛的遗憾，但又是诗坛之一大幸事。

第四节　散文创作

无论从数量上还是从艺术上来看，吕美荪的文都要逊于诗。吕美荪早年文章数量少，以议论文，尤以政论文最为突出，且多发表在报纸杂志上。中年以后，吕美荪喜作随笔杂记，多记逸闻轶事，少有游记。多数文章饱含着浓郁的因果报应的思想，吕美荪将之结集为《葂丽园随笔》。晚年的吕美荪隐居青岛，除了因游历日本而作的《瀛洲访诗记》之外，更无其他文章面世。

一、报纸杂志上发表的文章

（一）政论文

吕美荪早年散文创作较少，现仅存零星地发表在报纸杂志上的6篇文章。这些文章多创作于天津和沈阳谋职期间，其中议论文3篇，游记1篇，序跋类1篇，祝辞1篇。

① 英敛之：《吕氏三姊妹集序》，吕惠如、吕碧城、吕美荪：《吕氏三姊妹集》。

在天津期间，吕美荪主要任职于北洋女子公学，其关注的焦点是教育，尤其是女子教育，因而三篇议论文及一篇祝辞讨论的问题都与之有关。《书端中丞奏兴女学事》一文向端方陈述兴女学的必要性，以及如何兴办女学；《吕清扬女士敬告女学界文》则说服女界要携手同入学界；《人间最乐之生涯》论证从事教育是人间最乐之生涯的观点；《女学教授研究会开会祝辞》是奉天女学教授研究会第一期举行之时，吕美荪为之所做的祝辞，其中提出了“共研教授之法，去腐即新，革陋改良以促教育之发达，而进国步之文明”[①]的希望。

解读吕美荪这三篇议论文，不难看出其议论文的特点：首先，吕美荪的议论文文风犀利，说理透彻，往往一语道破，直陈事物本质，气势充沛，具有极强的感染力和说服力。其正文常采用先陈时弊，后提出论点的方式，说服力很强。《书端中丞奏兴女学事》首句就一针见血地指出中国“教育之腐败至今日可谓极矣”，紧接着分析问题根源所在，引出“女学昌，其国昌；女学衰，其国衰”的结论，随后一鼓作气地陈述兴女学的方法，文章一气呵成，气势逼人。[②]《吕清扬女士敬告女学界文》开篇陈述当今世界为优胜劣汰之世，而中国“拥膏腴之地，被文弱之风，而交际间种种失败，种种挫折，几致一蹶不振”；接着，文章论述了如何改变此弊端，自然而然地提出“女学大兴，是即竞争之具”，并反复论证，劝导女界要携手同入学界，勇于好学，只有这样才能有利于国家，并实现自我解放。这两篇文章都具有很强的感染力。今关寿磨评吕美荪“文如两京客、赋封六朝腴”[③]，其实就是肯定吕美荪文章的气势充沛，铺陈说明，文风犀利。

其次，运用对比、比喻、举例等方法来论证观点。其《人间最乐之生涯》[④]一文开篇指出在茫茫众生之中有各种各样的人，“贵者营其禄，而贱者趋其食；富者劳其神，而贫者役其力”，而美丽山壑，庄严世界被“一种阴霾惨雾”笼罩，“酿成呻吟痛苦之人间世”，生于这里的人类，只不过有如可怜虫，寻找不到一片清净之土。而“教育界”是从肮脏腐浊之界中，开辟出来的“优美黄金一境”。教育为“才能制造之料”，学校是“知识出产之地”。所以能作为学生是一种幸运，而作为教师，“造就国民之人格、之智能、之道德”，

① 《大公报》，1907年10月10日。

② 《大公报》，1905年11月30日。

③ [日]今关寿磨：《访蒋观云、梁任公二先生避地东京旧居》，吕美荪：《瀛洲访诗记》，第91页。

④ 《大公报》，1907年6月17日。

拥有无尚之权利，享有无尚之荣誉。文章接着阐述了教师的权利与义务，并将教师比喻成公圃，将学生比喻成文明之种子，用公圃培育种子的例子来敬告所有教师，一定要精心培育学生，否则就会沦为学界罪人。文章运用对比和比喻等多种手法论证论点：从事教育便是人间最乐之生涯。而《书端中丞奏兴女学事》一文，亦用日本重视女学与中国女子之教育相比较，来说明“不端本之本，而治枝之本”的中国教育之腐败，在对比中顺理成章地提出“兴女学”的观点。此外，文章还多次举一些正反例子进行论证，《书端中丞奏兴女学事》举日本女子教育成功的正面例子来反衬中国教育腐败，论证兴女学的重要性。《吕清扬女士敬告女学界文》用日本女子迎送男子、西洋古今不许女子有著作权等例子，来说明五洲古代风俗同样存在着尊男卑女的不合理现象。对于古今中外文化风俗的例子，吕美荪随手拈来，这在清末女子中并不多见，从而可以看出吕美荪学识丰厚。难怪当时有读者赞曰：“今得其《书端中丞奏兴女学事》，又爽然自失矣。然后知清扬女士不惟其才之藻丽华赡，而其学、其识尤为闺秀中之特色，信可谓奇女子矣。”①

再次，语言凝练。吕美荪的议论文语言古朴凝练，内涵丰富，如：

夫我国丛弊之端，首在君民之分太悬，上下之情不达而窒。其间为蠹、为奸，病民误国者，惟官而已。②

试观十九世纪，航路大通，群雄角逐，我中国拥膏腴之地，被文弱之风，而交际间种种失败，种种挫辱，几致一蹶不振，而东西各国，或讥讪之，或嗟怜之，虽三尺童子，道路而语，必曰支那贫弱，此我含生负气之伦，戴高履厚之士所痛心疾首。③

前者用简练语言，一针见血地指出了女学之不兴的主要原因之一，官员的办事不力、贪污懒惰使得女学处于缺乏监督、资金不到位等不利的状态之中。后者用简单几句话描绘出中国积贫积弱的现状，以及有志之士因之而产生的忧伤。

（二）游记与序跋

《万泉河放舟记》是吕美荪写作最早的一篇游记散文，为其1907年游历

①《读清扬女士〈书端中丞奏兴女学事〉感言》，《大公报》，1905年12月1日。

②《书端中丞奏兴女学事》，《大公报》，1905年11月30日。

③《吕清扬女士敬告女学界文》，《北洋学报》（丙午年第十一册），第2页。

沈阳万泉河时所作。此篇游记读起来犹如一篇风格清灵的小品文，其中写景亦见别致：

> 面积虽不甚广，而菰蒲夹岸，欧鸟亲人，一水潆洄，深入莲潜，洵憩息尘襟之清凉世界也。于时斜日薄山，新蟾浴水，扁舟一叶，欸乃中流，或入荷汀，或维柳岸，一任櫓人之所止，而舟中诸客杂坐，谈笑尽欢，清兴娓娓……[①]

全篇文笔清新秀美，充满诗情画意，末尾一句“无所往而不乐”道出了一种豁达乐观的人生态度。有柳宗元游记之遗风，又显明末小品文的清灵之妙。

序跋类的文章，吕美荪一生仅有两篇，其中一篇是《也是集序》[②]，另外一篇就是1933年为《蒋观云遗诗》所作的跋。其序跋记述了与英敛之夫妇及蒋观云相处的细节，在记叙中饱含着深厚的情谊；褒扬了他们的才气、人品和成就，皆情意真切。

二、《葂丽园随笔》

中年的吕美荪几无散文创作。晚年所作《葂丽园随笔》收录84篇随笔杂记，从内容上看，主要是写人、记事。写人主要写人的德行、孝行、慈善；记事则多为奇闻轶事。就表达的思想而言，主要有二：一是宣扬因果报应、褒扬正面人物、劝人为善；二是揭露社会动乱或不良制度给人带来的伤害。

宣扬因果报应、劝人为善的篇幅在《葂丽园随笔》中占有绝大多数，如《洪范五福无贵字说》解释五福为福、寿、康宁、好德、考终命，人要戒杀行善方能获得五福；《先外王母严太夫人先从母余太夫人孝行》则记述严太夫人与余太夫人的孝行，同时，吕美荪认为这些有孝行的人之所以能有美满的家庭，是因为“天报孝妇”[③]；《蔡总兵》一文记录蔡总兵广收难民，行善积德，终得以令终，子孙亦能昌盛。《记先大夫葬亲事》中的工头，由于他敷衍安葬，最终暴死，说明了因果报应的道理。很明显，吕美荪受到佛家思想影响，并将这种影响渗透到文章之中。

---

①《大公报》，1907年6月29日。

②《大公报》，1907年7月25日。

③ 吕美荪：《葂丽园随笔》，第15页。

吕美荪所作杂记中的趣闻轶事显露出她抨击时弊的倾向。其《清代士子考试制度》一文陈述了士子考试制度繁琐之过程，文曰：“中国在昔闭关自守时代，国家以八比文诗赋取士，其等第之烦困，有皓首应试而不得青一衿者。遑论名列甲乙之榜哉，销磨几许人才于蠹鱼残卷里。”[①] 她痛恨太平军烧杀抢虏，故记录下道听途说的有关太平天国时期的人物故事，以揭露太平军的罪恶。在《合肥王谦斋》一文中，称陈玉成为四眼狗，称赞王谦斋劝陈玉成弃逆从正。《来安陈夫人》《纪舅氏严朗轩太守幼时事》都揭露了太平军给老百姓带来的灾难，抨击了太平军的无情和残酷。

此外，《葂丽园随笔》还收有少数几篇记录师友之间趣事的杂文。其中《康有为梁启超》称赞康有为“性凝重而貌威猛”，该文记述了吕美荪于民国某年居沪期间，去拜访康有为，而康拒不见的经历，因吕美荪与梁任公为文字友，康有为厌恶其徒而兼及吕美荪，吕美荪毫不避讳地指出，“贤者偶有所偏”[②]。《姚幽兰》写姚氏滑稽好弄。《蒋观云先生》为蒋观云立传，同时讲述了蒋观云和自己的师生之情。《林畏庐》《严几道》《疆村词人》等也都是为诗友而作，记录他们的交往及趣闻趣事。另外，值得注意的是，《葂丽园随笔》收有唯一一篇纪游散文《瞻拜故宫》。此文按照游览的顺序，详细地介绍了故宫、颐和园的景观，是一篇文笔优美的游记。

总体而言，《葂丽园随笔》所藏文章篇幅较短，且文学性较弱，但它涉及各类身份的人，包括将军、官员、学者、妻妾、妓女等；记事亦有很多正史所不录的轶事，因而《葂丽园随笔》具有一定的史料价值。

三、《瀛洲访诗记》

吕美荪有感于“未越国门一步，耳目闭塞”[③]，遂于1935年9月东游日本，其意在访邻邦之山水与诗人，兼有旅行修学之意，一个多月后返国，吕美荪遂将游日所作的48篇游记整理结集为《瀛洲访诗记》，并于1936年出版。

(一) 自然景观和人文景观的再现

吕美荪到达日本后，游历了日本的名胜景观，她用散文记录了日本自

---

① 吕美荪:《清代士子考试制度》,《葂丽园随笔》，第49页。

② 吕美荪:《康有为梁启超》,《葂丽园随笔》，第11页。

③ 吕美荪:《东游缘起》,《瀛洲访诗记》，第1页。

然景物的美妙动人之处，也形神毕肖地再现了日本独特的人文景观。

吕美荪的散文文笔雅洁，当船进入日本内海，吕美荪饱览两岸风景，描写道：

……近者青苍照几席。远岫遥峰，微笼岚霭。则有若凌波群粲之曳。雾谷轻绡，或立或倚，或敧或俯，联翩相偎，携于镜海之旁，一若媚招远人。①

又如《富士山下河口湖荡舟》一文：

余亦极目遥望，则富士峰巅，百云渐开，半露蔚蓝之顶，上堆银雪耀日鲜明，光艳四射，真若天人戴银冠，而拥蓝衣。衣之上，银绦缕缕，若挂璎珞，若起边缘，盖是冰条之垂注，终岁而不融化者，懿美神辉，不可方拟。方叹赏间，白云渐合，银冠倏隐，光辉既失，亦不复有蓝衣明艳矣。②

吕美荪用拟人的手法，描绘出一幅美丽的富士山雪景图。

20世纪30年代日本的城市已经很繁华了，吕美荪游历了银座、东京等城市，她因日本先进的设施和雄伟的建筑而震撼，如《夜游银座》一文：

凡商肆矗云之楼，其外顶及牖户，靡不装以各式电灯，五光十色，令人神夺目迷，其奇彩异辉，交相腾炫，复散作漫空霞气。上烛九霄，真奇丽之观也……

整篇文章栩栩如生地再现了银座繁华之景。地铁在20世纪30年代算是一个稀奇物，吕美荪也尝试体验了乘坐地铁的感受。其《参观地下铁道》一文记述了其坐日本地铁时的所见所闻：

其下室宇连接，宽宏精丽，所稍感不畅适者，空气不及地上之清新，及昼夜以电灯代日光耳。车行分六站，每站皆有一巨大之百货商店，其店员多以美丽浓妆之少女充之。陈列之商品，衣食用三项皆备，五光十色，令人目迷。购物者往来杂遝，其繁盛不减地面上百货商店巨擘之三越也。出肆赴站，站台亦极宽阔，且与电车踏板相平，入车不费攀登之力，车内座位不分等级，沿窗相对，设长排绿丝绒椅，宽敞舒适而复精洁。③

此外，《参观东方文化学院东京研究院》《乃木神社》和《东京复兴纪念

① 吕美荪：《日光丸舟中》，《瀛洲访诗记》，第5页。

② 吕美荪：《富士山下河口湖荡舟》，《瀛洲访诗记》，第110页。

③ 吕美荪：《参观地下铁道》，《瀛洲访诗记》，第103页。

馆》等文章，都栩栩如生地记录了日本特色的人文景观。

吕美荪的游记的显著特点就是：在写景之中、记人之后，发表议论，或抒情，来表达自己的看法，抒发自己的感受。如：吕美荪瞻仰乃木神社，为乃木大将之旧宅的俭朴之风、大将之忠烈而肃然起敬。随后，吕美荪不忘阐释忠烈之意义：

> 忠义大节为我东方特有之精神，先王先圣教为立国齐家、维系人群之本也。扶之、植之，家国必兴；摧之、残之，家国必毁。于此睹忠义之存废，觇国家之兴衰。[①]

吕美荪惊叹于日本地铁及地铁站的设置，更佩服日本地铁验票员的办事精神和谦和态度。日本人在公共场所井然有序，吕美荪将这种难得的社会公德归因为教育：

> 日本人民之公德，此其教育之普及。虽在人众浩穰中，犹能遵守规则，随时随地而不苟也。[②]

她看到西京宫门外朝拜的人们，礼敬虔诚，吕美荪感慨曰：

> 然非教育普及，曷克致此。
>
> 非教育莫能导于礼门义路。[③]

同样，《神户登陆》一文，在叙述神户登陆之经过，以及所见异国人事之后，议论道：

> 入室侍女以茗进顾，其温文而美善伺人意。知日本教育之普及，虽侍女亦多中学卒业。故皆知识甚高，而仪态尤觉雅静。余始遇此辈人，心颇爱之，然又回念吾国女佣之粗陋无识，慨教育之不能普及也。[④]

吕美荪参加泰东书道院清浦奎吾伯爵颂寿会，看到日本国民能书能写，很好地保持了传统文化，又发感慨：

> 日本自明治维新以还，朝野对于新书文化一致兴奋，而无偏废，俾国势日趋强盛，即区区书字一道，亦具有规模宏大之会，以事研求，云将助国家文化之努进，况其他乎？是真能立国于此，

---

① 吕美荪：《乃木神社》，《瀛洲访诗记》，第29页。
② 吕美荪：《参观地下铁道》，《瀛洲访诗记》，第103页。
③ 吕美荪：《皇宫》，《瀛洲访诗记》，第23页。
④ 吕美荪：《瀛洲访诗记》，第6页。

竞争优胜之世界者，反观吾国，人人可以兴矣。[1]

可见，吕美荪心系祖国，日本的一景一物无不使她联想到自己的祖国。吕美荪时时刻刻都在进行日本与祖国的对比。尤其是吕美荪在结束日本之行后，作《东游观感》，此文分析了日本强盛之因，指出日本的建设颇得举国之人心，建设维何？其国民男子之忠勇奋发与女子之贞顺贤良。吕美荪忧心忡忡地指出：

环球可指目之国不下数十，而最强者六七，此六七国者，各有其立国之本，与其所以兢兢持守，而罔敢失坠之精义要素，觇国者徒观其外，归而仿效，自谓得其奥窍，无当也。余固有慕日本今日之强盛，而尤窃愿我国善取人长以自振立，相与研究生存，为同洲同种同文之光。我国人士其亦以鄙言为然欤。[2]

吕美荪希望国内人士不要盲目排外，要善于学习外国强大之根本之处，以确保自己之强盛。在议论和抒情中，表达对祖国的挂念和忧虑之情。

(二) 记录与日本友人的交流

游日期间，吕美荪拜访了众多日本友人，其游记记录了吕美荪与他们之间的交流，表现了日本友人的热情好客，以及他们的深厚学识和良好修养，如《访文相松田源治先生于官邸》一文曰：

文相清论滔滔，有若长河巨川之不竭，谈两国往贤故事，尤娓娓有兴，然皆阐扬我东方学术为欧西之所不逮……[3]

文章描绘出一个热情健谈的日本友人形象，又如《参加泰东书道院清浦奎吾伯爵颂寿会纪盛》一文云：

中将年已七十，而仪容和蔼，精神矍铄，健迈若五十许人，戎衣佩刀，胸章累累，灿然望而知为名将，与余握谈，意尤殷厚……[4]

文章写人栩栩如生，并生动记录下访人之经过。此外，其《访日华俱乐部理事吉见正任先生》《访日本外务省文化事业部长冈田兼一先生》《访东京朝日

① 吕美荪:《参加泰东书道院清浦奎吾伯爵颂寿会纪盛》,《瀛洲访诗记》，第82页。
② 吕美荪:《瀛洲访诗记》，第129～130页。
③ 吕美荪:《瀛洲访诗记》，第71页。
④ 吕美荪:《瀛洲访诗记》，第80页。

新闻社、电报通信社、日日新闻社、每夕新闻社及访德富苏峰先生于民友社》《再访德富苏峰翁于山王草堂》等文都塑造了德高望重的日本人形象。同时，《瀛洲访诗记》中《鹁南庄之宴》《星冈茶寮之宴》和《雅叙园之酬宴》等篇章皆如实地记录下每次宴集之盛况，以及文人之间的交流。

第七章

吕惠如生平与文学创作

第一节 吕惠如生平

吕惠如生于光绪元年己亥（1875）十一月，“九岁能诗，精绘事，工书法”[①]。1895年，其父吕凤岐去世，吕惠如时为二十一岁。第二年，也就是在1896年，吕惠如嫁于舅父严朗轩之子严象贤，时其舅父任职于塘沽，吕惠如遂前往塘沽。吕美荪有诗云：“外王母之孙（严象贤），于我犹手足。十年序见长，四岁忝共读。师怒兄怜我，我偷骄以目。疾趋俯师膝，方字先已孰。兄每背擿之，谓报汝虐毒。六龄与兄辞，随母帝阛出。迢遥十余载，我姊奉巾服。外兄而姊夫。”[②]可见吕美荪和吕惠如与严象贤小时候便相识，感情较好，可谓青梅竹马。但1904年舅父严朗轩被弹劾，阴历四月初十吕惠如只身由塘沽赴天津，与早前到达天津的吕碧城汇合，并由吕碧城介绍结识了英敛之夫妇。同年阴历九月十二日吕惠如任职于北洋女子公学。清宣统间，吕惠如任职于南京女子师范，苏雪林曾率领学生到南京参观，与几位同事去拜谒吕惠如，请教一些治学做人之道。当时，吕惠如对她们发表了许多意见，完全是一种训导式。[③]

吕惠如“秉性刚直，惟过迂拘”[④]，她的性格和吕碧城相似：执拗。性情

① 吕美荪《清映轩遗稿》后的按语，见吕凤岐《静然斋杂著》（1933年）。

② 吕美荪：《重至京师》，《葂丽园诗》，第5页。

③ 苏雪林：《女词人吕碧城与我》，（新加坡）《恒光月刊》，1964年。

④ 吕美荪：《迂拘为害》，《葂丽园随笔》，第74页。

常过激于一时之愤，在任南京女子师范学校校长期间，有两江师范学校算学教员写情书于女子师范学校某女教员，被吕惠如获知，非常气愤，遂赴督署谒见某制军，谓两江师范学校算学教员侮辱女教员，并要求严惩以儆效尤，否则便辞职。某制军无奈，便逮捕这位男教员，定三年监禁之罪，后这位男教员不忍监狱之酷毒，入狱一年即死。为此，吕惠如晚年心悔不已，于民国十三年（1924）得奇疾，日奔走于街市，且笑且啼。

吕惠如后半生境况不佳。1917年给英淑仲的信言“惠自三、五年来，目睹时局变迁往复，人事纷更，如电影之戏，匆匆过去几何幕矣！而人遂老于此间。发白齿摇，老态日现，几有夏侯掷镜之恨。至于心境，则忧伤哀悼，苦不可言；方寸之间，如地狱，如孽海，几见灵台月朗耶？”[①]信中自称“恶病容衰”。民国八年（1919），吕惠如辞校长之职。民国十四年（1925）七月，吕惠如殁于金陵，最终死于痴癫。据吕美荪回忆，吕惠如去世时，螟蛉女年甫九岁，恳吕美荪为之监护，吕美荪哭应之。[②]

吕惠如诗、词、文兼能，其早年作品被英敛之收入《吕氏三姊妹集》，但后期的创作多半亡佚，吕惠如去世时，其“遗嘱付资托某为刊，某旋死，稿亦不可求”[③]。后吕美荪在友人处访得吕惠如四首诗，并将其附录于吕凤岐《静然斋杂著》。后吕碧城由美归国，在蒋竹村居士等协助下，遍搜未得。后承友人寄词数首，将之附刊于《晓珠词》后。[④]

时人对吕惠如其人其作评价很高，初我赞曰：“女士诗才固佳绝，而文章之丰富秾丽，亦擅胜场。”[⑤]蔡嵩云在《惠如长短句附识》中云：“惠如工书画，善诗词，尤长雅学，为人婉嫕淑慎。”[⑥]初我评其词曰：“惠如词章，典赡风华，匠心独运，中怀激昂气，外露蕴藉情。翛然自成一家之风。”[⑦]就连傲气十足的吕碧城亦承认其“邃于国学，淹贯百家，有巾帼宿儒之概”[⑧]。

---

① 吕惠如：《致英淑仲函》，方豪：《英敛之笔下的吕碧城四姊妹》，李又宁、张玉法主编：《近代中国女权运动史料1842—1911》，第1426页。

② 吕美荪：《某氏子》，《葂丽园随笔》，第96页。

③ 光铁夫：《安徽名媛诗词征略》，第206页。

④ 吕碧城：《惠如长短句跋》，《晓珠词》，广文书局，1970年10月。

⑤ 初我：《文苑谈片》，《中国近现代女性期刊汇编》（一），第1524页。

⑥ 蔡嵩云：《惠如长短句附识》，《词学季刊》，第128页。

⑦ 初我：《文苑谈片》，《中国近现代女性期刊汇编》（一），第1521页。

⑧ 吕碧城：《惠如长短句跋》，《晓珠词》。

第二节　诗

吕惠如诗作多散佚，现存43首，其中《吕氏三姊妹集》辑诗39首；《清映轩遗稿》有诗4首。吕惠如现存诗作多创作于早年。

一、诗歌的内容

(一) 写景抒情

吕惠如以女性敏感的眼光捕捉大自然美丽的景色，将心中的忧愁和哀伤附着于景色之上，景色亦蒙上了一层淡淡的哀伤。如诗《即景》云：

疏林下黄叶，飞鸟倏已返。寒烟淡欲没，夕阳红更远。新诗不可吟，秋心托层巘。(《吕氏三姊妹集·惠如诗稿》第1页)

诗作写林间晚景，景皆有我之色彩。早岁虽遭家庭变故，但吕惠如心中仍有憧憬，坚忍不拔，怀高洁品质，故其诗作多选取高雅之意象，常以写景起兴，其诗曰：

过眼繁华感不禁，芳菲无倚任消沉。竹怀独立凌云志，兰具孤芳卧雪心。窗度飞红风漠漠，帘遮新碧日骎骎。自知锦鸠催声急，收拾蘅芜入楚吟。(《暮春书感》,《吕氏三姊妹集·惠如诗稿》第1页)

十面罡风下碧霄，金铃空击短长条。飘茵堕溷知多少，一样名花取次消。(《春夜大风感赋》,《吕氏三姊妹集·惠如诗稿》第2页)

檐外梧桐覆影深，银河迢递漏沉沉。蝉栖玉漏遗仙蜕，雁度新声入古琴。瘦尽莲花余苦薏，照来秋水励冰心。寸怀愿比瑶台月，不许尘埃一点侵。(《秋思》,《吕氏三姊妹集·惠如诗稿》第2页)

吕惠如以胸怀凌云之志的竹子、孤芳自傲的兰花，还有名花、莲花自喻，用这些具有高雅品格的意象来形容自己志高品洁。

吕惠如的诗还抒发了人生无常的苦恼、身世飘零的感叹和离别的痛苦，如：

人生无百岁，艰患动相扰。自愧非壮士，抚时益多恼。西风何处来，忧怀胡可道。烟外有吟虫，夜夜啼芳草。(《秋日杂书》,《吕氏三姊妹集·惠如诗稿》第2页)

斜阳下疏柳，秋蝉时一鸣。落叶黏我衣，似诉飘摇情。我生

亦萧瑟，岁月复相惊。感此摧中怀，怆焉将泪倾。(《秋日杂书》,《吕氏三姊妹集·惠如诗稿》第2页)

前一首诗作慨叹人生短暂，世事纷扰，人生苦多，结尾用西风乍起和吟虫夜啼比喻痛苦无奈的心情。吕惠如内心敏感，时序变迁、亲人离别都会给其感情上造成很大的触动，其《分手感赋》小序曰："眉生二妹去岁于归金陵，十月归省，盘桓数月，极山水琴樽之乐，今复将行，予与碧城亦皆北上，至金陵分手感赋。"[①]其诗曰：

忽忽三冬过，光阴下水船。风云无壮志，哀乐逼中年。此去如群雁，分飞各一天。离怀托明月，齐向故乡悬。胜友初相识，临歧恨莫排，至情惟我辈，分手况天涯。芳草怜佳节，春云滞别怀，他时有归梦，先遣到秦淮。(《吕氏三姊妹集·惠如诗稿》第5页)

诗歌在凄凉之景的描写中，抒发了悲伤的离别之情，情景交融。而其诗句"开颜且酌金陵酒，明日分飞各自愁"[②]更道出了三姊妹的离别之痛。

吕惠如虽为女子身，却心忧国家和人民，她满腔热血，对无能的朝臣感到愤慨，因国家遭受凌辱而感到悲恸，对列强充满仇恨。其《庚子书愤》四首之二曰：

五云楼阁凤城中，太液波惊一夜风。铁骑昔曾凌上国，金戈重又召西戎。朝臣妄起封狼策，草寇翻思汉马功。毕竟何人为画筋，铸同此错恨无穷。(《吕氏三姊妹集·惠如诗稿》第3页)

中原何日履康庄，从此强邻日益张。四百兆民愁海共，百千亿数辱金偿。迂儒未解维时局，毅魄谁期作国殇。奇语同胞须梦醒，江山满眼近斜阳。(同上)

诗歌以八国联军入侵中国为背景，描绘了列强的无情，以及民不聊生的社会面貌。不平则鸣，诗歌情感饱满，沉郁顿挫，充满忧国忧民之情，初我评其曰："温柔绮丽之胸，忽发慷慨悲歌之气，一二警语，骂倒须眉，何图警世药石之言，竟出纤纤一女子之口。"[③]

(二) 妇女题材

清末妇女运动虽轰轰烈烈，然并非所有的女性都很幸运，能够自由地生

① 吕惠如:《分手感赋》，吕惠如、吕碧城、吕美荪:《吕氏三姊妹集·惠如诗稿》，第5页。

② 吕惠如:《二月初三寓金陵第一楼》，吕惠如、吕碧城、吕美荪:《吕氏三姊妹集·惠如诗稿》，第5页。

③ 初我:《文苑谈片》,《中国近现代女性期刊汇编》(一)，第1523页。

活，她们的生活仍然要接受别人安排。吕惠如就是其中的一位。经历了家庭变故之后，吕惠如受母亲之命，嫁于外家严象贤，属于表兄妹结婚。对于婚姻，她应该有着诸多感慨。她将这些感慨寄寓诗歌，去描写古代诸多不幸的女子，同情她们的身世，如：

独吟龙泉殉主身，一时节义竟无伦。汉王甘把严亲弃，不及重瞳一美人。(《虞姬》,《吕氏三姊妹集·惠如诗稿》第1页)

天子惊看色不同，和戎可惜去匆匆。自缘艳极难描写，不为无金恼画工。(《王嫱》,《吕氏三姊妹集·惠如诗稿》第2页)

两番弃逐再承恩，巧剪云香惑至尊。早识马嵬终殒玉，定甘团扇老长门。(《杨玉环》,《吕氏三姊妹集·惠如诗稿》第2页)

谢女风神浅淡妆，楼东作赋意堪伤。芳心愿抱寒梅洁，春色何妨让海棠。(《江采苹》,《吕氏三姊妹集·惠如诗稿》第2页)

吕惠如写了才艺双全的虞姬、王嫱、杨玉环和江采苹这四位女性的人生遭遇，她们曾经风光一时，但皆为红颜薄命。第一首将虞姬甘为项羽楚营自刎，与项羽最终未能顾及红颜对比，揭露了政治人物项羽的冷漠和无情。第二首不是写王昭君的和亲之功，而是从其自恃美艳而不贿赂画工入手，重点写她无奈出塞的经历。第三首写杨玉环的悲惨一生，她虽经历磨难，曾得万般宠爱，但最终落得马嵬坡惨死，香消玉殒。在第四首诗里，江采苹即唐玄宗的梅妃，她是一个生不逢时的绝世美人，诗作重点写她虽遭冷落，却能保持孤傲高洁、兰心蕙质的生活个性。这四首诗塑造的四位女子其实是古代一部分女性的代表，吕惠如以此表达对女性“自古苦乐由他人”的命运的慨叹。

上述四首妇女题材的诗歌，如同一组组诗。第一首奠定了组诗主题，女子不能对男子抱有幻想，依赖其过活一生。第二、三首似乎是用古今名女子来进一步说明男性的无情本性，他们在关键时刻，为了政治地位，便随意遗弃女子。最后一首指出，只有女子做到出淤泥而不染，才能保持自身的高洁品质和生活方式。

(三) 咏物

吕惠如的咏物诗共10首。其咏物诗呈现了她一生遭受挫折、身处困境的苦闷心情，所咏之物是其人格精神的体现。她将所咏之物拟人化，使其具有人的性情和品格。如：

消得灵均颂，宜居百果先。秋风垂禹庙，落日见吴船。像合

黄金铸，甘如玉醴鲜。自来坚本性，不信入淮迁。(《橘》,《吕氏三姊妹集·惠如诗稿》第3页)

春信新从赤道回，浓华先绽岭头梅。扫除冰雪开生面，点缀山川有异材。特色早邀倾国誉，此花才合倚云栽。东风夜半寒香发，谁拥彤霞下紫台。(《和樊樊山年伯红梅诗四首》之一,《清映轩遗稿》第1页)

一曲青琴抚落霞，酒香风冷月初斜。玭珠夜灿珊瑚海，丹鼎春藏太乙家。悟得天真宜烂漫，修来浓福称高华。化工特与增颜色，领袖江南十万花。(同上)

第一首诗写出了本是“百果之先”的橘的甜美坚定的本性，诗作最后一句特别赞赏橘不会因为时间和地点的变化而变化。吕惠如以橘自喻，来肯定自己美好的品格。而后两首诗为赠前辈樊樊山而作，她用红梅来称颂樊增祥，赞颂他犹如山岭之梅花，拥“领袖江南十万花”的魄力和才气，能在冰寒之境中开辟生面，因而享有远近闻名的声望。此外，“压尽春芳无限色，独参香国最高乘”[①]“红雨华鬘三界远，彩云明月一枝新。施朱褪粉吟皆俗，靓影才堪拟洛神”“杏缬桃绯识面迟，绣衣独步早春时。光连牛斗虹应贯，香满蓬莱燕未知”[②]等诗句亦赞颂樊增祥具有像梅花一样超凡不俗的个性。又如：

一寸相思竟未灰，化为瑶草傍阶隈。蝶衣粉薄凉侵骨，蟾魄香笼月满腮。湘女正宜同素泪，玉环原合住琼台。断肠谁唱朱家集，连理枝头寂寞开。(《白海棠和两妹》,《吕氏三姊妹集·惠如诗稿》第3页)

百尺龙门枝，垂荫碧云深。日夕哀蝉响，时流太古音。凤鸟既不至，愿作七弦琴。藉以发悲歌，用激烈士心。(《梧桐》,《吕氏三姊妹集·惠如诗稿》第3页)

前一首诗是吕氏三姊妹的唱和之作，为了生活，也为自己的理想，吕氏三姊妹常各奔东西，甚至相距千里。吕惠如在姊妹远离、飘零他乡之时，不禁悲慨，她借白海棠来比喻三姊妹，用白海棠的境况来表达姊妹别离相思之苦，可见姊妹情深。后一首诗寓意很深，似乎在写择友，又似乎写自己的处境。“女为悦己者容、士为知己者用”，在吕惠如看来，梧桐是供凤凰栖息的，怎能与哀蝉为伍，应宁为玉碎，不为瓦全。诗作后两句表达了吕惠

---

① 吕惠如:《腊梅》，吕惠如、吕碧城、吕美荪:《吕氏三姊妹集·惠如诗稿》，第3页。

② 吕惠如:《和樊樊山年伯红梅诗四首》，吕凤岐:《静然斋杂著》，1933年。

如对贤达良友的渴望，抑或表达她不同流合污的坚定意志。

通过上述分析，可以看出吕惠如的咏物诗的几个特点：首先，她善于从所写之物中抽取其象征意义，以物喻人。吕惠如所咏之物具有高洁的情操，如梅、兰、梧桐、水仙、橘等，其实这些都是诗人的自我写照。吕惠如将其性格理想与志趣情怀熔铸其中，通过其咏物诗亦可以看出吕惠如的身世际遇。另外，吕惠如的咏物诗将咏物与抒情完美地结合在一起，状物与抒情浑然一体。吕惠如将自我情感巧妙地融入对物的咏叹中，有感而发，是为情造文，借咏物来抒情，其情感更为真切。

此外，吕惠如还作了一首题画诗《题桃园图》，诗云：

> 柳暗花明又一村，村中花柳自成春。不知汉魏之间事，恰是义皇以上人。十里桑麻开绿野，四时风月异红尘。渔郎已到仍归去，莫怪重来失故津。(《吕氏三姊妹集·惠如诗稿》第1页)

诗歌意境绝高，诗中有画，画中有诗，道出了退隐之乐、闲适之情。

二、诗歌的艺术特色

(一) 含蓄蕴藉

吕惠如现存的诗歌虽少，但通过这些诗可以略见吕惠如的诗作之风格，其诗作委婉隐约，诗风含蓄蕴藉，如：

> 乌夜啼时霜满林，律吹无射肃秋音。十年已炼寒梅骨，九死难枯弱草心。印到畦棱疑界粉，散来屋瓦似销金。严装青女朝朝出，更比嫦娥好胜深。(《霜》,《吕氏三姊妹集·惠如诗稿》)第3页)

从诗歌的构思来看，诗人欲通过雾罩万物的描写，来形容自己的磨难重重，而正处于困境的人，却如寒梅、春草，有着不畏严寒困苦的坚韧个性。诗人精选意象，巧用拟人、比喻，化虚为实，化抽象为具体，使诗作含蓄蕴藉、寄托遥深。又如：

> 愿借慈云作绮围，大千尘世护芳菲。东君枉做司香主，只管花开不管飞。(《春夜大风感赋》,《吕氏三姊妹集·惠如诗稿》第2页)

如果说诗中的寒梅、春草是被歌颂的对象，那么此诗中的大风、东君便是被讽刺的代表。但诗人并没有指出它们到底是现实中的人，还是社会中的一种不良现象。意象的选择，让诗人的寓意含而不露，耐人寻味。

吕惠如的诗歌善于巧用比喻，利用意象将虚无的感情和意绪形象化，化虚为实，诗歌抒发的情感怨而不怒，委婉含蓄、寄托深远，令人回味遐想。英敛之亦评其诗作曰："惠如诗辞，缠绵悱恻，怨而不怒、深合古风人之旨；其命意之高，琢句之雅，足征其蕴蓄之所存；彼世之号称通人学子，雅扬风葩藻雕绘者，未见其果优于此也。"[①]

(二) 工雅秀韵

秋梦在《绮霞轩诗话》中用"工雅秀韵"四个字来评价吕惠如的诗作，[②]这无疑是指吕惠如诗词雅丽、丰神秀韵。其五古诗《秋日杂书》二首[③]云：

> 斜阳下疏柳，秋蝉如一鸣。落叶黏成衣，似诉飘摇情。我生亦萧瑟，岁月忽相惊。感此摧中怀，怆焉将泪倾。
>
> 炊烟不在树，化作秋云碧。西风引微凉，吹此凭楼客。遥山招欲来，为有疏林隔。相对寂无言，夕阳红脉脉。

又诗《霜》一律云：

> 乍疑疏雪落林间，细看空蒙薄玉颜。昨夜微黄上新橘，晓来一白接秋山。钟飘残月初沉水，雁逐征人正度关。指点板桥朝日出，马蹄犹可认连环。

上述诗作看似语淡无奇，细细品味，每一句无不经过细致而精巧的锤炼，典雅纯正，别具雅致；诗作洋溢着秀美之气韵。吕惠如诗作佳句极多，丰神秀韵，由此可窥见一斑。

(三) 善用意象、长于用典

吕惠如善用意象来表达难以言表的感情，其所用的意象范围很广，动物、植物、自然事物和自然现象等都可以成为吕惠如笔下寄托情思的载体。但根据人们对事物表达情感的理解，吕惠如的诗歌意象分为两类：一类是寄托哀情或蕴含贬义的事物，如"夕阳""西风""炊烟""雾""寒烟""秋蝉""黄叶""秋水"等意象；第二类是蕴含高洁品质的事物，如"梅""海棠""莲花""蕙""兰""梧桐""水仙"等。吕惠如甚至在同一首诗里用多种意象，以重复寄寓隐约的情感；有时还会在同一首诗里用两类相悖的意象，以此进行对比，以此衬彼，使寄托更显遥深。

---

① 英敛之：《吕氏三姊妹集序》，吕惠如、吕碧城、吕美荪：《吕氏三姊妹集》，1905年。

② 秋梦：《绮霞轩诗话》，张寅彭主编：《民国诗话丛编》(五)，上海书店出版社，2002年，第246页。

③ 吕惠如：《秋日杂书》，吕惠如、吕碧城、吕美荪：《吕氏三姊妹集·惠如诗稿》，第1～2页。

此外，吕惠如才学丰厚，作诗长于用典，如“不知汉魏之间事，恰是义皇以上人”①“云栖高士宅，草绿寄奴宫。北固青山在，南朝铁骑空”②“危时谁下袁安涕，和议仍劳魏绛辞。剩有蟠根仙李在，北门锁钥要能持”③等诗句都蕴含典故。吕惠如熟谙典故，并能运用自如，如《虞姬》《王嫱》《杨玉环》等，诗题本身就是一个典故，诗作用典自然贴切。

另外，从诗体和字数上看，吕惠如古今体兼善，尤以近体见长。在吕惠如现存的43首诗作中，有30首律诗（其中22首七言），7首绝句（皆为七言），6首古体诗。可见，吕惠如早期的诗作以律诗为主，尤以七律为最，相对而言绝句较少。从字数而言，吕惠如善用七言作诗。

第三节　词

吕惠如的词作湮没大半，现存共56首，其中，《吕氏三姊妹集》收录26首；《晓珠词》后附有《惠如长短句》，录有词24首，龙榆生《词学季刊》第三卷第二号亦刊载了相同的篇目；龙榆生《同声月刊》第一卷第九号收有以上未收录的词作6首。上述遗作虽非吕惠如词作的全貌，然可见其创作前后期词作的风貌。以1905年英敛之为吕氏三姊妹出版的《吕氏三姊妹集》为界，可将吕惠如词作分为前后期。

一、前期词作

吕惠如早年的词作基本上都是写景抒情词，情感丰富，情与景融。首先，吕惠如的一部分写景抒怀词借春秋景色抒发愁情别绪，如：

风纸书词墨不干，金炉熏尽鹧鸪斑。一年心绪蚕丝老，三月东风燕子闲。　春已去，梦初阑。绿阴犹送、晓来寒。琴窗一夜樱桃雨，愁煞深闺叶小鸾。（《鹧鸪天》，《吕氏三姊妹集·惠如辞稿》第3页）

春梦迷鸾镜，春愁锁雁弦。东风庭院夕阳天。多少断肠笔墨、惜华年。　暮雨茱萸渚，斜风薜荔墙。秋怀无处可商量。胜的香

① 吕惠如：《题桃园图》，吕惠如、吕碧城、吕美荪：《吕氏三姊妹集·惠如诗稿》，第1页。

② 吕惠如：《长江舟中杂咏》，吕惠如、吕碧城、吕美荪：《吕氏三姊妹集·惠如诗稿》，第5页。

③ 吕惠如：《庚子书愤》，吕惠如、吕碧城、吕美荪：《吕氏三姊妹集·惠如诗稿》，第5页。

奁小笔、替花忙。(《南歌子》,《惠如辞稿》第2页)

山逶迤，树逶迤。白葛花开人捣衣。秋阴罨画溪。云凄迷，水凄迷。暮雨潇潇闻竹鸡。黄昏客过稀。(《长相思》,《吕氏三姊妹集·惠如辞稿》第2页)

无寐、无寐，坐听候虫声细。凭栏风透罗裳。渐觉清宵露凉。凉露、凉露，秋在藕花深处。(《三台令》,《吕氏三姊妹集·惠如辞稿》第2页)

前两首词写春天景色、闺中场景，抒发闺中闲愁、年华易逝的感慨。

其次，吕惠如词作通过写景，抒发人生不幸、身世飘零、亲人分离的悲伤之情。其词作曰：

烟月藕塘幽，鸥鹭成愁。断香零梦有谁收。卷起西风千片锦，一水澄秋。　身世等浮沤，莫漫勾留。随波好自返瀛洲。来去分明尘不染，终是清流。(《浪淘沙》,《吕氏三姊妹集·惠如辞稿》第2页)

词作描绘了一幅荷塘夜色的风景画：烟月藕塘、鸥鹭成愁，但这触动了吕惠如的身世飘零之感。她将自己比喻成鸥鹭，身世浮沉，来去不定，想到这里，悲从中来，词作末句表达了她愿摆脱尘世纷扰，到达一个洁净世界的愿望。她自言“病来生怕夕阳箫，吹断愁魂一缕逐风飘”[1]，在孤独飘零之地，吕惠如更加想念身处异乡的姊妹，其词《菩萨蛮》序言曰：“春城远眺时，两妹在金陵”,《齐天乐》词亦标明为“寄两妹”，两首词都抒发了与妹妹分别时的离别之恨，以及对她们的思念之情。诗云：

背城树发围青绮，万家春锁浓荫里。烟雨又模糊，落花闻鹧鸪。小楼人去也，芳草迷平野。新谱望江南，离怀三月三。(《菩萨蛮》,《吕氏三姊妹集·惠如辞稿》第3页)

春深柘馆红蚕老，流莺好声啼尽。梨雪吹寒，柳烟滞暝，镇日阴晴无準，小窗幽闷。悄几倚笙囊坐，灰香印薄。晚空庭透，帘花雨砚池润。　长年踪影相伴，记联床前月，尚同拈韵。酒饯鸰原，书沉鱼浦，一霎积愁成寸。江南路近，怨梦阻溪桥。暗潮凄紧，吹断参差，碧云天际隐。(《齐天乐》,《吕氏三姊妹集·惠如辞稿》第3页)

前一首词描绘了一个春意盎然的春景，但鹧鸪的叫声让人在春景中顿生哀

① 吕惠如:《虞美人》(金鹅屏底连环梦)，吕惠如、吕碧城、吕美荪:《吕氏三姊妹集·惠如辞稿》，第4页。

情，人去楼空，远望亲人离去的方向，离恨满怀。后一首词的上阕描绘了一幅春深愁景之图，奠定了忧伤的基调，下阕则写昔日姊妹形影相随时的情景，如今却只能梦里相思了。这两首词用哀景写哀情，尽显姊妹之情浓、思乡之心切。

再次，以景达情，忧国忧民。清末的中国犹如日落西山，纷扰不断，国势式微，吕惠如看在眼里，痛在心里，其词《金缕曲》(二月东风早)曰：

> 二月东风早，正青青，寄奴宫畔，乍生春草。一片长江，天堑险暗，有鱼龙隐耀。任饮马，当年人到。想得佛狸南下日，叹长城已坏，谁重造。千古事、一凭吊。　中原此日棋纷扰，还仿佛，南朝大局，后来难料。多少英雄，期保国，只我辈红颜空老。且莫对，金焦长啸，一样蛾眉难卓立，想吾侪总被青山笑。忧国恨，向谁道。(《金缕曲》,《吕氏三姊妹集·惠如辞稿》第1页)

词作抚今追昔，国家灭亡在即，红颜空叹报国无门。吕惠如在那个时代走在了众多女性的前面，有着与一般女性不同的理想和抱负，她常叹“乘风壮志，自怜人在闺里”[①]，她愿向男子一样，能保家卫国、为国效力，有着巾帼不让须眉的气概。其词作云：

> 蕙径烟消，红楼月好。伤心怕说春将到。东风犹在绿窗纱，十年冰雪梅花老。　恨入《离骚》，愁纫香草。羞随儿女吟罗茑。鲲鹏无分到蛾眉，愿为鸾鹤青冥表。(《踏莎行》,《吕氏三姊妹集·惠如辞稿》第5页)

> 莺啼空谷，早灵苗净叶。生满湘麓。暮雨欲来，帝子不归，湿云冷迷春竹。楚歌不断丛兰怨，但葳蕤冰心自束。想贞芳萧艾为邻，生香一点谁续。　我亦红尘悔堕，抱青琴憔悴，共怜幽独。待向琼田，呼起苍龙，耕烟亲种瑶绿。还愁一转光风老，空采得蘼芜盈掬。但相从露畹，招魂写入剡溪横幅。(《疏影》,《吕氏三姊妹集·惠如辞稿》第5页)

上述两首词都表达了吕惠如有着不同一般儿女的胸怀，她“羞随儿女吟罗茑”，不愿“抱青琴憔悴”，甘愿像男儿一样建功立业，载入史册。盘庵评其上述词作曰：“古闺秀词多凄怨，大抵伤离别而感迟暮，稿(按:《吕氏三姊妹集》)内如《浪淘沙》《疏影》《踏莎行》等阙，均有悔现女子身之意，理想

---

① 吕惠如:《百字令》(如舟小屋)，吕惠如、吕碧城、吕美荪:《吕氏三姊妹集·惠如辞稿》，第2页。

之卓远，胜古人，亦女权东渐之效。”[①]然而，吕惠如此类豪放的诗作，创作于早年年轻气盛的特定时期，数量少之又少，不为其词作的主流风格。

二、后期词作

经历了家庭变故、遣为人妇、天津办学之后，吕惠如于宣统年间任南京女子师范校长，饱尝了生活的酸甜苦辣，看遍风景后的她心如止水。据蔡嵩云回忆说“惠如工书画。尤长雅学，为人婉嫕淑慎，在江南主持姆教有年，旧家名门，慕其风，争遣子女来学，一时称盛”[②]，然据吕美荪回忆说吕惠如亦过迂拘，后期生活境况不佳。其后期词作反映了吕惠如后期的心境，可谓“天下奇才三径远，人间冷眼万花空”[③]。前期词作写愁情，以清丽主，后期词作不变的是写景抒情，但心境发生了变化，词作多写看透世事之后的哀情，不免哀婉悲凉。

(一) 如梦光阴，镜中人老

人到中年，难免总会感叹时光的流逝，青春易逝，人生苦短。吕惠如也是如此。其词曰：

> 一番雨过，早梨云卸了，新烟乍起。晓霞晴腻。漾龙门翠柳，万家春意。粥冷饧香，人隔秋千巷尾。数花事，正开到杜鹃，恰染红泪。　　埋玉芳草地。有多少春魂，墓门长闭。绿罗裙碎。想化成蝴蝶，飞来尘世。如梦光阴，只有斜阳不死。黯红紫。镇年年，画愁无际。[《扫花游》,《晓珠词》(四卷本)之《惠如长短句》第1页]
>
> 东风一样闲庭宇，又一样，斜阳树。只是朱颜难得驻。镜中人老，尘中梦醒，怀抱难分付。　　沉沉往事休回顾。且慰藉，当时苦。唤起少年情绪否。吟秋风调，爱花心性，此意还珍护。(《青玉案》,《晓珠词》(四卷本)之《惠如长短句》第2页)

词作借景抒情，悲叹时光如梦、朱颜难驻，诗中所写的春景秋色都带有感伤的色彩，使人读之黯然伤神。

---

① 盋庵:《题惠如辞稿》，吕惠如、吕碧城、吕美荪:《吕氏三姊妹集》，第5页。

② 蔡嵩云:《词学季刊附识》,《词学季刊》，第128页。

③ 吕惠如:《题采菊图》,《词学季刊》，第128页。

(二) 寂寥心事有谁知

吕惠如在作品中从未提及其丈夫严象贤及女儿，吕惠如中晚年的生活并不如意。吕美荪的《某氏子》一文记载：吕惠如去世时，仅留九岁之女，托吕美荪为之监护。[①]据推算，吕惠如的女儿应生于1915年，为什么吕惠如在结婚19年之后，41岁时方得一女？吕惠如去世之时其丈夫严象贤何去何从？由于材料的缺乏，这些疑问都无法解释。然结合当时的社会状况和思想观念，我们可以肯定的是在这些疑问之后，必然隐藏着令人心酸的秘密。吕惠如在《致英淑仲夫人书》一文中谈到了自己的生活状况："七年憔悴，但读《离骚》，百感萦纡，久焚笔砚，茫茫浊世，畴为爱众之人，踽踽深闺，颇乏合群之乐。"[②]没有家庭之乐，亦没有友人之交往，吕惠如内心非常寂寞，正如其词作所写"倚东风一笛，自遣生涯。平生不愿枯寂，冷处亦清华"。其词作多次抒发了孤独之情，如：

> 庭院深深深几许，倚风帘幕低垂。海棠红冷雁来时。徘徊团扇曲，蕴藉惜秋词。　　暮雨萸房人悄悄，无聊独埋琴丝。寂寥心事有谁知。断无人可忆，何处说相思。(《临江仙》,《晓珠词》(四卷本)之《惠如长短句》第2页)

> 廊闪晶灯，鹦栖珊架。半庭竹影流云泄。紫箫吹澈洞天空，浩然风露飞蟾下。　　碧海烟澄，霓裳曲罢。夜阑谁共琼楼话。冰壶休涴九秋心，天寒珍重姮娥寡。(《踏莎行》,《晓珠词》(四卷本)之《惠如长短句》第3页)

第一首词的上阕先营造一个寂寥的庭院秋景图，下阕引出一个孤单的女子形象，以琴相伴，无人相忆，无人相思。第二首词的上阕同样写景，廊檐下有灯光闪烁，鹦鹉栖息，半庭竹影，唯独无人相伴，凄凉的景色更衬托出诗人的孤单和落寞；词作最后一句将主人公比喻为嫦娥，只能自我安慰，自我保重。两首词或以景衬情，或运用典故，皆将孤寂之情表达得淋漓尽致。

(三) 沧桑世事，荣辱不惊

吕惠如一生经历多次变故，家庭由幸福转变为困顿，亲戚一夜之间变得怒目相向，亲人无奈分离，所有一切，都让她感到人世无常；她亦目睹了变化莫测的世事，她一生经历了甲午战争、庚子事变、辛亥革命，还有军阀混战等，每一次社会动荡都会殃及百姓，给人们带来莫大的痛苦。时至

① 吕美荪:《某氏子》,《葂丽园随笔》，第96页。

② 吕惠如:《致英淑仲夫人书》，英敛之:《吕氏三姊妹集》，第1页。

中年的她已经看透尘世，在沧桑的世事面前，功名荣辱已是过眼云烟。吕惠如亦用词来表达这种沧桑之感和淡定的心境，其词云：

连呼酒上荒台去，诗心欲飞岩岫。一抹斜阳满城烟霭，万柳垂垂低首。鞠花开否。正翦出金英，雁风吹透。十亩霜腴，看来花不似人瘦。　世间多少荣辱，任西风马耳，与我何有。此日秋清，去年人健，难得好怀依旧。一杯在手。看转烛光阴，俊游休负。几个重阳，几回开笑口。(《齐天乐》,《晓珠词》(四卷本)之《惠如长短句》第2页)

夕照山川，惊涛世界，何堪更感流年。雪霁荒郊，匆匆换了桑田。人间那有欢娱地，问销魂。春在谁边。但苍茫，一棹寒潮，万柳风烟。　浮名早付行云去，笑谁将腐鼠，犹忌雏鹓。料理琴书，襟怀且自悠然。梅花懒续东风梦，抱幽香自老青天。只难忘，万里春愁，托与啼鹃。(《高阳台》,《晓珠词》(四卷本)之《惠如长短句》第4页)

吕惠如感慨于桑田易变，一切犹如西风浮云，终将消失。她面对南京城下的落梅、杨柳，亦怀古悲今，悲吟“六朝金粉尽飘零，燕子伤心话。胜有齐梁夕照，罨青山如画”[①]。桑海迁易，百忧填膺，回顾以往，吕惠如将一切总结为“转烛人情，抟沙世事”[②]。其词又云：

步苍厓，扶藓磴，一径入幽窈。绝壑云深，翠色带风筱。可能呼起冬心，倩他古笔，写出这寺门残照。　世缘少待结伴诛茅，乾坤一亭小。人哭人笑，甘向此中老。似闻鹤语空山，忍寒餐雪，总不向红尘飞到。(《祝英台近》,《晓珠词》(四卷本》之《惠如长短句》第3页)

同样，这首词也表露了吕惠如看透尘世、厌恶红尘的情绪，她欣赏山鹤那种宁可忍寒餐雪，亦不流连于沧桑尘世的高洁品质，她希望过一种拥悠然襟怀、以琴书为乐的生活。

(四) 一生拚作断肠人

从吕惠如的诗文中可以看出，吕惠如后期的精神和身体状况并不良好，“郊寒岛瘦谁效他”[③]，她不断地“作愁吟”，抒写其愁苦的境遇以及她憔悴的身

---

① 吕惠如:《好事近》(满袖落梅风),《惠如长短句》，引自吕碧城《晓珠词》(四卷本)，第5页。
② 吕惠如:《忆旧游》(记襟分辽月),《惠如长短句》，引自吕碧城《晓珠词》(四卷本)，第4页。
③ 吕惠如:《忆旧游》(记襟分辽月),《惠如长短句》，引自吕碧城《晓珠词》(四卷本)，第4页。

心。如其《浣溪沙》小序指出词人当时的境况为“人多病，齿头眩”，其词作云：

金碧楼台咽暮蝉。藻晴秋见夕阳殷。梦思疏雨滴帘前。　　八月凉波桃叶渡，一城秋病木樨天。恼人风物寄吴笺。（《浣溪沙》，《晓珠词》（四卷本）之《惠如长短句》第2页）

在一个初秋的傍晚，雨打着窗帘，一个病人面对秋景，其愁苦之情愈发强烈。又如：

暝入高楼，西风又送砧声暮。断鸿来去。云暗江天路。　　象管鸾笺，不赋销魂句。秋怀苦。愁风愁雨。人是芭蕉树。（《点绛唇》，《晓珠词》（四卷本）之《惠如长短句》第2页）

杨柳蒙烟覆大堤，黄昏人拥市桥西。画船灯影漾明漪。　　玉笛新声方入破，断鸿江渚正愁饥。酒阑犹问夜何其。（《浣溪沙》，《晓珠词》（四卷本）之《惠如长短句》第5页）

诗歌将自己比喻为芭蕉树、愁饥的鸿鸟，以此来塑造了一个困苦、憔悴的主人公形象。

吕惠如后半生挣扎于苦痛之中，用她的词作《浣溪沙》来总结其一生之境遇：

雪海冰天冷不春。冻崖孤石倚苍云。不知何处有芳辰。　　已分凄怀同缺月。誓无清梦堕纤尘。一生拼作断肠人。（《浣溪沙》）①

词作中的离愁别绪、孤苦飘零之感，万千忧伤和痛苦，都是吕惠如内心真实的表露，她为之憔悴，最终郁郁归去。

吕惠如词继承了婉约一派之词风。纵观吕惠如的词作，如《浪淘沙》《疏影》《踏莎行》等悔女子身之意、体现理想之卓的词作毕竟很少，其大多词作伤离别、感迟暮、悲愁苦、叹尘世，深得婉约一派之精髓。蔡嵩云的《惠如长短句附识》评其词作曰：“其词长调雅近玉田，小令颇得易安神味，造境绝高。”②而盘庵亦认为“惠如之词，纡回隐轸，气体清华”③。

此外，吕惠如精于词作，其前期词作和后期词作所用词牌名很少有重复，现存的56首词选用了36个词牌。前期偏爱“踏莎行”“南歌子”“长相思”“浪淘沙”“齐天乐”“鹧鸪天”等词牌；而后期则钟情于词牌“浣溪沙”和“好事近”，在所有的词作中有8首词作选用词牌“浣溪沙”。

---

① 吕惠如：《浣溪沙》，龙榆生：《同声月刊》第一卷第九号，民国三十年（1941），第171页。

② 蔡嵩云：《惠如长短句附识》，《词学季刊》，第128页。

③ 盘庵：《题惠如辞稿》，吕惠如、吕碧城、吕美荪：《吕氏三姊妹集》，第5页。

结 语

在吕氏三姊妹的身上存在着继承与借鉴两种倾向。一方面，时代思潮促使她们在主观上自觉地对封建意识进行坚决的背弃和批判；而另一方面，传统文化观念、价值体系、伦理规范已内化为她们的心理积淀，客观上不时隐现在其意识的深处。她们痛苦地挣扎于继承和借鉴两者之中，以此来实现自己的人生坐标。“近代中国女性所经历的变化，用一句话来概括，就是迈出从女人到人的第一步。”[①]而吕氏三姊妹正是近代中国先进女性的典型代表，她们努力地获得了经济上的独立，不仅迈出了从女人到人的第一步，而且以她们在报纸杂志上发表的言论和诗词、以先进的思想唤醒女性的觉醒。同时，她们创办女学，并长期从事女子教育实践，在女子解放运动中贡献很大。

吕氏三姊妹之才“卓绝尤奇”[②]，除了躬耕于教育事业，她们还注重著文立说。她们不仅是教育家，还是享有盛誉的诗人。“对于古代文学女性个人来说，文学创作的功利意味较之男子要淡薄得多。她们从事写作的意识取向，既非入世拯救，亦非出世逍遥，而主要是一种面向个人的自遣、自慰，也即是为个体生命寻求一种方式独特的心灵呼吸。”[③]吕氏三姊妹正是如此，她们用诗、词、文记录了各自的人生和心灵的历程，作品皆为性灵流出，故留下了许多绝妙之作。

吕碧城以特立独行的个性，走过了一个不同寻常的人生之旅，留下了大量的诗词作品。在女性文学史上，吕碧城的诗词尽显以旧风格含新意境的美

---

① 罗素文:《女性与近代中国社会》，上海人民出版社，1996年，第528页。

② 初我:《文苑谈片》,《中国近现代女性期刊汇编》(一)，第1534页。

③ 乔以钢:《中国女性与文学——乔以钢自选集》，南开大学出版社，2004年，第56页。

感，是现存词作最多的女词人。文学家潘伯鹰形容碧城词“足与易安俯仰千秋，相视而笑”[①]，林鹍翔称赞她是“三百年来第一人”[②]，钱仲联亦推崇其为“近代女词人中第一”[③]。由此可见她在近代词坛，以及女性文学史上的地位和影响。

吕美荪一生写下了一千多首诗作，是现存诗作最多的女诗人。在古诗日渐衰落之时，吕美荪大量创作诗歌，其诗歌采用多种诗体，风格多样，是女性诗人中少有的多面诗人。她大量地写作挽悼诗，尤其是用长篇五言古体来铺陈悼亡，诗作包括多方面的内容，空前扩大了女性悼亡诗的容量，同时也丰富了悼亡这一诗歌类型的艺术表现力，在女性悼亡诗写作史上树立了一座丰碑。此外，吕美荪积极参与中外诗坛诗词唱和活动，并主持了多次大型诗词唱和活动，创作了诸多唱和诗；其旅外游记散文呈现出女性古典游记散文向现代转型的明显特征。吕美荪的上述成就在女性作家中是少见的。

吕惠如度过了悲剧的一生，历史尘封了她多半的作品，但现存的诗词仍能尽显其应有的风采。蔡嵩云赞其词为“长调近玉田，小令颇得易安神味”“造境绝高”[④]；初我认为吕惠如词典赡风华，“自成一家之风”[⑤]；而英敛之更是欣赏吕惠如的诗词，认为“其怨而不怒，深合古风人之旨”[⑥]。由此可见吕惠如较高的文学造诣。

与古代女性相比，吕氏三姊妹的生命格局不再狭窄，由此形成的深层文化心理结构影响了她们的创作，她们感时伤怀，时代的风云、世事的变幻、家庭的变故都在她们的创作中留下了深刻的烙印。但吕氏三姊妹来自一个家庭，皆钟情于古典文学，她们感物伤情，大多数作品仍表现出抒情的“私人化”，她们的心境有诸多相通之处，亦因后半生不同的人生轨迹，而产生了各自不同的情感体验，这使得她们的作品在内容和形式上各具千秋。吕氏三姊妹出现在中国古典文学衰微的时代，她们抒写自我，展示了过渡时期知识女性的内心世界，塑造了过渡时期知识女性的不同形象。她们的诗词无论是在题材的开拓方面，还是在表现手法的丰富和风格的多样化方面，

① 孤云：《评吕碧城女士〈信芳集〉》，《大公报》，1929年10月7日。

② 凌楫民：《欧美之光序》，吕碧城：《欧美之光》（节本），上海佛学书局、苏州弘化社、上海开明书店、广州开明书店、美成印刷公司，1932年。

③ 钱仲联：《近百年词坛点将录》，吕碧城著，李保民笺注：《吕碧城词笺注》，第554页。

④ 蔡嵩云：《〈惠如长短句〉附识》，龙沐勋《词学季刊》第三卷第二号，1936年6月30日，第128页。

⑤ 初我：《文苑谈片》，《中国近现代女性期刊汇编》（一），第1521页。

⑥ 英敛之：《吕氏三姊妹集序》，吕惠如，吕碧城、吕美荪：《吕氏三姊妹集》。

都为清末民初诗坛作出了很大的贡献，对当时衰微的诗坛起到了一些补救和调节的作用，为诗坛注入了一股活力。

就在战火纷飞的年代，吕氏三姊妹带着对人生完美境界的追求，带着各自的忧伤，无奈和寂寞地走了。她们是20世纪前半叶新女性的典型代表，代表了三种独特的生活方式、三种心境和三种结局。吕氏三姊妹的离去，标志着一个时代的结束，但吕氏三姊妹以她们丰硕的创作成绩，以及她们的社会实践，在文学和教育丰碑上镌刻下了她们醒目的名字。

吕氏三姊妹之文学属于女性家庭文学，是一种文化现象的典型代表，因而吕氏三姊妹及其创作是女性家庭文学研究、女性群体性研究、女性家族文学研究等很好的范例。文章草成，心有所寄，希望能为女性文学研究园地增添一抹色彩。

附　录

吕惠如、吕美荪合谱[①]

一八七五年（光绪元年乙亥）吕惠如生

本年吕凤岐[②]三十九岁。八月，吕凤岐充国史馆校对官，兼管理诰敕房。十一月，惠如生于京师。[③]

一八七六年（光绪二年丙子）吕惠如二岁

吕凤岐在京供职，年四十岁。吕惠如长舅严朗轩举北闱乡试，年已六十有一。[④]

一八七七年（光绪三年丁丑）吕惠如三岁

本年居京。吕凤岐四十一岁，朝考取一等第一名，被引见养心殿，改翰院庶吉士，六月，充国史馆协修官。

一八七八年（光绪四年戊寅）吕惠如四岁

正月，吕凤岐南下，经南京，至芜湖、安庆，略访亲友。五月抵武昌；八月，赴南昌，乘湖北官轮船至湖口，游数日后再上豫章，寓胺皮巷。吕凤岐与吕贤铭、吕贤钊相见甚欢，吕凤岐游百花洲、滕王阁。一个月后，吕凤岐买舟回安徽省，船载蒋恭人榇先行[⑤]，吕凤岐自携吕贤铭、吕贤钊由浔

---

① 年谱中的日期均为农历。

② 道光十七年丁酉（1837）九月十二日，吕凤岐生于旌德县庙首，有兄弟七人，姊一，六、七弟与其同父异母。

③ 吕凤岐：《石柱山农行年录》，吕碧城著，李保民笺注：《吕碧城诗文笺注》，第538页。

④ 吕凤岐：《石柱山农行年录》，吕碧城著，李保民笺注：《吕碧城诗文笺注》，第539页。

⑤ 蒋恭人：名伯鸾，为铅山蒋心余玄孙女，秀才蒋卓人之长女，1866年3月19日蒋伯鸾于进贤门外胺皮巷旧宅赘吕凤岐为婿，蒋夫人时年二十。吕贤铭、吕贤钊为吕凤岐与前夫人蒋伯鸾所生的二子。1867年2月8日吕贤铭生，1869年11月吕贤钊生。同治十一年（1872）蒋氏殁，两儿远寄江西外家。同治十三年（1874）吕凤岐续娶来安严朗轩次妹为继室，时吕凤岐三十八岁。详见吕凤岐《石柱山农行年录》。

阳附轮下芜湖，吕凤岐寄二子于其叔叔住所寿爵堂。十二月初，吕凤岐抵庙首返乡省亲。[①]

一八七九年（光绪五年己卯）吕惠如五岁

十月十三日，吕凤岐携其两子吕贤铭和吕贤钊入京，寓醋章胡同。

一八八零年（光绪六年庚辰）吕惠如六岁

正月，吕凤岐居庶常馆。五月，徙家于南半截胡同。

一八八一年（光绪七年辛巳）吕惠如七岁，吕美荪生

五月，吕美荪生于京师，其父凤岐时四十五岁，任职于翰苑。[②]

一八八二年（光绪八年壬午）吕惠如八岁，吕美荪二岁

吕美荪周岁即知媚父。八月吕凤岐奉命督学山西。全家于十月十日抵太原省城，张之洞率属迎于南郊。[③]

一八八三年（光绪九年年癸未）吕惠如九岁，吕美荪三岁

仍居山西。六月，吕碧城生。

吕惠如九岁能诗，精绘事，工书法。

一八八四年（光绪十年甲申）吕惠如十岁，吕美荪四岁

仍居山西，十一月吕凤岐回省，于六安之东南乡买一小庄子，距张母桥四里。后吕凤岐函嘱其五弟寓其庄上。[④]

吕美荪四岁依母由山右还京师，居外家，随外兄及吕惠如入塾，性颇敏慧。

一八八五年（光绪十一年乙酉）吕惠如十一岁，吕美荪五岁

吕惠如、吕美荪居京。

吕美荪五岁《三字经》《千字文》已毕读，唯颇狡黠逃学，师万人杰孝廉，示扑，弗畏。万人杰变计诱以果饵，吕美荪方肯琅琅有声。[⑤]

吕凤岐于山西卸任，于小除日抵六安，假寓度岁。

一八八六年（光绪十二年丙戌）吕惠如十二岁，吕美荪六岁

吕美荪、吕惠如仍居京城外家。时其长舅严朗轩太守纳一妾，久久弗召侍巾栉，妾有逃意，因窃舅严朗轩之时辰表，缝于裤带之一端而垂系之，

① 吕凤岐：《石柱山农行年录》，吕碧城著，李保民笺注：《吕碧城诗文笺注》，第540页。

② 吕凤岐：《石柱山农行年录》，吕碧城著，李保民笺注：《吕碧城诗文笺注》，第542页。

③ 吕凤岐：《石柱山农行年录》，吕碧城著，李保民笺注：《吕碧城诗文笺注》，第542页。

④ 吕凤岐：《石柱山农行年录》，吕碧城著，李保民笺注：《吕碧城诗文笺注》，第545页。

⑤ 吕美荪：《葂丽园随笔》，第84页。

适为吕美荪见，吕美荪思举发，而苦不获其赃，因绐之，曰“试蒙汝目，与我作捉迷藏”，妾信之，吕美荪遽坚执其带端，大呼其外祖母。因之，此妾立遭遣弃。[①]

二月，吕凤岐留二子于州（安庆）中，自赴张母桥哭其五弟之灵；

吕凤岐自念赋性直傲，耻于苟同于世，亦不相宜，遂决计乞病退休。五月，恳巡抚吴子健代奏告病。[②]

是年秋，吕凤岐续修支谱，以丰溪之上为前册，丰溪之后为后册，杂载为附册。

此年南旋，侨寓六安，吕美荪日益逃塾玩嬉，童仆婢媪靡不患苦之，尤毒虐鸡犬。师族叔，济臣先生督之严，意衔恨之，夏日，师每浴于园之小亭，一日窃以利锥凿其缸，师裸身而立，其旁仆倾以沸汤，孔忽激水出，直射其腿，因之狂走大号，吕美荪密藏于树后，匿笑不已。司阍老仆禁止吕美荪出大门，不让其私自到城外野塘捉虾蟆，吕美荪毒恨之，待其外出，以冬日枯之大蕉叶，偷布其被下，散以碎瓦砾而复洒之以水，仆告其母，几遭杖责。[③]

吕惠如作《清映轩诗》数十首。

一八八七年[④]（光绪十三年丁亥）吕惠如十三岁，吕美荪七岁

正月新春，吕美荪燃巨爆于园内数人合抱之太平水缸，缸炸裂，惧父责，忧恐几死，一日窥其父阅书于书室，亟往园，以巨石击缸，奔告其父垣外儿童以石掷缸，其父不知吕美荪之所为。[⑤]

二月，吕贤铭就婚于合肥石塘桥，其妻为黄楚香（佩芗）之次女。

吕家在州城六安，典一宅，四月移家于此。

五月吕贤钊以逃学受薄责，自经而亡，年已十九。

七月吕贤铭妻卒于母家。

一八八八年（光绪十四年戊子）吕惠如十四岁，吕美荪八岁

居六安。

正月，吕凤岐之四女吕贤满生，吕凤岐五十二岁。

十二月，吕贤铭迎娶同邑汪萼楼（期棣）之女于州寓。

---

① 吕美荪:《葂丽园随笔》，第85页。

② 吕凤岐:《石柱山农行年录》，吕碧城著，李保民笺注:《吕碧城诗文笺注》，第546页。

③ 吕美荪:《葂丽园随笔》，第85页。

④ 一八八七年至一八九五年谱除其他注释外，皆见于李保民笺注之《吕碧城诗文笺注》，第547～549页。

⑤ 吕美荪:《葂丽园随笔》，第85页。

一八八九年（光绪十五年己丑）吕惠如十五岁，吕美荪九岁

仍居六安。

吕碧城已能作巨幅山水。

一八九零年（光绪十六年庚寅）吕惠如十六岁，吕美荪十岁

四月末，吕贤铭长女翠霞生。十年，吕凤岐在州集资于会馆，设立皂山文社，月课同邑生童。

吕美荪十岁后，渐喜读书。

一八九一年（光绪十七年辛卯）吕惠如十七岁，吕美荪十一岁

正月，吕贤铭以疾殁，吕凤岐悲恸甚，因得眩疾。

吕美荪十一岁作四书题破题承题起讲。

一八九二年（光绪十八年壬辰）吕惠如十八岁，吕美荪十二岁

吕凤岐自吕贤铭殁后，无以遣怀，日亲督四女读，并教吕惠如作墨兰。吕惠如至是课益勤。吕凤岐教画百种蝴蝶及花卉，吕惠如艺颇能进。

吕美荪十二岁作五言八韵试帖诗，俱为父与师所赏。

是年，吕碧城与同乡汪某定亲。

一八九三年（光绪十九年癸巳）吕惠如十九岁，吕美荪十三岁

十二岁，吕母密语吕美荪其怀孕时所梦。

吕凤岐动触悲感，不欲城居，多住乡间田庄上。后友劝筑新宅以易境，故吕凤岐以金四百，购六安城南地起屋，而藏书之长恩精舍建于宅之东，三载中屡兴屡辍。

一八九四年（光绪二十年甲午）吕惠如二十岁，吕美荪十四岁

自吕贤铭和吕贤钊继亡，吕凤岐颇郁郁，是年甲午战争爆发，吕凤岐益居恒忧叹。

一八九五年（光绪二十一年乙未）吕惠如二十一岁，吕美荪十五岁

秋，新宅落成，藏书数万卷。

九月十二日，吕凤岐五十九岁诞辰，州官及绅学就新宅为寿，辞不获，因是劳顿，十余天后，吕凤岐独登小园假山，时雨后山滑，吕凤岐偶踬，疾作，十月初三去世。未几，族人霸占家产，吕母严氏因两子早丧，且仁柔，不能保遗产，吕美荪大愤，与族中之不肖者据理以争，势卒不胜，母女四人同被幽禁，年余产尽被夺，月与以三十银勉资衣食而已。吕美荪乃密焚疏于邑之关帝庙及城隍神，大意吁求脱离虎口，愿终身为女医以养母，并誓庖厨永戒杀生以报神恩。[①]

① 吕美荪：《葂丽园随笔》，第85～86页。

一八九六年（光绪二十二年丙申）吕惠如二十二岁，吕美荪十六岁

吕母偕吕美荪、吕碧城、吕贤满永离安庆，就食于来安外家。适吕美荪长舅任塘沽海防同知，其来安祖田为邻侵占，舅家人皆在北，吕美荪乃代撰状，遣家丁报告讼之，经年而田卒凭官契返还，严氏所奇初学撰状若夙习。时判此案者为江西万明府琅。[①]此年，吕惠如嫁给外家严象贤（严朗轩之子），属表兄妹联婚，时严朗轩任职于塘沽，故吕惠如北上。不久，吕碧城前往依之。严母携吕美荪与吕贤满二姊妹就食于来安外家。

一九零零年（光绪二十六年庚子）吕惠如二十六岁，吕美荪二十岁

此年，八国联军侵略中国，次年签订辛丑条约。

吕惠如作《庚子书愤》诗四首。

一九零一（光绪二十七年辛丑）吕惠如二十七岁，吕美荪二十一岁

吕贤满由皖赴沪，肄业于务本女学校，由于其攻读过苦，兼致力于算学，遂得咯血疾，旋即回皖侍母。[②]

吕惠如和吕碧城在塘沽，吕美荪糊口于千里之外。

一九零二（光绪二十八年壬寅）吕惠如二十八岁，吕美荪二十二岁

吕母及吕贤满寄居来安外家，为恶戚所厄，惨无生路，俱饮鸩自尽，幸为邑令灌救得活。嗣因吕惠如之求，江宁布政使樊增祥星夜飞檄邻省，隔江遣兵迎救。[③]

一九零四年[④]（光绪三十年甲辰）吕惠如三十岁，吕美荪二十四岁

春，吕碧城约其舅严朗轩秘书方君夫人同往天津探访女学。临行，遭严朗轩骂阻，吕碧城愤甚，决与脱离。翌日，逃登火车，车中遇佛照楼主妇，挈往津寓。吕碧城得知方夫人寓大公报馆，乃驰函畅叙。函为大公报报馆总理英敛之所见，大加赞赏，亲邀吕碧城与方夫人同住，且委以编辑一职。

三月二十三日晚，吕碧城移住大公报馆。

四月初六，严朗轩已撤任记过。

初十，早九点，吕惠如只身由塘沽抵天津，晚吕惠如被英敛之请回馆中同其夫人英淑仲同住。

十一日，英淑仲同吕惠如、吕碧城楼上坐，观书写字，十点后，始下楼。

---

① 吕美荪：《葂丽园随笔》，第86页。

② 吕美荪：《葂丽园随笔》，第89～90页。

③ 吕美荪：《葂丽园随笔》，第90页。

④ 本节年谱除其他注释外，均见于沈云龙主编的《近代中国史料丛刊续编》（第三辑），第817～957页。

十三日，早，吕惠如回塘沽，为商吕碧城留津事。英淑仲送其至车站。

十四日晚，吕惠如由塘沽抵天津，寓于佛照楼，后至大公报馆，与英敛之等人话至十一点，英敛之夫妇送其回寓。

十五日，午后，英敛之夫妇偕吕惠如、吕碧城姊妹车至毛瑞堂处，少坐出。步至小营门河孟家楼饮茶。旋见西北黑云弥漫，急乘车归。登楼，雨作。入夜，英敛之留吕惠如与吕碧城同住。

十六日晚，英淑仲与吕惠如同去天仙观剧。

十七日，严朗轩至英敛之处，谈吕碧城事，托英敛之夫妇代为尽心。是日，傅润沅言张印咨愿与周缉之同办女学，第二天中午，傅夫人来，偕吕碧城去张印咨处。

四月下旬，严朗轩偕严象贤由塘沽迁往天津，住于天津袜子胡同。

十八日，九点，山根虎臣偕官洛声至英敛之处，与吕碧城笔谈，有时去。午前，吕惠如至英敛之处。饭后，英敛之偕吕碧城照相。

十九日，下午，严朗轩至英敛之处，少坐去。

二十日，午后，英敛之偕英淑仲、吕碧城坐车至东来栈，晤严朗轩及其子严象贤，少谈别去。

二十一日，吕惠如至英敛之处。张印咨处遣人至英敛之处询馆事如何。英敛之与吕碧城商之，吕碧城不愿曲就，英敛之遂作信答以试办一月。暮，英敛之同吕碧城、英仲送吕惠如于马家口。

二十二日，午饭后，英敛之夫妇同吕碧城车至东来栈，邀同吕惠如至敦庆楼定做衣，看样良久出。英敛之车至林墨卿处，入内少坐略谈组织女学事。英敛之又至井上医院，与井上谈，请其与吕碧城看病。暮，吕惠如回客栈。

二十四日，下午，吕惠如至大公报馆，晚，留住英敛之家。

二十五日，日西，英淑仲偕吕惠如，张（张印咨）夫人至，饭后近九点半，张夫人及吕惠如去，英敛之夫妇偕吕碧城出散步。

二十九日下午，吕惠如同张印咨夫人至大公报馆，晚九点后一同离开。

五月初三，近九点，吕惠如至英敛之处。下午，英敛之求吕惠如书扇一柄，录其旧作《咏霜》七律二首。内有警句：“十年已炼寒梅骨，九死难枯弱草心”“钟飘残月初沉水，雁逐征人正度关”。暮，吕惠如离开大公报馆。

初五，早九点，吕惠如至英敛之处。午后，英敛之夫妇偕吕惠如及吕碧城步至日本领事府，晤高尾、速水二君谈。暮，吕惠如归去。

初九，午后，英敛之至方药雨处，归途中购洋汗衫二，一为英淑仲，一为吕碧城。吕惠如至英敛之处，夜，英敛之夫妇与吕惠如谈理至丑刻。

初十，晚饭后，吕惠如离开大公报馆。

十二日，下午，吕惠如至英敛之处。

十六日，英敛之夫妇同吕碧城步行至日日新闻社，值方药雨出，少时辞出。吕碧城与英淑仲前往严公馆。有时，英淑仲同吕惠如、吕碧城回大公报馆，有时，吕碧城独去傅润沅处。

十七日，吕碧城去傅润沅处，傅润沅偕吕碧城至海关道署，晤唐少川，商学堂事。此后几天，吕碧城频见傅润沅、张少秋、方药雨等人。

二十日，午后，英敛之夫妇及吕惠如、吕碧城至河东女学堂，林墨卿、卞竹贤等在，英敛之等略演说。午后，方药雨至英敛之处谈学堂事。晚，吕惠如从英敛之处归去。

二十一日，午后，英淑仲遣人接吕惠如至其住处。

二十六日，晚，吕惠如至英敛之处，带来自撰《与英淑仲盟书》，四六文颇佳。

二十七日，英敛之夫妇偕吕惠如、吕碧城车至新缺桥，唤小艇，乘之至武库。半路吕碧城不爽。抵武库，树下盘桓，风甚凉爽，良久乘船回。

六月初一，午后，英敛之夫妇与吕碧城出看法界灯彩。次日为西历七月十四日。下午，珍子来，英敛之致信吕惠如，请其至大公报馆，看第二天的热闹，晚吕惠如至。

初二，灯下吕惠如与英敛之等闲话。

初三，午后，吕惠如从大公报馆归家。

初五，日西，黄小宋至英敛之处，言学堂事，说袁世凯颇愿办女学，与唐关道已议。

初六，晚间，傅润沅至英敛之处，言袁世凯允拨款千元为学堂开办费，唐关道允每月由筹款局提百金作经费。吕惠如与英淑仲一见即针芥相投，苔芩契合，遂盟为姊妹，矢以永好，遂作《与淑仲二姊订盟书》。

初七，午前，英敛之夫妇与吕碧城车至日日新闻社，将学堂情形告知方药雨，旋，雨大作，坐有时，方药雨同出，车至袜子胡同严朗轩处，告其学堂已有眉目，谈少时，英淑仲邀吕惠如同至大公报馆。

初八，吕惠如作花卉数纸，颇佳。

初十，早，吕惠如离开大公报馆。是日晚，吕碧城移后楼东间宿。是日，《大公报》载吕惠如词作《金缕曲》(二月东风早)。

十二日，英淑仲同吕碧城至严朗轩处。

十四日，吕惠如致英敛之信，说严朗轩不乐办学堂事。英敛之遂以函邀严朗轩至大公报馆晚饭。

十八日，吕碧城去吕惠如处，午后，吕碧城与吕惠如至大公报馆。

二十日，晚，严朗轩至英敛之处，留饭。饭后一同至方药雨处。

二十二日，严朗轩至英敛之处，严象贤后至，亦与英敛之谈学堂事。后严朗轩去。晚，张道恒邀严象贤与英敛之等宾宴楼饭。

二十三日，下午，英敛之出至文美斋，裱吕惠如、吕碧城所作绘敦庆隆所送扇子。

二十五日，清早，吕惠如离开大公报馆。

二十六日，午后，英敛之车至严朗轩处，同其至祝三处少坐，寻祝三回，谈租房情由，乃偕严朗轩看房。

二十七日，早，英敛之同吕碧城车至南斜街看房。随后，吕碧城先去严公处，英敛之至张云衢处，商租价事。后英敛之亦至严公处，偕吕惠如、吕碧城车归大公报馆。晚，张云衢夫人邀看马戏，英淑仲、吕惠如和吕碧城同去。

二十八日，早九点，英敛之车至傅润沅处，张印咨在，略谈。傅润沅遣人去问房无有，英敛之辞出，后至严朗轩处。

七月初一，早，吕惠如、吕碧城言欲南归事。英敛之觉其颇出情理外，遂以偏锋语答之，吕氏姊妹大为之感伤愤激。

初九，姚石泉已送女学章程至大公报馆，起名“华胥”，绝非官绅合办之局。午后，英敛之偕吕碧城车至方药雨处，谈学堂事，方药雨讲述唐少川的意思，与英敛之之想法颇合。英敛之同吕碧城辞去，步至山根处。

初十，唐绍仪极愿民办。傅润沅愿归官办。

十二日，午饭后，英敛之夫妇及吕碧城车至傅润沅处，督署看房，前后两院，尚宽敞，共二十七间。闻月租不过三十金。随后，英敛之至袜子胡同，与严公语，闻唐少川之意，学堂愿归英敛之等办理。

十三日，午后，傅润沅之英敛之处，订第二天午后四点，聚集大公报馆，商订女学章程。

十四日，四点，王铭槐先至英敛之处，旋，林墨卿至，方药雨、严范孙、姚石泉陆续至。五点，严朗轩至，又良久，傅润沅至，议论后姚石泉拟女学章程数条，众亦无甚可否。议房舍，督署后，过偏北，改隆宝贯旧居，惟傅润沅不以为然。众遂止。议捐款存锅店街正金银行。账簿交英敛之收存，英敛之不肯，他人亦无可代理者。英敛之谓令吕碧城自存，英敛之代料理而已。

十五日，午后，英敛之同吕碧城商订宣布简章。

十六日，早，英敛之将章程稿先排印数张，遣人送严朗轩处，及林墨卿、傅润沅、方药雨等人。少时，吕惠如至英敛之处，商学堂事。

十九日，午饭后，英敛之偕英淑仲、吕惠如、吕碧城车至东门内淑慎女学堂，看视少时出，落雨，急步至严范孙学堂，雨甚紧，阅其堂中课卷，后至各斋看视。旋车出，英淑仲同吕碧城等去袜子胡同。良久，吕碧城同英淑仲回英敛之处。

二十一日，方药雨、王铭槐之子王毓丞、姚石泉、严朗轩至英敛之处。后严朗轩与吕碧城烦琐讲家务。

二十三日，午前，吕惠如至英敛之处。吕惠如不爽，发烧，英敛之为之购宝丹。

二十四日，清早，吕惠如离开英敛之住处。午后，英敛之同英淑仲、吕碧城车赴张印咨夫人处答拜，张印咨已移新居去。故英淑仲去看视吕惠如，后同回大公报馆。傅润沅偕其内兄凌逸帆至大公报馆，后英敛之同其见吕碧城，傅润沅邀德义楼饭。

二十六日，下午，吕惠如至大公报馆。

二十七日，早，英淑仲同吕碧城去张印咨夫人处，午前归。吕惠如离开大公报馆。

八月初二，午后，英敛之同其妹，携申格、吕碧城在河野照相馆照相。

初六，八点后，英敛之同其妹与吕碧城车至神杌库，看学生体操。

初七，早九点，英敛之夫妇及吕碧城妹等车至考工厂，是日为妇女览日。午饭后，同归。英淑仲至吕惠如处，偕吕惠如至大公报馆。

初八，午后，吕惠如离开大公报馆。

初九，吕碧城至方药雨处，英敛之亦后至方药雨处，方药雨说姚石泉并无意见，学堂名目只可由吕碧城定夺云，英敛之同吕碧城车回大公报馆。

初十，午前，吕惠如至大公报馆。午后吕碧城偕刘妈（英敛之家仆人）去傅润沅处。

十五日，早，英敛之遣刘妈携申格接吕惠如，刚出门遇吕惠如，吕惠如已至。

十六日，英敛之同金锡候在大公报馆后楼与吕碧城谈话。

十七日，早，英敛之同英淑仲及吕惠如坐车出。

十九日，午后，英敛之令吕碧城致信于傅润沅，商量学堂事。

二十二日，下午，英敛之同赵汉岑至严朗轩处，少话别。

二十四日，《大公报》载《天津女学堂创办简章》，具名创办人吕碧城、议事员等同订。

二十五日，吕惠如至大公报馆。

二十六日，午后，英敛之偕英淑仲、吕碧城、赵汉岑河北看房。

二十八日，午后，赵汉岑至大公报馆，吕碧城姊妹偕其看女学堂女学授课。

二十九日，早，吕惠如离开大公报馆。

九月初六，英敛之令刘妈随吕碧城去周缉之处，并看视学堂。

初八，午后，英敛之夫妇同吕碧城车至贾家大桥张印咨夫人处。旋同至女学堂。张印咨夫人、吕惠如亦至。英敛之车至保工局晤严朗轩答话。吕碧城、英敛之及其夫人至春华泰购三号皮箱一个。

初十日，早，吕惠如至大公报馆。

十一日，午后，吕碧城与英敛之夫妇至招商局答拜陈秀琼，少谈出。吕惠如偕张印咨夫人至大公报馆。晚，英淑仲、淑清（张印咨夫人之字）、吕惠如、吕碧城及张之女等在同春楼饭。

十二日，午后，吕碧城与英敛之至日日新闻方药雨处，后至女学堂，吕惠如已移入北洋女子公学。

十四日，午后，英淑仲携申格送吕碧城行李于女学堂，英敛之同吕碧城车至方药雨处，候有时归。（吕碧城是日入学堂）。《大公报》第八百三十六号载吕惠如诗作《咏霜》七律二首。

十五日，英敛之同其夫人车至女学堂，参与报名备验的人近二十，有徐星叔、彭星伯、仲子风、薛瑞堂等。但因北洋女子公学诸事未就绪，无人主张，故原定阴历九月十五日开学，复改于十月初一。女学生至北洋女学堂报名注册者约二十人。因英敛之三弟婚事，故英敛之夫妇要离开天津赴上海，吕惠如、吕碧城姊妹因英敛之夫妇离开天津后无至切依倚，故皆有凄惶之色。

十六日下午，林墨青等人意欲将章程稍作改动。吕碧城候于方药雨处，英敛之遣人接吕碧城至大公报馆，吕碧城云：“如伊等不认予为开办人及总教习，只有决裂不办。”英敛之乃告以刻即登船，不能晤诸人辩论，只好等到由沪归，再作处理，倘能如英敛之、吕碧城等初意即可照办。吕惠如与英淑仲惜别痛泣，晚饭皆未食。

二十五日，英敛之在上海，至震旦学院，晤马相伯略谈，马相伯询英敛之吕惠如可否为启明女学院女总教，英敛之告以后商之。

十月初一，天津女学堂开学，吕碧城出任总教习兼国文教习，主持全校事务。

十九日，英敛之在上海朱致尧处，吕美荪亦至，言前一天由南京至上海，遍寻英敛之等，未得，寻于中外日报馆，至朱致尧处，始得与英敛之初次见面。吕美荪与英敛之夫妇及英敛之三弟妇至上海大南门，步至幼稚园，再至务本女学。

二十日，英敛之夫妇偕吕美荪及申格赴董家渡朱致尧处坐有时，然后在北行乌利文代吕美荪购近视镜，复去新马路辛园一游，水边廊下，游玩少时，趣甚。旋归，同时至李苹香处取扇。吕美荪、英敛之及其夫人三人于沪上访名妓李苹香于汕头路，是时吕美荪和英敛之夫人皆乔男子装，披风帽鹤氅，在泥城桥，英夫人忽被群妓所围，争拉之，英敛之拳足挥拒始脱重围。对此，吕美荪《诗妓李苹香名妓赛金花》一文有详细记载。[①]十余年后，吕美荪复访李苹香，李苹香已衰老。有友人为吕美荪撮合，谓可仿效周子固女观察之例[②]，迎纳李苹香，藉作晚年诗侣。沪上名流诸如袁伯夔、夏剑丞、周梅泉等齐声曰事亦甚佳，但吕美荪认为先一起坐车前往李苹香处，看看李苹香的意愿，然后再做决定。但李苹香意殊落落，故此事便作罢论。

二十一日，上午，英敛之夫妇与吕美荪至外园坟山一游。午后，又偕吕美荪等至徐园。

二十二日，十一点后，英敛之夫妇及吕美荪、申格、文彬登船返天津。

二十四日，舟行海中，夜泊于成山湾，英敛之偕吕美荪船头望残月及海色极久。

二十五日，英敛之偕吕美荪船头眺望。

二十六日，近五点，英敛之与吕美荪船头望月，六点后抵大沽口外，

① 吕美荪:《葂丽园随笔》，第59页。

② 周子固:“贵筑周霁楼之女，周之迪之妹。周子固工制艺试帖诗，着男装，在如皋纳粟为官，娶妓为妻。”详见吕美荪《葂丽园随笔》，第33页。

收拾行李，七点小火轮，候至十点始开行。中午抵塘沽，住于春园栈。看视行李，良久，至栈，后英敛之遣人送信于方小洲，后方小洲至，英淑仲、吕美荪等去方处。

二十七日，十点后抵津，大公报馆中人来接者约十人。吕美荪住东间楼。

二十八日，九点，吕惠如、吕碧城至大公报馆。十点后归，吕碧城去方药雨处，少时，同方药雨至大公报馆，因是日人未齐，改期议女学堂事，方药雨去。晚，吕碧城等离开大公报馆。

二十九日，午后，英敛之夫妇与吕美荪、孙伯恒赴女学堂看授课。

三十日，午后，英敛之同吕美荪、孙伯恒至博物院。孙伯恒晚车回京，英敛之夫妇及吕美荪至锅店街恒义生，为英淑仲购皮袄。暮，吕惠如、吕碧城留宿大公报馆。

十一月初一,八点，吕惠如等离开大公报馆。少时，英敛之同吕美荪至女学堂，看视授课。下午三点后英敛之与吕美荪出，车至芥园一游，归馆。

初二，午后，英敛之夫妇偕吕美荪至日本领事府，先晤高尾夫妇，次晤总领事夫妇，谈有时归。

初三,九点后，英敛之同吕美荪车至考工厂。后同车，归顺至方药雨处。据云，孙仲英已晤前关道唐少川，允为必将女学堂捐款发给方药雨，嘱英敛之作禀稿一备存案。日西，英敛之夫妇偕吕美荪至毛瑞堂住处少坐。

初四，午后，吕碧城由学堂至大公报馆，少时，偕吕美荪去招商局，看陈秀琼女士，暮始归。饭后，留宿馆中。

初五，近十点，吕惠如偕黄守渊至大公报馆，英敛之夫妇同吕惠如、吕美荪、吕碧城、黄守渊等同食。饭后，前楼坐有时，同出散步，由戒酒楼西行至蔡云翔家少坐，出，复西行，过土墙外桥，沿河北行，四野无人，天光黯淡，颇极幽静之趣，行至海光寺，过桥，唤东洋车。只有五辆，英敛之乃随趋步至邮便局，始得车归。因忘昨日高尾夫人邀吕碧城去晤嘉悦少佐夫人之约，因同吕碧城至领事府，晤高尾道歉。旋归。吕碧城、吕惠如、黄守渊归学堂。

初六，午后，吕碧城至大公报馆，日西吕惠如亦至。近七点，英敛之夫妇同吕碧城二姊妹赴日领事府西食，约方药雨夫妇亦至，同席有三原少佐与仓少佐及某总领事，伊集院君主席推英敛之首座，饭后闲谈，近十点回大公报馆，英敛之夫妇留吕惠如、吕碧城，偕吕美荪东间楼宿。

初七，近八点，英敛之坚留吕美荪，因无要事，不必畏风雪早行。雪竟日不止。午后，吕美荪欲行，因车不便，英敛之遂强止之。

初八，午后，英敛之偕张道恒送吕美荪去女学堂。

十六日，下午，英敛之送吕美荪回女学堂。吕碧城小病。

十七日，下午，英淑仲去女学堂看吕碧城。

十八日，傅润沅至大公报馆谈女学堂事，说因其妻与吕碧城意见不合，故生出无数波折。

十九日，上午，英敛之夫妇及吕碧城皆至张少秋处，后英敛之复邀吕惠如、吕美荪至，分两桌饭，饭后，英淑仲同吕惠如姊妹三人先行，回大公报馆。英敛之同张少秋车至馆，少时姚石泉亦至，英淑仲偕吕惠如、吕美荪与其略谈，旋去。英敛之与吕碧城议学堂事，近暮，吕惠如等回女学。英敛之又与吕碧城议学堂事良久。

二十日，晚，英敛之与吕美荪等话极久。

二十一日，八点，英敛之让车遣吕美荪回学堂。

二十五日，午后，英淑仲去女学堂，接吕美荪至大公报馆。

二十六日（1905年1月1日），午后，吕美荪、吕碧城至大公报馆。吕惠如病。

二十八日，午后，英淑仲携申格去女学堂，后同吕惠如、吕美荪、吕碧城三姊妹回大公报馆。吕惠如、吕碧城皆有病。次日吕美荪代课，暮，英敛之送吕美荪回学堂，车归途中，吕美荪代吕惠如购药。是日晚英敛之与吕碧城灯下谈至一点。

二十九日，下午，吕碧城由大公报馆回学堂，吕惠如病昏昏卧留大公报馆。

十二月初二，英敛之报主笔，为吕惠如诊脉。下午，朱盖臣来，丁子良来，为吕惠如看病。

初三，近午，吕碧城、吕美荪偕黄守渊至大公报馆，英敛之为黄氏饯行。下午，吕惠如偕黄守渊先归学堂。英敛之与吕碧城、吕美荪略谈学堂情形及办法。吕碧城毫无定见，未尝出一决断语，英敛之大为不快。

初五，上午，英敛之至女学堂，偕吕惠如车赴丁子良处看病，候良久，吕惠如先归，英敛之代购药，送至学堂。

初七，午后，吕美荪至大公报馆，话有时去。

初九，午前，吕惠如至大公报馆，于大公报馆前楼作大字有时。下午，吕美荪、吕碧城亦至大公报馆，与英敛之辩论有时。后英淑仲同吕惠如三姊妹及蔡云翔夫人赴戏园，看外国戏法。归后，英敛之同吕碧城话至极久，近两点。

初十，中午，吕惠如同英敛之等饭。

十二日，午后，吕碧城至大公报馆，良久，孙仲英至，方药雨亦来，同吕碧城商学堂事。

十六日，早，英淑仲遣珍子去女学堂，旋携吕碧城等返大公报馆。午前，吕美荪亦至。晚饭后英敛之送眉生回学堂，沿河月下步行甚佳，行近铁桥，始坐车过督署，复步行，谈甚快，至堂门，英敛之即车归。

二十日，下午，吕碧城至大公报馆，吕美荪与吕碧城各写五色印花联一副。晚饭后，英敛之送吕碧城回学堂，路中略话，甚不合，行过东浮桥，乘车至学堂门，英敛之即车回。

二十一日，十点，吕美荪至大公报馆。午后，英淑仲去女学堂，旋吕美荪亦去，日西，英淑仲同吕美荪归大公报馆。

二十二日，早，风冷甚，英敛之与吕美荪谈事理及品评当时人物。灯下与吕美荪说包探案。

二十三日，十点后，吕美荪回学堂。

二十四日，午，吕惠如、吕碧城同至大公报馆，拿出林禹昌禀稿，言已与她们决裂，商明年另办学堂事。英敛之留吕惠如、吕碧城宿东楼。

二十五日，早，吕美荪至大公报馆。王毓丞午后至大公报馆，同吕碧城等商学堂事。日西，吕惠如、吕美荪回学堂，吕碧城仍留，晚，英敛之与之谈学堂事，意见复合。

二十七日，午前，吕惠如、吕美荪至大公报馆。

二十九日，中午吕碧城至大公报馆谈学堂事。午后，孙仲英送学堂捐款三百五十元给英敛之。再由英敛之送至女学堂令赵汉岑开销各账，英敛之邀吕惠如、吕美荪至大公报馆过年。是日晚，英敛之与吕碧城、吕美荪话至夜四点。

此年，吕美荪在天津应两女校之品聘（任北洋女子公学教习兼北洋高等女学堂总教习）。此后，她衣食既敷，心乃纵肆，益以览阅移译之新书，殊不认有鬼神，且极端排斥迷信。吕美荪以新学家自诩，更作书寄于其母，告诉其母，若其母信神佛，归当以香炉踢翻之，吕美荪甚狂悖，有嫚佛、忤亲之嫌。

一九零五年[1]（光绪三十一乙巳）吕惠如三十一岁，吕美荪二十五岁

正月初一，英敛之与吕美荪等谈话。

初二，英敛之与吕惠如等闲谈观书。

初三，午后，吕惠如、吕碧城由大公报馆先回学堂。午后，吕美荪与英敛之母亲及英敛之夫妇、申格，并珍子至外国溜冰鞋棚，看视良久。

初四，午后，英淑仲送吕美荪回学堂。

初五，英敛之同张少秋至女学堂，邀吕碧城等明午饭。

初六，午前吕美荪、吕碧城已在，饭后，英敛之与其母及吕美荪、吕碧城回大公报馆。后吕惠如偕舍监赵氏至大公报馆。英敛之随吕惠如等四人看冰嬉。

初七，英敛之招吕美荪至大公报馆，然后同车至小白楼山本诚杨处，令吕美荪拍照。

初八，下午，英敛之至女学堂，闻吕碧城诸不通语，甚烦闷。

初九，近九点，吕碧城捎信至英敛之，说当天召开会议，讨论女学堂事，英敛之遂至学堂，见昨夜天津府批送至，允辞董事。英敛之与吕碧城话有时，次邀傅润沅来略话，告以此后英敛之等不再干预。

十一日，午前，英淑仲偕吕氏姊妹等回大公报馆，吕美荪由锅店街归，英敛之偕吕美荪至照相馆，英敛之为其安置照法，只得一张，神情颇豪爽，绝似欧洲贵族妇女状。晚八点，英敛之送吕美荪回女学堂。

十二日，吕美荪至大公报馆，告以急欲回南，英淑仲劝止之。下午，吕美荪偕珍子回学堂。

十四日，吕美荪至大公馆，日落，吕美荪欲归，英敛之送之至马家口。

十六日，午后，英淑仲欲女学堂接吕美荪，但没接到吕美荪，下午，英敛之颇闷闷如病。日西，吕碧城由冰晏楼至大公报馆柬，言李太太邀英淑仲饭。

十七日，吕碧城至大公报馆，告诉英敛之云傅润沅等现已不复梗议学堂章程，由吕碧城定夺。

十八日，英敛之与吕惠如谈王（世廷）家馆事，良久不谐，旋去。

二十日，英敛之偕伯年至马利文代吕惠如修表。后吕美荪来略谈回南事，英敛之告以令其偕英敛之三弟同行为便。日衔山时，英敛之偕吕美荪出，

[1] 本节年谱除其他注释外，均见于沈云龙主编的《近代中国史料丛刊续编》（第三辑），第957～1002页。

车至德界，看河边码头，冰已开化，立岸上闲谈，少时欲暮，遂归饭，后英敛之送吕美荪回学堂，沿河步行话，吕美荪言恐此次送别为末次矣，不知此别以后，尚复能见否，抑不知见在何时也云云，为之黯然。

二十一日，英敛之为吕美荪抄诗，先是吕美荪将其作诗词抄一本赠英敛之，并嘱英敛之将旧作抄一本赠她。

二十二日，英敛之送红单至女学堂，与吕惠如送信，与吕碧城、吕美荪少谈出。后吕美荪至大公报馆，饭后同出，车至虹桥，是日天气晴朗，西行旷野，闲步河边，徘徊良久，复坐话有时，归，将至新铁桥别。

二十四日，英敛之邀吕美荪等同赴同春楼饭，饭后同至大公报馆，少时，吕碧城亦至。晚英敛之送吕碧城归学堂。

二十七日，午后，吕美荪至大公报馆，英淑仲偕之至博物院，后归大公报馆。晚，英敛之送吕美荪回学堂。

二十八日，午后，吕惠如至大公报馆，同英淑仲拍照，英敛之同至河野照相馆。后吕美荪至大公报馆，晚饭后，吕惠如、吕美荪及珍子归去。

二十九日，午后，吕美荪至大公报馆，日西去。

三十日，吕惠如、吕美荪至大公报馆。午后英敛之同吕美荪出，散步至车站东南，又散步至俄国浮桥，渡过河西，由小白楼车归至家。吕惠如已去，吕美荪及珍子留大公报馆，备搭轮南下。

二月初一，午后，英敛之夫妇同吕美荪至河野，英淑仲与吕美荪合拍照一张。吕惠如、吕碧城等亦至大公报馆。

初二，午后，吕碧城至大公报馆，英敛之出为定船至新丰，良久复巡，宋省三同至船，竟无上舱，不得已遂归。晚饭后英敛之同吕美荪送吕碧城行至马家口，吕美荪回，英敛之同吕碧城行铁桥。

初三，午后，英敛之偕吕美荪出游，车至芥园河边树下略坐，甚幽静，乘小艇归，行近北大关登岸，登车归。

初四，午后，英敛之偕吕美荪车至照相馆取相，顺至新松昌，山本绢子夫人邀至楼上坐，请吕美荪写诗二首，绢子鼓琴两阕，嗣欲英敛之与吕美荪合拍一照，共照两次，旋辞归。晚将行李上船，英敛之令厚斋送珍子先去，十一点，吕美荪欲上船，吕美荪与英淑仲相痛哭良久，英敛之送吕美荪至船。在此之前，吕美荪急欲归，数日中英敛之留吕美荪住馆中，英敛之屡陪之出游，英敛之打算与吕美荪同登船，送其至塘沽。

初五，英敛之与吕美荪至塘沽已五点，先是行近塘沽，吕美荪惜别懊恼惨淡之状。吕美荪自与英敛之夫妇相遇，性情投契，俨如骨肉，相处百余日，不唯无厌意，而甚恨时日之短促。英敛之谆嘱船上照料吕美荪，此次冯兰舟亦同舟赴上海，英敛之亦嘱其至申为吕美荪招呼一切。五点至塘沽，英敛之欲辞别上岸，吕美荪痛泣不能言，英敛之劝慰之良久，英敛之不得已诀别下船，急乘车至火车站。

初六，晚，吕惠如至大公报馆，因与吕碧城略口角，不欲再从事学堂事，英敛之夫妇婉劝之。

初七，午后，吕碧城送信至大公报馆，向吕惠如谢罪，请其回学堂，吕惠如意已转，晚归女学堂。

初九，英敛之至官报局将英淑仲与吕惠如合照作铜板，以便印吕惠如、吕美荪、吕碧城三姊妹集稿。《吕氏三姊妹集》收吕惠如诗39首、词 26首、文2篇；吕美荪诗29首、词8首；吕碧城诗8首、词4首、文2篇。

十三，吕惠如、吕碧城同至大公报馆。下午，英敛之偕吕碧城出游，晚饭后，吕惠如等去。

十六日，吕美荪致英敛之第一封信，吕美荪写信说她已购指环，将送达给英敛之。

十七日，蒋梅生至大公报馆，后楼坐，与英敛之同阅吕惠如诗稿。

十九日，吕惠如至大公报馆。英敛之同吕碧城出散步。

二十一日，吕美荪寄赠英敛之金指环一枚。

二十七日，午后，吕惠如、吕碧城至大公报馆，英敛之夫妇携其子，及吕惠如、吕碧城出散步，由英新界步至孟家楼，吕惠如倦，同英淑仲乘车先归。英敛之同吕碧城复行少时，亦车归。英敛之为吕惠如写字。晚饭后吕惠如离开大公报馆。

二十八日，十点半，英敛之一家三口同车至孟晋书社，赴吕惠如等约，至，吕惠如、吕碧城已在，遂车至北大关西行换小艇一乘之至芥园，先登北岸土城上，眺望有时，复南岸饭铺小食，张家坟前楼下坐，少时，乘船归，途中英敛之至敦庆隆购布为吕惠如等，唤车归去。

三十日，英敛之连日抄吕惠如诗辞排印。

三月初三，午后，英淑仲携其子申格、环子赴陈列馆吕惠如等约，移时，同吕惠如、吕碧城回大公报馆。英敛之同吕碧城前楼看稿，晚饭后，吕惠如、吕碧城等去。

初六，吕惠如、吕碧城偕英淑仲等指点彼等写字，并谈彼此交谊，为世上仅有。本日，吕美荪致英敛之书信，言她由南京乘车回来安，讲述行程山行、遇水等艰难状，颇自豪，并说此后同四妹家中读书，准备秋日送四妹吕贤满求学于务本学堂。

初九,《大公报》第一千号载英敛之《吕氏三姊妹集跋》、吕美荪《塞上曲》七绝一首、吕惠如《庚子书愤》七律四首。

十六日，午后，吕碧城至大公报馆，晚饭后吕碧城小饮，醉，英敛之遣其四弟车送吕碧城回学堂。

十月十二日，日西，吕惠如至大公报馆。

十三日，午后，吕碧城至大公报馆。

二十二日，吕惠如至英敛之处谈。

二十三日，九时后，吕碧城至大公报馆；午后，吕惠如亦至，晚同吕碧城归去。

三十日，近四点，吕碧城与英敛之夫妇等步回大公报馆。

十一月初四,《大公报》第一千二百三十号载吕美荪《书端中丞奏兴女学事》一文。

初七,九时后，吕惠如至大公报馆，商移柩事。当晚，吕惠如留宿于英敛之住处之东楼。

初八,八点后，吕惠如归学堂，午后亦至英敛之处。

初九，吕惠如至英敛之处，因运柩事不成怏怏，英敛之等劝慰之。午后，吕惠如归。

十四日，吕惠如、吕碧城至英敛之处。英淑仲偕吕惠如赴李敬守看戏约，吕碧城未去，英敛之与其谈有时。当晚吕惠如、吕碧城留宿英敛之家。

十五日，八点，吕惠如、吕碧城从英敛之处回学堂。

十九日，午前，英敛之至女学堂晤吕碧城和吕惠如。

二十日，三点，吕惠如和吕碧城两姊妹至英敛之家，留晚饭，并留宿东楼。

二十一日，吕惠如先离开英敛之处，两点吕碧城亦离去。

二十九日，下午，吕惠如、吕碧城、赵太太等至英敛之处。

十二月初一，下午，吕惠如至英敛之处。

十二日，吕惠如至英敛之处，晚饭后，英敛之送其至马家口。

十三日，午前，吕碧城至英敛之处，近八点归去。

二十二日，吕惠如至英敛之处，携为张少秋所绘花卉。晡，归去。

二十三日，午后，吕碧城至英敛之处，英敛之写联并请吕碧城为其书一联。

除夕晚，英敛之送吕惠如、吕碧城回学堂。

此年，吕美荪阅读林纾所译的各种小说，羡慕其译述雅驯，想必其人也风雅，故欲登门拜访，英敛之得知后，代出车费，吕美荪方得前往北京，与林纾相见。吕美荪任北洋女子公学教习兼北洋高等女学堂总教习。

一九零六年[1]（光绪三十二年丙午）吕惠如三十二岁，吕美荪二十六岁

春天，天津女学堂设师范科，择资质优秀者入师范就读。

正月初三，吕碧城至英敛之处，午后英敛之偕其子申格及吕碧城出游。灯下英敛之代吕碧城看稿良久。

初四，吕惠如至英敛之处，留家中看书。晚，英敛之灯下同吕惠如看稿。

初五，英敛之同吕惠如、申格出散步，坐冰床至海光寺，复回至德界洋酒铺少坐，车归。

初六，下午，吕惠如与英敛之夫妇散步，有时归。

初九，吕碧城进京，住张道恒家。

十二日，午后，吕惠如至英敛之处，留晚饭。饭后，英敛之送吕惠如至旧租界别归。

十三日，午饭后，环子车去女学堂接吕惠如，近暮，英敛之一家、吕惠如、环子赴庆源楼饭。

十七日，日西，孙伯恒至英敛之处，英敛之遣人邀吕惠如至大公报馆，谈祝三处设学事。

十九日，近暮，英敛之赴新车站，张道恒偕吕碧城由京来。然后同至老站下车。二月以来，吕惠如给英敛之信，有回南之意。

二月初六，方小洲邀英敛之夫妇晚天仙观戏。午后，英敛之偕吕惠如及志贞散步。七点后，英淑仲偕吕惠如、方小洲夫人等赴戏园。

初七，清早，吕惠如离开大公报馆回学堂。

十二日，吕惠如至英敛之家。

十七日，午，英淑仲邀阮斗瞻、黄亮臣等夫人、吕惠如等于德义楼。

二十二日，是日晚，吕惠如留住大公报馆，英敛之代其写字。

二十三日，八点后，英敛之偕吕惠如及志贞出至俄国浮桥铸新学社，散

---

① 本节年谱除其他注释外，均见于沈云龙主编的《近代中国史料丛刊续编》（第三辑），第1006～1088页。

步归。

二十五日，女学堂学生等十余人至大公报馆，为送吕惠如。午，英敛之同张少秋邀衡叔谦及其家眷德义楼饭，并为吕惠如送行，吕碧城亦同座。饭后已三点半。衡叔谦同吕碧城看学堂去。吕惠如住大公报馆候船。

二十九日，晚九点后，英敛之夫妇、志贞、环子、申格送吕惠如上船。英敛之夫妇本打算送至塘沽，因风狂事忙，舱窄遂罢。

三月二十四日，午后，英敛之夫妇携申格至新松昌，将吕碧城画册送于山本夫人。

四月初九，午，英淑仲赴吕碧城约。

初十，吕惠如由南京回申，卧病于时学家。吕惠如不日将北上，英敛之发函慰问。

十二日，吕惠如由上海至长发栈。

十三日，英敛之至长发栈接吕惠如回大公报馆。吕碧城携女学生亦至大公报馆。

二十日，吕惠如至大公报馆，午饭后，英敛之夫妇携吕惠如等至美术会一览，英淑仲和吕惠如同赴锡店街。

二十二日，午，英敛之同内人携申格自至商务印书馆下候吕惠如。五点后，英敛之仍乘人力车至铁桥，吕惠如回学堂。

二十四日，午后，吕碧城至大公报馆，英敛之夫妇偕吕碧城、申格等出散步。

二十九日，晚，英敛之夫妇等送吕惠如步行至陈列馆。

闰四月十九日，吕惠如、吕碧城至英敛之处。

二十六日，英敛之夫妇赴山本彦三郎饯德富苏峰宴，吕惠如、吕碧城亦至。

五月二十二日，早，吕惠如、吕碧城至大公报馆。日西，英敛之同孙伯恒等看欢迎会，日本人迎新公使林权助氏德义楼饭，并邀智崇饭。时，英淑仲同吕惠如、吕碧城等至，同加滕行别。

二十七日，吕惠如、吕碧城至大公报馆，是日，为吕惠如与英淑仲结盟日。饭后，英敛之夫妇及吕惠如、吕碧城等散步至西土墙上坐，复于方池中乘小船归。

二十九日，午后，吕惠如来，吕碧城至大公报馆。是日晚吕美荪抵津，三十日，吕美荪至女学堂，略病。

六月初二，午后，吕美荪忽至大公报馆，英敛之购食后，唤马车，同英淑仲携申格，偕吕美荪至马场一游，高厅上饮水，旋归至新房，德义楼廊上小坐，归馆。六点，英敛之令环子、申格送吕美荪回女学堂。

二十四日，吕惠如乘景星船赴上海，留大公报晚饭，饭后，吕碧城先去，吕美荪次去。近十点，英淑仲等送吕惠如至船上。十一点，英敛之复至船，话良久。

七月初三，吕美荪在官银处左近，为电车所撞，断左腕，寸骨成粉，手与腕已微连，血迹模糊，七日不省人事。时袁世凯方督直，严斥巡警总办段芝贵，并命袁克文走视，医药巨费则赖北洋女学总理傅沅叔之为请公帑，京津女学尤因其断腕停课。联呈官宪，请与电车公司外商交涉。当天十一点后英敛之接到电话，以为吕碧城被电车轧伤，忽乘车各处探问，至官医院，无有，出门，见吕碧城等来，始知被轧者为吕美荪，再寻至女医院。后日本平贺医生亦至，众决令平贺医治，复将吕美荪抬至官医院，英敛之路中为托举其右手，折腰而行。两点后，英敛之嘱以用熏蕖，至房中，开视锯去骨两小段，约寸余，近三刻，始缠裹好。四点后，英敛之夫妇回，少食，倦卧，暮再至河北医院看视吕美荪。

初四，九点后，英敛之夫妇至日日新闻社，偕方药雨夫人同至医院，见吕美荪精神稍好，有时，英敛之夫妇回张少秋处，复至温子英处，商邀集绅士处治电车人事。英敛之归，下午，英敛之再至医院，近暮归，晚十一点阅稿讫，至医院守视吕美荪，直至天明。

初五，十点后，医院来电话令英敛之去，英敛之急乘车奔至医院，见吕美荪如常，无要事。晚十一点后，至医院守视吕美荪。

初八、初九、初十，英敛之每天至医院看守吕美荪一次。

十一日，严又陵致电英敛之，探问吕美荪伤事。

十三日，午后，英敛之至医院，与吕美荪谈有时，并愿拍病时小照为纪念。

十四日，英敛之邀河野照相人同至医院为吕美荪拍受伤卧病小照，以作纪念，此为吕美荪头天所特嘱英敛之的事。

十八日，午后英敛之至医院与吕美荪闲谈极久。

十九日，前次吕美荪所照之相不清，午后，英敛之借祝三马车偕河野复至医院拍照。

二十一日，日西，英敛之至医院看望吕美荪。

二十二日，英敛之至医院，坐极久。

二十三日，晚，英敛之至医院看望吕美荪。

二十四日，午后，英敛之至医院，吕美荪仍不能起坐，两人畅谈极快。

二十五日，英敛之至医院。

二十六日，近十点，英敛之至医院，与吕美荪话有时。

二十七日，下午，英敛之至医院与吕美荪座谈至六点回馆。

八月初一，英敛之连日或早或晚，或一次，或两次，必至医院看视吕美荪。吕美荪已能起坐，及人扶缓步。

初二，英敛之至医院。

初三，日西，英敛之至医院与吕美荪闲谈。

初四，英敛之至医院坐良久。

初五，早近十点，英敛之至医院坐良久。

初六，暮，英敛之至医院。

初七，九点后英敛之至医院，晚，英敛之又至医院看吕美荪。

初八、初九，英敛之至医院。

初十，英敛之至医院，与吕美荪、吕碧城闲谈极久，在医院晚饭，十点归。

十一日，晚饭后，英敛之复至医院看望吕美荪，英氏与吕碧城数语，觉吕碧城虚骄浅薄之状，甚可恶，遂即辞归。

十二日，早九点后，英敛之至医院，与吕美荪闲话极久，英敛之受吕美荪和婉之劝勉，心为之大快，吕美荪说不愿英敛之与吕碧城显此龃龉冷淡之情状。

二十一日，早十点后，英敛之偕安东不二雄赴公立女学堂参观，至已散课。后一同至医院，与吕美荪、吕碧城谈有时。后又自至医院，交吕美荪《吕氏三姊妹集》三本，谈有时，近暮归。

二十二日，英敛之至医院与吕美荪谈，吕美荪留饭；午后，英敛之归去。严复是日由上海至天津，至大公报馆，给英敛之留字，英敛之遂至长发栈，晤谈良久，偕至大公报馆。英敛之乃电话招吕碧城及蔡志赓至馆。严复为吕碧城、蔡志赓写条幅各一。

二十三日，英敛之在文美斋为吕美荪裱对联，至医院坐少时归。

二十四日，英敛之至医院，送书与吕美荪，少坐归。

二十六日，午后，英敛之至医院，吕美荪托其带修理眼镜。

二十七日，英敛之至医院给吕美荪送眼镜。

九月初五，午后，吕惠如至大公报馆，是日由上海至，少坐去。

初八，晚，英敛之至医院。

初九，早九点后，英敛之至医院，未得谈，坐有时归。

初十，早起，吕美荪致英敛之信，约晚至医院商事。英敛之至医院，吕碧城在，英敛之觉吕碧城虚骄刻薄之态极可鄙，大不快，漠漠良久，遂出。

十二日，英敛之至医院少坐。

十四日，九点后，英敛之至医院与吕美荪少谈。

十六日，英敛之至医院与吕美荪少话，交其《归朴斋诗》。

十月初七，午前，吕美荪、吕碧城至大公报馆，英敛之故为浮面酬应语，未与之交谈。

十五日，英敛之因受风寒病，病中，吕美荪、吕碧城看视一次。

1906年底，吕美荪、吕碧城与英敛之皆极冷漠，吕惠如由奉天致信英敛之，亦大怒，颇有绝交神情。

一九零七年[①]**（光绪三十三年丁未）吕惠如三十三岁，吕美荪二十七岁**

正月，吕美荪与吕碧城相携进京，寓在琉璃厂某园，悉心考察京师女界。

正月初六，于京城外域传习所演说，闻者均为感动。[②]

元宵节（1907年元宵节）后，吕美荪颇从中为英敛之与吕氏姊妹劝解，后亦屡来，情款如初。一日，吕美荪复送给英敛之玻璃金彩花瓶一对，屡嘱英敛之不可再有气愤云云。

三月初二，晚，英敛之邀日本总领事加藤夫妇在馆饭，先约吕美荪、吕碧城二人作陪。是日午后，吕美荪来。英敛之夫妇偕吕美荪车至德界，步行良久，织布厂坐，李家花园游玩，三人席地坐谈极久。归，吕碧城已在，饭后十点始散，席中濑上恕治君为传语。

初九，吕贤满由来安至天津，吕美荪与吕碧城偕之至大公报馆，怀清留吕贤满住下。本日午前，吕美荪至大公报馆，吕碧城后亦至，饭后，吕碧城、吕贤满先去，英敛之偕吕美荪仍游李家花园，下午四点后，吕美荪回学堂。

十二日，吕美荪、吕碧城、吕贤满等至大公报馆，饭后去。

十四日，午后，英敛之至高等女学堂与吕美荪晤谈，少时出。

十五日，午后，英淑仲、怀清同去公立女学堂，偕吕贤满来，留住馆中。

---

① 本节年谱除其他注释外，均见于沈云龙主编的《近代中国史料丛刊续编》（第三辑），第1098～1169页。

② 参见：《顺天时报》，光绪三十三年（1907）正月初七日。

十六日，午后，吕碧城、吕美荪陆续至大公报馆，饭后，吕美荪回学堂，移时复至大公报馆。英敛之偕吕美荪姊妹三人出游。

十八日，下午四点后，英敛之出行至城东南角，遇吕美荪，颇快，同至日本海楼少坐，后一起回大公报馆。晚饭后，英敛之送吕美荪。

二十日，英敛之偕杭州惠兴女学总办，至高等女学参观，讫，吕美荪偕之至公立女学参观，后吕美荪同之至商务印书馆，坐少时，英淑仲同吕美荪至日界购眼镜，步归近暮，吕美荪独归去。

四月初一，吕美荪遇英敛之，一起回大公报馆。

初三，吕美荪至大公报馆，匆匆离去，言偕其戚某游眺。

初五，吕美荪又至大公报馆。英敛之送其河边略步，言赴奉天事，英敛之始知日前吕美荪同游者为乃外子朱翰章，定明日朱、吕二人同至大公报馆。

初六，午，吕美荪偕朱翰章至大公报馆，座谈极久。三点，英敛之夫妇邀吕美荪和朱翰章看电影。朱翰章先离去，英敛之夫妇同吕美荪回大公报馆，后赴鸿宾楼吃饭，少时，朱翰章亦至。夜，英敛之写致朱翰章函，恳切劝其毋须偕吕美荪赴任为合正理，反复譬喻，千余言。

初七，英敛之晤朱翰章，吕美荪在，英敛之将函密交之。午后，朱翰章偕吕美荪至大公报馆，吕美荪此日进京。

十四日，十点，吕美荪至大公报馆，午后英敛之偕吕美荪曙馆座谈，有时出，至加藤购围巾等去。

十六日，晚五点，英敛之夫妇至加藤购物归，吕美荪留大公报馆，言晚间送朱翰章上船。晚，吕美荪至大公报馆，候朱翰章至十二点，朱翰章至，朱翰章云仍须回京，不登船矣，偕吕美荪去。

十七日，早，十点后，英淑仲至车站候有时，北京快车至，吕美荪偕女学生一同赴奉天。奉赵尔巽之召，任奉天女子师范学堂教务长及国文讲习，兼中日合办女子美术学校教员、名誉校长。至奉天后，赵尔巽召宴于军署，笑称吕美荪为美翁。

五月初四，吕美荪由奉天寄其论说文《人间最乐之生涯》于英敛之。

初七,《大公报》第一千七百七十一号载吕美荪《人间最乐之生涯》文。

十九日,《大公报》第一千七百八十三号载吕美荪《万泉河放舟记》文。

二十三日，吕美荪致英敛之一函，疑英敛之前信有意讥刺，作愤怨语。英敛之极愤其不情，灯下书数百言，作冷隽语。

六月初六，秋瑾在绍兴遇害。

十四日，午后，吕碧城至大公报馆。吕美荪由奉天回天津。

十五日，吕美荪忽至大公报馆，与英敛之快谈。午后，吕美荪离开大公报馆。

十六日，《大公报》第一千八百零九号载吕美荪《也是集序》。

十九日，八点后，吕美荪乘马车冒雨至大公报馆，与英敛之相谈甚欢。吕美荪嘱英敛之作《党祸株连议论实为促国之命脉》一篇登报两日，英敛之当天夜起草两千余言。

二十日，夜，吕美荪与英敛之夫妇共谈。

二十一日，日西，英敛之偕吕美荪散步至海光寺，池边柳下闲谈。是日夜，吕美荪与英敛之夫妇闲谈极久，竟至天明。

二十二日，吕美荪与英淑仲欢谈，几竟夜，实交道中绝无仅有者。而吕美荪亦一往浓热忱，交融水乳。午前，吕美荪回公立学堂，晡，偕吕碧城等来，有时去。

二十三日，夜，吕美荪与英敛之夫妇谈竟夜。

二十六日，吕美荪邀请葆淑舫、吕碧城、孙伯恒及英敛之等诸多友人德义楼饭。英敛之与吕碧城辩理，三层楼廊坐，雄谈逾两时。饭后，吕美荪、吕碧城归去。

二十七日，吕美荪至大公报馆，同英敛之出车至英界，由铜人步行河堤柳下，互谈良久，归购零件。归，饭后，英敛之偕吕美荪购物，吕美荪回学堂，决定此日赴奉沈阳，英敛之打算送至塘沽。

二十八日，午前，至老龙头车站，十一时后，北京车至，吕碧城、孙伯恒等送吕美荪至此下车。英敛之乃购头等票送吕美荪，车开后，略谈，英敛之嘱吕美荪此后当检点、朴素等事。抵塘沽，英敛之自下车，颇为黯然。

二十九日，午后，葆淑舫至大公报馆，谈有时，同吕碧城去。

七月初一，午后，吕碧城至大公报馆，英敛之携申格、吕碧城出散步，先至英界西人玫山一观，出复南行，乘车至李家花园，眺望良久，归，晚饭后吕碧城离开大公报馆。

初二，午后，吕碧城至大公报馆，因闻外间谤毁事，来探问，并痛哭良久，英敛之留晚饭，饭后吕碧城离开大公报馆。

八月初一，午后，吕碧城等至大公报馆，英敛之夫妇偕吕碧城游英国坟园。

初十，夜，英敛之作寄吕美荪函。

二十三日，吕碧城至大公报馆，告诉英敛之，严又陵至津，并与当日晚车进京。吕碧城同英淑仲乘马车，英敛之乘人力车至铜人一游，然后回至长发栈，晤严复及其甥女，谈少时，送至车站，车开别归。

九月初四，《大公报》一千八百八十六号载吕美荪《女学教授研究会开会祝辞》文。

二十八日，九点后，吕碧城偕吕贤满至大公报馆，午后，张少秋以马车至大公报馆。吕碧城、英淑仲等乘之至海光寺，是日为天长节，兵营陈杂，剧祝贺观，有时出，吕碧城等归去。

十月初八，英敛之接到吕美荪由奉天寄来小照一张，并信一封。

十一月初六，下午，吕碧城与吕贤满至大公报馆。

十一日，午后，吕碧城与吕贤满至大公报馆。

十三日，英敛之作字数幅，并答吕美荪一函。

二十日，英敛之作信寄吕美荪。

本年，吕贤满赴吉林任双城府女子师范学校教习。

十二月初十，英敛之寄信与吕美荪。

二十三日，下午，吕碧城至大公报馆搜索箱箧。英敛之在日记中记曰："三点同内人携申格及怀清、云锄、少白、权仙看电影归，闻予等去后，碧城搜索箱箧，如鼠窃状，可鄙可恶之至。"[1]

一九零八年[2]（光绪三十四年戊申）吕惠如三十四岁，吕美荪二十八岁

二月，赵尔巽调任四川总督，临行，语提学使阳湖张鹤龄太史："吕某（按：吕美荪），吾招之来非易，其薪颇厚，吾去后，勿克减，勿更动，俾养其母也。"[3]

六月十六日，吕美荪忽至大公报馆，神思大不如前，冷漠已极。

十八日，午后，吕美荪至大公报馆与英敛之谈，此后不复亲密，惟心中仍如从前云云，后不辞而去，径回奉天。

七月，吕美荪在奉天，皖大水，王揖唐请吕美荪捐校俸百金，为旅东三省乡士倡。[4]

九月十三日，吕碧城因大公报白话登有《劝女教习不当妖艳招摇》一段，

---

① 方豪:《英敛之先生日记遗稿》，沈云龙主编:《近代中国史料丛刊续编》(第三辑)，第1173页。

② 本节年谱除其他注释外，皆出自沈云龙主编的《近代中国史料丛刊续编》(第三辑)，第1195～1204页。

③ 吕美荪:《葂丽园随笔》，第46页。

④ 吕美荪:《葂丽园诗》，第10页。

疑为讥彼，旋于《津报》登有驳文。数日后，复致英敛之信，洋洋千言分辩，英敛之乃答书，亦千余言，此后吕碧城遂不至大公报馆。

十月十五日，英敛之于奉天女子师范学校访吕美荪，英敛之的《安蹇斋丛残稿》第二十页《关外旅行小记》有记载，“至女子师范学校晤吕梅生女士，受聘来奉主讲已逾二年，女学生二百余人，彬彬颇有进步，沾彼时雨，坐我春风，亦人生之大乐事也，陪都旧俗女子无缠足丑德，无短衣漏风，所有女子皆长身健硕，落落大方，此为各省未有大强人意事也。”[1]

十月十七日，吕美荪回访英敛之，谈近代诗章。

秋，严复做字一幅赠吕美荪，吕美荪在《辽东小草》中以诗纪曰：“偶检严几道先生去秋过津门，作字一幅以赠，末书‘梅生女诗家正’，余殊未敢当也。”

桐城姚幽兰（姚鼐裔孙女），光绪年只身走辽，任盖平县女子小学校长，此年因到沈阳领教育经费，与吕美荪相互晤。两人谈论教育经历、讨论古人交友之道等。两人志同道合，后十余年，两人重逢于歇浦月明凉夕，姚幽兰为吕美荪吹洞箫，吕美荪作诗《歇浦晤幽兰凉夕为吹洞箫》一首以纪之。[2]

一九零九年（宣统元年己酉）吕惠如三十五岁，吕美荪二十九岁

四月二十六日（6月13日），吕碧城访严复，谈极久。严复为吕碧城独身不嫁深感忧虑。

吕美荪在沈阳，仲夏为《辽东小草》作序，此年出版该书。《辽东小草》记录自丁未四月（1907年4月）至己酉六月（1909年6月）的诗作，录诗115首。

十月，吕美荪任奉天女子师范学堂教务长，前往北京调查北京学界情况，并遍访诸大名士，并赠《辽东小草》。

十月十四日，吕美荪与某名士辩论，历时三小时，涉及上帝、杀生、人种、性质、丹朱、尧舜、孔子、卵鸡、天体、中国、印度、躯毂、选举、兵役等问题。十月二十七、二十八、二十九、三十日《顺天时报》所刊《吕女士舌战群英》一文有详细记载。

秋，清驻日公使胡惟德因断弦故，颇属意吕碧城，傅增湘、严复为之议婚，遭吕碧城拒绝。后虽经吕碧城母姊相劝，然亦无意，遂罢。吕美荪

---

① 英敛之：《安蹇斋丛残稿》，第20页。

② 吕美荪：《葂丽园随笔》，第79页。

至严复处，拜托严复为吕碧城谋出洋，而严复有感于吕碧城未精英文，又当北洋换人之际，爱莫能助。①

此年，吕美荪在奉天期间，与王揖唐、舒宜园均有唱和。

吕惠如在南京，任南京女子师范学校校长。

一九一零年（宣统二年庚戌）吕惠如三十六岁，吕美荪三十岁

吕美荪居奉天，编辑《汉文典古文读本》，此古文选本上自先秦，下迄明末，共162篇，以文体为纲，分八体，在各体中，又以作者为目，同时按照时代编排。

吕惠如在南京。

一九一一年（宣统三年辛亥）吕惠如三十七岁，吕美荪三十一岁

本年吕美荪由奉天南旋，然后居沪上。数月后，吕贤满由双城返沪。两人侍母而居，家有三婢女：长喜子、次珊珊，又次来顺。

三月初十（4月8日），《民立报》载诗庐来稿《为吕眉生女士题〈榆关揽胜图〉》。

六月十六日（8月10日），《民立报》刊《吕碧城女士辞职案》，吕碧城辞去北洋女子公学监督兼总教习之务。

一九一二年（民国元年壬子）吕惠如三十八岁，吕美荪三十二岁

本年，清宣统帝宣布退位。北洋女学停办。吕碧城离职，旋被袁世凯聘为总统府秘书。后与西商做生意，数年间获利颇丰。

吕美荪居沪上，任教于闽沪女学。②

吕贤满侍亲居沪，贞孝不字。

一九一三年（民国二年癸丑）吕惠如三十九岁，吕美荪三十三岁

本年，吕美荪与吕贤满居沪，吕母严氏卒于上海。③

吕美荪在上海拜蒋智由为师。

吕美荪婢女喜子因疗疾死。

一九一四年（民国三年甲寅）吕惠如四十岁，吕美荪三十四岁

上半年吕美荪与吕贤满居沪。

六月，吕美荪应厦门女子师范女学之聘，携吕贤满同行。临行，衣橱忽

---

① 详见王栻主编：《严复集》，第755页。

② 详见吕美荪：《亡婢喜子》，《葂丽园随笔》，第57页。

③ 详见吕美荪：《母妹阴灵》，《葂丽园随笔》，第90页。

有巨响声，吕贤满默祷曰“母灵来乎”，她感到赴闽不吉，欲独留沪，但吕美荪不许之。吕贤满在船三日，泪不曾干。既至闽，乃学校在鼓浪屿孤岛中，四围海气氤氲、瘴氛至重，不到五个月，吕贤满忽得疾，民国三年（1914）十月二十七日含泪而瞑，年二十有七。逾月，吕美荪扶榇返沪。按照吕贤满遗愿，葬在万国公墓里其母墓侧，可当时租界已有定章，华人不得入万国公墓。尽管如此，吕美荪还是亲自赴工部局恳求总办西洋人，为妹求葬地，最终吕贤满方得葬在其母墓旁。①

本年，吕美荪作《周行闽海大风》《鼓浪屿》《三过闽海》。

吕惠如在南京。

一九一五年（民国四年乙卯）吕惠如四十一岁，吕美荪三十五岁

吕惠如在南京，分赁李文忠之相府，数椽而居，李文忠之弟子庆新翰女士相与为伴。

七月初，杨度、孙毓筠等六人在京组织筹安会，帝制议起，吕碧城辞总统府秘书。

一九一六年（民国五年丙辰）吕惠如四十二岁，吕美荪三十六岁

民国五六年之间，吕美荪以养疴客如皋沙氏园，与寓公周之迪方伯莲时相往还。随后，吕美荪客如皋三载，大病几死。②

本年吕美荪作《项城袁公挽辞》诗一首。

吕惠如在南京。

本年吕碧城从道学家陈撄宁问学。

一九一七年（民国六年丁巳）吕惠如四十三岁，吕美荪三十七岁

英敛之隐居香山静宜园，吕惠如致英敛之夫人英淑仲信函，信中有北上访君之意。

吕美荪客如皋。

此年，吕惠如致英淑仲信，其中云：“惠自三、五年来，目睹时局变迁往复，人事纷更，如电影之戏，匆匆过去几何幕矣！而人遂老于此间。发白齿摇，老态日现，几有夏侯掷镜之恨。至于心境，则忧伤哀悼，苦不可言；方寸之间，如地狱，如孽海，几见灵台月朗耶？”信中自称“恶病容衰”。③

---

① 详见吕美荪：《母妹阴灵》，《葂丽园随笔》，第90页。

② 详见吕美荪：《周子固女观察》，《葂丽园随笔》，第32页。

③ 方豪：《英敛之笔下的吕碧城四姊妹》，李又宁、张玉法主编：《近代中国女权运动史料（1842—1911）》，第1426页。

二月二十四日，吕碧城赴上海徐园，应邀出席南社第十六次雅集。

一九一八年（民国七年戊午）吕惠如四十四岁，吕美荪三十八岁

吕美荪客如皋。

苏雪林毕业于安徽省立第一女子师范，任教母校，率领学生到南京参观，与几位同事去拜谒吕惠如，请教一些治学做人之道。吕惠如对他们发表许多意见，完全是一种训导式。吕惠如知道南京女子师范学校有个毕业生在安徽省立第一女子师范教音乐体育，竟毫不客气地对苏雪林等说："你们是我学生的学生，那么，我便是你们的'太老师'了，太老师说的话都是一辈子的经验之谈，不会骗你们，你们应该遵守。"①

一九一九年（民国八年己未）吕惠如四十五岁，吕美荪三十九岁

吕惠如辞南京女子师范学校校长之职。

春，吕碧城养疴香港，入夏后返沪。

一九二零年（民国九年庚申）吕惠如四十六岁，吕美荪四十岁

八月中旬，吕碧城赴美游学，八月底，抵旧金山。

除夕，吕惠如作《浣溪沙》（绛烛笼纱照夜阑）。

一九二一年（民国十年辛酉）吕惠如四十七岁，吕美荪四十一岁

本年，严复去世，吕美荪作《挽严几道》。

一九二二年（民国十一年壬戌）吕惠如四十八岁，吕美荪四十二岁

吕美荪中岁从女学校退休，始卜居南京。

四月，吕碧城由加拿大返国。

六月，梁启超讲学金陵，吕美荪与其以诗唱和，结为友。及其北旋，吕美荪送行，作诗《送任公北旋》二首，后被收录于《葂丽园诗》。后又寄诗三首。②

一九二三年（民国十一年壬戌）吕惠如四十九岁，吕美荪四十三岁

吕美荪、吕惠如居南京。

吕碧城寓居上海。

本年，张啬公（按：张謇，字啬庵）邀吕美荪游南通，吕美荪寓其濠阳小筑三日，每晨六时即与其共食，临别，吕美荪作《张啬翁招游南通临别赋留》。③

---

① 苏雪林：《女词人吕碧城与我》，（新加坡）《恒光月刊》，1964年。

② 详见吕美荪：《康有为梁启超》，《葂丽园随笔》，第11页。

③ 详见吕美荪《张季直殿撰》，《葂丽园随笔》，第7页。

一九二四年（民国十二年癸亥）吕惠如五十岁，吕美荪四十四岁

吕惠如、吕美荪居南京。

吕惠如患痴癫，日奔走于街市，且笑且啼，有时清醒，有时糊涂。[①]

一九二五年（民国十四年乙丑）吕惠如五十一岁，吕美荪四十五岁

吕美荪、吕惠如居南京。

此年，南京河海工程学校校长松江杨允中赁吕美荪冶城山下葂丽园，吕美荪数椽以居。

七月，吕惠如殁于南京，螟蛉女年方九岁，恳吕美荪为之监护，吕美荪哭应之。吕惠如诗词稿四卷，遗嘱付资托某为刊，某旋死，稿亦不可求。吕惠如去世后，有名律师某六合人，为之订立遗嘱，意在吞没遗产，后吕美荪与其对垒于公堂，年余，律师因理屈而败。败后，律师与吕美荪交友如初。[②]

一九二六年（民国十五年丙寅）吕美荪四十六岁

此年，英敛之夫妇相继去世，吕美荪作《英敛之并夫人淑仲》以悼之。

秋，吕碧城赴美。

一九二七年（民国十六年丁卯）吕美荪四十七岁

年初，吕美荪居南京。

正月二十八日，吕美荪寄湖南叶德辉（字焕彬）书札，内有诗作。不久南京有兵革，吕美荪避身于上海。二月初七，叶德辉给吕美荪回信，信函洋洋千言，谈及叶氏家族由江苏吴县洞庭山迁往湖南的经过，及叶氏子孙中才子才女之创作，此信被收录在吕美荪的《葂丽园随笔》之《叶太史德辉》一文中。叶德辉另附其诗集《郎园诗钞》一部，希望吕美荪鉴正。叶德辉的信是寄往南京的，信寄出旬日，三月十日（4月11日）叶德辉被枪杀，此函

① 据吕美荪《迂拘为害》一文记载，吕惠如得病是有原因的，吕惠如任南京女子师范学校校长期间，有两江师范学校算学教员写情书于南京女子师范学校某女教员，被吕惠如获知，非常气愤，赴督署谒见某制军，谓两江师范学校算学教育侮辱女教员，并要求严惩以儆效尤，否则便辞职。吕惠如设计让男教员来到南京女子师范学校，某制军无奈，便逮捕这位男教员，定三年监禁之罪。辛亥革命之后，为此，吕惠如唯恐男教员出狱后报复，后才获知这位男教员不忍监狱之酷毒，入狱一年即死。吕惠如晚年因此事心悔不已，也因此于民国十三年得奇疾，日奔走于街市，且笑且啼。吕美荪也曾想为吕惠如赴算学教员家乡丹徒，密查其家有无家属，并打算每年匿名给其邮寄金钱以恤之，后为他人所阻。民国十四年吕惠如殁于金陵，最终死于痴癫。详见吕美荪《葂丽园随笔》，第74页。

② 详见吕美荪：《某氏子》，《葂丽园随笔》，第96页。

辗转三个月方才到达身在上海的吕美荪手中。吕美荪与叶德辉从未觌面，惟通书札，为文字神交。①

十二月除日（1928年1月28日），吕美荪居南京汉西门黄泥巷十四号，作《巽言》寄于《甲寅周刊》社编辑章士钊。文中称："近廿年来，无淑状，幽居白下，闭门修学。有竹一丛，日思劲节。种树元屋，藉看回黄。"②

此年，吕美荪偶居沪。作《赠雪荷侄（宗恪）北旋旧京》；为叶焕彬作《幽恨》《湘水》《有客》，诗作均被收入《葂丽园诗》。

赵尔巽去世，吕美荪作《挽赵次山尚书》。

一九二九年（民国十八年己巳）吕美荪四十九岁

本年，梁启超殁，吕美荪作《吊梁新会启超》，诗作被收入《葂丽园诗》。

八月，蒋观云卒，年六十五。因蒋观云生前附诗一卷与吕美荪曰："倘吾中寿而死，子若孙不能付梨枣，所赖惟君耳。"故蒋观云卒后，吕美荪抱其遗稿，乞序于陈三立，陈三立以老病辞，吕美荪仍跽请陈三立为蒋观云立撰之。③

本年作《哭蒋石兰师》。

一九三零年（民国十九年庚午）吕美荪五十岁

春，吕碧城皈依佛法。

五月二十五日（6月16日），居沪，吕美荪将所著《畏室笔记》书完，拟次日往书局商印，广送亲友及世之慈善家。是夜电线走火，线已焚，幸吕美荪因噩梦惊醒，及时发现，母子幸得免。后谨书数条自戒："一不但无恶行为，兼洗涤恶心意；二杀业至重，戒贪口腹，永不杀生，尤劝人戒杀；三逢人劝善，尤劝人孝悌忠信；四遇事尽力行方便；五惜字、惜食、惜衣、惜物、以报天地鬼神、父母恩德；六节啬衣食量力赈灾；七凡事随缘守命；八每日临睡前省查一日之心身过恶，急思痛改。"④

十月吕美荪移居青岛。

一九三一年（民国二十年辛未）吕美荪五十一岁

吕美荪在青岛，民国二十年出版《葂丽园诗》，诗集收录其诗作369首。

本年，朱孝臧去世，吕美荪作《挽朱古微侍郎》一首。

---

① 详见吕美荪：《葂丽园随笔》，第43页。

② 吕美荪：《巽言》，章清吾编辑：《甲寅周刊》第一卷第四十三号，第19页。

③ 吕美荪：《蒋观云先生》，《葂丽园随笔》，第70页。

④ 吕美荪：《自记免于火难》，《葂丽园随笔》，第55页。

一九三二年（民国二十一年壬申）吕美荪五十二岁

吕美荪居青岛。

一九三三年（民国二十二年癸酉）吕美荪五十三岁

吕美荪在青岛。

仲春，吕美荪为所辑的《蒋观云先生遗诗》作跋，并题词一首，吕美荪求叶玉甫为之代印于上海，《蒋观云先生遗诗》方得出版。

十月，吕美荪于青岛惕庐作《美荪自记三生因果》一文。

十二月，吕美荪作《美荪杂记》及《劝戒录节本弁言》，吕美荪所编的《劝戒录节本》由青岛华昌大南纸印刷局印刷出版，后附《美荪杂记》。

此年，吕美荪出版《葂丽园诗续》，诗集收录诗作278首。

一九三四年（民国二十三甲戌）吕美荪五十四岁

吕美荪居青岛。

民国二十三年（1934），吕美荪出版《葂丽园诗再续》，收录诗作57首。

孟夏，吕美荪校阅其父《石柱山农行年录》，汇印成册，并为之作序。

此年，吕美荪辑《阳春白雪词》，并于此年出版。该集为唱和诗集，收录吕美荪感春雪而赋诗四首，及众诗人和诗73首；和者有费树蔚、杨云史、陈诗、袁思亮、戴振声、陆丹林等46人，和者遍布了全国29个地区。

一九三五年[①]（民国二十四年乙亥）吕美荪五十五岁

元旦费仲深（名树蔚，号迂锁）寄吕美荪绝笔二律。

此年，费树蔚去世，吕美荪作《吊吴江费仲深（树蔚）》二首。

陈宝琛去世，吕美荪作《挽陈太傅宝琛》一首。

出版《葂丽园诗四续》，收1934年迄1935年夏所作诗作57首。

秋，吕美荪意欲游日，恳请市长沈成章转托日本驻青岛总领事田尻爱义，由其具函介绍于彼外务省文化部申述游历目的，而市府参事周君韬、第三科科长谢抗白、东方股员吴顺持颇助其事，并为介见于副领事道明辉，市府顾问坂西又八、青岛电通支社长伴野韶光二氏亦为吕美荪各驰函电于东京日华俱乐部及电通总社。

八月，吕美荪孤踪束装东渡。其友人与儿子绸德为之送行。

八月二十五日，上午十一时乘舟东渡，八月三十日，晨，抵达泊门司，九月初二，晨，由神户登陆，夜九点抵东京，寓中央旅社。

---

① 此年年谱均来自吕美荪：《瀛洲访诗记》，青岛华昌大，1936年。

接下去几天，吕美荪访驻日大使蒋雨厓，并得到驻日使馆秘书章商贤的接待，赠蒋雨崖《葂丽园诗》。访日华俱乐部理事吉见正任家，未见，赠其女公子《葂丽园诗》。再赴俱乐部，见青岛市政府参事周韬甫之公子周维贤，后在吉见氏陪同下走访外务省文化事业部及朝日新闻社等，结识每夕新闻社政治部长江口宏氏。偕吉见氏和周维贤访日本外务省文化事业部部长冈田兼一先生。

九月某日，访东京朝日新闻社，由记者大西斋氏接见。访电报通信社，由上田硕三氏接待。访日日新闻社，由中保与作氏接见。访每夕新闻社。偕周维贤赴民友社，访德富苏峰先生，德富苏峰为英敛之至交，吕美荪于大公报馆相识，二十年后在日再逢，次日访其家，其女公子写和诗以赠。

某日，受吕美荪日本弟子林盛逵氏之托，岩村成允偕艺文社理事、诗人土屋久泰访吕美荪于旅馆，后吕美荪访岩村成允家。另外，吕美荪同乡、前驻日代理公使江子因访吕美荪，两人于四十年前相见于六安皀山文社。

随后某日，吕美荪游西京皇宫。

九月初七日，周维贤陪同吕美荪访斯文会会长德川家达公爵，后又在周维贤及岩村成允的陪同下游东京汤岛圣堂；下午，参观东方文化学院东京研究所，晤所长服部宇之吉博士。

九月某日，晨八时，吕美荪游乃木神社。

九月初八日，在周维贤的陪同下游日光华岩泷瀑布。

九月初九日，安冈正笃邀请吕美荪参加了酒井忠正举办的晚餐会，是日傍晚，吕美荪偕周维贤前往金鸡学院参加晚餐会，并作诗赠酒井忠正，同时与安冈正笃吟诗唱和。

九月十二日，岩村成允先生邀吕美荪游复兴纪念馆、震灾纪念堂。

九月十三日，午时五点半，吕美荪应外务省文化事业部部长冈田兼一之邀，参加其组织的星冈茶寮之宴，共二十一人参加。期间，吕美荪得见于前农相山本悌二郎、大诗人国分高胤、诗画家三浦英兰和汉学家今关寿磨等知名人士，两国文学界倾城相见，诗酒聊欢，对饮唱和，吕美荪有长排一首，和者有16人，和诗21首，后吕美荪又有《星冈筵散旅夕感成》四首，《瀛洲访诗记》中的《外务省文化事业部长星冈茶寮之宴》一文中有详细记载。

九月十五日，吕美荪参加了东京艺文社诸诗家雅叙园（中国餐馆）公宴，吕美荪有《艺文社招宴赋谢》七律二首和《奉和奥无声先生原韵》七律一首，随后有众人唱和，成诗若干首，仅《东京艺文社诸诗家雅叙园公宴》一文就记载了23人，和诗32首。

九月十六日，吕美荪偕周维贤，与岩村成允及其子岩村成正同往箱根町大涌谷火山。

九月十九日，午后，吕美荪和江子因、周维贤前往伊东访日本前首相若槻礼次郎男爵。在前往伊东的火车上，吕美荪邂逅东京市议会议员笠井重治，在笠井重治的介绍下，又认识了森俊成子爵；笠井重治说东京汎太平洋会将于二十一日午开会，邀请江子因届时陪吕美荪前往。

九月二十一日，午，吕美荪和江子因于东京帝国饭店参加了东京汎太平洋会俱乐部聚餐，会晤了会长井上匡四郎，出席者二百多人，吕美荪以《葂丽园四续》数卷分赠予该会诸君。晚五时，吕美荪受日本实业界加藤忠清之邀，参加其颇有声誉的友人柳井信治之鹑南庄清白堂宴集，吕美荪有《即席成句，奉谢加藤清忠柳井信治二先生》五绝，和者甚众。

随后某日，在江子因的陪同下，吕美荪访日本文相松田源治先生于官邸。

九月二十四日，正午，驻日大使蒋雨崖（作宾）在星冈茶寮设宴，抱谢日人与吕美荪的屡共唱和及对其盛情接待，是日到者有文相松田源治、前农相山本悌二郎、外务省文化事业部部长冈田兼一、枢密院顾问阪本钐之助等名贤。互为唱和，成诗十余首，吕美荪的《蒋大使星冈茶寮之宴》一文中记载了此次宴集的酬唱情况。

九月二十五日晚，渡边喜一在其富士馆开芙蓉大会，邀请吕美荪参加。吕美荪与江子因及中国外交部前特派员谭君同赴此宴。宴会上识日本文学名士后腾朝太郎。吕美荪有五言诗《星冈雅集呈在座诸诗人》。

九月二十八日，晚六时，吕美荪参加泰东书道院清浦奎吾伯爵颂寿会，祝贺会在上野公园内之精养轩举行。在岩村成允的介绍下，吕美荪结识小笠原子爵、崛内中将，遇女校长棚桥绚子女史。吕美荪作《祝清浦伯爵寿诗》《又赠诸高龄出席者诗》诗二首。

九月二十九日，吕美荪将别东京，为答谢邻邦人士之盛情，特柬邀诸名流于雅叙园小集，出席者有日本前农相山本悌二郎、外务省文化事业部部长冈田兼一、前拓务次官坪上贞二、外务省嘱托岩村成允、东京市议会议员笠井重治、实业家柳井信治、加藤忠清，及中国前驻日代理公使蒋洪杰及周维贤等十人。吕美荪即兴作七绝四首，其《雅叙园之酬宴》一文有详细记载。

十月初二，受日本风雅士柳园绿风之邀，吕美荪参加东京名园绿风庄之绿风会，会上有某名士邀吕美荪参观与日本维新有关的头等艺妓大文字楼，有感而发，吕美荪作令词一首，以及《引手茶屋》诗四首、《大文字楼》诗八首和诗《游大文字楼后再作一首》。对此，吕美荪在《绿风会邀宴及大文字楼之访艳》一文中有详细记载。

随后某日，吕美荪访蒋观云、梁任公二先生避地东京旧居，然不可得，吕美荪乃成五律一首。

接下去几日，吕美荪在外务省文化事业部部长坪上贞二先生的陪同下参观明治神宫宝物院及神宫外苑圣德纪念绘画馆,《参观明治神宫宝物院及神宫外苑圣德纪念绘画馆》一文有详细记载。访前农相山本悌二郎先生之甲第，并作赠答山本先生诗六首,《访前农相山本悌二郎先生》一文有详细记载。吕美荪访日，多次与二松学舍校长山田准教授、四宫宪章二先生宴集，故访二松学舍。二松学舍校长山田准教授年近七十，吕美荪寿以诗，作《寿山田济斋先生七十》,《瀛洲访诗记》中《访二松学舍》一文有详细记载。吕美荪偕岩村成允访日本元老清浦奎吾伯爵，吕美荪与其有诗歌唱和,《访清浦奎吾伯爵》一文有详细记载。

九月二十四日，吕美荪在驻日大使蒋雨崖（作宾）之星冈茶寮宴集上得识日本实业界巨子、东亚同文会理事白岩龙平。随后白岩龙平访吕美荪于旅舍。不多日，吕美荪答拜白岩龙平于其家。《访东亚同文会理事白岩龙平先生》一文有详细记载。

随后几天，吕美荪偕周维贤参观日本地下铁道，有感而发，作《地下铁道》诗。吕美荪偕江子因访日本大诗人国分青厓于石楠庄，后吕美荪作《丙子四月寿青厓翁八十诗》。吕美荪于上野公园内日本美术协会，由岩村成允介绍，得识日本近代才媛三浦英兰女史。

九月二十三日，岩村成允邀吕美荪游富士山下河口湖，是日晨吕美荪与岩村夫妇坐电车前往。吕美荪纪之以诗，同时在赴河口湖车中亦作《观富士峰》诗二绝句,《富士山下河口胡荡舟》一文有详细记载。

随后几日，吕美荪游历日本著名的上野、日比谷及浅草三公园。夜游银座，后又游皇太后宫、赤坂离宫、陆军部士官学校等处，绮丽繁华与凉碧无声相比较，吕碧城有感而发，赋而为诗。

十月初五，驻日大使蒋雨厓由横滨归国，吕美荪和江子因、周维贤由东京赴横滨登舟送别；使馆和横滨中国总领事署人员齐集舟内，待舟行渐远、众人各自散归后，总领事王鲁璠邀请吕美荪、江子因、周维贤赴领署聊天，赠吕美荪《南华词存》一卷，并赴中国餐馆聚餐。参加聚餐的还有横滨正领事郑寿恩、大使馆秘书孙伯醇等，共六人。食毕，吕美荪复游三溪园。同日，宫内大臣汤浅仓平柬邀吕美荪参加十月初十在日皇新宿御苑举办的观菊会，此函附苑图、吃茶号券以及粘贴汽车之观菊会菊花章。此函由宫内省转外务省送至。

十月初七，吕美荪作《赋诗恭颂日本帝国皇帝陛下万福二首》，由代理大使丁绍伋派一等秘书及翻译官，御大礼服及进呈品，及丁大使致日本外务省大臣广田弘毅之公文一角，乘车直送外务省，请由外务省备文转送宫内省进呈。

十月初十，日皇在新宿御苑举办观菊会，吕美荪先赴江子因家午饭，午后一时，江子因夫妇与吕美荪同车前往菊花会。吕美荪作诗一首纪之，《日皇御苑观菊会招待观菊纪盛》一文有详细记载。

随后某日，吕美荪由东京市议会议员笠井重治介绍，约定日期访教育家下田歌子女史。然吕美荪临时以病失约，归国前一日（当为十月十一日），吕美荪恳请江子因为通译，偕赴青山实践女学校，该校为下田歌子创立，下田歌子任校长，吕美荪于此与下田歌子见面。

十月十二日，午后，吕美荪乘车赴神户。正午，笠井重治为吕美荪摄影留念。下午二时，吕美荪谢辞旅舍主人及诸执事，日友人数家登车前来辞行，送行者有外务省岩村成允、前文化事业部部长坪上贞二、二松学校校长山田准、日华俱乐部理事吉见正任诸先生。另外，还有诸多名流以名片致意。同邑江子因携其夫人及女公子，以及大使馆秘书章商贤赶去送行。吕美荪作诗《别东京》以纪之，《瀛洲访诗记》中的《东京驿之惜别》一文有详细记载。

十月三十日，日本外务大臣致中华民国代理大使照会一件，其时，吕美荪已归青岛，由丁代理大使将该照会摄影见寄。

一九三六年（民国二十五年丙子）吕美荪五十六岁

青岛市公务局科员王书珊之夫人，患臌胀，势且危殆，吕美荪劝其持诵南无观世音菩萨一句。

六月，《瀛洲访诗记》出版。该集为游记散文，收录散文48篇，录诗91首。

此年，吕美荪游北京故宫，《葂丽园随笔》所收《瞻拜故宫》一文有较详记载。[①]

吕美荪于天桥侧之居安里访名妓赛金花。[②]

一九三七年（民国三十六年丁丑）吕美荪五十七岁

吕美荪居青岛。

吕美荪与胶济路局委员长葛光庭至相熟识，春，葛光庭因公务赴济南，吕美荪访葛光庭夫妇。

六月，吕碧城作《惠如长短句跋》，并把《惠如长短句》附在该年出版的《晓珠词》四卷本之后。

一九四零年（民国二十九年庚辰）吕美荪六十岁

吕美荪居青岛。

秋，吕碧城自瑞士归国，途中居南洋。约年底，往香港。

十二月二十三日（1941年1月20日），《同声月刊》第1卷第2号刊载吕碧城《雪绘词》五首。

一九四一年（民国三十年辛巳）吕美荪六十一岁

此年，吕美荪居青岛，为《葂丽园随笔》作序，并出版该书，该集收录随笔84篇。

五月二十六日（6月20日），《同声月刊》第1卷第7号刊载吕美荪《葂丽园诗》三首。

六月二十八日（8月20日），《同声月刊》第1卷第9号刊载《吕惠如长短句》十三首。

一九四二年（民国三十一年壬午）吕美荪六十二岁

吕美荪居青岛。

十二月十二日（1943年1月23日），吕碧城病逝于香港东莲觉苑。

由于此后战乱纷起，现存材料奇缺，吕美荪此后的生活状况及其卒年与卒地不得而知，仅存疑。

---

① 吕美荪：《葂丽园随笔》，第18页。

② 详见吕美荪：《诗妓李苹香名妓赛金花》，《葂丽园随笔》，第60页。

参考文献

著作类:

[1] 安徽省文学学会编:《安徽文学论文集》(第2集),合肥:安徽文艺出版社,2005年。

[2] 安徽省政协《安徽著名历史人物丛书》编委会:《中国近代词坛女杰——吕碧城传略》,北京:中国文史出版社,1991年。

[3] 陈寅恪:《陈寅恪集》,北京:生活·读书·新知三联书店,2001年。

[4] 陈撄宁:《道教与养生》,北京:华文出版社,1989年。

[5] 陈鸿祥:《〈人间词话〉〈人间词〉评注》,南京:江苏古籍出版社,2002年。

[6] 陈学恂:《中国近代教育大事记》,上海:上海教育出版社,1981年。

[7] 陈玉堂:《中国近现代人物名号大辞典》,杭州:浙江古籍出版社,1993年。

[8] 陈玉堂:《中国近现代人物名号大辞典续编》,杭州:浙江古籍出版社,2001年。

[9] 陈东原:《中国妇女生活史》,上海:上海书店,1984年。

[10]《词学》编辑委员会:《词学》(第六辑),上海:华东师范大学出版社,1988年。

[11]《词学》编辑委员会:《词学》(第十一辑),上海:华东师范大学出版社,1993年。

[12] 丁文江、赵丰田:《梁启超年谱长编》,上海:上海人民出版社,1983年。

[13] 丁凌波:《中国近现代佛教人物志》,北京:宗教文化出版社,1995年。

[14] 傅增湘:《藏园居士六十自述》,原著未标明出版社,1931年。

[15] 傅瑛:《明清安徽妇女文学著述辑考》,合肥:黄山书社,2010年。

[16][美]弗兰克·戈布尔著，吕明、陈红雯译:《第三思潮:马斯洛心理学》，上海:上海译文出版社，1987年。
[17]光铁夫:《安徽名媛诗词征略》，合肥:黄山书社，1986年。
[18]郭延礼:《秋瑾文学论稿》，西安:陕西人民出版社，1987年。
[19]郭延礼:《秋瑾研究资料》，济南:山东教育出版社，1987年。
[20]郭延礼:《秋瑾年谱》，济南:齐鲁书社，1983年。
[21]郭延礼:《中国近代文学发展史》(第一卷)，济南:山东教育出版社，1990年。
[22]郭延礼:《中国近代文学发展史》(第二卷)，济南:山东教育出版社，1991年。
[23]郭延礼:《中国近代文学发展史》(第三卷)，北京:高等教育出版社，2001年。
[24]郭延礼、武润婷:《中国文学精神·近代卷》，济南:山东教育出版社，2003年。
[25]管林、钟贤培:《中国近代文学发展史》(卷下)北京:中国文联出版公司，1991年。
[26][德]海德格尔著，陈嘉映、王庆节合译:《存在与时间》，北京:生活·读书·新知三联书店，1987年。
[27]黄霖:《近代文学批评史》，上海:上海古籍出版社，1993年。
[28]黄嫣梨:《清代四大女词人——转型中的清代知识女性》，北京:汉语大词典出版社，2002年。
[29]黄嫣梨:《妆台与妆台以外——中国妇女史研究论文集》，香港:牛津大学出版社，1999年。
[30]胡适、周作人:《论中国近世文学》，海口:海南出版社，1994年。
[31]胡文楷:《历代妇女著作考》，上海:上海古籍出版社，1985年。
[32]蒋智由著，吕美荪辑:《蒋观云先生遗诗》，原著未标明出版社，1933年。
[33]蒋寅:《清诗话考》，北京:中华书局，2005年。
[34]旌德县地方志编纂委员办公室编:《旌德县志》，合肥:黄山书社，1992年。
[35]经元善著，虞和平编:《经元善集》，武汉:华中师范大学出版社，1988年。
[36]来裕恂:《汉文典》(卷下)，上海:上海商务印书馆，1913年。
[37]李又宁:《近代中华妇女自序诗文选》，台北:联经事业有限公司，1980年。

[38] 李又宁、张玉法主编:《近代中国女权运动史料(1842—1911)》,台北:龙文出版社股份有限公司,1995年。
[39] 李保民:《一抹春痕梦里收——吕碧城诗词注评》,上海:上海古籍出版社,2004年。
[40] 刘纳:《吕碧城评传作品选》,北京:中国文史出版社,1998年。
[41] 梁启超:《清代学术概论》,上海:上海古籍出版社,1998年。
[42] 柳无忌、殷安如编:《南社人物传》,北京:社会科学文献出版社,2002年。
[43] 柳亚子:《怀旧集》,桂林:耕耘出版社,1947年。
[44] 刘绍唐:《民国人物小传》,台北:传记文学出版社,1984年。
[45] 林葆恒:《词综补遗》,北京:书目文献出版社,1992年。
[46] 罗苏文:《女性与近代中国社会》,上海:上海人民出版社,1996年。.
[47] 雷良波、陈阳凤等:《中国女子教育史》(铅印本),武汉:武汉出版社,1993年。
[48] 龙榆生:《近三百年名家词选》,上海:上海古籍出版社,1979年。
[49] 龙沐勋著,钱仁康、戴天吉校印:《忍寒词》(铅印本),原著未注明出版社,1948年。
[50] 吕碧城著,李保民笺注:《吕碧城词笺注》,上海:上海古籍出版社,2001年。
[51] 吕碧城著,李保民笺注:《吕碧城诗文笺注》,上海:上海古籍出版社,2007年。
[52] 吕碧城著,费树蔚编:《吕碧城集》,上海:中华书局,1929年。
[53] 吕碧城:《信芳集》,上海:中华书局聚珍仿宋版印,1925年。
[54] 吕碧城:《信芳集》(排印本),原著未标明出版社,1929年。
[55] 吕碧城:《晓珠词》(卷三手写石印本),原书未注明出版社,1937年。
[56] 吕碧城:《晓珠词》(四卷本),台北:广文书局,1970年。
[57] 吕碧城:《香光小录》,上海:大法轮书局,原著未标明出版时间。
[58] 吕碧城:《法华经普门品》,上海:佛学书局,1933年。
[59] 吕碧城:《观无量寿佛经》(梦雨天华室丛书),原著未标明出版社,1942年。
[60] 吕碧城:《观无量寿佛经释论》,台北:天华出版事业股份有限公司,1989年。
[61] 吕碧城:《观音菩萨灵签》(梦雨天华室丛书),原著未标明出版社和出版时间。

[62] 吕碧城:《欧美之光(完本)》,流通处:上海开明书店、上海佛学书店、广州开明书店、上海国光印书局,1932年。
[63] 吕碧城:《欧美之光(节本)》,流通处:上海佛学书局、苏州弘化社、上海开明书店、广州开明书店、美成印刷公司,1932年。
[64] 吕碧城:《劝发菩提心文》(梦雨天华室丛书),原著未标明出版社和出版时间。
[65] 吕碧城:《山中白雪词选》(梦雨天华室丛书),原著未标明出版社和出版时间。
[66] 吕美荪:《汉文典古文读本》,原著未注明出版社,1910年。
[67] 吕美荪:《辽东小草》,原著未注明出版社,1909年。
[68] 吕美荪:《葂丽园诗》,原著未注明出版社,1931年。
[69] 吕美荪:《葂丽园诗续》,原著未注明出版,1933年。
[70] 吕美荪:《葂丽园诗再续》,原著未注明出版社,1934年。
[71] 吕美荪:《葂丽园诗四续》,原著未注明出版社,1935年。
[72] 吕美荪:《葂丽园随笔》,青岛:青岛华昌大,1941年。
[73] 吕美荪:《阳春白雪词》,原著未标明出版社,1934年。
[74] 吕美荪编:《劝戒录节本》,青岛:青岛华昌大,1933年。
[75] 吕美荪:《瀛洲访诗记》,青岛:青岛华昌大,1936年。
[76] 吕坤秀:《季妹遗稿》,原著未标明出版社,1933年。
[77] 吕凤岐著,吕美荪、吕碧城校:《静然斋杂著》,原著未注明出版社,1933年。
[78] 吕惠如:《清映轩遗稿》,原著未标明出版社,1933年。
[79] 吕惠如、吕碧城、吕美荪:《吕氏三姊妹集》,原著未注明出版社,1905年。
[80] 吕美颐、郑永福:《中国妇女运动(1840—1921)》,郑州:河南人民出版社,1990年。
[81] 卢燕贞:《中国近代女子教育史1895—1945》,台北:台湾文史哲出版社,1989年。
[82] 莫立民:《晚清词研究》,北京:中国社会科学出版社,2006年。
[83] 马勇:《严复学术思想评传》,北京:北京图书馆出版社,2001年。
[84] 梅新林、俞樟华:《中国游记文学史》,上海:学林出版社,2004年。
[85] 女性词史:《邓红梅》,济南:山东教育出版社,2000年。
[86] [美]帕特饶伯子(Peter Roberts)著,吕碧城译:《美利坚建国史纲》,

原著未注明出版社，1925年。
[87] 皮述平:《晚清词学的思想与方法》，北京：学苑出版社，2003年。
[88] 钱仲联:《当代学者自选文库——钱仲联卷》，合肥：安徽教育出版社，1999年。
[89] 钱仲联:《近代诗钞》，南京：江苏古籍出版社，1993年。
[90] 钱仲联:《清诗纪事》，南京：江苏古籍出版社，1987—1989年。
[91] 钱基博:《现代中国文学史》，上海：上海书店出版社，2007年。
[92] 乔以钢:《多彩的旋律——中国女性文学主题研究》，天津：南开大学出版社，2003年。
[93] 秋瑾:《秋瑾集》，上海：上海古籍出版社，1979年。
[94] 戚宜君:《中国历代名女人评传》，台北：黎明文化事业股份有限公司.1992年。
[95] 乔以钢:《中国女性与文学——乔以钢自选集》，天津：南开大学出版社，2004年。
[96] 任访秋:《中国近代文学史》，开封：河南大学出版社，1988年。
[97] 单士厘:《癸卯旅行记》，长沙：湖南人民出版社，1980年。
[98] 盛英:《中国女性主义文学纵横谈》，北京：九州出版社，2004年。
[99] 沈轶刘:《繁霜榭续集》，浙江：浙江萧山文联印刷厂印本，1995年。
[100] 孙雄:《眉韵楼诗话》(六卷本)，原著未注明出版社，1908年。
[101] 孙文光:《中国近代文学大辞典》，合肥：黄山书社，1995年。
[102] 谭正璧:《女性词话》，上海：上海中央书局，1935年。
[103] 谭正璧:《中国女性文学史》，天津：百花文艺出版社，2001年。
[104] 谭正璧:《中国女性文学史话》，天津：百花文艺出版社，1984年。
[105] 唐圭璋:《词话丛编》，北京：中华书局，1986年。
[106] 陶秋英:《中国妇女与文学》，上海：北新书局，1933年。
[107] 王广西:《佛学与中国近代诗坛》，开封：河南大学出版社，1995年。
[108] 王揖唐:《今传是楼诗话》，沈阳：辽宁教育出版社，2003年。
[109] 王栻主编:《严复集》，北京：中华书局，1986年。
[110] 王秀琴、胡文楷:《历代名媛文苑简编》，北京：商务印书馆，1947年。
[111] 王运熙主编，邬国平、黄霖编著:《中国文论选·近代卷》，南京：江苏文艺出版社，1996年。
[112] 吴宓著，王岷源译:《文学与人生》，北京：清华大学出版社，1993年。

[113] 吴宓著，吴学昭整理注释:《吴宓日记》，北京：生活·读书·新知三联书店，1998年。
[114] 夏晓虹:《晚清女性与近代中国》，北京：北京大学出版社，2004年。
[115] 夏明钊:《孤独这滋味》，深圳：海天出版社，2000年。
[116] 唐圭璋:《词话丛编》，北京：中华书局，1986年。
[117] 徐友春:《民国人物大辞典》，石家庄：河北人民出版社，1991年。
[118]《遐庵年谱汇稿》编印会:《叶遐庵先生年谱》，原著未标明出版社，1946年。
[119] 谢桃坊:《中国词学史》，成都：巴蜀书社，1993年。
[120] 谢无量:《中国妇女文学史》，上海：中华书局，1931年。
[121] 杨天石、王学庄编著:《南社史长编》，北京：中国人民大学出版社，1995年。
[122] 严迪昌:《近现代词纪事会评》，合肥：黄山书社，1995年。
[123] 易行编:《中国近现代女性期刊汇编》(一)，北京：线装书局，2006年。
[124] 易行编:《中国近现代女性期刊汇编》(二)，北京：线装书局，2007年。
[125] 英敛之:《安蹇斋丛残稿》，原著未标明出版社，1917年。
[126] 英敛之:《也是集》，天津：大公报馆，1907年。
[127] 英敛之:《也是集续编》，天津：大公报馆，1910年。
[128] 叶嘉莹:《迦陵论诗丛稿》，北京：中华书局，1984年。
[129] 叶嘉莹:《清词丛论》，石家庄：河北教育出版社，1997年。
[130] 叶嘉莹:《中国词学的现代观》，长沙：岳麓书社，1992年。
[131] 叶恭绰:《全清词钞》，北京：中华书局，1982年。
[132] [英]耶方斯(W.S.Jevons)著，严复译:《名学浅说》，北京：商务印书馆，1981年。
[133] 游国恩、王起等:《中国文学史》，北京：人民文学出版社，1996年。
[134] 于凌波:《中国近现代佛教人物志》，北京：宗教文化出版社，1995年。
[135] 郁达夫:《中国新文学大系》(散文二集)，上海：上海文艺出版社，1981年。
[136] 袁行霈、孟二冬、丁放:《中国诗学通论》，合肥：安徽教育出版社，1994年。
[137] 张寅彭主编:《民国诗话丛编》(五)，上海：上海书店出版社，2002年。
[138] 张宏生:《清代词学的建构》，南京：江苏古籍出版社，1999年。

[139] 张宏生、张雁:《古代女诗人研究》，武汉：湖北教育出版社，2002年。
[140] 张宏生:《明清文学与性别研究》，南京：江苏古籍出版社，2002年。
[141] 张寿平:《近代词人手札墨迹》，台北："中央"研究院中国文哲研究所，2005年。
[142] 张怀明:《宣泄你的情感》，武汉：湖北人民出版社，2002年。
[143] 张伯伟:《中国古代文学批评方法研究》，北京：中华书局，2005年。
[144] 张晶、白振奎、刘洁:《中国古典诗学新论》，北京：北京广播学院出版社，2002年。
[145] 周振甫:《严复诗文选》，北京：人民文学出版社，1959年。
[146] 朱传玉:《英敛之传记资料》，台北：天一出版社，1979年。
[147] 朱光潜:《悲剧心理学》，北京：人民文学出版社，1983年。
[148] 赵以武:《唱和诗研究》，兰州：甘肃文化出版社，1997年。
[149] 郑逸梅:《人物品藻录》，北京：日新出版社，1946年。
[150] 郑逸梅:《南社丛谈》，上海：上海人民出版社，1981年。
[151] 郑逸梅:《郑逸梅选集》(第三卷)，哈尔滨：黑龙江人民出版社，1991年。
[152] 郑逸梅:《郑逸梅选集》(第四卷)，哈尔滨：黑龙江人民出版社，2001年。
[153] 左舜生:《中国近代史话集》，台北：传记文学出版社，1986年。

报纸类：

[1] 吕美荪:《书端中丞奏兴女学事》,《大公报》，1905年11月30日。
[2] 孤云:《评吕碧城女士〈信芳集〉》,《大公报》，1929年10月14日。
[3] 吕美荪:《人间最乐之生涯》,《大公报》，1907年6月17日。
[4] 诗庐来稿:《为吕眉生女士题〈榆关揽胜图〉》,《民立报》，1911年4月8日。
[5] 陈诒先:《记吕美荪》,《申报》，1948年9月13日。
[6] 陆丹林:《记吕碧城女士》,《申报》，1948年8月31日。
[7] 陆丹林:《记吕碧城姊妹(上)》,《申报》，1948年9月16日。
[8] 陆丹林:《记吕碧城姊妹(下)》,《申报》，1948年9月17日。

期刊与学位论文：

[1] 陈阳阳:《民国安徽女诗人吕美荪及其诗作简论》,《安庆师范学院学报》，2010年第29卷第2期。
[2] 车晓勤:《女性生命的明悟抑或悖论——探究女性主义先驱吕碧城》,《江淮论坛》，2007年第3期。

[3] 傅瑛:《吕碧城及其研究》,《淮北煤炭师范学院学报》,2004年第2期。
[4] 谷曼:《吕碧城女子教育思想评析》,《长白学刊》,2003年第1期。
[5] 谷曼:《评吕碧城的女权思想及其实践》,东北师范大学硕士学位论文,2002年。
[6] 花宏艳:《从〈欧美漫游录〉看吕碧城的现代性》,《暨南大学研究生学报》,2002年第12期。
[7] 花宏艳:《吕碧城思想及其词作研究》,暨南大学硕士学位论文,2003年。
[8] 侯杰、秦方:《近代社会性别关系的变动——以吕碧城与近代女子教育思想和实践为例》,《天津师范大学学报》,2003年第6期。
[9] 侯杰、秦方:《吕碧城笔扫千人——〈大公报〉的才女》,《人民政协报》,2003年第1期。
[10] 侯杰、秦方:《男女性别的双重变奏——以陈撄宁和吕碧城为例》,《山西师大学报》,2003年第3期。
[11] 姜乐军:《从"女权"到"护生"——吕碧城思想论析》,华中师范大学硕士学位论文,2004年。
[12] 姜乐军:《从倡导"女权"到致力"护生"——吕碧城角色转变探因》,《安庆师范学院学报》,2007年第4期。
[13] 姜乐军:《试论吕碧城的女权思想》,《淮北煤炭师范学院学报》,2005年第3期。
[14] 江更生、沈瑞华:《几度涉海的才女吕碧城》,《航海》,1986年第5期。
[15] 兰玲:《熔新材料入旧格调——论吕碧城词对词序的拓展》,《安庆师范学院学报》,2010年第29卷第7期。
[16] 李保民:《李清照后第一人——吕碧城诞辰120周年纪念(上)》,《食品与生活》,2004年第1期。
[17] 李保民:《李清照后第一人——吕碧城诞辰120周年纪念(下)》,《食品与生活》,2004年第2期。
[18] 李奇志:《论清末民初女性生存空间的新开拓——以女作家吕碧城为例》,《海南师范学院学报》,2006年第5期。
[19] 李保民:《〈秋瑾与吕碧城相识年代考〉辨误》,《辽宁广播电视大学学报》,1989年第4期。
[20] 李奇志:《秋瑾、吕碧城其人其文的"英雄"精神追求》,《湖北社会科学》,2008年第11期。
[21] 刘洁:《徘徊在现代与传统之间——吕碧城文学创作的矛盾性之解析》,

《中国现代文学研究丛刊》，2005年第2期。
[22] 刘纳：《风华与遗憾——吕碧城的词》，《中国文学研究》，1998年第2期。
[23] 刘希云：《“前娜拉”时代的娜拉——关于吕碧城》，《妇女运动史研究》，2007年第4期。
[24] 刘孔伏：《秋瑾与吕碧城相识年代考》，《辽宁广播电视大学学报》，1987年第2期。
[25] 刘孔伏：《秋瑾与吕碧城相见时间辨析》，《广东民族学院学报》，1990年第2期。
[26] 林斌：《记吕碧城女居士》，《艺文志》，1969年第42期。
[27] 陆草：《记清代女诗人的群体性特征》，《中州学刊》，1993年第3期。
[28] 吕菲：《略论清末著名女词人吕碧城的思想精神》，《中国青年政治学院学报》，2008年第3期。
[29] 王忠禄：《吕碧城词研究》，西北师范大学硕士学位论文，2004年。
[30] 王祖献：《秋瑾与吕碧城的交往》，《江淮论坛》，1981年第2期。
[31] 王慧敏：《一香不与凡花同——论卓尔不群的奇女子吕碧城及其词作》，山东大学硕士学位论文，2007年。
[32] 王慧敏：《一枝彤管挟风霜、独立裙钗百兆中——试论南社作家吕碧城女性独立意识的意义》，《南京理工大学学报》，2006年第19卷第4期。
[33] 徐新韵：《吕碧城词研究》，华南师范大学硕士学位论文，2004年。
[34] 聂会会、许艳华：《吕碧城女学思想述评》，《石河子大学学报》，2008年。
[35] 薛海燕：《试论吕碧城的历劫思想》，《齐鲁学刊》，1998年第6期。
[36] 杨万里：《薛绍徽吕碧城异同论》，《南阳师范学院学报》，2007年。
[37] 于苏：《吕碧城的女权思想与实践》，《中山大学研究生学刊》，2001年第22卷第1期。
[38] 于继增：《中国最后的女词人吕碧城》，《文史精华》，2008年第9期。
[39] 朱秋勤：《从“倡导女权”到“皈依佛门”——吕碧城思想与创作研究》，河南大学硕士学位论文，2008年。
[40] 祖保泉：《读〈吕碧城词笺注〉拾零（一）》，《巢湖学院学报》，2006年第8卷第5期。
[41] 祖保泉：《读〈吕碧城词笺注〉拾零（二）》，《巢湖学院学报》，2007年第9卷第1期。
[42] 祖保泉：《读〈吕碧城词笺注〉拾零（三）》，《巢湖学院学报》，2007年第9卷第2期。

后　记

在本书出版之际，感慨颇多。

感怀中大校园的学习时光，怀念中大校园给我留下弥足珍贵的一切。2006年金秋，蒙恩师彭玉平先生不弃，生性愚钝的我有幸得入恩师门下，彭师一直以广博的知识、开阔的思路、严谨的治学态度，以及平易宽厚的人格影响着我，本书得到了彭师悉心的指导，感激之情难以言表。

感谢我的硕士研究生导师左鹏军教授多年的谆谆教诲，左老师每每看到与我写作相关的材料，都会在百忙中抽时间传递给我，这份支持和帮助让我铭记一生。

衷心感谢吴承学教授、孙立教授、张海鸥教授等，他们对本书的写作提出了诸多宝贵的建议，为我指点迷津。

感谢上海古籍出版社李保民先生和黄亚卓博士！李老师无私地为我提供宝贵的材料，黄博士亦给予了我莫大的鼓励，由衷地感谢他们！

感谢我的父母，没有他们对我生活和学习上的支持，我也许就没有勇气和动力完成本书的写作。

感谢聂欣晗、李桂芹、刘兴晖、袁志诚、黄建军、宋豪飞、陈桂清、李兴文、程刚等同门的关心和帮助。

感谢暨南大学出版社古碧卡和姚晓莉两位编辑的热心帮助。

……

所有的师恩、亲情、友情都是我人生宝贵的财富。

本书尚有不足之处，笔者将此化为今后倍加勤奋、深入研究的动力，恳请学界同仁批判指正。

徐新韵

2015年2月